金のゆりかご

北川歩実

目次

金のゆりかご

登場人物

野上雄貴　タクシードライバー
野上里美　野上雄貴の妻
野上謙作　野上雄貴の叔父

近松吾郎　ＧＣＳ早期幼児教育創始者
近松信吾　近松吾郎の長男
姫谷保彦　弁護士
工藤明人　ＧＣＳ幼児教育センター社長

竹村基樹　ＧＣＳ教育を受けた子供
飯田秀人　ＧＣＳ教育を受けた子供
漆山　守　ＧＣＳ教育を受けた子供、旧姓島岡
木俣　梓　ＧＣＳ教育を受けた子供

竹村春江　基樹の母親
飯田奈々子　秀人の母親
　　ＧＣＳ幼児教育センター職員
漆山梨佳　守の母親
木俣順平　梓の兄

高見久男　テレビ番組制作会社ディレクター
河西慶太　フリーライター
水沼太吉　産婦人科医師

垣内斉一　天才少年

プロローグ

「金のゆりかごの寝心地がどんな感じだったか、憶《おぼ》えていますか？」

「え？　金のゆりかご？　ああ、あれをそう呼ぶんですね。さっき見せてもらったビデオに映ってた、あのカプセルホテルの部屋みたいなやつ」

「あなたも、あれに入っていたんでしょう？」

「いいえ。僕らはふつうのベッドに寝かされていましたよ。いまみたいにコンピュータグラフィックスとかが簡単に使える時代じゃなかったっていうのもあるんじゃないですか。五感に適切な刺激を加えて脳に働きかけるっていう発想は、いまと同じだと思いますけど、もっとずっと原始的なやり方でしたよ。視覚への刺激は映写機を使ってたし、ベッドも振動はしてませんでしたね。なんか変な体操みたいなことをさせられてましたから、あれが振動のかわりでしょう。それから、生まれたばかりの赤ちゃんにまで、指をこうね、マッサージみたいなことをしていました」

「いまはそれもコンピュータ制御の機械がやっているんですよ。できるだけ早い時期に指の運動をさせた方がいいんだそうです。指先の動きというのは脳の発育と密接な関係があるらしくて」

「本当なんでしょうかね」

「聴覚への刺激はどういうやり方だったんですか。いまはあのカプセルの中に音が、さっきのフルートみたいな音色の、シンセサイザー音ですかね、あれが流れてるわけですが」

「僕らは録音テープから流れてくる音楽をヘッドホンで聞かされてましたね」

「赤ん坊にヘッドホンですか」

「そんなに驚くことじゃないでしょう。あんなカプセルに閉じ込められるよりはましだと思いますけど」

「どんな音楽を聞かされていたのか憶えていますか」

「六歳までずっと聞いていた音楽ですからね。当時は、フルートみたいな音色、というか、フルートの演奏を録音したものだったと思うんですけど」

「匂いは？」

「え？　ああ嗅覚《きゅうかく》への刺激ですね。お香が焚《た》いてありましたよ。どういう種類の物だったかは、知りません」

「もう一回嗅《か》いだら？」

「それはすぐ分かると思いますが」

「近松《ちかまつ》先生の理論では、脳のハードは三歳までに決まるんですよね」

「そうでしたっけ」

「まだ言葉も何も分からない赤ん坊のうちから、特別に処方された五感の刺激を加え続けることによって、脳の構造を天才脳としてデザインできるのだと、近松先生は主張されている」

「なんかそういう話だったような気はします」

「実際のところ、どうなんでしょう。あなたの脳は天才脳になったんでしょうか」

「天才脳ってなんですか？　意味が分かりませんよ」

「近松先生の著書にはその説明がありますが。あなた、先生の本を読まれたことない？　そんなはずないですよね。あなたのこともあの本の中で紹介されてるわけですし……。まあでもそれはいいでしょう。質問を変えます。あなたは五歳のときにはもう因数分解とかができるようになっていて、小学校三年生では微分積分とか、高校生レベルの数学ができたんですよね」

「ええ」

「これはわたしなんかから見ると、紛れもなく天才ですよ。これはやはり、近松式の早期教育のおかげではないですか」

「そうだと思っていますよ。ただ、一つ言っておかなくてはいけないことは……」

「なんでしょう」

「あの先生の理論のウリは、言葉も何も分からない赤ん坊のうちから、特別な刺激を五感に与えることで、脳がよりよいものにデザインされるってことですよね」

「ええ」

「つまり、文字や数字を早くから教えて知識を詰め込むのではなく、創造力や記憶力や理解力、音感やら、脳のそういう根本の能力を幼児期に高めるのだと言っていますよね」

「しかし実際はどうでしょうか？　赤ん坊が言葉を喋《しゃべ》り出すような時期になってからは、結局ドリル形式で知識を詰め込んでるんですよ。僕が小学生で高校の数学の問題が解けるようになったのは、結局その詰め込みの成果だと思うんです」

「はい」

「つまり脳が、というか、ふつうの言い方をすれば頭が良くなったのではなく、たくさん勉強させられたから学力が上がっただけだってことですね」

「ええ」

「それでも、小学三年生で高校生並みの学力というのは、凄《すご》いと思いますよ。知識を詰め込もうとしても、できない子はできないですよ。やはり、あなたは頭がいいんじゃないでしょうか。近松式のやり方で脳にそれだけの能力が備わった、ってことじゃないでしょうか」

「小学校四年生のときには、伸び悩みが始まりました。数学も、公式を使ったような単純な計算問題はその後も得意でしたけど、応用問題とかいうやつになるとね」

「近松先生の理論では、応用能力こそが、近松式の教育で生み出されるはずなんですがね」

「残念ながら、僕にはそういう能力は備わってなかったようだし、それに、あの先生が言っているような、四次元や五次元の世界が見えるというような能力も、僕の場合はありませんね。三次元の視覚イメージ能力だって、人並み以下なんじゃないですか」

「こういう質問をまだ二十《はたち》の独身でいらっしゃるあなたにするのはどうかと思いますが、将来ですね、お子さんが生まれたら、近松式の早期教育を受けさせたいですか？」

「本人がそう望めば、いいんじゃないですか」

「〇歳の赤ん坊の意見を尊重するってことですか」

「ええ」

＊

「近松先生のところに来られてから、何年ですか？」

「助手に採用されたのは去年ですが、大学院も近松研究室ですから、もう長いです」

「ということは、いまが七年目ですか」

「いいえ。大学院は留学と出産のための休学で二年余分に在籍してますし、その後ほかの研究室に所属が移っていた時期もあります」

「その間、ずっと早期幼児教育の研究を？」

「脳の発達過程全般が研究テーマで、早期幼児教育が脳の発達にどういう影響を与えるかを調べるのは、その一部にすぎません。それと、誤解のないように言っておけば、GCS幼児教育センターに研究協力はしてもらっていますが、研究室とセンターは別物です。うちの研究室は早期幼児教育専門の研究室ではありません」

「しかし、センターで使われている金のゆりかご、GC装置ですか、あれは、近松先生の理論に基づいて作られたものですよね」

「ええ。でも、別です。センターはサービスの提供が目的ですが、わたしたちは幼児期の脳の発達を調べているんです。だからもし、GC装置が脳の発達に悪影響を与えているというデータが出れば、その通り公表します」

「しかしそれでは、近松先生は困ってしまうでしょうね。近松理論に従って、既に多くの子供たちが教育を受けているわけですから」

「先生がどう思われるかは知りませんが、わたしは悪いデータも隠しません」

「GC装置は、十分な効果を上げているというあなたのこれまでの報告は嘘《うそ》ではないということですね」

「そうでなければ、我が子をGC装置に入れたりしませんよ」

「ですね、確かに。じゃあ、その効果に疑問を抱かれたのは今回が初めてですか」

「効果に対する疑問というのとは違います。ただ、ひょっとしたら、今回のことはあの装置と関係があるのかもしれないと……可能性としては、もちろん考える必要があるでしょう……」

「ずいぶんと落ち着いていらっしゃるんですね。自分のお子さんがGC装置の中で痙攣《けいれん》発作を起こされたというのに」

「偶然ということも考えられます」

「しかしほかにも、同様のケースがあるんですよね」

「GC装置の中での発作はわたしの子供だけです」

「ほかにもいると聞いていますが。GC装置の中ではありませんが、出た直後に」

「遊戯室で倒れた女の子のことですね。確かにそういうことがありました」

「奇声を上げて走り回って、ティッシュペーパーをむしゃむしゃ食べ出したそうですね。そして痙攣を起こして失神した」

「その日、お昼から研究室に来てもらっていたのに、わたしたちの都合で夕方まで待たせてしまったんです。風邪《かぜ》で熱があるとは知りませんでした。子供たちの遊戯室をかねた控え室にいる間に、悪化していたんです。もともとほかの子供とは一緒に遊びたがらない子でしたし」

「漆山《うるしやま》さんも、あれは子守りをまかされた自分が悪かったのだと、そう証言してはいますがね」

「彼女のせいにするのはかわいそうです。秘書の仕事もやらなくてはいけなかったわけですから、目が届かなかったのもしかたありません。わたしたち全員の責任です」

「病院には近松先生が自分の車で運ばれたそうですね。どうして救急車を呼ばなかったんですか」

「自分の車の方が早いと思われたのでしょう」

「動かしたら危ないかもしれないとか、そういう判断は？」

「近松先生は、いまは研究に専念なさっていますけど、医者でもあるんですよ」

「ああ、そうでしたね。運ばれた病院の先生は医学部時代の友人でしたね」

「何を、考えていらっしゃるんですか」

「本当に、風邪による高熱が原因だったんでしょうか。そもそも、ほんとに熱があったんですか？　あなたご自身で確かめました？　額を触ってみるなりして」

「わたしは……触ってませんけど、でも、確か漆山さんが、触っていましたよ」

「漆山梨佳《りか》さん。年齢が二十で、近松先生の秘書になる前は、高校を中退してスーパーのレジを打っていたそうですね」

「それが何か？」

「大学教授の秘書の経歴とは思えないんですがね」

「うちには子供がおおぜい通ってきます。漆山さんには、その子守りもお願いしていて、むしろそちらがメインのお仕事です」

「でしたら、保母の経験者とかを雇う方がいいと思うんですがね」

「何がおっしゃりたいんですか」

「採用を決められたのは、近松先生ですよね。ほかにも応募者があったんでしょうか」

「いいえ。どこかに募集を出したわけではありませんから」

「近松先生がいきなり連れてきたってことでしょうか？」

「ええ」

「おかしいと思いませんでしたか？」

「どうしてですか。友人の娘さんだということでしたよ。縁故採用してはまずいでしょうか？　大学の正規の職員ではなくて、先生が個人で雇っていらっしゃるんですよ」

「あなたは、そう信じていらっしゃるんですか？」

「違うと？」

「近松先生の愛人だという噂《うわさ》がありますよ。彼女は、近松先生と口裏を合わせているのかもしれない。まあ、いまの段階では、あくまで可能性にすぎませんがね」

「本人に直接訊《き》いたらいかがです？」

「え？　漆山さんにですか」

「彼女が愛人かどうかが問題ではなくて、倒れた女の子……どうせもう名前はご存知なんでしょう？」

「木俣梓《きまたあずさ》ですね」

「彼女に直接、熱があったのかどうか訊いたらいいじゃないですか。三日前に退院したって聞きましたよ」

「ええ。家に行ってみました。ところが、どうしても子供には会わせてもらえないんですよ。まだ病気が完全に治ったわけではないからと」

「では、治った頃にもう一度訪ねられたらいいでしょう」

「ええ、そのつもりですがね。木俣梓の父親が、電器店の資金繰りに困って借りていた高利の金を、最近一括返済したっていう話を聞いたんですが」

「借りた金は返すのが当たり前でしょう」

「まあそうですが。――あと、竹村基樹《たけむらもとき》君も、頭が変になったとか。母親が怒鳴り込んできたそうですね」

「怒鳴り込んできたのは事実ですけど……基樹君に何があったのか、それはわたしの方が知りたいぐらいです」

「精神神経科に入院しているそうですが」

「母親がそう言っているだけでしょう」

「疑ってるんですか？」

「面会に行きたいと何度も頼んでいるのに、ずっと断られています。あの人、竹村春江《はるえ》さん自身が、あの子をどうにかしたんじゃないかと、わたしは本気で心配しています」

「どういうことですか」

「基樹君、母親から虐待を受けていたと思います。本人は認めませんでしたが、痣《あざ》や火傷《やけど》を何度か目にしています。もしも精神神経科に入っているというのが本当だとしても、原因は母親ですよ、おそらく」

「しかし、偶然にしては時期的に重なりすぎてますね。同時期に四人」

「四人？」

「島岡守《しまおかまもる》という子供もいるでしょう。その子も、頭がおかしくなった」

「それはただの噂です。ご両親の仕事の都合で、福岡に引っ越したから来なくなっただけです。時期が重なったので、あの子もそうじゃないかというような噂が学生たちの間で交わされているのは知っていますが、それはもう、まったく根拠のない噂です」

「引っ越し先の住所は、分かりますか？」

「どうしてわたしがそんなことを」

「早期幼児教育を受けた子供が将来どうなるか、できれば追跡調査をしたいと考えるでしょう」

「近松先生はご存知かもしれません」

「答えることはできないと言われました。研究データを許可なく洩《も》らすことはできないと。住所も研究データですかね」

「そうですよ。考えてみると、あなた、本当はテレビの報道の方ではなくて、島岡さんはあなたから逃げるために引っ越した——そういう可能性だってあるわけですものね」

「会社に電話してもらえば、身許は確認できますが」

「あなたが誰であれ、そういう個人のプライバシーに関する情報を教えることはできません」

「そうですか。じゃあまあ、それはこっちで探しましょう」

「四人が同時期になんて、そういういいかげんなことは報道しないでくださいね。GC装置との因果関係が疑われるのは、わたしの子供だけです」

「秀人《ひでと》君でしたね。いまは、どういうご様子ですか」

「元気ですよ」

「そうですか。でも、ああいうことがあってからは、研究室にもGCSの教室にも通わせていないようですね」

「原因が分かるまではそうするのが当たり前でしょう。別の原因だったとはっきりすれば、また通わせるし、原因がGCSの教育のせいだったと分かれば、そのときはやめさせます」

「GCSに問題があると分かった場合、その事実、公表してもらえますか？」

「もちろんです」

一章　早期教育

1

里美《さとみ》がどうしてもと言うので、野上《のがみ》は朝から散髪に行った。床屋の鏡で見たときには、さっぱりしたという印象で、悪い気分ではなかった。ひげもきれいに剃《そ》ってあるし、髪のセットもまとまっている。しかしいまになって、急にいやになってきた。まとまりすぎ、こざっぱりしすぎているのが気に食わない。きっちりと入った分け目、散髪したばかりだと一目で分かる襟足《えりあし》やもみ上げの剃り跡。

わざわざ汚い身なりにすることもないが、必要以上に飾らなくてもいい。

鏡に映った自分の顔を見た。この数年で、ずいぶんと老けた。そう見えるのは、五キロ程痩《や》せたからだろう。胃を悪くしてから食が細くなった。不健康な痩せ方だと、一目で分かる。生活に疲れているような、そんな印象は確実に持たれてしまうだろう。

そこまでは、かまわない。しかし決して、物欲しげには見られたくなかった。

野上は髪の毛のセットを一度両手で崩して、ブラシで形を整え直した。ヘアスタイルはさっきと大して変わっていないのだが、この日のためにいかにも、という整え方ではなく、ふだん通りの雰囲気に近づいた。

「早くして」

襖《ふすま》の向こうにいる里美が言った。

「もうタクシー呼んであるんだからね」

野上は溜息《ためいき》を一つ吐いて、鏡台の前から腰を上げた。身体《からだ》が重たい。微熱があるような気がする。できることなら、このまま畳の上に寝転がりたかった。

「ねえ、何してるのよ」

野上はゆっくりとした動作で玄関に向かう。

里美は、いつもより濃いめの化粧をした顔を、玄関の壁にかかった鏡に映していた。妊娠が分かってまもなく、里美は肩までの髪を切ってショートヘアにした。高校のときの、いまよりも、もっと短かい髪型を写真で見たことはあるが、出会ってから初めての里美のショートヘアに、野上は最初少し違和感を覚えた。しかしいまは、馴れたせいもあるのだろうか、前の髪型よりも似合っているように思う。ところが里美は、最近になって、髪を切ったのは間違いだった、と愚痴《ぐち》りだしている。丸い輪郭が髪型のせいで目立ってしまうと。

里美は額に垂れた前髪を整えてから、口をすぼめて、頬《ほお》を押さえている。膨らんできた頬を気にしているのだ。妊娠してから、ずいぶんと顔が丸くなったし、身体のラインも、おなかというより全体的に一回り大きくなった感じがする。

そんな里美がいま着ているグレーのスーツは、先週買ったばかりの物だ。十万円以上の値段だった。

この先、長く着られるのなら、たまにはそういう買い物もあっていいと思う。が、妊娠六ヶ月の身体に合わせたスーツ——いまのうちから出産後のダイエット方法について書かれた本を何冊も買い込んでいる彼女は、このスーツをいったい何回着る機会があると思っているのだろう。

小さいサイズに直すことは、案外簡単にできることなのだろうか——などと野上は思ってみたが、それにしても、家計を考えたら、できる買い物ではない。

夫は来月から高給取りになると、里美はそう信じ込んでいるからこそ、こんな買い物ができるのだ。

八日前、年収一千万円以上が保証された就職話が、野上のところに持ち込まれた。里美は、野上が当然その話を受けると思い込んでいる。しかし野上は、断るつもりだ。

年収一千万円。それはまもなくただの夢に終わる。そのことを、野上はまだ里美に話していない。

就職話を、野上は自分の方から蹴《け》るつもりでいるのだが、里美には、向こうから断ってきたと思わせたかった。それまでは、断る意志を悟られてはまずい。

里美はスーツのほかに高価な靴も買い、さらには、『持っている物でいいじゃないか』という抵抗も空しく、『高い給料いただくのに失礼じゃない。それにあなたは会社の幹部になるのよ』と、野上自身も、いま身に着けているスーツとシャツ、ネクタイ、それに靴まで、一揃《そろ》い新しく買わされた。

すべて合わせると三十万以上の出費だった。これに今後の出産費用も合わせると、貯金は、底をついてしまうのではないだろうか。

野上は胃に痛みを覚えた。また胃潰瘍《いかいよう》かもしれない。

表に車のエンジン音が響く。里美はドアを開けて通路に出ると、手摺《てすり》越しに見おろし、野上を振り返って言った。

「タクシー来たわよ」

野上は靴を履いた。

「それ、違うでしょう」

無意識のうちに、履き古した靴に足を突っ込んでいた。

「なんかさっきからぼうっとしてない？　しっかりしてよ、大事な日なんだから」

足に馴染んだ靴を脱ぎ、横に並べてあった、履き心地の悪いピカピカの革靴に履き替える。

「鍵、ちゃんと閉めてきてね」

里美はそう言うと、先にアパートの階段を降り始める。

野上は玄関の壁にかかった鏡を覗《のぞ》いた。鬢《びん》に一本、白髪を見つけた。まだ二十九だというのに、最近白髪が混じってきた。指先でつまんで引き抜くと、鋭い痛みがほんの一瞬こめかみを走った。

玄関を出て戸締まりをしながら、腕の時計を一瞥《いちべつ》した。約束の時間に間に合うだろうか。ぎりぎりか、道の込み具合によっては少し遅れると思う。

いっそ遅れた方が、それで話が壊れたと里美を納得させられるかもしれない。

野上はゆっくりと階段を降りる。

待っていた里美に押し込まれてタクシーに乗った。

里美が運転手に行き先を告げる。

そういえば、客としてタクシーに乗るのは何年ぶりだろうと、野上は思いを巡らせた。

急な胃痛に襲われて病院に行くために乗ったのが最後だ。三年前、里美と結婚してまもないときだった。当時勤めていた寝具の訪問販売会社で、些細《ささい》なことから上司と揉《も》めて、そのストレスがピークに達したのだろう、胃潰瘍になっていた。

客としてタクシーに乗ったのは、あれが最後。入院を機会に会社を辞めて、退院したあとは、タクシーに客を乗せる側に回ったのだった。

久しぶりに客として乗ったタクシーの座席に、野上は深く身体を預けた。そして、厄介《やっかい》なことになったものだと、これまでの成り行きに思いを巡らせた。

姫谷保彦《ひめたにやすひこ》という弁護士が会社に野上を訪ねて来たのは、二ヶ月程前だった。

「近松先生は、来週脳腫瘍《のうしゆよう》の手術をする予定です。これは先生自身も既にご存知のことですが、腫瘍は悪性で、しかもできている場所もよくありません。手術をしても根治は無理ですし、それに、腫瘍周囲の神経組織を広範に傷つける可能性が強いので、命はとりとめても、手術後、言語能力などの知的能力は完全には回復しないだろうと考えられています。しかし先生自身は一縷《いちる》でも望みがあるならと、手術を希望されました」

姫谷は、神妙な面持《おもも》ちで、鼻の下にたくわえたひげを人差し指で撫《な》でながら、しばらく黙り込んだあと、言葉を続けた。「手術の前に、あなたに会いたいとおっしゃっています。一

でしたね」

「母が一昨年、くも膜下出血で亡くなりました。そのとき、近松さんは葬儀にもみえませんでしたね」

その言葉で、野上は絶対に見舞いに行かないと決めた。

「先生の話は、たぶん、あなたにとって得になることだと思うんですが」

野上が多忙を理由に断ると、姫谷は薄笑いを浮かべて言った。

度、見舞いに来ていただけませんか」


「気を遣われたのですよ。お母さまには、最期を看取られた男性がいらしたようですから」

「つまりもう、他人ということでしょう」

「そうかもしれません。ですが、あなたとのことは、また別の問題でしょう」

「母と他人なら、僕とも他人です」

野上の母親は、かつて近松の愛人だった。野上はそのときにできた子供だ。が、認知はしてもらっていない。近松とは、戸籍の上でも気持ちの上でも赤の他人のつもりでいる。

姫谷は翌日も説得しに来たが、野上は近松の見舞いには行かなかった。

近松の病状がその後どうなったのか、野上はまったく気にかけなかった。近松がどうなろうと知ったことではない。そう思っていた。

ところが、近松の手術の結果を野上に知らせてきた人間がいる。

亡くなった母の弟、謙作《けんさく》だ。謙作は、三十代の頃はいっとき羽ぶりがよかった時期もあるのだが、経営していたレストランを潰《つぶ》してからは、両親――野上にとっては祖父母の、少ない蓄えと年金をあてにして生活している。

いまは新聞の勧誘員を職業にしているらしいが、これも長くは続くまいと野上は思っている。半年続けばいい方だろう。その前にやったのは清掃員の仕事で、これは三日で辞めて、その後半年遊んでいた。十年前に離婚してからは、ずっとそんな調子だ。

野上はそんな怠惰《たいだ》な生活をしている謙作が嫌いだったから、最近は、ほとんど顔を合わせていない。しかし、縁を切っているわけではないから、話があるから来いと言われれば、行かないわけにもいかなかった。

謙作の、どんよりと曇ったまなざしと、生気のない表情を思い浮かべ、憂鬱《ゆううつ》な気持ちになりながら、野上は彼のアパートに行った。

ところが、その日の謙作は目を輝かせ、何年ぶりに見るだろうと思うほど晴れやかな表情をしていた。いったい何があったのかと、野上は謙作の話に耳を傾け、そして、さっきよりも、もっと憂鬱になった。

「近松は、どうにか命拾いはしたが、知性も言葉も失った。それに、腫瘍は完全には取れなかったそうだからな。どう長くても半年持たないらしい」

年々深くなる皺《しわ》との区別がつきにくくなっていた謙作の双眸《そうぼう》が、かっと見開かれている。

「あと半年だぞ」謙作は鼻息を荒くして言った。「半年たったら、おまえ大金持ちだ」

「なんの話をしてるんだよ」

「おまえは近松吾郎《ごろう》の遺産相続人なんだぞ」

野上は鼻で笑った。

「僕は認知されてない」

「これからしてもらえばいい」

「彼は話ができなくなってるんだろう？」

「ああ」

「そんな人が認知できる？」

「少しは勉強しろ。父親の死後だって、認知の訴訟は起こせるんだぞ。親が認めなくても裁判所が認めてくれるんだよ。そして認知されれば、もちろん遺産の相続権が生じる」

少し酔っ払って、畳にあぐらをかいていた謙作は、酒臭い息を吐き出してそう言うと、訴訟を起こせと迫った。

「できるわけないだろう。認知を求めないという条件で一億円もらってるんだ」

子供の頃、野上は謙作と母親の会話を盗み聞きしてそれを知った。謙作は母に、その金を倍に増やしてやるから自分に預けてくれと、頭を下げていた。

最初断っていた母も、しつこさに負けたのか、弟がかわいかったのか、あるいは本気で信じたのだろうか、金を渡した。結果は、無残なものだった。

「親が交わした約束は、子供とは関係ない。子供には子供の権利がある」謙作は眦《まなじり》を吊り上げて言った。「近松吾郎の遺産相続人は、一人息子の信吾《しんご》とおまえの二人だ。おまえは外にできた子供だから、等分とはいかないが、二対一で分ける。つまり、三分の一もらえるんだ。一千億以上の資産だって言われてるんだぞ。その三分の一でも……三百億以上だ」

野上は認知訴訟などする気はないと謙作に告げた。

謙作は、泣きそうな顔になりながら言った。「なぜだ。もらえばいいじゃないか。おまえの権利なんだ。お母さんやおまえを苦しめた人間が憎いのは分かる。そんな人間から金などもらいたくないというのも分かる。しかし、こう考えたらどうだ。そういう憎いやつだからこそ、金を毟《むし》り取ってやるんだよ」

「あいつが墓場の中まで金を持って行ったら、毟り取りに行ってもいいけどね」

「おまえ、里美さんや子供を、幸せにしてやりたくないのか」

「幸せはお金で買える物ではないよ」

「買えるさ。買える。三百億なんだぞ」

「もうやめてくれ」

野上は立ち上がると、謙作を睨《にら》みつけて言った。「里美に余計なことを言わないでくれよ。もし話したら、仮に遺産を相続したとしても叔父さんには一円だって渡さないからな。絶対だ」

しかしそう言ったところで、謙作はきっと里美に話すだろうと思った。そして二人して、なんとか訴訟を起こさせようとするだろう。厄介なことになりそうだと、野上は感じていた。

だが、三百億というのは勘違いだったと、その後謙作が言ってきた。

一千億以上の資産というのは、会社や病院の資産であり、近松個人の資産というわけではなかった。相続税対策などもされているので、相続の対象となるのは桁《けた》がまったく違う。叔父が摑《つか》んできた情報では、遺産はせいぜいが三十数億というところらしい。三分の一は十億強。それでも大した額だが、相続人が息子の信吾と野上の二人というのも実は謙作の勘違いだった。

呆《あき》れたことに、謙作は信吾の母親、つまり近松の妻を相続人に加えるのを忘れていたのだ。野上は近松の家庭のことなど興味がなかったから、家族構成など知らない。相続人は信吾とおまえの二人、と謙作が言うのを聞いて、てっきり妻は亡くなっているのだと思っていたのだが、そうではなかった。頭に血が上っていた謙作は、配偶者も相続人だということを忘れていたのだ。

さらに、近松がいまの妻とは再婚だったことも分かった。

離婚した先妻との間に、女ばかり三人の子供がいる。

「もちろん彼女たちにも相続権があるからな」謙作は肩を落として言った。「おまえの法定相続分は、十八分の一ということになる。さらにな、近松のような立場の人間なら遺言状があるはずだ。そこにおまえの相続分が指定されていなければ、取り分はゼロだ。……ただし、遺留分というのがある。法定相続人は、申し立てれば法定相続分の半分は手に入れる権利があるんだ。つまり三十六分の一。約一億がおまえの取り分だ。――ただなあ」

白髪混じりの頭を掻《か》きながら、がっくりとうなだれて謙作が付け加えたのは、生前に贈与された資産も遺産相続の一部と見なされる場合があるということだった。

近松と別れるときに受け取った一億円について、野上の母親は、将来も認知を求めないし、遺産も要求させないと一筆入れている。それは母親の勝手な約束ではあるが、一億の金について、これは解釈によっては、子供に対する生前の贈与と見なされる可能性もあるらしく、そうなるとその分は請求から差し引いて考えなくてはならないらしい。

母親の一筆があっても認知の訴訟の妨《さまた》げにはならないはずだが、認知されたとしても、遺産は一円ももらえないかもしれない。謙作は萎《しお》れた様子でそう語った。

謙作が法律を正しく理解しているのか、相続について、彼の言う通りなのか——野上はそれは怪しいと思いつつも、謙作が認知訴訟を起こすことを諦《あきら》めたらしいことに、ほっとしていた。

「まあしかし、三十数億というのは、まだ確かな数字じゃないからな。それに、おまえの戸籍の問題は、子供や孫にも影響を与える。金にならなかったとしても、認知訴訟はやっておいて損はないんじゃないか」

「あんな男の名前で戸籍を汚されたくないよ」

謙作はしばらく黙っていたが、うなずいた。

その後数回、姫谷から面会したいという趣旨の電話や伝言があったが、野上は無視し続けた。近松との縁は、これで完全に切れると野上は思っていた。

しかし八日前、どうしても無視できない状況に追い込まれてしまった。野上の運転するタクシーに、姫谷が客として乗ってきたのだ。夫人と思われる女性との二人連れで、手を上げたのは女の方だったから、乗り込んでくるまで姫谷とは気づかなかった。

単なる偶然のはずはなかったが、降りろとも言えないし、後ろの席から勝手に話しかけてくる言葉に耳を塞《ふさ》ぐわけにもいかなかった。

「手術は、一応は成功でした。命が助かったという意味では。意識も戻っています。しかし、記憶、言葉、思考力、それに四肢《しし》の運動機能も、すべてがほとんど失われてしまった状態です」

野上は黙って運転を続けた。謙作から既に聞いていたことでもあったし、近松がどうなろうとまったく興味のないことだったから、姫谷の話には、なんの衝撃も受けていない。

「先生は、手術の前、あなたにどうしても話したいことがあるとおっしゃっていました。しかし、あなたは来なかった。この手術が危険だということは先生は十分理解されていましたから、もしものときはと、わたしに伝言を託されました。正直言うと、ちょっと困っているんですよ。先生は手術が失敗して死んだ場合のことを想定して語られたんですが、先生はまだご存命でいらっしゃる。とはいうものの、現状からの回復の見込みは、まったくないそうです。今後先生の口からあなたに直接お話しになる日が来ることは、残念ながらありえません」

そう言って、姫谷は溜息を吐いた。「これは、とりあえずただの伝言で、法律的な効力を持つことではありませんから、弁護士としてではなく先生の友人という立場で、わたし個人の判断で、あなたに先生からの伝言を申し上げます」

「聞きたくないです。あの人とは、関わりを持ちたくない」

野上はそう言ったが、姫谷は話をやめなかった。

「あなたにＧＣＳ幼児教育センターという会社に入社してほしいというのが、先生からの伝言です」

野上は頭に血が上るのを感じた。

「先生はＧＣＳ幼児教育センターの顧問という以上の立場ではありませんが、先生からの同様の伝言を会社にも伝えまして、ＯＫの返事を得ています。待遇は幹部候補で、年収は最低一千万保証です」

　近松は何を考えていたのだろうか、野上はどうにも分からなかった。この話を受けると、近松は本気でそう思ったのだろうか？

「いったいなぜ、あの人はそんなことを言い出したんですか」野上は言った。

「なぜ、でしょうね。わたしは聞いていません。見舞いに来てくださっていれば、直接訊けたでしょうにね。いまの先生では、訊いても答は返ってきません。でも、一度病院にはいらしてくださいよ。先生も喜ばれると思います。恵沢《けいたく》医科大学の附属病院なんですが……できれば、見舞いに行かれる前に、わたしに連絡をください。向こうのご家族と顔を合わせるのは、あなたも嫌でしょうから、その辺はわたしにまかせてください」

　見舞うつもりなどさらさらない。しかし、近松が何を考えてこんな話を持ち出したのか、それは知りたいと思った。けれども、近松はもはやその答を告げることはできないらしい。ＧＣＳに就職しろなんて、あいつはどういうつもりなんだ——野上には近松の意図が分からなかった。

　姫谷がタクシーの料金といっしょに押しつけた紙切れには、ＧＣＳ幼児教育センター、工《く》藤《どう》明人《あきと》という名前と、連絡先とおぼしき電話番号が記されていた。

「ともかく一度、彼の話だけでも聞かれたらいかがでしょう」

　そんなつもりは、野上には毛頭なかったのだが、その場できっぱりとそう言わなかったのは、軽いショック状態にあったからだろう。

　なんでＧＣＳに入れなんて言えるんだ——野上がそう思いを巡らせて混乱しているうちに、

姫谷はタクシーから降りてしまった。

　その日、深夜までの勤めを終えて自宅に帰った野上を、里美が喜色を満面に浮かべて出迎えた。

「ＧＣＳ幼児教育センターの工藤って人から電話があったわ。凄いじゃない」

　野上は愕然《がくぜん》としながらも、胸の内を表情にはあらわさず、どこまでの話が里美に伝わってしまったのか探った。自分の言葉は曖昧《あいまい》にして、里美にだけ喋らせた。

　近松吾郎という人物の推薦で野上雄貴《ゆうき》を会社に幹部として迎え入れることになったと、工藤という男は里美に告げたらしい。

「でも近松さんって、いったいどういう人？」

「遠い親戚なんだ、たしか。昔、まだ子供の頃だけど、一度遊びに行ったことを憶えてる」

　野上はそう嘘をついて、とにかくその場だけは繕《つくろ》った。

　夕刻、公衆電話からＧＣＳに電話をかけ、工藤明人という男を呼び出した。

　話を承知した憶えはないと、野上は怒りを込めて言った。

「これは失礼しました。姫谷さんがあなたに話をされたと伺《うかが》ったので、こちらから、まずはお電話をと思ったわけですが、ご迷惑でしたでしょうか。申し上げた条件で、うちはもう、大歓迎でお待ちしておりますから。何か疑問に思われるところがありましたら、ご連絡ください。うちの会社の様子や設備をお知りになりたければ、直接訪ねてくださってもけっこうですよ。気が向いたときにいつでも気軽にお訪ねください。場所は、分かりますでしょうか……」

ＧＣＳに入る気などまったくない。しかしこの電話でも、野上はそうきっぱりとは言わなかった。

工藤の話を聞いてみたいと思ったからだ。会社の様子や待遇のことなどは興味がないが、ひょっとしたら工藤というこの男は、近松吾郎がどういう意図で野上雄貴をＧＣＳに入社させたがったのか知っているかもしれないと思った。

しかし、電話で、顔も知らない相手に問い質《ただ》すようなことではない。直接会って話そうと決めて、妻にはこれ以上余計なことは言わないでほしいとだけ頼んで、電話を切った。

タクシーの側面の窓から外を眺めていた里美が、野上の方を振り返って、身体を寄せてきた。

「曲がってるじゃない」

ネクタイの結び目に里美の指が絡《から》む。必要以上にきつい締め方に直され、野上は少し息苦しくなった。実際に喉《のど》が詰まったわけではないが、心理的な圧迫を覚えたのだ。

「近松吾郎先生って、本当に、ただの遠い親戚なの？」里美が言った。

「まだ納得してなかったのか」

「だって、やっぱり、なんか変じゃない？　本当に、何か思い当たることはないの？」

「ないな」

「でも、じゃあなんで……」

「だから、老人の気まぐれだろう」

野上は里美の双眸《そうぼう》を覗き込んだ。「気味が悪いか？」

「ええ、ちょっと」

「じゃあ断るか、この話」

　里美は一度目を見開いてから、困ったように顔をそらして、呟《つぶや》く。「きっと、何かあると思うの。あなたは知らなくても向こうは、何かあなたに思い入れがあるのよ、たぶん」

　近松との本当の関係だけは、里美には絶対に秘密にしなくてはならない。親子だということを知らなければ、この降って湧《わ》いたような話が、相手方の一方的な理由で壊れたとしても、里美はただ嘆いて、諦めるしかないだろう。

　しかし親子だと知ってしまったら、それで済むとは思えない。

　この就職話自体を里美に知られずに済めば、それが一番だったのだが、工藤が里美に電話をかけてしまったことから、厄介な事態になった。近松とは何者か里美に突然訊かれて、その場だけ凌《しの》げればと、野上は彼を遠い親戚だとごまかしたのだが、これが失敗だった。里美は、近松吾郎という親戚はどういう人かと、謙作に電話してしまったのだ。それで、この就職話を謙作までもが知ることになった。

「まさかこの話を蹴飛ばすんじゃなかろうな」と、謙作は野上を呼びつけて言った。

「あいつの言う通り就職すると思う？」

「あの男なりに、おまえのことを考えてたってことだ。少しは気持ちを汲《く》んでやってもいいんじゃないか？」

「冗談だろう。僕がＧＣＳに勤めるわけない。そんなことはあいつだって分かってたはずなんだ。これはむしろ嫌がらせだよ」

「そう悪くとるな。近松とおまえのお母さんとは話し合って別れた。向こうが一方的に悪いわけじゃない。もう大人なんだ、そう感情的にばかりなるな。就職の斡旋《あっせん》なんていう、ちょっと変わったやり方だが、近松はおまえにちゃんと遺産を残そうとしてるってことだろう。素直に受け取ってやれ」

「僕はGCSに勤める気はない」

「里美さんにはなんて言い訳するんだ。彼女はもう、その気になってるぞ。子供も生まれる。部屋だってもっと広いところに住みたいと思うだろうし、将来は子供の教育費もいるんだぞ。歩合制の給料じゃあ、年取ったら給料が増えるってものでもないだろう。家族のことも考えろ」

「里美は納得させる。だから、近松が僕の父親だってことだけは絶対に黙っててくれ。里美がそれを知ったら話がややこしくなる」

「おまえが、あいつを父親と認めたくない気持ちは、分からないでもない。だからもう認知を求める裁判をしろとは言わん。だが、この就職の話は受けるんだ。そうすれば、近松が父親だということは里美さんに黙っていてやる」

「里美に話したら、僕に金が入ったとしても、絶対に叔父さんには金を貸さないからな」

「俺がいつおまえに借金を申し込んだ。俺はただ、おまえに、自分の正当な権利を主張しろと言っているだけだ。おまえのためを思って言っている」

「だったら里美には黙っていてくれ。里美には、話は向こうから断ってきたと言って納得させる。だからこれが一種の遺産なんだとか、そんなことは絶対に言わないでくれ。近松とはただの遠い親戚、それで通してくれ。僕のためを思うのなら、そうしてくれ」

「おまえのいまの感情だけで決めてしまうには、重すぎる問題だ。必ず後悔するときが来る」

突然肩を摑まれて、野上はびくりと身体を動かした。

「ちょっと緊張しすぎじゃない。ずいぶん力入っちゃってる」

里美はそう言いながら野上の肩を揉みほぐす。

野上は横目で里美の表情を窺《うかが》った。薄めの唇が少し開いている。

「もう一回言っておくけどさ、推薦はしてもらったけど、向こうが採用を断ってくることだってありうるんだからな」

「まさか」里美は笑顔で言った。「よっぽどあなたが変なことしない限りは大丈夫よ。近松吾郎って人は、GCSの顔なんだもの。その人の推薦よ」

近松吾郎がどういう人物かということは、既に里美も知っている。謙作が喋ったのだ。

神奈川県にある総合病院の院長で、病院のほかにもいくつかの会社を経営する資産家。といっても、近松吾郎は五十代半ばまでは冥香《めいこう》大学の教授で、病院も会社も、彼の父親が築いたものを相続したにすぎない。

近松吾郎自身に事業家としての才覚があったのかどうかは分からないが、事業よりは研究という人間であったことは、はっきりしている。病院の院長職も名ばかりで、大学の教授職を辞した後も、個人の研究所を作り研究生活にほとんどの時間を割《さ》いていた。しかも、近松の研究は『金になる研究』だったのに、彼は金儲《かねもう》けには関わらなかった。

近松は、早期幼児教育に関してGC理論という独自の理論を展開し、近松式天才脳デザインプログラムというものを考案した。それに基づいてシステム化された早期幼児教育を実践しているのが、GCS幼児教育センターで、近松はセンターの前身、近松式幼児英才塾の創始者だ。

英才塾は数年後、塾生の中から天才少年少女が続出して世間を騒がせ、入塾希望者が殺到することになる。

近松が事業に興味があったならば、経営に参加することもできたはずだったが、彼はそうしていない。顧問という立場に留まって、あくまでも研究者として、近松式幼児英才塾からGCS幼児教育センターと名を変えた会社に関わった。

しかしいまでもGCSに対する影響力という点では、近松はどんな大株主よりも上だ。

そんな話を謙作が里美にするのを、野上は横で苦々しい思いで聞いていた。謙作の話で、里美はすっかりその気になった。


「自信持って」

里美は野上の胸を軽く叩《たた》いてそう言った。

今日帰って、話が壊れたと言ったら、里美はどんな反応を見せるだろうか。

向こうから断ってきたんだからしかたがないじゃないか。気に入ってもらえなかったんだよ。それはそうさ、向こうは僕の経歴も全然知らずに言ったことだったんだ。教育産業にはまったくの素人で、しかも高卒だって言ったら、驚いていたよ——そんなふうに言うつもりなのだが、それで納得させられるだろうか？

近松との本当の関係がばれなければ、それで済むと思う。しかし、分かってしまったら——この就職話が遺産相続の意味合いを持っていること、つまりは野上にそれを受け取る権利があるのだと里美が知ったら、向こうから約束を反故《ほご》にしてきたと言っても、納得しないだろう。

里美は会社に押しかけて、野上の方から断ったのだと知ることになる。なぜ遺産をもらわないのか、なぜ正当な権利を行使しないのか、里美にそう詰め寄られて、果たしてどう言えば分かってもらえるだろうか。

理屈ではなく感情の問題だ。

ただの意地ではないかと、他人は言うだろうが、野上には譲れない問題だった。

里美は、どう感じるだろう。夫婦なのだ。分かってもらえる自信はある。

しかしこの先の長い人生、辛《つら》いときもあるだろう。そのたびに、里美は嘆息するに違いない。あなたがあのとき意地を張らなければ……と。

里美の横顔に目をやると、彼女は視線に気づいたのか、野上の方を向いて微笑んだ。

胃の痛みがひどくなってきた。

2

吉祥寺にあるGCS幼児教育センター本部は七階建てのビルで、外壁に、金色のゆりかごを抽象化してデザインされた楕円《だえん》と三日月が組み合わさったようなシンボルマークが大きく描かれている。

センターのパンフレットによると、五階と六階が幼児教育の教室、七階が事務局。一階に教材などを売る店舗があり、その奥は室内プールになっている。二階はスポーツクラブと喫茶店。三階はレストランが四店と幼児の脳を育てるという触れ込みの育脳料理教室の会場、事務室、小ホール。四階はレンタル会議場が大小合わせて五つあり、中の一つの会議場で、今日はGCS幼児教育センター主催のセミナーが行われている。幼児期の脳の発達をテーマにして、大学の教授など三人の研究者が講演をする。

パンフレットによれば、講演は十時から一時で、その後昼食会があり、二時半から教室の見学会が行われる。

野上が工藤と会う約束をしているのは二時だったが、既に十五分過ぎている。

「まさか遅刻で話が壊れちゃうなんてことないわよね」

里美はいらいらと足踏みまでしながらエレベーターを待っている。

ようやく到着したエレベーターで七階に向かった。

エレベーターから降りるときまでは先に立っていた里美だが、さすがに本部事務局のドアの前では後ろに下がった。

ノックの音に応えて、二十代前半くらいの女がドアを開けた。待ちかねていたようで、名前を告げるとすぐ、奥の部屋に通された。

黒革のソファと、クリスタルの灰皿とセンターの発行している小冊子が載ったガラステーブル、電話が一つと花瓶が載った台、壁に風景画が一つ。

二分程して、中年の男がドアを開け、頭を軽く下げて言った。

「どうもお待たせしました、工藤です」

野上と里美は挨拶するためにソファから立ち上がる。野上は、工藤の少し薄くなった頭頂部を見おろす格好になった。工藤が百六十センチ弱くらいの身長なのに対して、野上は百八十近くある。が、胸板は工藤の方が遥《はる》かに厚い。ボディビルでもやっているのか、スーツの上からでも筋肉質なのが分かった。顔立ちは彫りが深く、端整だ。縁が大きめの眼鏡をかけているが、野暮《やぼ》ったい印象ではなく洒落《しゃれ》ている。スーツも、一見して高級品と分かるものを着ていた。

工藤と挨拶を交わし合ったあと、里美が言った。「パンフレットを見て、わたしも見学会に参加させてもらおうと思いまして。お仕事の話の邪魔をするつもりはありませんから、ご挨拶だけ。来年にはわたしも、母親になるもので、早期幼児教育には前から興味があったんです」

「そうですか」

工藤は作りなれているらしい笑顔を満面に浮かべている。「ぜひご覧になってください。そしてぜひ、うちのシステムをご理解いただきたい」

「ええ、じゃあわたしはこれで。受付は四階でしたかしら」

「ご主人もいっしょの方がよろしいでしょう」

工藤は野上に向かって言った。「仕事の話はあとにしましょう。とりあえず見学会に参加して、うちのシステムをご覧になってください」

工藤に送り出され、野上と里美は、四階の会議室に行った。

里美が手にしているパンフレットに、見学会の案内役を務める飯田奈々子《いいだななこ》の略歴が載っている。それによると奈々子は、大学院の修士課程から近松吾郎に師事したとある。

現在はGCS幼児教育センターの指導員養成部の部長とトータルアドバイザーを兼務、ほかに女子大講師の肩書きもある。

見学者がたむろしていた四階の会議室に奈々子が姿を現し、自己紹介を兼ねた簡単な挨拶のあと、ぞろぞろと五階に上がる。総勢で三十人弱というところだ。平日ということで男の姿は少ない。野上も入れて四人。いずれも三十前後と思える。女性の年代は様々だった。見た目の印象では、二十代から六十代までそろっている。子供の母親だけでなく祖母が来ていたりもするのだろう。

階段を上がったところで、奈々子が立ち止まって振り返る。野上は奈々子の顔を見つめた。その場のほとんどの人間が奈々子に注目している状況だから、遠慮なく凝視できる。

野上は子供の頃、幾度となく近松吾郎の研究室を訪ねている。奈々子の大学卒業年度から推測すると、かつて研究室で顔を合わせている可能性があった。

ちょっと骸骨《がいこつ》を思わせるような、肉が薄く出っ張りの多い輪郭。目鼻は大きめで、唇は薄い。身体は、八頭身とはいかないが、全体のバランスが取れている。

野上はしばらく奈々子を眺めたあと、会ったことはない女だと結論を出した。だが、目が合ったとき、奈々子が僅《わず》かに目を見開いたのが分かった。知っている顔を見つけた、そういう表情に見えたのは気のせいだろうか。

野上は奈々子の顔を改めて観察する。十七年以上の年月は女性の容姿を大きく変えてしまうかもしれないし、化粧やヘアスタイルは当然昔とは違うだろう。頭の中で、あれこれと彼女の姿を修整してみる。なんとなく記憶に引っかかるものがあるが、はっきりしたものではない。

最近、自分でも呆れるほど物を忘れる。子供の頃とは大違いだ。野上は自嘲《じちょう》して、つい鼻で笑ってしまった。

隣にいた里美が怪訝《けげん》そうに野上の顔を覗き込む。野上は鼻がつまったときのように鼻を鳴らしてごまかした。

奈々子が遊戯室というプレートのかかった水色のドアを引き開けて中に入る。見学者があとに続いた。

「ここは、いろんなおもちゃが取り揃えてあって、子供たちに好きなように遊んでもらいます」

緑色のカーペットの敷かれた部屋には車や人形、積み木などのおもちゃが散らばっている。奥にフローリングになった場所があり、小さな滑り台とシーソーがあった。子供の姿は、いまは見えない。

見学者の中で一番年輩と思える女性が、積み木を拾い上げ、顔の近くに持っていく。

「複雑な模様なので物によっては文字に見えてしまうかもしれませんが、そうではありません」

奈々子は口許に微笑を浮かべた。「早期教育というと、遊びをやめさせて、知識を詰め込むトレーニングだけに集中させるように思われるようですが、わたしたちが行っているのは、そういう印象からは程遠いものだと思います。積み木遊びというのは、脳の発達を促すとてもよい刺激になるんです。文字を早く覚えることと、優れた言語能力を獲得することとは同じではないんです。コンピュータを考えてみてください。新しいソフトを入れれば、新しい機能が加わりますが、どんなソフトでも受け容れ可能というわけにはいきませんよね。ハードの質によって、加えられる機能には限界があります。大人の脳は、ソフトを組み込むことで性能を上げるしかないわけですが、子供の脳は、まだ組み立ての途中です。わたしたちが目指す早期教育は、子供に知識を詰め込むことではなく、知識を受け入れるための、奥行きと幅のある脳の構造を積極的な働きかけでデザインすることとです。手も足も、もちろん目も鼻も、ほかも全部、受け取った刺激は脳に送り込まれて、脳の形状や組織化に多大な影響を与えるわけです。ただ、どうしてもみなさん、言葉とか、文字にこだわってしまいますよね
――ええと」

奈々子は見学者の顔に視線を巡らせてから言った。「ここで何もかも説明しようとすると、かえって分かりにくいかもしれませんね。ほかの設備を見ながら順番にお話しすることにいたしましょう」

奈々子が次に案内した部屋には、赤ん坊が横たわった籠《かご》が一つあり、その籠の中を三台のカメラで撮影できるようになっていた。壁際には大型のモニター画面とビデオ機器、コンピュータなどが収まった鉄製のラックがある。白衣を着た若い男が一人いて、コンピュータのマウスを操作している。籠の中の赤ん坊を見ると、手足に何箇所か、金属片のようなものが貼り付けられていた。

奈々子は赤ん坊の入った籠を囲むようにと身振りで一同を促しながら、話し出した。「ここにいるのは、まだ言葉を話せない赤ちゃんですが、もうそろそろ言葉を話し始めてもおかしくない時期です。生まれたばかりの赤ちゃんと比べれば脳はずっと発達して、話し始めるための準備が整いつつあるわけです。しかし、その準備は果たして本当にちゃんと整っているのか、心配ですよね。どのくらい準備ができているのか、脳を覗いてみるわけにはいきませんし、見てもたぶん、分からないでしょう。それでわたしたちは、代わりに赤ちゃんの手足の動きに注目したんです。ただでたらめに動かしているように見えますが、こうしてコンピュータに動きを取り込んだデータを集めて、のちにその赤ちゃんがどのように知的発育をしたかというデータと照合し解析をした結果、知能が高くなる子供は、いくつかの特定のパターンにあてはまる動きを頻繁《ひんぱん》にしていたことが分かったんです」

「ちょっと、質問してもいいですか」

茶色いブルゾンを着た男が言った。

奈々子がうなずく。

「いまのはつまり、賢い子供を調べると、なんかみんな同じダンスみたいなのを踊ってたっってことですか？」

男は、薄笑いを浮かべて言った。

「そういう言い方をしてしまうと、誤った印象を与えるでしょうね。二つの点で誤解があります」

奈々子は薄い唇を湿らせるように舌を動かしてから言葉を続けた。「テレビなんかで脳波のデータをご覧になったことは皆さんおありでしょう。その波形は、素人《しろうと》が見て、どれが正常、どれが異常と分かるようなものではありませんよね。しかしプロは異常なものと正常なものを見分けます。知識が深まりデータの処理能力が高まれば、異常なもの、正常なものを更に細かく分類できるでしょう。わたしたちが行った手足の運動と知能の発育との関わりのデータ解析はコンピュータの力を借りています。プロであるわたしたちでも一見して分類が可能なわけではありません。これが一つ目の誤解。もう一つは、特定のパターンということについてですが、脳波がなんの乱れもなく規則的に波打っていたら、これは素人でも逆におかしいと思われるでしょう。赤ちゃんがダンスみたいな一連のパターン化された動きを繰り返していたら、これは明らかにおかしいですよね。見た目ではまったくでたらめに見えます。それぞれ比べたらまったく違う動きに見えます。しかし、その動きは決してただのでたらめではなく共通性が定義できるんです」

「決定論的カオスですか」

ブルゾン姿の男が言った。

奈々子はいくらか困惑したような表情を浮かべる。

「いや、わたしも大学で研究をしているもので」男は言った。「専門は物理なんですが」

「専門家の方でしたら、回りくどく、要点を外した言い方に感じられるかもしれませんが、ほかの皆さんのこともありますので、今日はその辺は、素人の方に分かりやすく話をさせてもらいます」

奈々子の話を分かりやすいと感じている人間は、表情から察する限り、野上の周囲には、一人もいないように思えた。野上自身は、ある程度は理解できている。かつて近松吾郎から同じような話を繰り返し聞かされたことがあるからだ。

しかしいまは、話を理解しようというつもりでは耳を傾けていない。言葉を、ただの音声として聞いている。内容など、どうでもよかった。

「ええと、それでともかく、知能の高い子供には、早くから手足の動きに、ある共通したパターンが見出せるということが分かってきたわけです」

「ちょっとそれも引っかかるんですがね」さっきの男がまた口を開く。「知能っていうのは、そもそもなんですか。ＩＱなんていうのが知能の指標としてはまったく意味がないものだということは、最近はもう明らかにされていますよね。知能なんて定義不能でしょう」

「曖昧な言い方をして申し訳ありません。知能の評価は、わたしたちが行った独自のテストで判断しています。知能という言葉を使うのが正しくないことはわきまえています。論文ではそういう言葉は使っていません。あくまでもある種の学習能力、パターン識別の能力や記憶力などを検査して数値化しました。そのデータと、子供の手足の運動のデータとを組み合わせて分析したわけです」

奈々子は男に視線を向けて言った。「よろしいでしょうか」

男がうなずく。

「この結果から誰もがお考えになることがあると思います。知能の——とりあえずその言葉を使わせてもらいますが——知能の高い子供と同じ動きをほかの子供にもさせてみたらどうだろうと」

「それはずいぶん乱暴な考えですね」同じ男が言った。

「そうでしょうか。プールに入る前の準備運動、朝のラジオ体操、健康のためによいと経験的に知っている運動を、わたしたちは積極的に取り入れていますよね。そのたとえが悪ければ、脳梗塞《のうこうそく》などの後遺症で手足が動かなくなった患者さんのリハビリを考えてみてください。手足の機能回復は、実は脳の神経系の機能回復でもあるわけです。手足を適切に動かすことで脳に刺激を与えているんですね。手足の動きと脳の発達とは密接な繋《つな》がりがあります」

「いや、問題はそういうことではなくてですね。あるパターンの刺激がその子供にとってどんな効果を及ぼすか分からないわけでしょう。リハビリの訓練なら長年の蓄積があるでしょうが、この場合は違うでしょう」

「その点につきましては、この先にご案内するお部屋で話す機会があると思います」

奈々子がドアの方に向かって、どこか険のあるまなざしを一瞬投げかけた。その視線の先には、いつのまに現れていたのか、工藤がいた。工藤は顎《あご》に手をやり、ドアに背中を凭《もた》せかけるようにして立っていたが、見学者が移動を始めると、手をおろして背筋を伸ばした姿勢で、一人一人に軽く頭を下げながら笑顔を振りまいて廊下に送り出す。工藤の前を通り過ぎる側も、反射的にか、たいていは頭を下げる。

　頭を下げなかった人間は三人いる。一人は、先刻何度も質問をした男で、彼はブルゾンのポケットに両手を入れて、唇を堅く結んで虚空に険しい視線を向け続け、工藤を無視した。奈々子も、やはり頭は下げず、工藤の前で急に早歩きになってさっさと廊下に出て行った。お辞儀をしなかったもう一人は、野上だった。列の最後になった野上は、少し唇を歪《ゆが》めた表情で工藤を見おろして通り過ぎる。

　野上が里美と並んで次の部屋に入ろうとしたところで、工藤が後ろから声をかけた。

「どうですか。何か参考になるようなことが聞けましたか？」

「ええ」と、里美が愛想よく答えた。「わたし、早期教育って、あんまり根拠のないものだって思ってたんですけど、違うんですね。いろいろ科学的な裏付けがあるんですね」

　工藤が満足そうにうなずく。

　奈々子の声が部屋の奥から聞こえた。里美は、工藤に向かって軽く頭を下げてから、部屋の中に急ぎ足で駆け込む。奈々子の説明を聞き逃したくないと思っているのだろう。

　野上は溜息を一つ吐いて、続いた。

　ガラスの仕切りの向こうに子供サイズのベッドが並んでいる。ベッドの一つに、裸の赤ちゃんが寝ていた。一歳ぐらいだろうか。その赤ちゃんの頭に、コードのついたキャップ状の物が目元まで深くかぶせてある。

「ちょっと異様に見えるかもしれませんが、もちろんこれは子供の肉体に害を加えるような物ではありません。ここにコードが付いてたりしますけど、外から子供に何か刺激を与えたりしてるわけではありません。脳波と目の筋肉の微妙な動きを測定しているだけです。それと子供が裸なのは、全身の体温の変化をあちらの壁にある機械で測っているからです。体温計でふだんみなさんが測っていらっしゃるのとは少し違います。身体の各部分から放熱されている熱を測っているわけですね。あちらのディスプレイをご覧ください」

画面には子供の形の輪郭が見える。輪郭の内部で時々刻々うごめくのは、等高線を色付けしたような模様だった。赤から青への色のグラデーションが、温度の高低を表している。

「こうやって全身の熱の流れが観測できます。下に出ているギザギザの線は、目の筋肉のデータで、横の方に縦に並べてあるのは、頭の各部分の脳波です。現代の科学では、MRIとかPETとか様々な方法でもっと詳しく脳の状態を外から見ることができますが、費用の問題と、それにもちろん、いくら害はないと言っても放射性物質を使ったりするような検査は子供相手では問題がありますから、そういう心配のない測定法のみ採用しています」

奈々子はガラスに背中を付けて、見学者と向き合った。「いまこの赤ちゃんは眠ってますね。脳波と筋電図から、この赤ちゃんがレム睡眠という状態にあることが分かります。IQというものが知能を測るのに適切か、という問題は先程指摘を受けましたが、ある程度の相関はあると考えて話させてもらいますと、IQ百四十以上の英才児と百程度のふつうの子供で比較したデータでは、英才児の方がレム睡眠が多いことが分かっています。また、精神の発達が遅れた子供の場合は、レム睡眠が極端に短かい傾向があります。レム睡眠のとき、脳は活発に動いています。ノーベル賞学者のクリックが、レム睡眠時に人は記憶の整理をしているという仮説を発表しています。ネズミを使ってレム睡眠のみ選択的に奪うと、学習能力が低下することが実験で分かっています。これには反論も出ているんですが、ともかくレム睡眠は、記憶や学習と深い関連があることは明らかです。そしておそらく、レム睡眠の多い少ないは、脳の可塑性《かそせい》、つまりは変化の幅の広さを示す、一つの指標になっていると考えられるのです。新生児の睡眠を調べると、大人よりも遥かにレム睡眠が多いことが分かっています。赤ちゃんの脳は寝ている間にどんどん変化し発達しているわけですね。先程の話の続きになりますが、そちらの方、ええと、できればお名前を伺えますか」

そう言って奈々子が手で差し示した相手は、さっき質問をしていた男だ。彼は上村《うえむら》と名乗った。

「先程、手足に与える刺激によって脳の発育に大きな変化が生じることをお話ししました。これは次の部屋になりますが、視覚、聴覚などあらゆる刺激が脳の発達に影響を与えます。この点は、改めて申し上げなくてもみなさんお分かりいただけているだろうと思います。ただ、どういう刺激を与えればいいのか、どうしてそれが分かったのかというのが上村さんの疑問ですよね」

「そうです」上村は言った。「ええとですねえ、わたしは早期教育を謳《うた》う教室の説明会を、方々回ってきたんです。で、たとえばある教室では、三歳までに読み書きができるようにするって言うんですね。これは、とても分かりやすい。そのことがいいか悪いかは別ですよ。しかし、結果は目に見える。実際そこに通う子供さんたちを見れば、成功してるのかどうか分かります。ところがどうもこちらの理念は抽象的だ。もちろん、脳科学について多少知識のある人間は――わたしも、いろいろ勉強してみたわけで、一応おっしゃってる意味は分かります。なるほどと感じる部分もあるんです。三歳までに読み書きを教える、こういう早期教育というのは、要するに子供の暗記力の高さを利用して、とにかく知識をどんどん詰め込んで行こうと、そういうことですよね。しかしもちろん、頭の良さは知識の量で決まるわけじゃないし、ましてや知識を得るのが早かろうが遅かろうが、それは最終的にはどうでもいい。わたしたちが求める頭の良さっていうのは、創造力だとか柔軟な発想だとか、応用力、理解力、そういうものですよね。で、こちらはそういう本当の意味での頭の良さを追究したいと考えていらっしゃる。つまり、脳という容れ物の中身の質ではなく、容れ物自体の質を良くしたいと」

「その通りです」と、工藤が言った。

上村は一度振り返って工藤を見てから、奈々子に視線を戻して話を続ける。「容れ物の質がそれぞれ違うってことは、これはみんな分かってます。同じ勉強をしてれば同じように成績が上がるかっていうとそんなことはない。運動の能力といっしょですよね。努力すれば誰もがオリンピックに出られるというものではない。持って生まれた素質ってものがある。脳みそだって同じです。生まれた時点で、それはつまり遺伝ってことですが、既に差がついてしまってると考えられる。しかし、実際はそうではなく、むしろ幼児期の脳の発達過程で差がつくと、そうおっしゃるわけですよね。この時期にどういう刺激を受けるかで容れ物の形はまったく違うものになってしまうと」

「遺伝的な能力差を否定はできません」奈々子が言った。「ただ、幼児期の脳の発達過程での刺激、言葉を換えれば環境ですね、これによって生じる差の方がより大きいという主張です」

「ええ。それはよく分かるんです」上村は言った。「おっしゃる通りだと思いますよ。ネズミで、幼児期に刺激に溢《あふ》れた環境で過ごさせた場合と刺激の少ない環境で過ごさせた場合では知能に歴然とした差があって、これはシナプスの数のレベルでも違いが証明されてる。それにこの前、『ネイチャー』に出てた論文でこういうのもありましたよ。幼児期からのバイリンガルとそれより遅れて外国語を学んだ人間との比較の話ですけどね。この二つの場合に大きな差があること、それは流暢《りゅうちょう》さとか発音の正確さとかですね、これが全然違うというのは昔から言われてたことですよね。でもこれが脳のレベルで違うことが確認されたんですね。幼児期からのバイリンガルだと、どちらの言葉を使っても脳の同じ部位が働くのに、遅れて学んだ外国語の場合は母国語とは違う形で脳が処理してる。つまり同じように外国語を受け容れているように見えても、実は容れ物の形から違っていたんですね。ほかにも最近、生まれながらに目の不自由な人を調べた面白い論文がありました。彼らが触覚によって得た刺激を脳でどう処理しているかを見たんですが、本来は視覚の情報処理に働いて、触覚の情報には働かない部分が働いていた。これも、幼児期の刺激次第で脳という容れ物自体がまったく変わってしまうという例でしょう。ほかにも猫の視覚の実験とかこの種の報告は山ほどありますね。幼児期の刺激、環境次第でその人の脳がどういう容れ物になるか、変わってしまう。それはその通りでしょう。しかしですね、じゃあ、どういう容れ物が良い容れ物なのか、どうすれば、その良い容れ物ができるのか、これは現代の科学では分かっていないのではありませんか」

「理想とする容れ物の形を具体的に表現することはできません。けれどもたとえば、語学について言えば、バイリンガルの人の脳は、一つの理想ですし、学校教育の中で優秀と評価される子供、中でも応用力に優れた柔軟な発想をする子供の脳もまた理想形と言えるでしょう」

「別の子供の脳をそれに近づけるというのは、どうです。どうやってやれるんですか、そんなこと」

上村の口調がいくらか喧嘩腰《けんかごし》だ。

「その一つが、レム睡眠の状態を調べることです。わたしたちは、多くの子供のレム睡眠のパターンがどういうふうに変わっていったかというデータを蓄積しています。それによって、学習能力が高まる時期にどのような変化が生じたか調べました。特に優秀な子には、やはり共通したパターンがあるんです。言葉を話せない時期でも、レム睡眠のデータから知能の発達の様子がある程度推測できることが分かってきたんです。もちろんレム睡眠は指標の一つにすぎなくて、ほかに体温やあるいは唾液の成分の分析などからも様々なことが分かります。そういう膨大なデータによって、知能を、より発達させるための刺激を見つけたんです」

「話が難かしくなってしまってますね」工藤が言った。「専門家同士の話はあとでまた時間をとらせてください。科学的な根拠についてはそれはもう膨大な資料がありますし、多くの学者の方々に、わたしどものシステムの優秀さは認めていただいております」

工藤は咳《せき》払いを一つして、続けた。「ええと、簡単に話させてもらいます。世の中には、身体の大きな子、小さな子、いろいろいますね。本来はいい悪いはないですが、大きい方がいいと、多くの人が思うでしょう。本人にすれば、かっこいいから。親から見れば、大きいことはつまり、すくすく育った、健康だってことです。で、どうしたら大きくなれるんだろうって、いろいろ聞くでしょう。バスケットをやった、牛乳を飲んだ。じゃあバスケットの何がいいのか、伸び上がる運動か、なら、ぶら下がって背筋を伸ばせば、背が高くなるんじゃないか、そう考えて試してみるでしょう。牛乳の何がいいのか、カルシウムだ、なら、カルシウムだけたくさん与えればいいんじゃないか」

工藤は、笑みを浮かべる。「同じですよ。頭のいい子がやってきたことを科学的に調べて、何が良かったのか考えていろいろ試した、その結果、身体にいいことがあるように、頭にいいことがあると分かってきたんです。専門家の方は、いろいろその定義とやらに拘《こだわ》られるようですが、頭がいいとわたしが言うのは、みなさんがふつうにお考えになるのといっしょです。学校のテストでいつも百点取ってくる。それもガリ勉じゃない。塾にも通わないで予習復習するだけで満点を取る。応用問題を出されても、それでとたんに成績が下がるなんてこともない。そういうのを頭がいいと言ってます。そういう頭のいい子はどうしたら作れるのか。その鍵は、幼児期、特に〇歳から三歳までにあることが分かったんです。しかも、五感に働きかけるよい刺激の組み合わせ、つまり、脳の発育にとって好ましい栄養の成分というのが発見されてきたんですね」

見学会は、その後、工藤が説明役になった。奈々子は上村と部屋の片隅に陣取って、声を潜《ひそ》めながら、何か難かしい話を言い合っている。上村以外の見学者の多くは工藤の方に顔を向けたが、何人かは奈々子と上村のやりとりに関心を向けているようだった。

工藤の案内で別の部屋に移ったが、上村と奈々子は今度は廊下で議論を続けている。

「ここが、わたしどもGCS幼児教育センターのメインとも言うべき部屋です」

部屋の中は二十の小部屋に仕切られている。各小部屋は、カプセルホテルの客室と形も大きさも似ている。小部屋の一つを窓から覗くと、マットレスに赤ん坊が寝ていた。天井には、コンピュータグラフィックスの画像が複雑な模様を作って動いている。

近松式幼児英才塾に通っていた頃の光景が、野上の脳裡《のうり》に浮かんだ。いまはコンピュータが作り出している色彩や図形のパターンの変化と似たようなものを、当時は映写機を使ってスクリーンに映していた。

工藤が小部屋の外についているつまみを捻《ひね》って、言った。「中に流れているのは、これです」

シンセサイザーが奏でる、フルートの演奏に似た音楽が部屋の中に流れ出す。

野上は頭の芯《しん》に痛みを感じた。

「五感のどんな刺激の組み合わせが発達過程の子供の脳にもっともいい栄養になるのか、最新の科学が見つけ出した答がこれです。金のゆりかご——この箱をそう呼んでるわけですが、内部の匂い、マットの振動なども特別に選ばれたものです。あ、これ、なんで金色にしないんですかと、よく言われるんですがね。色彩も重要な刺激の一つですから、色もコンピュータが選ぶんですね。なんか趣味が悪い色だなんて言わないでください。GC、ゴールデンクレイドル、金のゆりかご、この金は、色じゃなくて、純金のことです。それだけ価値があるってことです。そしてもちろん、みなさんのお子さんもGC、ゴールデンチャイルド、金のたまごってわけです」

野上は額を押さえた。頭の芯が疼《うず》く。たまらずに部屋を出た。

四階に降りて、喫煙室に入って、頭を押さえながら煙草《たばこ》に火を点けた。一本吸い終わるまで、頭の痛みは続いた。

ようやく痛みはおさまったものの、痺《しび》れたような感覚が残っている。

自動販売機でコーヒーを買ってから、また喫煙室に戻る。

足元に見学会のパンフレットが落ちていた。

ＧＣルームの次は、イメージトレーニングルーム。ここには、図形に対する感覚や音感、直観力等を養うための装置がある。さらに、言葉を話し始めたあとの子供が数や言葉を実際に学習するための学習ルーム。さらには、協力関係にある、音楽教室、小学校受験予備校の出張教室などと続き、最後は胎教のための部屋の紹介になる。

パンフレットにある予定では、見学会はまだ一時間近く続くらしい。

野上はそこに戻るのはやめて、二本目の煙草に火を点けた。

脳裡に浮かんでいたのは、近松式幼児英才塾に通った日々のことだった。

近松式幼児英才塾は、三階建て雑居ビルの二階にあった。看板は出ていなくて、外階段を上ったところにある白いドアに、近松式幼児英才塾という金色の表札が貼り付けてあった。

入ってすぐのところには事務用の机があったが、事務員がいつもいるというわけではなく、やってきた親子は勝手に上がって、廊下を左に折れ、二十畳程の広さのフローリングの部屋に入る。

部屋には、三歳未満の子供が集まる日には小さなベッドが十個程並べられ、子供たちはそれぞれにトレーナーから手足や指の特殊な運動をさせられたり、スクリーンに映し出される動画を見せられたりする。

この小さなベッドに寝ていた頃のことを、野上は微《かす》かに記憶しているように思うのだが、それはひょっとしたら、その後、ほかの赤ちゃんが受けていた訓練を見た記憶と混同しているのかもしれない。

確かに自分の体験だと記憶しているのは、その後の訓練のことで、三歳以降はベッドから離れて、クッションに座った状態で映写機の画像を見たり、足の指先までのマッサージや、大音響の音楽を聞かされたりした。

こうした訓練は、GC訓練と呼ばれ、六歳まで続くが、知能を高める効果という点では三歳までの訓練が大事で、その後はむしろ、リラクセーション効果が狙《ねら》いだと言われていた。

塾の宣伝によれば、GC訓練によって能力を高め、英才学習訓練で能力の使い方を覚えるのだ、ということになっている。

英才学習訓練のやり方は、単純だった。文字や数字を憶えることから始まる学習教材を進めていくだけのことだ。幼児がひらがなやカタカナどころか漢字やアルファベットを憶え、漢文や英文を読んだり、足算、引算から掛算、割算、方程式の問題まで解き始めたりするのを見て、親たちは衝撃を受けているようだったが、どうしてそんなに驚くのか、子供の側からは、まったく分からないことだった。しかし誉《ほ》められることは幼児にとって一番の報酬だったし、学習は一番面白い遊びだった。周りもみんなそれに熱中しているのだ。

いつかしら、競争意識というのも芽生えていた。誰よりも先に進みたい。そんな気持ちから学習訓練に熱中した。教室だけではなく、自宅でも。母親もそれを望んで、競争に勝つことを一番喜んだのも母親だった。

絶対誰にも負けちゃだめ。そう言う母が常に比較の対象として持ち出していたのは、学年でいうと一つ上だが、生まれ月は四ヶ月しか違《とが》わない信吾のことだった。

おかっぱ頭で、いつも不機嫌そうに口を尖らせている子供だった。その子の吊り上がった目が、ときどき教室に顔を出す近松吾郎先生に似ているな、と思ったのはいつだったろうか。親子だから似ているのだと知ったのは、ずいぶんあとのことで、自分もまた近松吾郎の息子なのだと知ったのは、更にずっとあとのことだ。

話し声と足音が聞こえた。見学者たちが工藤を先頭に四階に降りてきている。彼らはぞろぞろとA会議室とプレートのかかった部屋に入って行く。里美が列から離れて、喫煙室の方に歩いて来るのが見えた。野上は煙草を消して、喫煙室を出た。

「胎教も重要なんだって」

里美の頰が赤くなっている。人の熱気に包まれていたせいか、早期教育の話にのめり込んで熱くなったせいか。あとの方でなければいいのだが、と野上は思った。

上村と奈々子が並んで、まだ何か議論を続けながら会議室に入った。

里美も野上を残して追いかけた。そのあとに、たったいま階段を降りてきた女が続く。さっき事務局で野上と里美を出迎えた事務員だ。彼女は書類の束を抱えて会議室に入った。

野上は溜息を一つ吐いて彼女に続き、一番後ろの席に座った。

まもなく書類が配られた。入会申込書付きの入会案内で、二週間以内に手続きすれば入会金が無料になるという。

「こちら、ピンクの用紙が挟まっていますでしょうか」演壇に立った工藤が言った。「今度の日曜日、かつてうちのシステムを利用した子供たち、中学二年生から小学校二年生まで、十人ほど集まってもらうことになっています。ぜひみなさん、直接その子供たちと触れ合って確かめてください。巷《ちまた》でしばしば囁《ささや》かれるような、早期教育の弊害としての情緒障害など少しもないことが分かっていただけるでしょう。それに早期教育は早熟な子供を作るだけで、すぐにふつうの子供に追いつかれるという、そういう世間の声も、本当かどうか、みなさんぜひその目でご確認ください」

工藤は喋りすぎたのか、声が少し嗄《か》れていた。

「用意しました部屋の都合で、参加できる方の数に制限がございます」

予約制。費用は二千円。これは昼食会の弁当代だという。いますぐ申し込みたければ、ここで手続きができる。そういう説明を受けて、一番に動いたのは上村だった。上村は受付場所にいる事務員にさっそく金を払っていた。三人が彼に続いて、最後、野上をちらりと振返ってから、里美が立ち上がって受付場所に向かった。

「あのう、ちょっと質問があるんですが」と、四十代に見える女性が手を挙げた。

「はい、どうぞ」

工藤にそう言われてから、しばし間を置いて、女は言った。「入会金も会費もすべて無料で利用することもできるって、ちょっと聞いたんですけど」

「はい」工藤はにこやかに答える。「わたしどものシステムで教育を受けた子供たちとそれ以外の子供たち、どちらが成績が優秀かはテストの平均点を比較すれば明らかにできるでしょう。向こうが六十点、こちらが七十点なら、効果があったということですね。しかし異論もあるのですよ。うちを利用した子供たちの親御さんは裕福で教育熱心な方が多い。平均的に言えば、それはその通りで、しかも高学歴の親御さんが多いんですね。持って生まれた才能と、勉学に励める環境が整っている子供たちの方が平均点が高いのは当たり前。早期教育は関係ないと。それで、いまの条件に当てはまらないお子さんにも、うちのシステムを試してもらうことで、効果の程を確かめようと考えて、毎年約十人、無料会員を募ってます。あなたもご応募いただければ検討いたしますが、たぶん選考には洩れてしまうと思います。子供の教育になどほとんど関心がない、そういう親御さんのお子さんにこそ利用していただきたいと思って設けた枠ですので。ええと、もちろん彼ら無料会員の費用はみなさんからいただくお金を回しているわけではなく、共同研究を行っております先生方の研究費という形で、ご負担いただいております。生活保護を受けていらっしゃる方などのために、大学病院などで、費用は病院持ちで治療が行われるような枠がありますでしょう。そのかわりに、学生の勉強や研究のためにも少し役立ってもらうという。あれと同じです。一般の会員に関しましては、学習成果にしろ脳波等のデータにしろ、得られたデータがご両親の許可なく利用されることはありません。研究論文などのために必要な場合でもその都度お願いいたします。しかし無料の会員の場合は、データの活用などの権利はこちらがいただくことになります」

3

七階にある事務局の隣の会議室で、野上はしばらく待たされた。十二畳程の広さの長方形の部屋に、ドア側に寄せてテーブルがあり、窓際にはホワイトボードがある。営業成績についてだと思える文字や数字の拭《ふ》き残しがあった。窓のブラインドは閉じていて、蛍光灯の明かりが部屋を照らしている。壁につけた本棚には主に学習教材が並んでいる。

工藤が部屋に入ってきて、野上と机を挟んで向き合う席に座ったところで、ノックもせずに奈々子がドアを開けた。

「工藤さん」と、奈々子はテーブルに両手をついて前かがみになり、顔を工藤の方に突き出して言った。

「なんでサクラなんて使うの」

工藤は無表情で顎を撫でている。

「上村って男のことよ。帰り際に挨拶しに来た。わたしにも話が通っていると思ってたのね」

「心配だったんですよ。先生がどうしてもとおっしゃるんで見学会のガイドをお願いしたんですがね、参加者は誰も、あんな小難かしい話は望んでないんですよ。聞いてもちんぷんかんぷんなんですからね。科学的に裏付けがある、成果は間違いなく上がると、有名な科学者たちがそろって推薦している、そこを強調すればいいんです。科学を勉強に来てる学生さんに対する講義ではないんですよ。データ的にみると三パーセントの差が出て、これは統計的に有意だと証明されてるとか言われても、なんのことやらでしょう」

「わたし、そんな言葉使ったかしら」

「いや、そこまでややこしくはおっしゃいませんでしたね。先生なりに噛《か》み砕いて話されていたのは、分かってますよ。しかしそれでも、みんなきょとんとしてました。効果があるってことを、もっと効果的に伝えてほしいわけですよ」

工藤はそこで急に笑顔を覗かせた。「しかし、今日のはこれでよかったんじゃないですか。参加者の中に専門的な知識を持つ人間がいて、あれこれと厳しく突っ込む。しかし最後は納得させられる。話の内容は分からなくても、科学的に正しいんだと、聞いていた人間は思うでしょう」

「どうしてそんな、詐欺みたいな商売をしなくちゃいけないの」

「宣伝のアイデアを一つ試しただけです」

「悪い噂をいろいろ聞いたわ。営業職員が家庭を訪問して強引に勧誘するとか、会員に新しい会員を紹介させて紹介料を払ってるとか」

工藤は苦笑混じりの溜息を吐き出した。「先生は、開発されたシステムに自信がおありなんだと思ってましたがね。理論は正しい。必ず成果は上がるし、実際上がってる。違いますか？」

「違わないわ。ここの早期教育には科学的な根拠がある。いいかげんなものではないの。だから、誠実に、このシステムがどういうものか説明すれば、分かってもらえる。人は集まってくる」

「いいものが売れるとは限らないのですよ、世の中は。それに正しいものがいつも勝つわけではないんです、残念ながらね」

「だからって、でたらめなことをしていいってものではないでしょう」

「でたらめではありませんよ。わたしたちは会員を集める、教材を売る。多少強引かもしれないし、成果を大袈裟《おおげさ》に言っているかもしれない。しかしね、いいものをいいと言ってるんです。悪いものを勧めてるんじゃない。成果が上がれば、あのとき強引にでも勧めてもらって良かった、そう感謝されるんですよ。わたしは先生たちの研究を信じています。内容はわたしには理解できない部分もあります。しかし確かに、成果は上がってるんです。統計的に有意な結果が出てる――これはつまり効果が証明されたってことなんでしょう？」

「ともかく、今日みたいな汚いやり方はやめてちょうだい」

「どこが汚いのか分かりませんが」

「フェアじゃないでしょう」

目元は笑いながらも、工藤は口許に渋い表情を作った。「まあ、その辺はまたあとで相談しましょうか」

奈々子が、初めてその存在に気がついたかのように、視線を野上の方に向けた。

「野上雄貴さんです」工藤が言った。「飯田先生にはもう、話してありましたね」

奈々子は野上に向かって軽く頭を下げてから、工藤の方を振り向く。「それで、話はどうなったの？」

「これから始めようと思ってたんですが」

「そう、じゃあ席を外した方がよさそうね」

　奈々子が立ち去ったあと、工藤は咳払いをしてから口を開いた。

「基本的には、既に承諾していただいてると、そう思ってるんですが、いかがでしょう」

「いいえ」

「断りにいらしたんですか」工藤の表情がいくらか強張《こわば》った。「いや、奥さんまでごいっしょだし、奥さんはすっかりそのつもりのようだったし、わたしはてっきり、あなたはうちに入ってくださるものと思っていたんですが」

「妻は、断る理由がないと思っているんでしょう」

「何か不都合なことでも？」工藤は首を傾《かし》げた。

「一つだけ、確かめておきたいことがあるんです」

「なんでしょうか。雇用の条件は、姫谷さんが話していると思いますし、奥さんにも、わたしが電話でお伝えしましたが、ご不満でしょうか」

「そういうことではありません。もっと根本的なことです」

　野上は工藤の目を見据えて言った。「いったいどういう理由で僕をＧＣＳに迎えようということになったんですか」

「近松先生のご推薦です」

「近松さんの言うことなら、なんでも聞くんですか」

「場合によりますね」

「今度の場合は、なぜです？」

工藤はしばらく考え込むように宙を見据えてから言った。「それは、わたしから説明するようなことではない気がするんですが、というより、当然あなたはご存知だと思っているんですがね」

「僕は何も知りません。どういう事情でこういう話が持ち上がったのか、教えてください」

「分かりました」工藤は咳払いした。「GCSと近松先生の関係から説明しておく必要がありそうです。――近松先生が幼児教育の研究を始められたのは、三十年以上前ですよね。最初は研究室に子供を集めて研究をされていた。やがて幼児、特に早期幼児教育によって優秀な頭脳が作られると確信された先生は実践の場を求められた。それが近松式幼児英才塾です。この近松式の時代は、まだ先生は有名ではありませんでしたからね、数十人の規模で」

工藤は野上の双眸を覗いて言った。「この辺の話は不要でしょうか？」

「話の先をお願いします」

工藤はうなずいた。「近松式はやがて成功したわけですが、近松先生は事業家になることを望まれませんでした。会員が数百人レベルになったとき塾を人手に渡して、ご自分は顧問として研究協力という形をとられた。名前もGC式幼児英才教室と変わりまして、その後さらにGCS幼児教育センターという、いまの名前になったわけですが、近松先生が一度顧問としての地位からも降りられたのをご存知ですか？」

「いいえ」と、野上は首を横に振った。

「九年程前です。その頃、うちは全国展開を考えて、とにかく大きな宣伝を打とうとしたわけです。そのためにはぜひとも近松先生に前に出ていただきたかったし、最初はいいお返事をもらっていたんです。しかし、揉めてしまいましてね。近松先生は、こちらのシステムが先生の研究から外れてきているということを厳しく指摘されたんです。たとえば、胎教――近松先生はこれには否定的で、それをシステムに加えたことにはえらくご立腹でしたし、ほかにもGC式と名の付いた学習教材を絶対に認められないとおっしゃった。近松先生の理論では、学習教材というのは、あくまでも結果を試すための道具にすぎないということでした。GC式で育った子供たちは優秀な頭脳を持っている。だからこそ、二、三歳になって知識を与える段階に入ったとき、ふつうの子供より早く正確に理解し、吸収するのだと。しかし我々はそこに、学習効率を上げるための科学的方法も教材に取り入れれば、より効果的に知識が吸収できるだろうと教材を開発したんですね。しかし、近松先生には認めてもらえませんでした。金儲けだけを目的にいいかげんなものを売りつけていると。それは先生の勘違いなんですよ。胎教も教材も、理論的裏付けなく勝手に作ったものではありません。近松式からGC式になったときに、ほかの先生方の理論も併せて取り入れて行くという形になっていたんです。そう申し上げたんですが、近松先生のご理解はいただけませんでした。脳を育てる料理メニュー、スポーツクラブや室内プール、レジャーランドを作る気かと、近松先生はこれにも反対でした。食事や運動が脳の発達に大事だという先生方がいらっしゃるんですが、と恐る恐る申し上げると、それならそいつらに顧問を頼めと、近松先生は顧問を辞められました」

工藤は深く息を吐いた。「これは予想以上に痛手でした。GCがゴールデンクレイドル、ゴールデンチャイルドという意味のほかに、ゴローチカマツのイニシャルになっていることを知っている人は、おおぜいいます。いまでも、昔、先生が書かれた本を図書館で読んだりして、うちの社長は近松先生だと思って入会してくる人もいるんですよ。それなのに、お名前が顧問としても協力研究者としても載っていない。なぜなのかと訊かれる親御さんも多い。返事に困りました」

工藤は野上の方に身を乗り出して言った。「それで何度もお願いして、最近やっと許してもらったんです。近松先生の名前は、うちの看板からはもう絶対に外せません。そう思っていたところに、先生からの伝言が届きました。手術が失敗したときには、と先生は弁護士に伝言を託されていたんですね。内容は、あなたをＧＣＳに雇うようにということでした。そして、あなたが我が社にいる間は、自分の死後もＧＣがゴローチカマツであることを宣伝に使い続けることを許可する、と。わたしは、当然それはあなたも望まれたことだと思っていましたし、あなたがその権利を行使するための書面のようなものもお持ちだと、そういうふうに思っています。ですから、いまのあなたの態度には、正直戸惑っています」

「伝言では、僕のことを何者だと？」

「野上雄貴というお名前以外は、伺っていません」

「何者か分からないのに、幹部として迎えるんですか」

「そうなりますね」

「ずいぶんいいかげんな会社なんですね」

「近松先生のご推薦です、立派な方に違いないと、そう思っております」

野上は少し間を置いてから、言った。「僕は、どうして近松さんがこの会社に僕を入れようとしたのか、その理由を知りたくて、やってきました。その点については、あなたはご存知ないということでしょうか」

「はい」とうなずいて、工藤は中指で眼鏡を押し上げた。

「では、返事をさせてもらいます」

野上は深く頭を下げてから、言った。「ありがたいお話ですが、今回は辞退させてもらいます」

工藤は困惑した様子で、腕を組み、左手で顎を触っている。

「どうしてでしょうね」工藤は言った。「条件の問題でしょうか」

「いいえ。理由が分からないからです。どうして僕を入社させたいのか」

「いま、説明しましたが」

「あなたが近松さんの意向に逆らえないというのは、よく分かりました。でも僕が問題にしているのは、そうではなくて、近松さんがなぜそういう提案をしたのかということです」

「それは、わたしには分かりません」

「誰に訊いたら分かりますか」

「先生ご本人でしょう」

「それはもう無理だと聞いています」

「奇跡的な回復ということも、あるんじゃないでしょうか」

「近松さん以外に、誰か知っていそうな人はいますか？」

「思いつきません」

「そうですか。しかたありません。諦めます」

野上は椅子《いす》から立ち上がった。工藤が手を上げて制した。

「待ってください」と、工藤が手を上げて制した。「それが分かったら、入社してもらえるんでしょうか？」

「理由に納得が行けば」

「困りましたね」

「近松さんの名前は勝手に使うなり、家族の人と話し合うなりしてください」

工藤は腕組みしてしばらく下を向いていた。

「少し」工藤は顔を上げた。「時間をもらえませんか」

「なんのための時間ですか」

「あなたのいう、その理由というのを、わたしなりに調べてみましょう」

4

「じゃあ、正式には決まらなかったの？」

里美が不安そうな顔で台所に立っている。

先に帰宅していた里美に、野上はたったいま、工藤との話し合いの結果を報告した。契約については、先延ばしにしたと。

「向こうの都合もあって、入社は十一月からになるらしいんだ。だからもう少し考えてみようと思ってね」

「何を考えるの」

「いろいろだよ」

「いろいろって？」

「この契約がどういうものなのか、まだはっきりしないだろう。ひょっとして、雇うことまでは約束でも、すぐ辞めさせることもできる契約だったりさ。とにかく、入社はどうせ来月なんだ。だけど契約したら、その時点で会社の人間って感じになるだろう。上司になる人には、言いたいことも言えなくなる。対等な立場のうちに、いろいろ話し合っておきたいこともあるんだ」

野上は言った。むろんこれは、本当のことではない。

結論が先延ばしになったのは、工藤が『理由』を調べてみると言ったからだ。

「断るつもりなんて、まさかないわよね、こんないい話」

決着の日が延びただけで、里美を失望させる日は、やがて必ず来る。

答を出す日が先に延びたのは工藤の希望だったが、野上もその日までの時間を有効に使いたいと思った。里美のショックができるだけ少なくて済むように、うまい言い訳を考えよう。

それに、叔父の口止めもしなくては。

「なんかいい話すぎると思わないか？　裏があるのかもしれないな。社員に保険かけて殺すとかさ、そういう事件、聞いたことあるだろう」

「変なこと言わないでよ」

「いや、あんがいそうかもしれないぞ」

野上は身震いしてみせた。「そうだったらどうする」

「じゃあ、あなたの生命保険金、増やしておくわ」

里美は笑ってそう言うと、まな板の上の白菜を切り始めた。

野上は小さな溜息を吐いて浴室に行った。

湯船に身体を沈めると、蒸気のけむりの中に、野上は一つの記憶をたどり始めた。九年前のことだが、状況も、交わした言葉も、驚くほど鮮明に憶えている。

二十歳のときだった。

当時野上は、定職には就かず、アルバイト生活を続けていた。季節は初夏、レンタルビデオ屋でのアルバイトは三ヶ月目に入っていた。

小さな店で、夜になるとそれなりに客が来るのだが、平日の昼間は一時間に平均二、三人で、朝の十時から夕方まで、誰も来ない日もある。

野上の勤務時間は午後三時から十時までだったが、ときどき、朝からの勤務を頼まれることがあった。十時から三時までの店番は、ふだんは経営者の父親の七十を超えた老人がやっている。たぶん彼がいるからこそ、ほとんど客が来なくても朝から店を開けていたのだが、その老人の体調が悪かったりすると急に電話がかかってきて頼まれる。

朝からのアルバイトは、眠いのさえ我慢すれば極めて楽だった。店の経営者は厳しい人間ではなかったから、客がいないときは、テレビやビデオ、雑誌などを見ていても怒られなかった。友達を呼んで話し込んでいても、客に対して迷惑をかけなければ大目に見られる。しかも、急で申し訳ない、というので、時給が百円高かった。

その男が来たのは、そんな店番のときで、たしか曜日は月曜日、午前十時を少し過ぎた頃だった。

野上は出そうになっていた欠伸《あくび》を嚙み殺しながら、男の横顔を眺めた。見かけたことのない顔。

店は住宅街にあるので、客はほとんど近所の常連で占められていたから、初めての顔は少し気になる。最近引っ越してきたのだろうか、ちらとそんなことを考えた。が、特に関心があったわけではない。じろじろ見るのは失礼だろうと、視線を客のいない方に向けた。と、男が野上の方を振り返った。

「ええと」と、男は少しもごもごとした口調で言った。

「はい」と営業用の声で返事をして、顔を客に向ける。

「野上さん」

「あ、はい」

胸に名札を付けていたのだが、客にいきなり名前で呼ばれることはめったにないから、少し戸惑った。

「野上雄貴さん」

名札には野上としか書いてない。

どこかで会ったことがあるのだろうか？　客の顔をまじまじと見る。が、憶えはない。薄くなった髪を長めにしているので、分け目が目立つ。顔の印象では三十代後半、鼻の横に大きなほくろがあった。

「わたし、こういうものですけど」

名刺を渡された。会社名があったはずだが、野上はいまではそれを忘れてしまっている。なんとか企画というテレビ番組制作会社のディレクターだった。名前は憶えている。高見久男《たかみひさお》。

「あなたにインタビューをお願いしたいんですが」

野上は首を傾げた。

「何度かお宅の方に、ご実家の方になんですが、お電話しました。聞いてませんか」

「ええ」

「そうですか。いや」と、高見は首を捻った。「雄貴さんはインタビューを受ける気はないと言っていると、お断りの電話をいただいたんですが」

「母からですか？」

高見はうなずいた。「どうしても諦めきれなくて、こうなったら直接お目にかかろうと、下宿先を調べましてね、こうしてやってきたんです。ここのことは、大家さんから聞きました」

「あのう、どういう番組なんですか」

「何もお聞きになってないんですね」

高見は髪の分け目を爪で掻いた。「早期幼児教育の現状をレポートする番組です」

野上は血の気が引くのを感じた。

「それでぜひ、あなたにインタビューしたいと」

高見は顔色を窺うように野上を覗き込んでそう言った。

「どうして、僕に」

「Y君の話が聞きたいんです」

「なんですか、それは」

「早期幼児教育について書かれた本に登場する天才少年Y君。微分積分の問題をすらすらと解く天才小学生Y少年。それは、雄貴さん、あなたのことですよね」

野上は高見から視線をそらした。

「本にはYとしか出ていませんが、簡単な取材で分かりましたよ。早期教育について、いま、あなたがどう感じていらっしゃるのか、ぜひお話を」

「帰ってもらえませんか。仕事中なんです」

「ええ。それは分かってます。時間も場所も、決めていただければいつでも伺います」

「何も話す気はありません」

「どうしてですか」

「わざわざ笑い者になるためにテレビに出ろと言うんですか。昔神童、二十過ぎたらただの人、そう言って笑いたいんでしょう」

「いまはもう天才ではないということですか」

「調べてあるんでしょう。大学受験に失敗して、いまはこうしてアルバイト暮らしです」

「能力を測るのは、大学だけが基準ではありませんからね。それに能ある鷹《たか》はなんとかで、能力を隠していらっしゃるのかもしれない」

「そんなこと、本気で思ってはいないでしょう」

「いや、わたしはなんの先入観も持っていません。あなたが自分が受けた教育について、どのようにお考えか、当時のことをどう思われているのか、まったく白紙の状態で伺いたいと思っているんですよ」

「何も話したくありません」

「それはつまり、後悔しているということですか。早期教育はあなたのためにならなかった、そう受け取っていいですか」

「とにかくもう帰ってください」

高見は突然野上に背を向けて、ビデオの並んだ棚に顔を向ける。

「わたしは客です」

野上は舌打ちして顔を窓の方に向けた。

「凄い天才少年少女がいるんです」

「客でしょう、あなたは」

野上は高見の背中に向かってそう言った。

「客が独り言を話してはいけませんか」

振り返った高見と目が合う。野上は窓の方に顔を戻した。

「四歳や五歳の子供が漢文を読んだり、方程式を解いたり。絵になります。視聴率が取れますよ。わたしたちにとっては、これが一番大事だ。早期幼児教育というのは凄い、そう絶賛する番組を予定しています。天才少年少女が教育を受けた、ＧＣＳ幼児教育センター、これから全国展開を考えているらしいのでね、これは物凄い宣伝になることでしょう。GCS幼児教育センター、最初は近松式幼児英才塾と言ったんですね。近松吾郎博士、彼の著書に登場するのがY少年。彼は小学三年生の頃には、大学入試レベルの数学の問題が解けた。天才少年はその後どんな成長を遂げたのか。それをレポートしないと、アンフェアな番組になってしまうでしょう。彼らは天才ではなく、早熟なだけかもしれない。やがては周りに追いつかれるのかもしれない」

カメラはなしで音声のみ、それも放送では誰だか分からないように変えてもらうという条件でインタビューに応じたのは、それから三日後。高見に粘られたせいでもあるが、近松吾郎を困らせてやりたいという思いもあった。

5

野上は待ち合わせに指定されたファミリーレストランを探して、ボックス席に一人で座った。

コーヒーを注文して、煙草に火を点ける。灰皿がないことに気がついて、ウェイトレスを呼ぼうとした。その視線の先に、河西慶太《かさいけいた》の姿があった。

河西は、薄手のコートとショルダーバッグを持って、額の汗をハンカチで押さえながら、店内を見回している。野上は片手を軽く上げた。河西は野上を見つけると、口許をほころばせて近づいて来た。前歯が一本欠けているので、間抜けな顔に見える。河西は野上と斜向《はすむ》かいに座り、横の席にコートとバッグを置いた。

「半分諦めていたんですがね」河西は言った。

伸び切ったパンチパーマという感じのヘアスタイルと、不健康そうに黒ずんだ肌の色からはちょっと想像のつかない柔らかく透明な声だ。ラジオのアナウンサー向きかもしれない。

「やっとその気になってもらえましたか」

河西はそう言うと、ウエイトレスを呼んで、レモンティーを注文した。野上は灰皿を頼む。

「それで、インタビューは、ここでいいんですか？」

河西はバッグの中から小型のテープレコーダーを取り出す。

「ちょっと待ってください」野上は肘《ひじ》をテーブルから離して言った。「インタビューに答えるとは、言ってませんよ。今日は、別の用事です」

河西の笑みが消えた。

「なんでだめなんですかね。昔、高見のインタビューには答えたわけでしょう？」

「あのときとは、同じ気持ちじゃないですよ」

二十歳のときは、ほとんど感情で喋ったが、三十間近のいまはもう少し冷静だ。

「その心境の変化は、近松吾郎がいまや物言わぬ人になってしまったことと、関係ありますか？」河西は言った。

「まったく関係ないとは言えないかもしれませんね」

前にインタビューに答えたときは、近松吾郎に向かって憤《いきどお》りをぶつけていたようなものだ。いまは、もう何を言っても近松には言葉は届かない。しかし、それだけがインタビューに答えたくない理由ではない。

天才少年Yと呼ばれた時代を、もう思い出したくないのだ。

「高見とのインタビューでは、あなたは早期教育やGCSじゃなく、近松吾郎に対する私憤をぶつけた。その近松がいなくなったら、そのあとGCSが何をやろうがどうでもいいと、そういうことですか」

野上は煙草の灰を灰皿に落とした。

河西が野上を訪ねて来たのは、三ヶ月程前だった。河西は、早期幼児教育、特にGCS幼児教育センターをテーマにしたノンフィクションのための取材をしていると言った。そのための、インタビューをしたいと、野上は申し込まれた。休みで寝ていたところを、いきなりノックで叩き起こされて不機嫌だったこともあるが、インタビューに答える気もなかったから、追い返した。しかし、その後も、何度も訪ねてきて、ついにはデパート前で客を乗せようとしていた野上のタクシーに強引に乗り込んできた。客として居座られては、追い出すこともできない。野上は、河西の質問は無視したが、話を一方的に聞かされることになった。

そのときに聞いた話を、河西がもう一度繰り返した。

GCSで訓練を受けている最中に発狂したという子供たちの噂がいくつもある。中でも、九年前に起きた事件の噂は信憑性《しんぴようせい》が高く、ノンフィクションは、その事件が中心になる。そんな内容の話だ。

「近松はもう死んだようなものです。でも、近松式の早期教育は残るんですよ。また頭のおかしくなる子供が出るかもしれない。それでも、話をしようって気にはならない？」

「僕は、自分が頭がおかしくなっているとは、思っていませんよ」

「もちろんです。あなたが狂ってるなんて言ってません」

「でも、体験談を話せと言いましたよね」

「GCS——近松式の体験談です」

「あなたの望むような、戦慄《せんりつ》の体験なんてものはありませんよ」

「そんなことは、期待していません。実体験といまの気持ちを、正直に語っていただければ十分なんです」

河西は、肘をテーブルについて、身を乗り出した。「お願いできませんか」

「僕の証言は、そんなに価値があるんでしょうか。GCSを告発する役に立つんでしょうか」

「それはもちろんですよ。近松式の輝かしい成功の記録、書籍、論文、広告、いたるところにY少年は登場しているんですよ」

「GCSは、僕の証言でダメージを受けますか」

「凄いダメージですよ。間違いない」

「だからなんですね。ようやく分かりました」

河西は、怪訝そうに首を捻っている。

「実を言うと、GCSから幹部として入社しないかと誘われているんです。近松が、それを望んだそうです」

河西はいっとき当惑した表情で野上を見つめてから、鼻で笑った。「向こうはそういう手を打ってきましたか」

「僕に証言させないためでしょうか」

「買収ですね」

　ＧＣＳへの入社という話を持ちかけられたとき、野上は近松の意図に思いを巡らせた。愛人に生ませた子供の将来を危惧《きぐ》して、最期にいい就職口を探してくれたのだ――叔父の謙作はそういう受け取り方をしていたが、野上はそうは思わなかった。近松の意図の中に、野上は悪意すら感じていた。しかし、ただの嫌がらせとも思えなかった。何かしらのメッセージが含まれている気がする。それが何か、工藤と話したら分かるかもしれないと思っていた。そして昨日、工藤と話したあと、自宅に戻ってから、あれこれ考えるうちに、メッセージは隠されていたのではなく、あからさまだったのではないかとようやく思い当たった。

　近松式幼児英才塾の生んだ天才少年Ｙが、高卒で就職し、いまはタクシーの運転手。しかも、その彼に早期幼児教育を批判させようとする人物が接近している。

　ＧＣＳの今後の発展と近松の名誉のために、Ｙに落ちぶれてもらっては困る、Ｙに敵に回られては困る、その対策が幹部としての雇用の申し出だったのに違いない。そう思った。だが、いま一つ確信が持てなかったのは、果たしてＹの存在はそこまでＧＣＳにとって重要だろうかと考えたからだ。それで、河西の意見を聞いてみたくなった。

「高い給料を提示されたんでしょうな」

　河西は皮肉っぽい口調で言った。「わたしの払える謝礼では、気持ちを変えさせることは、できないんでしょうね」

　ＧＣＳの申し出は、やはり買収に近いものなのだと、野上は確信を得た。

コーヒーとレモンティーが運ばれてきた。

「それで」河西は言った。「実際のとこ、どうするんです？　ＧＣＳに入るんですか？」

「買収に応じるなんてことはありませんよ」

「そう。じゃあ」と、河西は表情を緩める。

「買収されるかどうかと、インタビューに応じるかどうかは、また別でしょう？　もともと喋る気はないんです」

「ＧＣＳのやり方っていうのが、分かったでしょう。近松に限らない。一泡吹かせようと思いませんかね」

「別に」

河西はレモンのスライスを口に放り込む。すっぱそうに顔をしかめて、天井を見上げた。

「高見のこと、気になりませんか。なんであの番組、途中で放り出したのか」

九年前のインタビューのあと、高見久男は、放送は二ヶ月ぐらい先になる、正式に日時が決まったら連絡すると言っていた。だが、三ヶ月たっても連絡はなかった。別にその番組を見たいというわけでもなかったのだが、気になって電話してみると、番組はテレビ局の編成の都合で放送されないことになったと高見が言った。その後、野上はもう一度高見の会社に電話したが、通じなくなっていた。

気にならない、といえば嘘になるが、どうでもいいことだとも思っている。

河西は紅茶に砂糖を入れて掻き混ぜながら、上目遣いに野上を見た。「高見のいた制作会社、もともと資金繰りが悪くなってて、あのあとすぐ潰れたんですよね。高見は借金取りに追われて、消えました。だけどその後、フィリピンで見たってやつがいる。それもけっこうな身なりをして、派手に豪遊していたって言うんです」

「それで？」

「興味がありますか？」

「……いや」

GCSに入れと誘う近松とGCSの意図は、もう分かった。これ以上GCSに関わる必要はない。野上はそう思っていた。

6

日曜日に行われたGCS幼児教育センターの講演会に、野上は里美が購入していた予約券で、一般の参加者として入場した。

会場は四階の百人ほど収容できる会議室。席は余裕をもって座れるように並べてあるので、八十弱。そのうち、十五席は関係者席という貼り紙がしてあった。

開演の時間になり、関係者席に姿を現したのは、工藤と奈々子のほか、講演者とおぼしき三人の中年男性と、一人の三十代半ばくらいに見える女性、そして八人の子供。

最初の講演者は工学を専攻する大学教授で、彼は最初、人工知能の話を始めたが、やがて自分の子供の話になる。関係者席にいる子供の一人が彼の娘だという。あとは親の目から見た早期幼児教育論というところだろうか。

その後、女性の講演者が、素人の目から見た早期幼児教育について語った。彼女の息子が、やはり招待されている子供の一人だった。

二人目の話が終わったあと、工藤がマイクの前に立って言った。「このあと、昼食を別室の方にご用意いたしますので、ご案内予定の時間まで四十五分あります。その間、子供たちと雑談などしてお過ごしください」

参加者がぞろぞろと椅子から立ち上がる。

しかし、なかなか子供に話しかける人間はいない。戸惑いがちに、遠巻きに子供たちを眺めているばかりだ。五分ほど膠着《こうちゃく》した時間が続いたあと、やっと一人の年輩の女性が子供の一人に話しかけ、それをきっかけに、あちこちに輪ができて雑談が始まった。

がやがやという声が部屋を満たす。

それが不意に静まったのは、隅にあったホワイトボードを工藤が中央に引っ張ってきたときだ。何事が始まるのかと、みんなの視線が集まる。

「適当に選んでいいんですか」

黒縁の眼鏡をかけた男が手元の本のページをめくりながら言った。

「何が始まるんですか？」

野上のそばにいた小太りの女がそう訊いた。

「さあ」と、野上は首を傾げて見せる。

しばらくして、ホワイトボードの近くにいる人たちから放射状に囁き声が広がった。

「あの子供に、東大の入試問題を解かせるらしいですよ」

振り返ってそう言った男に、野上は見覚えがある。教室の見学会のときにいた、上村だった。

「中学一年生だそうです」

部屋の中がしんと静まりかえる。

黒縁眼鏡の男が、左手に持った本を見ながら、数学の問題をマーカーでホワイトボードに書き写す。男は、東京大学入試問題集と書かれた表紙を周りに見せびらかすように、本を高く掲げ持っている。

そもそもこの本が部屋にあったことからして、作為的だ。この男も上村と同じサクラだろう。野上はそう思いながら、男が書き写す問題を眺めていた。

今年の入試問題だった。

東京大学の入試問題は、しばしばマスコミに取り上げられる。野上はその問題をテレビで見たのを記憶していた。チャンネルを合わせたのはたまたまだったが、反射的にビデオ録画した。なぜそんなことをしたのか、自分の行動に戸惑った。今更こんな数学の問題を考えてなんになる。そう思いつつ、一度入った布団から、のそのそと這《は》い出すと、電話のそばにあったメモ帳とボールペンを手にして、ビデオを再生した。模範解答の解説役として出演していた予備校教師が、一番の難問だと言った問題を、あえて選んでやってみた。

一時間かけたが、手も足も出なかった。

解法を求めてあれこれと書き殴ったメモを丸め、屑籠《くずかご》に投げ込んだ。解けたところで、それがなんだというのか——馬鹿馬鹿しい、と考えるのをやめたつもりが、その後も二、三日、タクシーの運転をしながら、ご飯を食べながら、テレビを眺めながら、その問題を考え続けていた。しかし、やはり解き方が分からなかった。

野上がさんざん考えて解けなかった問題に向き合ったのは、さらさらの髪の毛を真ん中から分けた少年だった。頰骨が張っていて、目鼻が大きい。あまり利発そうには見えない顔だ。

少年は、ブルーデニムの上着の袖《そで》を少しめくって、マーカーを受け取った。

問題を眺めながら、少年はマーカーを指先でくるくると回す。三分程してから、少年はマーカーの回転を止めて、ボードに文字を書き始めた。

「こんな感じかな」

二十分程、数式とそれを補足する言葉や図をよどみなく書き連ねた少年はそう言って振り返り、黒縁眼鏡の男を見た。

「ええと、模範解答はあるんですが、わたしにはちょっと」

高校で数学を教えているという女性が名乗りを上げて、本に載っている模範解答と照らし合わせる。

「ここに載ってる解答とは、解き方が違います」教師が言った。

「間違ってるんですか」

黒縁眼鏡の問いに、教師は首を振った。「解き方はいろいろありますから」

教師はいっときホワイトボードに書かれた文字を眺めてから、言った。「これでも、正解だと思います。本にある模範解答より、むしろこちらの方が、エレガントというか、うまい解き方だと思います」

「ほう」と誰かが言って、拍手が湧く。

少年は照れ臭そうに、しかし得意げに曖昧な微笑を浮かべている。

野上は胸が重くなるのを感じた。自分に解けなかった問題を中学生が解いた。そのことには別に感慨はなかった。野上の胸を苦しくさせたのは、別の思いだ。

少年の姿に自分の姿を重ねて見ていた。

天才少年として世間で騒がれていた頃、野上も、大学入試レベルの問題を、おおぜいの大人を前に解いてみせ、彼らから歓声と拍手をもらっていた。

得意の絶頂期で、人々の賞賛に酔いしれていたあの頃。そんな日がずっと続くと、信じていた。数学者か物理学者としての未来を、確信として思い描いていた。

野上は逃げるように部屋を出ると、喫煙室に入った。胸にたまった澱《おり》を、けむりで追い払いたかった。

煙草をくわえたところで、上村がやってきて隣に腰をおろした。

「どう思いました、さっきの子供」

上村はライターの火を野上の煙草に近づけながら、そう言った。

「天才と早熟は違うと思うんですよね」上村は野上の顔を斜に見上げて言った。「幼児期っていうのは、とにかくなんでも吸収してしまう。だから、知識を詰め込めば、大人が驚くようなことを言い出したり、やってみせたりして、それで親はたいがいうちの子は天才だってなことになってしまうんですね。世の中の早期幼児教育っていうのは、そういう親バカにつけこんだ商売だって思ってたんですがね。東大の入試問題でしょう。応用力がなければ解けませんよ」

上村は信じられない、というように首を傾げている。

野上が吐き出したけむりが、ゆっくりと渦を巻き、天井の空調用の孔《あな》に吸い込まれて行く。

喫煙室にもう一人、男が入ってきた。野上は横目で彼を見る。チェックのブルゾンにループタイ姿の男は、河西だ。河西は野上の視線を感じていたはずだが、目を合わせようとはしなかった。

「最初はね、答を丸暗記してるんだ、って思ったんですよ。模範解答が出てますからね。でも違うんですよね。ううん」

上村はそう呟いてから顔を床に向け、煙草をブルゾンのポケットから取り出す。

どうやら上村は、野上をただの一般参加者だと思って話しかけているようだった。サクラとして工藤に雇われている彼は、こうして参加者に話しかけ、その気にさせるのが仕事なのだろう。

「東大の入試問題の解答集はいろんな予備校や出版社が出してるでしょう」河西が言った。

「それを見た可能性だってある」

上村は河西の方に顔を向けた。

「わたし、アルバイトで予備校の講師なんかやってるもので、たいがいその手の問題集には目を通してるんですがね。今日の解答は独自のものだったと思いますよ」

「それにしても、大人が知恵を貸したという可能性はある。東大の学生あたりに別の解き方を考えてもらえばいい」

「丸暗記だと、そういうわけですか」

「まあ、別に決めつけやしませんがね。数学の得意な子っていうのは世間にはいるわけでしょう。学校じゃあ、みんないっしょに進んで行こうってことだし、塾っていっても、これはたいがい受験が目的ですからね、中学生に高校の数学をマスターさせようとはしないでしょう。だけど、どんどん先に進ませようっていうやり方で、しかも一つの科目だけやらせたら、あの程度できる子は出てきますよ。たまたま賢い子供がいて、一つの勉強だけ集中的に教えられた。そういうことでしょう」

「そうですかねえ。しかし、天才秀才がぞろぞろいるって聞いてますけどねえ」

「早熟な子供という以上には思えませんね。東大の入試問題を解けたら天才って、そういうもんじゃあないでしょう」

「中学の一年生とかそこらですよ。もし飛び入学が認められてたら、いますぐ東大に行ける。こういうのを天才って言うんじゃないんですか」

「ずいぶん肩入れされてるんですね、ＧＣＳに」

河西は薄笑いめいた表情を浮かべて、煙草をくわえた。

「別に肩入れはしてませんけどね」

上村は、いくらか動揺した様子で、灰皿に置いていた煙草を手にした。「さっきちょっと、ここの人間同士話しているのを聞いたんですけどね、今日もう一人凄い子供が来る予定だったそうですよ。なんでも、中学一年生なのに大学教授と共同研究しているとかいう話ですよ」

「なんという名前の子供ですか？」

河西が上村の方に身体を寄せてそう言った。

「いや名前までは知りませんけど」

「その子供、なんで来なかったんですか」

「なんか病気だとか」

「どんな」

「どんなって、そんなことは知りませんが」

椅子に座って前かがみの姿勢になっていた河西は、背中を伸ばし、壁に凭れた。

「トレーニングのしすぎで頭がおかしくなった子がいるっていう噂、方々で聞くんですがね」河西は言った。

「噂は聞きますよ、わたしも」上村は言った。「しかしそう言ってる人も、実際にそういう子供を見たんじゃなく、結局噂を聞いてるだけなんですよ」

喫煙室の窓から、階段の方に歩く工藤の姿が見えた。

野上は灰皿に煙草をもみ消すと、「失礼」と言って、二人の男の前を通って喫煙室を出た。

階段の踊り場のところで、野上は工藤に追いつくと、呼び止めて、話したいことがあると告げた。

「なんでしょう?」

「いや、ちょっと時間をとってほしいんですが」

「ひょっとして入社する気になられたとか」

「入社の話と関係はあります。どこか静かなところで、講演会が終わったあとでいいんですけど」

「それだとかえって忙しいんですよね」

工藤は腕時計を覗いている。

「この前の会議室にしましょう。弁当を二人分、下からもらってきてもらえますか」

7

工藤は手にしていた書類の束と万年筆を椅子に置くと、その横の席に座り、さっそく弁当を食べ始める。野上もそれに続いて、箸《はし》を割った。弁当は和風で、少なくとも見た目の印象では、かなり豪華だ。二千円という予算では赤字になっているかもしれない。

野上は箸を持ち上げたが、工藤が時計を覗きながらご飯を凄い勢いで掻き込んでいるのを見て、早めに言いたいことだけ言っておこうと思った。

「近松さんが、どうして僕をＧＣＳに入れようと思ったのか、分かりました」

工藤は箸を止めて、軽く首を傾げた。「誰か、その答を知ってる人がいたんですか？」

「いいえ。考えたら分かったんです」

「どういう理由だったんですか」

「僕が少年Ｙだから。少年Ｙ、もちろん分かりますよね」

工藤は箸を置いて、眼鏡を押し上げた。

「あなたが天才少年Ｙ君だということはむろん知ってますよ。でも、それがどうしました？」

「最近、ある人物が僕のところに来て、ＧＣＳについて何か話してほしいと、インタビューを申し込んで来ました」

「河西慶太というフリーのライターですね。今日も講演会に顔を出してますね。性質《たち》のいい人間ではありませんよ。関わりにならない方が、あなたのためです」

「ＧＣＳは、僕の証言を恐れているんですね」

「うちが、被告か何かのように聞こえますが」

「Ｙ少年の落ちぶれた姿は、ＧＣＳにとってイメージダウンでしょう」

工藤はテーブルに右肘をついて、身体を少し前に倒した。

「早期幼児教育に対する批判で多いのが」工藤は言った。「あんなのはただの知識の詰め込み、応用力がつかない。早くに読み書きができるようになって、いっときは天才のように思えても、やがて化けの皮が剝がれるんだという決めつけです。確かに、わたしの知る限りでもそういうふうに見える子供がいます。三歳で神童、五歳ではふつうの子供、そういう例も見ました。しかしですよ、これを早期教育の失敗だと言うのは考え違いではないでしょうか。三歳で外国語を流暢に話した。それが、訓練を重ねたのに、五歳では全部忘れてしまった。これなら大変です。だけどそうじゃありませんよ。三歳で外国語をマスターした。天才だ、そう思っていたのに、伸び悩んだ。それは大成功とは言えないでしょうが、そういう子供が一人いるという理由で、早期幼児教育はだめなのだというのは、短絡的です」

「それはつまり、僕一人の失敗例ではＧＣＳのイメージダウンにはならないということですか」

「失敗例だなんて思っていません」

「美容整形の広告に出ていた人間の顔が崩れ出したら、医者は大慌てすると思うんですけれど」

「崩れてなんていませんよ、あなたの場合は。これがもし、あなたが変質的な犯罪者にでもなっているというなら、別ですがね。変質犯罪の原因は幼少期の体験にあると、一般にそう考えられがちですからね」

工藤は野上が用意した急須《きゅうす》から、茶碗《ちゃわん》に緑茶を注いだ。「早期教育の成果というのは、知識の詰め込みによる早熟にすぎないんじゃないかという意見があります。わたしはもちろん、うちのシステムはそんなことはないと思っていますが、仮にそうだとしても、早熟は悪いことではありません。能力がやがて頭打ちになるとしても、早めに能力が発揮される方が、明らかに得なんです。特に金持ちの場合は、子供を有名な大学の附属小学校、中学校に入れてやれば、あとはそこそこの成績でもエスカレーター式に大学まで上がれますからね。それに、そういうケース以外でも、一度落ちこぼれたら這い上がるのが難かしいというのが、いまの学校教育ですよね。だったら、まずは余裕をもってスタートさせたい。そう思うのが親の情でしょう。それに、知識の詰め込みでは応用力は身につかないなんてことを言いますけれどね、学校でやっていることも、受験勉強も、子供たちが強いられているのは、結局は知識の詰め込みじゃないですか。強制的な知識の詰め込みに順応できる能力というのは、いまの学校教育が求めているものでもあるんですよ」

「少年Yは、小学生のときには大学入試レベルの問題が解けたはず。それなのに彼は、高卒。

世間はどう思うでしょうね」

工藤は緑茶を一口飲んだ。「あなたは現役のときは横浜国立大学だけを受験されたんですよね。一浪したあとは、少しレベルを下げられて、私立も受験されたようですが、それでもすべて、誰もが名前を知っている一流大学だけですよね。受験できただけでも大したものです」

「願書を出せば」野上は頬が赤らむのを感じていた。「受験はできます。合格の可能性なんて、まったくなかった」

「もう一つランクを下げれば合格できていたはずですよ。数学と物理に関しては、あなたは小学生のときにはもう、大学入試レベルだったんですからね。ほかの教科がどんなに悪くても——」

野上は工藤の言葉を遮って言った。「選んでいたんですよ。できる問題を選んでいた。どんな問題でもできたわけじゃありません。計算のやり方だけ分かっていればできるような問題が入試問題でもたくさんありますからね。僕ができたのはそういうものだけです。それでも、小学生がやれば大人は騒ぐ。大学入試レベルっていうのは、大袈裟な言い方だったんです」

「ずいぶんと謙遜《けんそん》されますが、あなたが卒業された高校は、神奈川県下では有名な進学校ですよ。いくら謙遜されても、あなたが優秀な頭脳をお持ちだということは疑いがない。失敗例だなんて、そんなことはまったくありません。あなたが河西に何を話そうとしているのか、わたしは知りません。しかし、真実が語られるのならば、それはうちにとってイメージダウンになるなんて思いませんよ。ただ、河西の意図は、スキャンダラスな内容にして本を売ろうということでしょう。あんな男の口車に乗っては、あなたのためになりません。彼が言っていることはでたらめです」

「そうでしょうか」と、野上は九年前の事件というのを持ち出した。

少年Yの告白だけならあまり意味がなくても、子供たちが狂ったという事件と結び付くと、また別の意味が出るのではないか。

野上がそう言うと、工藤はこめかみのあたりを爪で二度引っ掻いた。

「そんな事件などなかったんです。ただの噂ですよ」

「そうでしょうか。その時期、あるテレビ番組が一つ、潰れていますよね。これも事件と関係があるんじゃないですか」

「疑いは、まもなく晴れますよ」工藤が言った。

と、ノックもせずにドアを開けた人間がいる。中学二、三年生に見える少年だった。

ニットのセーターに、コーデュロイのパンツという格好。切り揃えた髪を額に薄く垂らしている。切れ長の目元と尖った鼻が印象的だった。午前の講演会のときは見かけなかった顔だ。

「いま話しちゃえば、九年前の事件のことをさ」少年は言った。

「聞いてたのか」工藤が言った。

「聞こえたんだ」

「立ち聞きとは、行儀が悪いな」

「呼んだのは工藤さんでしょう」

「この部屋に来いとは言ってない」

「ここで弁当食べてるって聞いたから、いっしょに食べようと思ったんだ」

少年は抱えていた弁当をテーブルに置いた。

「ノックぐらいするもんだ」

「邪魔しちゃ悪いかなあと思って、話が終わるのを待ってたんだよ。でももう、おなかすいちゃって」

「熱があるんじゃなかったのか。家で寝てるって言ったろう」

「つまらなさそうだからそうしようと思ったんだけどさ、まあでもちょっと顔出してやるかと思って」少年は野上に顔を向けた。「野上雄貴さんですよね」

野上は曖昧にうなずいた。

「会いたかったんですよ。いや、話を聞きたかったって言うべきかな」少年は顎に手を当てて野上を見上げる。「天才少年Yがどうなったのか、僕にとっては重大なことだからね」

少年はしばらく野上を見つめてから椅子に座った。「食べながら話しましょう」

野上は工藤に視線を向けた。工藤は呆れたようなまなざしを少年に向けている。

「九年前の事件がどんな事件かってこと、野上さん知ってるの？」

「いや、子供が狂ったという噂だけだ」

少年のペースに呑み込まれて、素直にそう言った。

「じゃあさ、説明してあげてよ、工藤さん」

工藤は溜息を一つ吐いてから、口を開く。「四人の子供が、次々と頭がおかしくなった。表面的に見れば、確かにそういうことがありました」

「しかも近松先生が親たちに金を払って黙らせたっていう事実もあるよね」

少年は里芋《さといも》を口に放り込みながら言った。

「そうなんですか？」

野上の問いに、工藤がうなずく。

「しかしこれはあくまで表面的な状況です」工藤は置いてあった箸を持ち上げて、焼き魚の身を毟《むし》り始めた。「事実は違います。ただ、弁解は難かしかった。もちろんこれが法廷に持ち出されれば、こっちも必死で反論しますよ。しかし、相手は噂です。わざわざその噂に反論すれば、やぶ蛇になりかねませんよね。噂は噂にすぎないと知らぬ顔の方がましでした」

そう言って、工藤は九年前の事件について語った。

梓という子供がGC訓練のあとで、頭がおかしくなったとしか思えないような行動を見せた。続いて秀人という子供がGC装置の中で痙攣発作を起こした。同時期、基樹という子供が精神神経科に入院した。守という子供も頭がおかしくなったと親が言ってきた。

「しかしですね、調査の結果、彼らはGC訓練のせいで狂ったのではないことが分かった——いや、そもそも子供たちは狂ってなどいなかったんですよ」

工藤は魚を一口食べてから言葉を続けた。「梓が錯乱したような行動を一時的に見せたことは、これは事実です。しかしそれは、風邪による高熱が原因でした。GC訓練とはなんの関わりもなかった。ところが、梓の錯乱はGCSのせいではないかという疑惑が、いっときは我々職員や研究者の間にすら、芽生えていたんですね。秀人は、梓の錯乱を間近に見ていました。そして周囲で交わされた大人たちの言葉――GC装置のせいかもしれない、とか、早期幼児教育は失敗だ、とかいう話を聞いていたんです。それで、自分もそんなふうになるんじゃないかと、暗示にかかった状態で装置に入ったんですね。秀人がGC訓練中、痙攣発作を起こしたのは事実です。しかし、その原因はGC装置自体ではなく、秀人の精神状態にあったわけです。ほかの二人、基樹と守の頭がおかしくなったというのは、これは狂言でした」

工藤は牛蒡《ごぼう》を苦そうに嚙んだ。「近松先生は、梓の親に数千万の金を渡しているんです。梓には神経麻痺《まひ》の後遺症が残っていました。それは、実は一時的な障害だったんですがね。そのときは一生続く障害の可能性もあった。といっても、GCSの後遺症ではなく高熱の後遺症ですよ。しかし近松先生が研究室に預かっているときに起きたことでしたから、責任を感じられたんですね。基樹と守の親は、この点に目を付けた。うちの子も狂ったと難癖付けて、近松先生に金を要求したんですよ。恐喝でした。我々は闘おうとも思いましたがね。公の場で闘って、我々に勝ち目がありますか？　マスコミも世間も間違いなく彼らの味方をするでしょう。子供の狂気が演技だとは、思っていても誰も口にしない。子供は正直だということになっていますからね。法廷でなら勝てるでしょうが、勝訴する前にマスコミの袋叩きでうちは潰れます。結局、親たちに金を払うしかなかった」

工藤は溜息を一つ吐いてから言った。「これが、事件の真相です」

「GCSが主張したい真相ですね」野上は言った。

「これが客観的な真実であると証明することができます」

「どうやってですか」

「子供たちですよ。狂ったという噂のある子供たちが、まったく正常に成長を遂げ、しかも中には天才もいるとなれば、事実は明らかでしょう」

「そうでしょうか。彼らは事件をきっかけにＧＣＳをやめたんでしょう。それで正常に戻ったのかもしれませんよ」

「もともと正常だった。演技だったんだ」少年が顔を野上に向けて言った。「四歳の子供にとって、母親の言うことは絶対だもの。逆らったらどんな目に遭うか、恐ろしかった。なんにも悪いことしなくても、毎日折檻《せっかん》されてたし」

　少年は微笑した。「それなのにさ、一番恐ろしかったのは、この人が僕を置いて出て行ったらどうしようってことだったんだよね。言うこと聞かないとお母さん、あんた捨てて出て行くからね、って。そんなふうに言われて、捨てられたくなくて、しかたなく演技していたんだ」

「彼が基樹です」工藤が言った。「この通り、本人が証言しています。さっき下で、秀人も見ましたよね。東大の入試問題を解いていた子供です。あの子に何か問題を感じますか？　秀人が痙攣を起こした理由は、さっき言いましたね。あれは秀人自身が言っていることですし、親も、秀人の親というのは、飯田先生ですが、彼女もそうだったのだろうと考えています。そして、守と梓、守は学業優秀、梓も、まあそこそこの学力です。梓も、梓の親も、九年前に起きたことをＧＣＳのせいだとは一言も言っていません。守は、当時まだ三歳になったばかりだったからでしょうかね、当時のことが記憶にないそうですが、守の親、島岡と言うんですが、彼らに関しては、金目当てでなんでもやる人間だと、調査ではっきりしています。もともと、守は島岡夫婦の養子でした。それも持参金付きの養子なんですね。九年前の騒ぎで大金を摑むと、島岡夫婦は、子供を生みの母に押し付けて姿を消しています。こんな人間の証言を誰が信じます？」

「河西は、アル中女の証言を鵜呑《うの》みにしてるだけ」基樹が言った。

「GCSに関する悪い噂に関しては、これで誤解をといてもらえると思うんですが、いかがです？」工藤が言った。

「いまの話をすべて信じれば、九年前の事件というのは濡《ぬ》れ衣《ぎぬ》だということになりますね」

「皮肉な言い方ですね。どうしたら信じてもらえますか」

「いや、その件は、別に僕の選択に直接関わることじゃありませんから。もういいですよ。少年Yの口封じが目的じゃないとしたら、ほかになんでしょうね。近松さんの意図が知りたい」

僕が知りたいのは近松さんがなぜ僕をGCSに入れようとしたかということです。

工藤は溜息をついた。「わたしなりに調べています。もう少し待ってください」

8

講演の内容にはまったく興味が持てなかったので、野上は午後の部が始まって十分程経過したときにはもう、退屈に耐えかねて、喫煙室に行った。

煙草を吸いながら、ぼんやりと壁を見つめる。と、唐突に脳裡に蘇《よみがえ》ったのは、近松吾郎の著書の内容だった。子供の頃繰り返し読んだ、近松式の早期幼児教育について語ったエッセー風の解説書。

野上はその内容を当時ほとんど暗唱できた。しかしそれを最後に思い返してから、十数年過ぎているいまでは、もうすっかり忘れたと思っていた。が、記憶は残っていた。

暗唱できる程の正確な記憶ではないが、大まかな内容は思い出せる。

『私が天才という存在に魅せられたきっかけは、垣内斉一《かきうちせいいち》という人間との出会いだった。大学時代、私は医学の道を進んでいたが、それは親の強い希望に逆らえなかったからで、本来は物理学を学びたかった。医学の勉強をする傍ら、物理学を専攻する学生たちが自主的に集まって行っていた勉強会に参加して、そこで垣内と知り合った。垣内は、当時まだ大学生ではなく十五歳だったが、二年前からこの会に参加していた。

垣内は、大学生や大学院生と対等に議論できるだけの知識と理解力を備えていた。私は、当初は彼の若さに対して驚いていた。そんな年齢でここまで深い知識や理解力が養えるものなのかと。

しかしやがて、私は彼の持つ特殊な能力の方に衝撃を受けることになる。

垣内には、五次元、六次元といった高次元の世界を見る能力があるとしか思えなかった。高次元の世界を、私も数式の上でならむろん理解できた。しかし、垣内は数式や通常の計算に頼らずに、その世界を直観的に把握することができた。

私やほかの秀才たちが、複雑な計算の末にようやくたどりつくイメージを、垣内は計算する前から知っている。少なくとも私には、そうとしか思えなかった。

勉強会以外、私生活でも垣内と付き合うようになった私は、さらに異様な彼の能力を目の当たりにすることになる。まったくの素人としか思えないのに、株の動向を、偶然とは思えない確率で当ててしまう。私の行動を読み切っていたように、思いもよらない場所で私を待っている。

人に嫌われたくないから隠しているのだけれど、と垣内が私にだけ明かしたところによると、垣内は人の心も読めるのだという。私は、かまわないから私の心を読んでくれと言った。以来何度となく、考えていたことを当てられた』

垣内斉一の超人ぶりを示すエピソードは数限りなくあり、野上は近松の著書にあるエピソード以外にも、いくつか、近松から直接聞かされた。

当時は、垣内の超人ぶりを、天才ゆえのエピソードと信じて、自分もまたそういう存在になりつつあるのだということに興奮を覚えていた。

しかしいま、こうして改めて振り返ると、眉唾《まゆつば》物のエピソードという気がする。垣内の学力が飛びぬけて優秀だったことは、これは否定できない。しかし、特殊な能力とは、自称超能力者たちのやっていることと同じことではないだろうか。超能力者のトリックに騙されて支援者になる科学者は、いまの時代でもいる。垣内と近松に、野上はそんな関係を想像してしまう。

垣内に特殊な能力が備わっていたのかどうか、疑問だ。しかし、近松吾郎がそれを真剣に信じていたことは疑いの余地がない。

それは近松の、その後の経歴が物語っている。

『私は、垣内の特殊な論理思考能力について、本人に質した。自分ではその思考の過程がよく分かっているのだが、人に言葉で伝えることは難かしい、というのが、垣内の答だった。ごまかしにも聞こえるが、のちに私は、この答に納得した。

私と垣内との関係は、犬と人間にたとえられるだろう。

犬と人間が、お互いに餌《えさ》を隠して、探す競争をする。一度や二度の勝負ならともかく、繰り返せば、必ず人が勝つようになるだろう。人は、犬の行動を完璧に予測して隠し場所を決め、犬の心理を読み切って餌の隠し場所を探し当てる。

人はいったいどういうふうに考えてそうしたのか、犬には理解できないだろう。たとえ言葉が通じても、犬はその思考が決して理解できないはずだ。そこにある論理が、犬には理解できないものだからだ。訊かれた人間の側も、説明ができない。犬に理解可能な概念の組み合わせでは語れない思考過程だからだ。

私は、この世界の物理法則を解明できるのは、垣内のような天才のみだと考え、自分自身は物理学者の道を断念した。医学の道を進み、天才とは何なのか、その特殊な頭脳の謎《なぞ》を解明したいと考えた。

天才の脳の構造は、ほかの人間とは決定的に違うだろうと、私は考えた。

「もしも君が早死にしたら、僕にそれを調べさせてくれ」と、私は笑い話でそう言って、垣内も応じた。

垣内が暴漢に襲われて意識不明の重体となったのは、その数日後のことだった。逮捕された襲撃犯は、むしゃくしゃしていたから相手は誰でも良かった、と動機を語った。

垣内は命は助かったものの意識は戻らなかった。私が憧れ、畏怖し、愛した頭脳は、たった一人の、この社会には何の役も果たさぬだろうたった一人の暴漢の手によって消されてしまったのだ』

近松の衝撃が凄まじかったことは、この文章に続けて近松が書いている詩から窺える。さすがにその部分は、感傷的にすぎると考えて恥ずかしくなったのだろう、初版にだけしか載っていなかったが、読みようによっては同性愛的愛情の告白とも受け取れた。

が、近松は雑誌のインタビューか何かで、垣内に対する思いは、同性愛的な愛情ともただの友情とも違っていたと語っていた。

それは、嘘ではないだろうと野上は思っている。近松はその後、天才という存在に執着する。むろん近松は、彼らに垣内の影は見ていたのだろうが、もう一度会いたいと近松が思ったのは、垣内という存在ではなく、垣内のような能力を持つ天才だった。

近松吾郎は、天才とか神童と呼ばれる存在を積極的に探し当て、親しくなり、仮にその人が死んだとなったら、脳を解剖させてもらった。近松は、天才の脳がふつうの人間とは違う、ということに確信を持つ。これは近松だけが言っていることではなく、同様のことを主張している学者が何人もいるらしい。頭蓋《ずがい》に本来あるはずのない裂け目があって、そこで脳の構造に異常が生じていたりという変化が認められる場合が多いのだという。

また、知的障害者の中に、一つのことだけに抜きん出た能力を発揮するような場合があること、視覚や聴覚など何かの感覚に先天的障害を持つ人の中に、残った感覚が特に鋭敏な人がいること、音を聞くと色が見えるような、本来ありえない感覚の混乱がある人がいて、そういう人の中に芸術的な才能に恵まれた人が多いことなどにも近松は注目した。

近松はやがて、脳の配線を外部からの働きかけで巧みにデザインすれば、ふつうの人間には備わっていない新しい能力が生じるに違いないという結論に達する。

『極端なことを言えば、人並み外れた聴覚を持つ人間を作りたければ、目を塞いで育てた方がいいことは明らかだ。それによって本来視覚のために使われる神経細胞を聴覚に回し、並み外れた聴力を獲得する可能性が出てくる。しかしもちろん、こういう形で一つの能力のために別の能力を一つ犠牲にするというのでは、割が合わない。そこで私が提唱する天才脳デザインプログラムでは、五感の刺激を一体化して与えることで、各感覚の処理領域に濃密な繋がりを作り上げ、すべての能力を完全に残しつつ、各能力を並み外れて鋭敏にすることを目標としている。つまりはあるとき、視覚に意識を集中したならば、聴覚に使われている神経細胞も視覚の処理のために使うことが可能になっているというわけである。

野球の打者など、ボールに集中すると、その一瞬、観客の声がまったく聞こえなくなるというのは、よく聞く話だろう。聴覚の情報を遮断することで、視覚の処理機能を高めることができる。これは訓練によって可能なことなのだ。しかし、聴覚の処理機構を遮断するのではなく、視覚の処理に直接活用することは、これは訓練によってなしえることではない。脳の構造自体を変えなくてはならないのである。大人ではできない。しかし、生まれてすぐの、脳の構造が未完成の状態の幼児期においては、方法によっては可能になるのだ』

『垣内の持っていた高次元を見る能力についても、ここで仮説を立ててみよう。垣内は、高次元の様子を脳裡に描き出すとき、周囲の音が消えてフルートの演奏のような音色が聞こえ、身体がむずむずしてくると言っていた。おそらく彼の場合は、視覚、聴覚、触覚の処理領域が、異常に密な繋がりを持っていたのだろう。それで彼は、三次元を超える情報を聴覚や触覚の処理領域に割り当てて計算し、視覚に射影するような形で高次元の物を見ていたのに違いない。また、私に自分を犬だと感じさせたような彼の超論理も、同じ理屈に基づくものだと考えられる。現時点では証拠が少ないが、より高次の論理的思考に関わる領域でも、いくつかの情報処理機構が、分散的に論理演算を行ったあと、それが統合されている可能性が強い。垣内の場合、この各部分間の結合にある種の異常が生じて、私たちには理解のできない論理を持つことができたのだろう』

その後近松吾郎は、自らの仮説を実証するために、出会った天才たちがどんな幼少期を過ごしたのかを調べ、データ化し、天才脳を作るために必要な五感の刺激パターンを発見した。それがGC理論であり、この理論を基にした、三歳までの脳の構造を作る基礎工事ともいう過程に介入し、天才脳を作り上げる方法というのが、天才脳デザインプログラムだ。

「野上さん」

不意に脳裡に響いた言葉で、野上は回想から引き戻された。

声をかけてきたのは、飯田奈々子だった。

「ちょっと話したいことがあるんだけど」

そう言って奈々子が案内した場所は、三十分前までいた七階の会議室だった。

「なんかずいぶん瘦せたわね。子供の頃はまるまるしてたのに」奈々子が言った。

「会ったこと、あるんですね」

野上はそう言って、まじまじと奈々子を見る。

「あら、憶えてなかった？」

奈々子は苦笑した。「そうね。十七、八年も前のことだものね。学生の頃と、自分ではあんまり変わってないつもりだけど——ちょっとショックね」

「すいません、どうも記憶力が悪いもので」

「研究室にはたくさん人がいたもの。特にあなたが来ているときは、天才少年見たさに人が集まった。あなたの方から見れば、おおぜいのうちの一人だったってことでしょう」

野上は僅かに口許を引き締めた。

「近松先生があなたをGCSに入れようとした理由が知りたいそうね」

野上はうなずいた。

奈々子の表情がいくらか硬くなった。

「どういうことかしら。理由は、あなたにはよく分かってるはずでしょう」

「え？」と野上は首を傾げた。

「とぼけてるの？」

「そんなつもりはありません」

奈々子はむっとした表情を見せた。

「飯田さんは、理由を知ってるんですか？」

「知ってるつもりよ」

「教えてください」

素直な気持ちでそう言ったのだが、奈々子は怒ったようなまなざしを野上に向けた。

「あなたが先生の息子さんだからでしょう」

野上は視線を奈々子からそらした。

「それって、暗黙の了解事項だと思っていたんだけれど」奈々子は言った。「GCSの人間の口から改めて聞いておきたかったってことなのかしら、自分の立場を明確にするために」

「何か、誤解されてるようですね」

「誤解？　あなたは近松先生の子供じゃないと言うの？」

「そうであるにしろないにしろです、僕が訊きたいのは、そういうことじゃありません。仮に、仮に僕があの人の息子だったとしましょう。それでなぜGCSへの就職という話が出てくるんですか」

「息子の将来を心配するのは、親なら当然でしょう」

「なぜ、GCSなんですか。あの人の意向を聞き届けてくれる会社は、ほかにもあるんじゃないですか？」

「そこに拘《こだわ》っていたの」奈々子は、頰を押さえながら息を吐いた。「ほかの会社なら、問題はなかったわけね」

「問題なかったかどうかは分かりませんけど、GCSの場合とは気持ちが違ったでしょう」

「あなたさっき、工藤さんに、自分は早期幼児教育の失敗例だみたいなことを言ったそうだけど。本気なの？」

「成功とは言えないでしょう。僕は天才なんかではなかった。近松という人は、ＧＣ理論で天才を作れると言っていたはずですよ」

野上は学生時代、学力がそれなりに高かったのは事実だが、近松吾郎のいう天才の基準から外れていることも確かだった。

「子供の頃勉強が少しできただけ、そんな人間を天才なんて呼んではいけないでしょう」

野上は奈々子の顔を見てそう言った。

「小学生が大学入試問題を解ければ、そういう言葉を使ってもいいと個人的には思うけど」奈々子は言った。「近松先生のいう天才とは、もちろん違うわね」

近松吾郎は、天才と秀才は違うという。天才は、ふつうの人間が本来持ち得ない能力を獲得している存在で、秀才は、元来ある能力が高度に発達した存在。近松吾郎が目指したのは、天才を育てることだった。

「学習効果が一時的に上がったというのは確かですが、言われているような天才脳は形成されませんでしたね」

野上は近松吾郎が期待したような高次元の世界を見ることも、超論理を駆使することもできなかった。

奈々子はテーブルに肘をついて、頰を軽く叩いている。「近松先生の天才に対する拘りっていうのは、ふつうの人から見ると常軌を逸したところがあるわね」

奈々子は椅子から立ち上がって、テーブルの上にあったポットを持ち上げた。思ったよりも重たかったようで、ポットが前に大きく傾いた。

「でも、研究者の思い入れとしては、そう特別ではないでしょう。寄生虫がかわいくてしかたないとか言って、自分の身体の中に飼ってみる人だっているんだもの」

奈々子は急須に湯を注いだ。

「近松先生は天才とは何か知りたかったし、それを自分で育ててみたかったのね。その願いがやっとかなった最初が、あなたたちだった。それで浮かれてたところがあったんじゃないかしら。近松先生も、その後は、あまり軽々しくは天才という言葉を使わなくなっていたわ」

「僕の失敗で慌てたんでしょうね」

「どうしてそんなに敵意むき出しなのかしら。あなたなりに挫折感があったのも分かるけど」

奈々子は緑茶を淹《い》れた湯呑み茶碗を野上の前に滑らせた。「学生生活は成績優秀で過ごした。大学に行かなかったのは、あなたのプライドの問題よね」

そういうらぬプライドを植え付けたのが、結局は近松吾郎なのだと、野上は思っている。大学に落ちて自棄《やけ》になって、しばらくは定職に就かず遊び暮らし、やっと定職に就く気になったのが二十二のとき。寝具の訪問販売の会社で、それなりに頑張っていたつもりだったのが、上司と合わずに辞めることになった。それも結局、いらぬプライドのせいだった。学歴を鼻にかける上司に、高卒のくせに、と絡まれたことで頭に血が上ったのだ。

天才少年Yとは、とうに縁を切ったつもりでいるのに、あの頃の自尊心だけが、ときどき顔を出す。

「GC理論というのは、正しいと証明されてるわけじゃありませんよね」野上は言った。

　奈々子は急須を置いて、椅子に座り直した。

「天才脳をデザインするという近松先生のもくろみからは、少し外れたかもしれない。でも、十分な成果が上がってるわよ。平均的にみれば、GCSで教育を受けた子供たちの学力は、一般の子供たちより二十パーセント以上高い。それに、うちのシステムは脳障害の子供を早期発見、早期訓練で何人も治してる。赤ん坊の手足や眼球なんかの運動を測定して、簡単には分からない神経系の異常を発見して矯正《きょうせい》してきたの。放っておいたら、言葉を喋り出すような時期になって初めて発見されて、たぶんそのまま一生障害に苦しむことになったでしょう。そういう子供を何人も救ってる、これは紛れもない事実よ」

「そういう結果が出る前は、どうだったんでしょうね？」

　奈々子は湯呑みを手にして、首を傾げている。

「僕らのときには、そんなデータもなかったはずですよ。あの人が僕らにやったことは、なんの根拠もない自分一人の思い込みから始めた実験だった。僕は自分を人体実験の犠牲者の一人だと思ってます。そんな人間にGCSに就職しろなんて、よく言えるものですよ」

「人体実験なんて言いすぎよ。近松先生の理論には根拠も、実験データの裏付けもちゃんとあったわよ。あなたたちを訓練する以前から。もちろん、わたしはその頃のことを直接は知らないけど、文献として残ってる」

　動物を使った実験に始まり、大人、子供、幼児の順番でGC訓練を短期間実践して、その成果を測る心理学等の実験が続く。そうしたデータの積み重ねのあと、新生児にもごく短時間のＧＣ訓練を行い、それによる体温や血圧などの変化を調べる。それからと、飯田奈々子は近松式幼児英才塾が開かれたときまでに、どれだけ研究データの蓄積があったかを並べてた。

「しかし結局」と、野上は言った。「最初に実践したときには、その結果がどうなるか分からなかったでしょう。人体実験ですよ」

「そんなことを言ったら、医者は新しい薬は使えないわね」

「病気の治療の場合とは、リスクに対する考慮の仕方が違うと思います。明日死ぬか、新薬を使うかと言われたら、それは使うでしょう」

「美容整形の手術はどうかしら。これは命に関わることじゃないわね。新しい手術のリスクは、やってみないと分からない。だけどそれを受ける人がいる。受ける側に、選ぶ権利があるんだから、これを人体実験とは言わないでしょう？　早期幼児教育も、誰かが強制したのなら、それは問題よ。だけど違うでしょう。親が選択した。本人の意志じゃないなんて言わないでね」

「仮にですけど、どんな人間でも、幼児期の育て方は、親が決めているはずよ」

「仮にですけど、僕の母親が近松吾郎の愛人だったら、話は変わりますよね」

「どうして？」

「子供を人体実験に使うことに、いやだとは言えない立場だったってことでしょう」

「忘れてるんじゃないの？」

「何をですか」

「父親にだって、自分の子供をどう育てるか意見する権利があるってこと」

野上はそれ以上の反論を思いつかず、黙った。

奈々子は一つ息を吐いてから言った。「あなたが、そこまで自分の子供の頃のことを捻《ね》じ曲げて考えているとは、思わなかったな」

奈々子は茶を一口飲むと、鼻の下を指先で掻いた。

「近松先生はきっと、あなたの誤解をときたいと思ったのね。あなたは自分の思い通りにならないことは、なんでも早期教育のせいにしてしまうんでしょう。親の教育が間違っていたからこうなったんだ、ってね。でも本当にそうかしら。違う育て方をされたらどうなったかなんて、分からないでしょう。それは誰の場合だってそうよ。自分の人生が思い通りにならないからって、それを親のせいにするのはどうかと思う」

「説教される憶えはありません」

「先生はあなたにGCSをもう一度見直してほしかったのよ。それが、あなたのこれからの人生にとって必要なことだと考えたんでしょう。近松式の早期教育があなたの人生を歪めたんじゃない。そのことをあなたに自分で確かめてほしかった。それが、入社を勧めた理由よ」

奈々子は緑茶を飲み干した。「もちろんこれ、わたしの意見にすぎないけど」

9

河西から自宅に電話がかかってきたのは、夕食を終えたあとだった。里美は洗いものをしていたので、電話には野上が出た。

「ＧＣＳに入るって話、どうなりました？」

「いや、まだどうもなってませんが……」

野上は台所の里美を気にする。

「誰？」里美が言った。

「うん、ああ僕の友達だ」

「誰？」

水道の水が流れる音が止まった。

「高校のときの」

「なんか、まずいですか」

話の内容にもよるのだが、野上は里美の耳があるところでは河西と話したくなかった。

「じゃあさ、会う時間を決めないか」野上は言った。

水道の水が再び流れ出す。

河西は雰囲気を察したようで、時間と場所を指定する。

「ああ、うん」

野上は電話を切ると、部屋着を脱いでコーデュロイのパンツとデニムのシャツに着替えた。洗いものを終えて部屋に戻ってきた里美が、怪訝そうな顔をする。「出かけるの？」

「昔の友達なんだけど、近くに来てるっていうんでね」

「うちに連れてくるの？」

「ん、ああ、いや。外で」

ぼろが出ないうちにと、野上は急いで外に出た。

二十分後に、待ち合わせた居酒屋のカウンター席に並んで座った。焼き鳥中心のメニューが書かれている。注文は河西にまかせた。

「ＧＣＳでは、話しかけない方がいいんじゃないかと思ったんで、家に電話したんですけどね。まずかったですか」

「どういう話か分からなかったんで」

「奥さんに聞かれちゃまずいこととか、あるんですかね」

「妻は、とにかく今度の話に乗り気なんで。まさか僕が断るとは考えていないんです」

「断ったんですか」

「いや、まだ」

「断るんですか」

「ええ」

カウンター越しに生ビールのジョッキを渡された。

河西はすぐに口をつけた。

「わたしね、考えたんですよ」河西は唇を舌で拭《ぬぐ》った。「これはチャンスなんじゃないかってね。そう思いませんか」

「なんの話か分かりませんが」

「話、承知したらどうです。ＧＣＳに入るんですよ」

「なぜ」

「内部から調べるんです」

「何をですか」

「九年前の事件のこととか」

「僕にスパイとして働けと言っているわけですか」

「いや、そうは言いませんよ。あなたの目で、GCSを見てきてほしい。そして、わたしに話したくなったことがあったら、話してください」

野上は河西から視線をそらし、ビールを飲んだ。

「もしGCSがいい会社だったら、それはそれであなたにとってはいいことでしょう。最高の就職口だ。しかしもし、その反対なら、実態を調べて、教えてくださいよ」

「今日、九年前の事件というのについて、話を聞きましたよ」

野上は工藤から聞いた九年前に起きた子供たちの発狂事件とその真相を、河西に話した。

河西は、ときおりビールをなめながら黙って聞いていた。

「誰も、狂ってなんていないんです」

焼き鳥の載った皿が出てきた。野上は端の一本を持ち上げた。

「その話、わたしが知らなかったと思いますか?」

河西は顎を撫でながら言った。「竹村基樹、木俣梓、漆山守、飯田秀人。彼らが、それぞれに一見心身ともに健康な生活を送っていることは、知っていますよ」

野上はぎくりと肩をすぼめた。一瞬、自分の神経が何に反応したのか分からず、戸惑った。

漆山……河西がそんな名前を口にした。それが、野上の神経をざわめかせたのだ。

「漆山……」

「え、なんですか？」

「いや」野上は言葉を濁した。

自分が知っている漆山とは無関係だろう。

「子供たち、確かに一見まともですよ。でも、その実どうかっていうのは、また別問題ですよねえ。それに、九年前に彼らがおかしくなったってことと、いまどうかってことも、また別です」

「九年前のことは、狂言だったり、暗示にかかっていたりしたんだと、当の子供が言っています」

「問題はそこですよ。順番に行きましょうよ。まず梓。彼女については、異変が起きたことはGCSも認めてるし、まあとにかく一人だけの問題なら、GCSとの因果関係を云々できませんからね。とりあえず外して考えましょう。次は秀人ですが、彼は飯田奈々子の子供でしょう。彼女は、GCS側の人間ですからね。この親子の証言に関しては、信用ができない。次が基樹。母親はアル中だってことで、証言は当てにならないと言いますがね、むしろ、基樹の発言が当てにならないんです。あの子はもう十分大人ですよ。自分の得になる嘘を語っているのかもしれません。二年前、基樹の母親は精神神経科に入院しましてね、基樹は親戚に引き取られたんですが、近松吾郎がその親戚のところに行って、基樹を引き取ったんです。いまは、GCS所有のマンションに、お手伝いまで雇って住んでいて、この先、高校も大学も、基樹はGCSの金で行くんですよ」

河西はレバーを一串口に運んだ。「あと、守ですか。この子についてもね、実は興味深いことがある。守の両親のことを、あなたが先刻言いましたよね」

守は養子だった。両親は金をもらって守を育てていたが、九年前、GCSから見舞金として大金を受け取ると、子供を生みの母親に押し付けて姿を消した——工藤が言った通りのことを野上は先刻話した。

「当時の養い親の話が聞きたいんですが、これがどうにも見つからない。それに守という子供の話を聞きたかったんですが、母親が許してくれない。それにね、この母親、守を引き取って育てている実の母親というのがですね、近松の秘書をしていた人間なんですよ。近松の愛人だったという噂もある」

野上は口の中が渇くのを感じた。ビールを喉に流し込む。

「結局、あなたが言ったほど真相は明らかってわけじゃありません。GCS側の言い分を裏付ける証拠はなんにもないんですよ」

「しかし、子供たち——基樹と秀人しか見ていませんが、二人とも、まともじゃないですか」

「東大の問題を解けたらまともですかね。もっと根本的に狂ってたりするかもしれませんよ。とんでもなく残酷な性格だったりとか」

「そう思わせるようなことが何かありますか」

「ないわけでもないんですが……」河西はビールを飲んだ。「ほかにもいろいろ考えてることがあるんですがね、まだ話せません。あなたがわたしの協力者になってくれるなら、その辺も話しますけどね」

河西は身体を捻って、野上の顔を覗き込む姿勢になった。

「調べてみませんか。子供たちと話してみるんですよ。そうすれば、何が真実か、分かってくるでしょう」

「ちょっと一つ、さっき気になったんですが、守という子供の名字、なんと言いました？」

「漆山ですが、ああ、あなたは旧姓で聞いているのかもしれない。養子に出されていたときは、島岡。そのあと、実の親が引き取って、漆山」

「守の母親、名前はなんといいますか、漆山、なんと」

「んんと、なんでしたかね。ちょっと思い出せませんが、なぜ？」

「近松の秘書だったと言いましたよね。だったら、僕が知ってる人間かもしれないと……」

「漆山という秘書はそう何人もいないでしょう。あなたの知っている漆山さんなのではないですか」

野上は漆山という秘書に会ったことはない。ただ、漆山という名字に覚えがある。自分の知っている漆山と、近松の秘書、それも愛人だったらしいという漆山は、同じ女なのか？　まさかそんなはずはない――そんなはずは……。

10

「ねえ、もう早く辞表出しちゃってよ」

里美は花柄のパジャマ姿で布団に座り、目覚まし時計の針を回しながらそう言った。「あんまり急だと、向こうも困るでしょう」

野上は毛布の中に潜り込みながら、「うん」と答える。

「でもまだ、本当にGCSに就職できるか分からないからな」

「なんで分からないのよ」

「向こうの気が変わるかもしれないわけだし」

「じゃあその前に早く契約してよ」

「ああ」

「もう、何迷ってるのよ。タクシーの運転が好きってわけでもないでしょう」

野上はタクシーの運転手を一生の仕事とは考えていない。前の職場を辞めて、次の職場を探すまで、いっとき食いつなぐためのつもりで始めた仕事だ。それがずるずると三年近く経過した。

「身体がきついってぼやいてたじゃない」

「冷房が苦手なんだ。この季節は大丈夫さ」

「GCSになんの不満があるの」

「もう寝させてくれよ。明日早いんだ」

そう言ったものの、野上は眠れなかった。

里美の寝息が聞こえ始めると、野上は布団からそっと抜け出した。襖を開けて隣の部屋に入り、壁にかけてあるジャケットのポケットを探る。

煙草とライターを取り出すと、半纏《はんてん》を着て、足音を忍ばせて玄関に行き、そっとドアを開けた。

里美の妊娠が分かってから、野上は家の中では煙草を吸わないようにしている。通路に出て、手摺に凭れて煙草に火を点けた。

外灯の薄明かりの中、野上はため込んだけむりをゆっくりと吐き出す。

脳裡に浮かんでいたのは、漆山梨佳と過ごした日々のことだった。

梨佳とは、小学校のときの同級生だった。仲は良かったけれど、どこまで異性として意識していたのかは、いまではよく分からない。中学は別だったから、ほぼ三年、一度も会うことはなかったのだが、高校入学直前の春休みに偶然再会し、今度は互いに確実に異性として意識し合って、付き合い始めた。

梨佳から妊娠したかもしれないと告げられたのは、高校一年の夏休みが終わろうとする頃だった。梨佳は生みたいといい、野上は受け入れて、新学期の始まる日、駆け落ちした。

持ち出した現金でホテルに泊まり、住まいと仕事を探した。が、保証人もいないし、高校の学生証を見せるわけにもいかないから身分証明もできない。住まいも仕事も見つからないまま、手元の現金は底をつく。ようやく梨佳に仕事が見つかって、勤務する店の世話で、住まいも借りられた。水商売の店だったから、野上は、それはやめろと止めたけれど、お茶を飲んで客の話し相手をするだけ、という梨佳の言葉に、渋々了承した。年齢を偽り、妊娠を隠しての就職——店の仕事が、梨佳の言葉通りのものだったのか、野上は知らない、知ろうともしなかった。

自分が仕事を見つけるまで、ほんのいっときのこと、そう思って割り切ったつもりだった。

しかし、仕事は見つからなかった。いや、まったくなかったわけではない。ラーメンの出前持ち、皿洗い――二日と続かなかった。ひ弱な肉体と自分の根気のなさに呆れた。

いっときの感情が醒《さ》めると、野上は、これは自分の望んだ暮らしではないと感じるようになっていた。

もうこんな生活はやめて、家に帰ろう――そんな言葉を、野上は心の中では毎日梨佳に向かって呟くようになった。

けれども、それを口にはできなかった。自尊心が邪魔したのだ。

梨佳の両親と野上の母親、三人が訪ねて来たのは、駆け落ちから一月半経過した頃だった。親たちは、探偵を雇って野上たちの行方を探させたらしい。

「何やってるんだ。まるでママゴトみたいな同棲じゃないか」と、小学校の校長をしていた梨佳の父親が声を荒らげて吐き捨てた第一声以外は、親たちは、終始穏やかな諭《さと》すような口調だった。二人を叱《しか》ることも、責めることもなく、これからどうしたらいいか考えようと、親たちは口をそろえた。

家に戻る。中絶。転校。二人の交際は、それからまた考える――親たちの提案は、そういうことだった。

野上にとって、これは受け容れがたい提案ではなかったはずだ。むしろ望んでいたことだったのに、どうしてああも心とは裏腹のことばかり言えたのか……野上は当時の自分を思い返すと、呆れてしまう。子供だったといえばそれまでだが。

「子供を中絶するなんて、そんなことは僕らには考えられないよ。親に相談したら、そう言われるのは分かってた。だから僕らは、無理を承知で自分たちで生活して行こうって決めたんだ。中絶しろって言うのなら、僕らは帰らない。連れ戻されても、またいっしょに出て行くよ」

そんなでまかせを、涙混じりに語っていた。梨佳がこれに同調して、親たちは折れた。

「ともかく一度お互いの家に帰って、頭を冷やしてからまた話し合って結論を出しましょう」

母のそんな言葉に、どうにかプライドが保てると感じて、野上は家に戻ることにした。渋々という表情を作りながら、胸の内は、ほっとしていた。

それぞれの実家に戻って三日後、梨佳が野上の家を訪ねて来た。鞄《かばん》を一つ抱えている。

「急いで仕度して」

「どうしたんだよ」

「逃げるのよ、決まってるでしょう」

「なんで」

「だってこのままじゃ、中絶させられるわ」

「そう言われたのか」

「ほかにどうできるの。あの人たちが、子供を生みなさいって言うと思う？」

「説得するんだよ」

「どんなふうに」

「それは……」

「無理に決まってるじゃない」

野上は困惑していた。

「何か、方法があると思うんだ」

梨佳は眉間《みけん》に皺を寄せた。

「……最初から、本気じゃなかったのね」

「なんだよそれ」

「どうして、生めなんて言ったの」

「君が生みたいって言った」

「できれば生みたいけど……そう言ったの。そしたらあなたが、じゃあ生めって」

「……本当は生みたくないのか」

「まさか生めなんて、そんなこと言うと思ってなかった。でも、あなたが本気だって、そう信じたから、だから……」

「僕が生むなって言ったら、そうしたのか」

「ええ」

「なんだ。じゃあ、そう言えばよかった」

作り笑いを浮かべてみせた。

「おろしたほうがいいのね」

「君もそうしたいんだろう」

「ええ。たったいま、そうするべきだって分かった」

梨佳は鞄を野上に投げつけて、帰って行った。

翌日、野上は梨佳の家に何度か電話したが、いずれも母親が出て、梨佳は話したくないと言っていると告げた。

翌々日、野上は梨佳が置いて行った鞄を届けることを口実に、家を訪ねた。前に会ったときはごま塩だった髪を黒く染めた梨佳の父親が、玄関に姿を現した。

「娘は、もう君とは会いたくないと言っている。ここにはもう二度と来ないではしいね」

「でも、僕らはまだ、いろいろ話し合わなくてはならないことがあるはずです」

「いや、もう何もないよ。娘は昨日、病院に行った。君との関係は、それで終わったよ」

野上の胸に湧いたのは、安堵《あんど》の思いだった。

その夜、梨佳から電話がかかってきた。

「わたし、家を出るわ」

「え？」

「一人じゃないのよ。お母さんと。高校には戻れないし、お母さん、ずっとね、お父さんと離婚の話し合いをしていたの。別居にはちょうどいい機会だからって」

「どこに引っ越すんだ」

「教えない。もう会うつもりないから」

「そうか。うん。それなら訊かない。でも、気が向いたら、連絡してくれよ。待ってるから」

「あなたって、最後まで嘘つきね」

梨佳は陽気な声でそう言って、電話を切った。

野上は通路の手摺に胸で凭れた。煙草の灰が、植え込みの中に落ちて行く。

漆山という名字、そうどこにでもあるというものではない。しかし、あの梨佳と、近松の秘書であり愛人だという漆山が同じ人物だと思うのは、これはやはり、考えすぎというものだろう。

野上は手摺から離れ、通路に煙草を捨てると、足で踏み潰した。

二章 天才

1

昨日のお母さんは変だった——目覚めてからしばらくの間、守はベッドの上で口を尖らせていた。昨夜、午前二時になろうという時間だったろうか、隣の部屋で、十時頃には寝ていた梨佳が布団から起き出す音がして、襖が開いた。梨佳は険しいまなざしを守に向けて、怒った声で言った。

「こんな時間まで何してるの」

守は当惑して梨佳を見上げた。

何してるって……見て分からないのだろうか。電気スタンドの明かりの中に、机に載った算数の参考書と問題集が、梨佳の立っている場所からもよく見えているはずだった。それに、ほかにいったい何をしていると考えたのだろう。

「何時だと思ってるの。さっさと寝なさい」

遅い時間ではあったけれど、眠くなかった。それに、最近は体調もとてもいい。

「もうちょっと、きりがいいとこまでやってから」

「寝なさいって言ってるでしょう」

梨佳はそう怒鳴って、襖を叩きつけるように閉ざした。

守はぽかんとして襖を見つめた。いったい何が気に障《さわ》ったのだろうか。漫画を読んでいたとか、ラジオを聞いていたとか、それなら怒られてもしかたない。でも、勉強していて、なんで怒られるんだろう。

「言うこと聞けないの。早く明かりを消しなさい」

襖から洩れる明かりが邪魔で眠れないとか、そういうことだろうか。だとしたら、むちゃくちゃだと思った。

腹立たしい思いで、何か言ってやろうと襖を開けると、梨佳が毛布を抱え込むようにして背中を丸めているのが見えた。すすり泣くような声が聞こえた気がして、守はじっと息を殺して耳を澄ました。聞こえてきたのは、梨佳の、微かないびきだった。

お母さんはさっき、寝ぼけていたのかもしれない――守はそう思い直して襖を閉じて、机に戻り、勉強を続けようとした。が、すっかりペースを狂わされてしまった。守はトイレに行って小便をしたあと、ベッドに横になった。眠くないと感じていたけれど、目を閉じるとすぐに睡魔が襲ってきた。

目が覚めたのは、朝の九時過ぎだった。

隣の部屋から物音が聞こえる。テーブルに食器を並べる音だ。

守は昨晩のことを思い返して、憂鬱な気分になった。母親に叱られて、泣きながら眠ったことは、何度かある。その翌朝は、どうやって謝ろうかとか、もうお母さんは怒ってないかな、などとベッドの上であれこれと考えて、なかなか起きる気にならない。今朝の気分もそれに似ているのだが、昨夜のことに関しては、自分には何も謝るべきことはないし、怒らせるようなことをした憶えもないのだ。

守は毛布を払いのけて、起き上がった。

襖をいくらか勢いをつけて開ける。

畳に膝をついて目玉焼きの皿をテーブルに並べていた梨佳が、視線を守の方にちらと投げた。

「目玉焼きとスクランブルエッグ、どっちがいい？」

昨夜のことなど何も憶えていないかのように、梨佳が言った。

守の胸にわだかまっていた不安めいた感情が、すっと消えた。

「スクランブル」

そう言って守は洗面所に行き、歯を磨く。昨日はお母さん、寝ぼけていたんだな。

あ、そうだ――と思いつく。今日が日曜だということを忘れていたんじゃないだろうか。

それで、睡眠時間が少なくなりすぎると心配したのかもしれない。訊いてみよう、と考えつつ顔を洗った。が、食卓について梨佳と向き合った守は、昨晩のことを蒸し返すと、またあのいやな雰囲気に戻ってしまう気がして、訊くことができなかった。

食事を終えると自分の部屋に行き、机に向かう。昨日やり残した分をやらなくては、という思いもあったが、いくぶんは母親に対する抗議の意味も含まれている。ご飯を掻き込むように食べたのも、お茶を食卓で飲まずに机まで持って来たのも、半分はあてつけだ。そこまで急ぐ必要は、ないといえばない。しかし、焦っているのも事実だった。残された時間は少ない。

受験まで、まだやるべきことがたくさんある。

守が有名私立中学の受験を決意したのは、今年の六月だった。

それまでは、中学受験など考えてみたこともなかった。学校の成績はずば抜けていたから、いっしょに受験しないかと友達に誘われたことがあるが、家にはそんな金がないことは、守にはよく分かっていた。ところが、援助を申し出てくれた人がいる。近松吾郎先生だった。

守は子供の頃、心臓の外科手術を受けている。手術は簡単なものだったという話で、最近は、薬は飲んでいるけれど、特になんの異常もない。しかし、定期的な検診のために病院に通っている。近松吾郎は、そこの院長で小児科の医師だ。

六月最初の月曜日、心臓の定期検診のために病院に行った守は、待ち合い室で漫画を読んでいた。

そのとき、一人の少年が近づいてきた。背格好や雰囲気から、自分よりは少し年上だと感じた。目つきが鋭い印象だったので、内心びくびくとしていた。絡まれるような気がしたのだ。

少年は守の隣に座って、顔を覗き込む。その視線に気がついていたけれど、守は漫画に夢中なふりをしていた。

「守君だよね」

名前を呼ばれて、ぎょっとして隣の少年の顔を見る。

「基樹だよ。憶えてない？」

守は基樹の顔を凝視する。

「憶えてないみたいだね」

守はうなずいた。

「そうかあ。まあ無理ないのかもしれないけどね」

基樹は微笑を浮かべた。「最後に会ったのは、君が三歳のときだもんね」

「三歳……」

守は記憶をたどった。が、基樹の顔はない。それ以前に、三歳までの記憶というのは、ほとんど何もない。

「僕らは何度も顔を合わせてるんだけどなあ」基樹は言った。「今度、アルバムを見直してよ。研究室でいっしょに写った写真があると思うよ」

「研究室？」

「え、まさかそれも憶えてないの？」

研究室ってなんのことだろう、守は首を傾げた。

「近松先生の研究室でのこと」基樹は怪訝そうに言った。「全然憶えてない？」

「近松先生って、ここの院長先生だよね？」

「本当になんにも知らないの？」

「何を」

「憶えていないというのは、まだ分かるけどさ、親とかから、なんにも聞いてないの？」

守は首を横に振った。

「ふうん」と、基樹は腕組みした。

「ねえ、研究室って何？」

しばらくためらったようにしていた基樹だったが、やがて話し始めた。

いまは総合病院の院長をしている近松は、かつては冥香大学の教授で幼児期の脳の発達を調べていた。研究の一つに、幼児の心理学的な実験があり、基樹も守も幼い頃、実験のためにしばしば研究室に呼ばれて顔を合わせていたのだという。

守の記憶にはないことだった。それに、梨佳からも近松からも、一度も聞いたことのない話だ。本当の話なのかどうか、守には判断ができない。

「アルバムを見てごらんよ。周りの様子で研究室の中だって分かる写真があると思うよ。それに、僕の顔も見つかるはずだ」

守はうなずいたが、家に帰ってアルバムを開いても、そんな写真はたぶん見つからないだろう。守のアルバムには三歳の頃までの写真は一枚もないのだ。

その理由を、守は小学校二年生のときに聞いた。

「お母さんには、好きな人がいたの。守の、お父さんになるはずの人だった。だけど、守が生まれる前に別れてしまったの。いろいろわけがあるんだけど、それは守がもう少し大人になってから話すわね。お母さん、まだ若かったから、一人であなたを育てる自信がなくて、いっとき人に預けていたの」

守は梨佳とは別の人間を『ママ』と呼んでいた。その記憶がいまでもほんの微かにだが残っている。『パパ』もいた。小学校二年生のときには、その記憶はもう少し鮮明だったようで、ときおり、昔のママやパパと過ごした日々のことを思い出していた。しかしそれを意識の上では認めず、空想だと思っていた。自分が別の両親といる――どうしてこんな妄想が起きるのか、守はわけが分からず、頭の中に広がる、何かもやもやとしたものに、ずいぶんと悩まされていた。

梨佳は、守に、ママやパパを忘れさせたくて、ママやパパと写っている写真を捨ててしまったのだと言った。ママやパパが写っていない写真もあったんじゃないのと守が訊くと、それも、当時の記憶を思い出させてしまうのではないかと捨ててしまったのだという。

その話を聞いたとき、守は梨佳に「これですっきりした」と言った。

頭の中のもやもやに悩まされることは、もうなくなるだろう。

別の両親と過ごした時間がある。それを事実として受け容れたことで、頭の中に昔のママやパパが現れても、守は落ち着いてその記憶を遠ざけることができるようになった。

近松吾郎が、聴診器を守の胸に当てている。守と近松吾郎との付き合いは長い。初めて会ったのがいつかと言われても、守には分からない。

物心ついたときにはもう、主治医だった。いまよりはもう少し髪の毛があって、顎ひげが黒々としていた近松吾郎の顔が記憶にある。最初の記憶となると――それはたぶん、手術のときの記憶なのだと思う。別の医者もいて、看護婦もいたはずだが、いま記憶にあるのは、近松吾郎のことだけ。それも、いたような気がするという程度の記憶でしかない。

研究室とかに通っていたのは、それ以前のことということになるから、憶えていないのは当たり前だ。

一通りの診察が終わってから、守は基樹から聞いた話を近松に伝えた。

「基樹がそんな話をしたのか」

近松は困ったような顔をしている。

「ほんとのことなんですか」

近松は返事をせずに、聴診器を守の胸に当てる。

「先生、お母さんに頼まれているんでしょう」

「何を?」

「僕に昔のことを思い出させないでくれって」

「どういうことかな」

「お母さん、僕に、前の両親のことを忘れさせようとしているんです」

「前の、両親?」

「先生は知ってるはずです。だって先生は、赤ちゃんのときの僕を知ってるんでしょう」

「基樹の話が本当なら、そういうことになるね」

「先生は、僕の前の両親にも会ってるはずですよね」

聴診器を耳から外して、近松は肘掛けに凭れて、守の顔を見つめている。

「お母さんは、前の両親のことを僕に忘れさせるために、その頃のことをなるだけ僕に教えないようにしているんです」

守は服を直しながら言った。「だけど、もうそんな必要ないんです。だって、前の両親のことなんて、考えること全然ないし、それに僕は、お母さんにもらわれたんじゃなくて、もともとお母さんの子供なんです。僕のお母さんは一人だけ。昔のことを思い出したからって、それが変わるとは思いません。だから、本当のことを教えてください」

近松がうなずいた。近松の口から語られたのは、基樹の話とほぼ同じ内容だった。それに続けて、近松は言った。「実はね、わたしは研究に協力してくれた子供たちに恩返しをしたいと考えているんだ。君は、学校の成績がとても優秀なようだね」

有名私立中学を受験してみないか——近松がそう申し出た。

守は、行きたい気持ちはあるけれど、うちにはそんなお金はないと言った。

「研究に協力してくれた子供たちに、恩返ししたいと言ったよね。わたしは最近、優秀な子供たちを経済的に支援するための基金というのを作ったんだよ。昔研究に協力してくれた子供の中で、特に成績優秀な子供にね、奨学金という形で援助をしたい。基樹もその奨学金で私立の中学に通ってるんだよ。君にもぜひと思ってね、手続きのための書類を送っているんだけど、どうやらお母さんは、君に昔のことを話したくないんだね、書類を送り返してきてしまった。あとでそれを渡すから、お母さんと話し合ったらどうだろう」

心躍る話だった。

これで中学受験ができる。

守は梨佳が仕事から帰ってくると、すぐに報告した。

「聞いてしまったんだ。だからもう、隠すことないんだよ。僕は赤ちゃんのとき、近松先生の研究に協力していたんだよね。だから、僕は奨学金を申し込む資格があるんだ」

梨佳はテーブルに載った書類をじっと見つめている。

「何か、思い出したの？」梨佳が言った。

「全然。もうさ、心配しないでよ、たとえ思い出してもさ、前の両親のところに行きたいって、そんなこと僕が言うと思う？　僕のお母さんは一人だけだよ。自信持ってよ」

梨佳はテーブルに肘をついて、しばらく頭を抱えていた。やっと顔を上げて、真剣な表情で言った。

「どうして、私立の中学に行きたいの」

「勉強したい人間は誰だって少しでも環境のいい学校に行きたいよ。それにほら……」

守は知り合いの名前を二つ口にした。どちらも守が行く予定の公立中学の生徒で、一人は不良に殴られて大怪我《おおけが》をした。もう一人は、小学校のときには児童会の運営委員をしていたのに、いまでは派手なシャツを着て、近くのコンビニエンスストアの前に毎夜友達と座り込み、煙草を吸っているのが、守の部屋の窓から見える。

「中学受験って大変だって聞くわよ。特別な勉強がいるんだって」

「絶対合格するよ」

梨佳は、深く溜息をついてから、言った。「無理は、してほしくないな」

「大丈夫だよ」

2

梨佳が襖を開けて言った。「ちょっと話したいことがあるの」

守はシャープペンシルの芯を出しながら振り返る。「何？」

「大事な話だから、こっち座って」

梨佳は深刻そうな顔をしている。守は、椅子から立ち上がって隣の部屋に行き、テーブルのそばに座った。

「中学のことだけど、あなたを私立に行かせることはできないわ」

「なんで」

「無理なの」

「だからどうして」

「うちにはそんな余裕がないの」

「余裕って、お金のことでしょう。それはもう心配いらないって……」

「そうおっしゃっていた近松先生があんなことになってしまったでしょう」

突然のことだった。脳腫瘍だとは聞いていたけれど、手術を受ければすぐ治ると、近松は守にそう言っていた。ところが、手術のあと、近松吾郎は言葉も記憶も感情も知性も全部失くしてしまった。守は一度見舞いに行っているが、そのとき見た近松は、顔面の神経にも異常が出ているということで、これがあの近松先生なのかと、すぐには信じられないほど変わり果てた姿になってしまっていた。

「だからね、奨学金はもらえないの」

梨佳の言葉に、守は緊張がとけるのを感じた。

「お母さん、奨学金のことを誤解してるよ。手術の前に、先生が言ってたよ。もし万一わたしが死んでも、奨学金のための資金は預けてあるから大丈夫だよって」

「先生はそのつもりで準備なさるつもりだったのかもしれないけど、まさか自分でも、手術であんなことになるとまでは考えていなかったんでしょうね。奨学金のことは、計画だけで終わってしまったの」

「嘘だよ、そんなの」

「嘘じゃないの」

「嘘だ」

守は、目の前が真っ暗になるのを感じた。

「しかたないでしょう」

「だって先生は、ちゃんと約束してくれたんだよ。僕は奨学金をもらう権利があるはずだよ」

「口約束では権利なんて言えないの」

「ちゃんと書類も出したじゃない」

「審査はまだだったでしょう。あなたが奨学金をもらえるとは、どこにも書いてない。あなたを選ぶと言ったのは近松先生でしょう」

「でも、でも、約束したのに……。ひどいよ、そんなの」

守はヒステリックに声を荒らげた。「夏休みも一日も遊ばないで勉強したんだよ。あれは全部むだだったの」

「勉強にむだってことはないでしょう」

「むだだよ。中学受験の問題はさ、そのときだけしか役にたたないようなテクニックをいっぱい憶えなくちゃいけないんだ。あんなの、この先なんの役にもたたないんだよ。それでも、テストだからしかたないって、割り切って勉強したんだ。受験のため、ただただ受験のためなんだ」

「じゃあ受験しなさい。受験料ぐらいは出してあげられるから。でも学費は無理よ」

「合格しても行けないんじゃ意味ないだろう、馬鹿」

「とにかく諦めるしかないの」

「いやだ、いやだよ」

守は表に飛び出した。曇り空から、冷たい雨が落ちていた。

3

日曜の朝に降り出した雨は、夜にはやんだけれど、月曜の朝も空はどんよりと曇っていた。晴れ間が覗いたのは、午後になってからだった。

守は自宅のアパートが近づくにつれて、足取りが重くなった。ふだんの月曜日は、梨佳は仕事に出ている。しかし今日は、先々週日曜日に仕事に出た代休とかで、休みだ。たぶん家にいるだろう。昨日の朝から、守と梨佳は会話をしていない。今朝は、目も合わせなかった。

お母さんが悪いんじゃないことは分かってるよ。でも、でも……家に戻ってお母さんの顔を見たら、またきっと八つ当たりしてしまう。

守は道端に固まっていた泥を、持っていた傘の先で突き崩した。虫の死骸と葉っぱが傘の先にくっついてきた。アスファルトに、傘をコンと打ち付けて、汚れを落とす。

胸に溜まったいらいらを吐き出すように、「ああ」と声を出す。自分で思っていたより大きな声だったから、前を歩いていた女がびっくりしたような顔で振り返った。守は女から目をそらして、足元の小石を蹴った。跳ねた小石は水溜まりに落ち、細かい飛沫《しぶき》があがった。守は次々と石を蹴る。

女が、いくらか急ぎ足になっている。守のことを、少しおかしな子供だとでも感じたのだろうか。

足元にあった小石を蹴り終えて、最後は泥まで撒き散らしてから、守は歩き出した。足が痺れているように、前に進む一歩一歩が重たい。小さな歩幅で、よろめきながら歩いている。

アパートの近くの駐車場を通り過ぎようとしたとき、「守君」という声が聞こえた。守は立ち止まって周囲を見回すが、人の姿がどこにもない。

「ここだよ」

駐車場に止まっていた黒い車の後部座席の窓から、基樹が身を乗り出している。頭頂部の髪が風で少し乱れている。

基樹とは、病院の待ち合い室で会ったあとも、何度か話をしている。守が中学受験を決意したあと、先輩の話を聞いておくのもいいんじゃないか、と近松が基樹を改めて紹介してくれたのだ。病院の中や屋上、近くの喫茶店、レストランなどで、ときには近松も交えて話をした。病床の近松をいっしょに見舞ったこともある。昨日まで、来年は基樹の後輩になるのだと守は信じていた。しかしもう、それはただの夢だ。

守はさっきよりはいくらか大股だが、それでもとぼとぼとした足取りで駐車場に入る。ロープで仕切り、内側に砂利を敷いただけの駐車場には、所々雑草が生《は》え、仕切りの近くには、生け垣だか雑木だか分からない茂みが点在している。

基樹の乗った車は、草叢《くさむら》に頭を突っ込むような形で止めてあった。

「なんか元気ないんじゃない」

基樹は車のドアを内側から開けながら言った。

「どうしたの、こんなところで」守は言った。

車から降りた基樹け、車体に凭れる。

「今日のこと聞いてないの？」

「え？」

「近松先生があんなことになっただろう。だから、いろいろ話し合う必要があるじゃないか。それで今日」

基樹が咳をした。

「車の中で話そうか」基樹が言った。

「うち、すぐそこだけど」

「それは知ってるさ」

基樹は車に乗ると、奥の方まで進んだ。

守は車に乗ろうとして、足を止めた。座席の下には、薄青色の絨毯《じゅうたん》が敷かれている。そこに泥靴のまま上がるのは気が引ける。ランドセルと傘を砂利の上に置いて、靴も脱いで上がろうとする。

「いいんだよ、そのままで。それより早く閉めて」

そう言われたが、守は靴を脱いで上がった。が、結局絨毯には靴下の汚れで足跡がついた。

「工藤さんって人が、君のお母さんと話してるんだ。すぐ終わると思ってたんだけど……」

基樹は腕の時計を覗いてから、座席に置いてあった書類を膝に載せた。英語の文字が並んでいる書類だ。

守は基樹の横に少し前かがみになって座っている。

「なんの話をしに来たの、その人」

「だから、君の今後のこと」

「だめなんだよね」

「何が？」

「奨学金。先生がもう、僕のこと推薦できなくなったから、もうだめなんでしょう。工藤さんって人、それを言いに来たんでしょう？」

守は肩を落としてそう言った。

「そんなわけないじゃないか。近松先生の奨学金は、僕らにちゃんと届くよ。成績さえよければ、大学まで保証される」

「基樹君は、ちゃんと手続きができてるんでしょう。でも僕は違うんだ。まだ正式に決まってなかったんだ。だから、もうもらえない」

「誰がそんなこと言ったの？　お母さん？」

守はうつむいたまま首を縦に振る。

「おかしいなあ、どうしてそんな勘違いしてるんだろう」

守は首を傾けて、基樹の顔を斜めに見上げる。基樹は、ほっぺたを膨らませて、視線は天井に向けている。

「奨学金はちゃんともらえるよ」

基樹は顔を守に向けてそう言った。

守は姿勢を起こし、基樹の目を見つめた。

「奨学金については、今後は工藤さんが責任者なんだけど、君を外すなんて、そんなことは絶対ありえないよ」

「それ、ほんと？　ねえ、ほんとのことなの？」

「本人に確かめてみれば」

基樹が指差したのは、守の住んでいるアパートだった。白い壁の、三階建てのアパートだ。三階の通路を歩いている茶色いスーツを着た男がいる。スーツと同じ色の鞄を手に提《さ》げていた。一分もしないうちに男は駐車場にやってきて、車の運転席のドアを開けた。男が守を一瞥して、基樹に視線を移す。

「守君だよ」

厳しい表情をしていた男のまなざしが柔らかくなった。

「工藤さんのことは、いま話した」

工藤がうなずく。

基樹が守の脇腹《わきばら》をつついた。「挨拶したら。これからお世話になりますって」

「あ、ええと、でも、そのほんとに……」

「ねえ工藤さん、守君は、奨学金もらえるんだよね」

「こちらはもちろん、その気でいるよ」

「本当に、本当なんですか」

守は自分の顔が紅潮するのが分かった。

「ただ、どうも君のお母さんからよい返事をもらえなくてね」

「なんで」基樹が言った。

「よく分からない」

「きっとお母さん、まだ心配してるんだと思います。お金が本当にもらえるのか、あとで請求されたらどうしようとか。心配性なんです」

守は車のドアを開けながら言った。「来てください。もう一回。ちゃんと僕が話します」

「ちょっと急がなくてはいけないんだ」工藤が言った。「別の用事があるものでね。しかし連絡をもらえれば、夜にまた顔を出せるよ」

「工藤さん」基樹が言った。「僕、守君のところにお邪魔してるからさ、帰りに迎えに来てよ」

「君に会いたいって人たちがいるんだ。その約束で、連れてきたんだぞ」

基樹は舌打ちして、守に向かって言った。

「この近くに新しい教室ができるんだ。その宣伝活動をしなくちゃいけないらしい」基樹は言った。「奨学金もらうと、こういう義務があるってことは考えておいた方がいいよ。でもまあ、そのぐらいはしかたないけどね」

基樹たちを見送ったあと、守は自宅に急ぎ、玄関にランドセルと傘を放り投げて、部屋に入った。

白いセーターにチェックのパンツ姿の梨佳が、畳の上に、膝を崩して座っていた。テーブルに羊羹《ようかん》が一切れ載った皿と、茶碗が二つ並んでいる。

「そこで工藤さんに会ったよ」

梨佳が当惑したような顔で振り返った。

「基樹君がいっしょに来てたんだ。話、聞いたよ。お母さん、まだ分かってないの。近松先生はちゃんとしてくれてたんだよ。お金の心配は全然いらないんだ」

守は梨佳の前に腰をおろした。

「そんなに、私立に行きたい？」

梨佳は囁《ささや》くような声でそう言った。

「行きたいよ」

「なぜ」

「昨日も言ったじゃないか。勉強したいんだよ」

「公立でもできるでしょう」

「でも私立の方がもっとできる」

「そうかしら」

「そうだよ。当たり前じゃないか。いったい何が気に入らないの。お金のことじゃないの？」

「お金も、心配よ。成績が下がって、奨学金が打ち切られたらどうする？　それから、公立に戻るの？　惨めじゃない」

「絶対そんなことにはならないよ。僕一生懸命勉強するもん」

「周りの子もみんな一生懸命勉強するわよ」

「じゃあ二倍やる」

「あなたは心臓に病気があるのよ。無理はできない」

「僕、自信あるんだよ。人の半分しか勉強しなくても、テストは一番、いままでずっとそうじゃない」

「勉強のできる子供が全国から集まってくる学校よ。いままでみたいに簡単にはいかない」

「だから行きたいんだよ。そういう学校に行きたいんだ」

「ここからは、通えないわよね」

「え？」

「うちからは通えないでしょう」

「そうだけど、引っ越したらいいじゃない」

「そんな簡単にいかないでしょう」

「なんで」

「お母さんの仕事もあるのよ」

「向こうに見つければいいじゃない。事務の仕事なんてどこだってあるでしょう」

「そんなふうに考えてるの？」

「……寮もあるって聞いたよ」

「寮はただでは住めないでしょう」

「じゃあ、通うよ。無理すれば通えるよ」

「バスに乗って、電車に乗って。片道二時間はみないといけないでしょう」

「通える」

「あなたの身体は、そんな無理はきかないの」

「どうしてそんな、いやなことばっかり言うの？　いい方法を見つけようとか、全然考えてないじゃないか。最初から、行かせないって決めてるみたいだ」

「そんなことないわよ。あなたにとって何が一番いいのか、考えてる」

「うんって言ってくれればいいんだよ。工藤さんの話にうんって言えば、それが僕のために一番いいに決まってるじゃないか」

　梨佳は首を横に振った。

「なんでだめなの、なんでだめなんだよ」

「だめとは言ってない。ただ、もっとよく考えましょう」

「考えたよ。僕はずっと考えた。友達にも、先生にも言ったんだよ。私立を受けるって」

「もう少し」

「だからもう十分……」

「お母さんがもう少し考えたいの」

梨佳は強い口調でそう言った。

守は唇を嚙み締め、立ち上がると、自分の部屋に入って、襖をぴしゃりと閉じた。

絶対行くんだから。

守は机に向かい、算数の問題集を広げた。

4

雀荘《ジャンそう》の入った雑居ビルの前に、河西が立っていた。キャップにコート姿で、大きな鞄を抱えている。

野上は河西の前でタクシーを停めると、後部座席のドアを開けた。

河西は運転席を斜めに覗ける位置に座って、肩のバッグを脇に置いた。

「こういうの、困るんですよね。うちの会社では運転手の指名は受けないことになっているんです」

「そうなんですか。じゃあ今後はやめますよ」

河西は、車で十五分程のところにあるビルの名前を行き先として告げた。

狭い通りを抜けて、幹線道路に出る。

「何か、まだ話が残ってたんですか？」野上は言った。

「りかです」

「え？」

「昨日、ほらあなたが訊いたじゃないですか。漆山守の母親」

野上は唾を呑み込んだ。

「漆山梨佳という名前です」

ハンドルを握った手に、思わず力が入った。

名字だけならともかく、名前まで同じ。漆山梨佳、こんな名前がやたらとあるとは思えない。やはりあの梨佳が、近松の秘書をやり、愛人かもしれなくて……。

めまいを覚えて、ハンドルの操作が一瞬危うくなった。

「どうですか、知りあいですか」

野上は返事をしなかった。

ルームミラー越しに、河西と目が合う。

「どうですか、知ってる人ですかね」

「……たぶん」

「そうですか。よかった」

「……何が、よかったんです」

「いや、まだ、よくはないんですがね」

河西は、咳払いを一つした。「もしあなたが彼女と知りあいなら、もしかしたら頼みをきいてもらえるんじゃないかと思いましてね」

赤信号で車を停める。

「彼女に、会ってもらえませんか」河西は言った。「九年前の話をね、訊いてみてほしいんですよ。何度もインタビューを頼んでるんですがね、まったく相手にされない。子供も、母親から何か言われてるらしくてね、逃げるんです。まさか捕まえて訊くわけにはいかないでしょう」

「昨日の話の繰り返しですね。どうして僕が、あなたに協力しなくてはいけないんです」

「いけないとは言ってませんよ。頼んでるんです。特別なことをしてくれとは言ってませんよ。知りあいに会って、話をして、それをちょっとわたしにも報告してほしいと」

「僕にとってなんのメリットがあるんですか」

野上は車を発進させながら言った。

「協力してもらえれば、わたしは今後あなたに、GCSについて調べたことをお話ししますよ」

「自分の勤める会社が何をやってるか、知りたくないですか？」

「GCSとは、もう関わりたくないんです」

「別に、知りたくないです」

河西は深く溜息をついた。「そうですか」

GCSとは関わりたくない、それは野上の本心だった。

しかし漆山梨佳の名前を聞いてしまったいまとなっては、このままGCSと縁を切るわけにはいかないと思った。

野上をＧＣＳの幹部にと言い残した近松の意図と、漆山梨佳の存在は無関係だろうか。それに、梨佳の子供……いったいいくつだろう？　九年前に三歳かそこら……。

梨佳に会う必要があると思った。そのために、住所が知りたい。

「無理ですか」河西が呟いた。

「九年前の事件のことが訊けるかどうかは分かりませんよ」

「え？」

「話してみるだけなら、できるかもしれない」

河西は身を乗り出した。「お願いします」

5

野上は布団から手を伸ばして目覚まし時計を引き寄せた。針は十時三十二分を指している。

昨夜、最後に乗せた客は、二人連れの酔客だった。一人をおろすところまでは問題なかったのだが、残った一人が急に酔いが回ってきたらしく、眠り込み、ゆすっても起きないのでてこずらされた。ようやく道を聞き出し、送り届けたのが午前四時。その後、会社に行き、乗務記録と売上金を渡して、家に戻ったのは五時過ぎだった。布団に入ったのは五時半。それから寝付くまで、一時間ぐらいはかかったと思うから、睡眠時間は四時間というところだろう。一日タクシーを走らせたあとの就寝で、四時間睡眠は短かすぎる。頭の芯に痺れがあった。

襖が開いて、里美が入ってきた。ワンピースに青いカーディガンを羽織っている。

「あら、起こしちゃった？」

里美は鏡台の前に座った。

「どこか出かけるのか」

「うん、お母さんに買い物に付き合ってって言われてるの。朝食、食べるなら準備するけど」

「いや」と言って野上は目覚まし時計を枕元に置いて、目を閉じた。

朝から深夜まで働いた翌日は、丸一日休みだ。用事がないときは、たいてい昼過ぎまで寝ているか、ごろごろしている。

毛布を肩まで上げて、もう一眠りしようと思った。しかし、脳裡に浮かぶ様々な考え事に邪魔されて、眠れなかった。里美が出かけてすぐに、布団から出た。十一時五分前だった。

野上は五分間考えて、決めた。遠くからでもいい、とにかく漆山梨佳を見てみよう。自分が知っている、あの梨佳なのかどうか、まずはそれを確かめるべきだろう。

身仕度を整えると駅まで歩いた。様々な思いを巡らせながら列車に揺られたあと、バスで約二十分。あとは河西からもらったメモを頼りに歩く。商店街を一つ抜けると、大きな通りに出る。目印の信用金庫の看板が見えた。そこに向かってまっすぐ行く途中に、宅配便の営業所がある。漆山梨佳は、そこで事務をやっている。

野上は足を止めた。

営業所の建物は、木造の二階建てで、前の空き地に大小様々なトラックが五台止まっている。その向こうは倉庫になっていて、荷物が積み上げてあった。

野上は一度営業所の方に向かいかけたが、引き返した。いきなり梨佳に出くわしたら、なんと言えばいいのだろう。動悸《どうき》がしている。歩いてきた途中に、小さな洋食の店があったのを思い出し、そこまで戻る。考えてみると、朝から何も食べていなかった。

オムライスを頼むと、造花の飾られた窓越しに表を眺めながら、煙草に火を点ける。

約十三年ぶりに漆山梨佳を見たのは、そのときだった。

紺色のブレザーにグレーのスカートという格好で、梨佳は大きな封筒を抱えて、急ぎ足で歩いていた。

これがもし三日前ならば、これがもしどこか別の町角ならば、分からなかっただろう。十六歳だった梨佳も、もうすぐ三十になるのだ。ヘアスタイルはストレートヘアからパーマのかかったショートに変わり、少し痩せていた。銀縁の眼鏡をかけている。間近ではなく少し遠目に見ていたから、逆に全体の雰囲気が強調されたのかもしれない。梨佳を包む空気の色は、昔と同じ――そんなふうに感じた。だから一目で分かったのだ。

「すぐ戻りますから」と、厨房《ちゅうぼう》に向かって叫ぶように言い置いて、野上は店を飛び出していた。

数メートル先を行く梨佳に追いつき、肩に手を触れた。

梨佳はぎょっとしたように肩を硬直させ、のけぞるようにしながら振り向いた。

野上は荒い呼吸をしながら、梨佳の顔を見つめる。もともと大きな目はいっぱいに開き、厚めの唇は半開きになっている。

「久しぶりだね」

無意識のうちに野上の口から洩れたのは、そんな言葉だった。

梨佳の顔から驚愕の色が消え、怪訝そうな表情になった。「いったい何してるの、こんなところで」

「うん」

どう説明していいのか、分からなかった。「少し、話せないかな」

「わたしに会いに来たの？」

「ああ」

梨佳は戸惑った顔を見せてから、封筒を軽くゆすってうなずいた。「待ってて、これ置いて、すぐ戻ってくるから」

「そこの洋食屋さんにいるよ」

野上はそう言って店に戻った。席につくとすぐにオムライスが運ばれてきたが、手をつける気にならず、煙草を吸っていた。

窓の外から店の中を覗いた梨佳が、野上の姿を確認してから入ってきた。店員が水を運んでくる。

「すいません、お水だけで」

店員は何も言わずにカーテンの奥に引っ込んだ。

ランチタイム営業の最後の客になったらしく、野上たちのほかに客はいない。

「久しぶりだね」

「それはさっき聞いたわ。仕事中なの。話があるなら、早く言ってほしいんだけど」

「ああ。でも何から話したらいいのか。混乱してる」

「突然現れたのはそっちよ。話したいことがあったから来たんでしょう」

野上はうなずいた。

「ＧＣＳ幼児教育センターっていう会社がある。知ってるね」

梨佳は水を飲みながらうなずいた。

「そこに就職しないかという話があって、それで……ある事情から、漆山という名前を聞いた。その事情については……話してもいいんだけど……」

「要点を話して」

「ああ」野上は煙草を灰皿に置いた。「ともかく、君について、いくつかのことを知った。君が、近松吾郎という人間の秘書だったこと、それから」

愛人だったという噂は、これは口にすることではないだろう。野上は水を飲んで、一呼吸置いた。「君に守君という子供がいること」

「それで」

「どうしても会わなくてはならないと思った」

「なぜ」

「守君だよ。いくつだ」

「小学校六年生」

梨佳が野上の子供を身ごもったのは、十三年前の七月頃。その子供が生まれたとすれば、誕生月は翌年四月あたりだ。するといま、十二歳、小学校六年生ではないのか？　梨佳は中絶手術をしたと、彼女の父親がたしかそう言った。あの子供は生まれなかったはずだが……。

野上は声をひそめた。「もしかして、その子供……」

「あなたの子供よ」

梨佳は平然とそう言った。

野上は思わず胸に手を当てていた。血液の流れが勢いを増している。

「いったいどういうことなんだ」

梨佳は水を飲み干して、言った。「夕方、会えるかしら」

野上がうなずくと、梨佳は胸に挿していたボールペンを取り、テーブルにあった店のマッチに何か書き付けた。「ここに、五時半」

6

梨佳が指定した場所は、海鮮料理の店の大きな看板が掲げられたビルの一階にある喫茶店だった。こちらの看板は、薄暗い通路の入り口に、ひっそりと立っている。バーと居酒屋の看板が横に並んでいた。待ち合わせの時間は五時半だったが、野上は五時には店に入り、奥の座席を確保して、煙草のけむりに包まれながら思いを巡らせていた。

約束の時間に、梨佳は緑色のカーディガンと茶色の長めのスカートという格好で現れた。眼鏡は外している。そして、もしかしたら照明のせいかもしれないが、昼より口紅の色が濃くなっている。

十六のとき、野上は梨佳に化粧はいらないと思っていた。素顔で十分美しかったし、素顔の方が愛らしく、好きだった。

いっしょに家を出る前は、梨佳は化粧をほとんどしていなかった。化粧をし始めたのは、働きに出るようになってからだ。年齢をごまかすために、客に媚《こ》びるために、彼女は化粧をした。化粧をした顔が好きになれなかったのは、そのせいもあるだろう。

梨佳はカフェオレを注文した。あの頃は、必ずレモンティーを頼んでいた。

「さっきのこと、守君のこと、いったいどういうことなんだ」野上は言った。「いや、それだけじゃないんだ。君は近松吾郎の秘書をやってたことがあるそうだけど……それは、そのう、ただの偶然なんだろうか」

梨佳は背凭れに身体を預けて、野上の双眸をじっと覗き込んでいる。

「いや、偶然とか言っても、何がどう偶然なのか、分かりにくいね」野上は既に一度おかわりしているブレンドのコーヒーを飲み干した。「ごめん、混乱してる」

野上は汗ばんだ額に手を当てて考え込んだ。

二人の間に横たわった沈黙を破ったのは、梨佳の方だった。

「話をするべきなのは、わたしの方かもしれないわね」

梨佳は重心をいくらか前に移動させた。

「順番に話すわ」

カフェオレが運ばれてきた。

「あなたは、わたしが子供を中絶したと思ってたでしょう」

野上は胸に鋭い痛みを覚えながらうなずいた。

「病院には行ったの、そのつもりで。でも、できなかった」

野上の額に汗の滴が浮き上がる。

「最初あなたに、妊娠したかもって言ったあのときなら、なんのためらいもなくできたと思う。だけど一度は生むと決めていたのよ。もう、母親になっていたの」

梨佳は淡々とそう言った。

「じゃあなんで、おろしたなんて言ったんだ」

「わたしそんなこと言ったかしら」

「少なくとも、僕がそう誤解してるってことは分かってたはずだ」

梨佳はカフェオレに口をつけた。

「どうして言ってくれなかったんだ」

「言ったらどうなったの？　またいっしょに逃げた？」

「たぶん」

「そうね。気持ちとは裏腹なことが平気でできる人だものね」

野上はテーブルに肘をついた左手で、頭を抱えた。

「二人の子供は、あの日病院で中絶したのよ。生まれたのは、わたし一人の子供」

梨佳は小さな息の塊を吐き出した。「両親にはさんざん早くなんとかしろって言われて、母性愛もあったんだと思うけど、意地もあったんだと思う。もう処置はできない時期になった。だけどそうなってから、今度は不安になった。この先どうやって生活していったらいいんだろうって。結局ね、子供を養子に出すことにしたの。そのとき、里親を探してくれたのが、近松先生よ」

「なんでそこで、その名前が出てくるんだ」

「生まれてくる子供のことで頭を悩ませていたのは、わたしの家族だけじゃない。あなたのお母さんもよ」

「君が中絶していないこと、僕の母親は知っていたのか」

梨佳はうなずいた。

野上は左手で髪を掻きむしった。「知らなかったのは、僕だけか」

「それで良かったと思う」

「なんでいいんだよ」

「あの頃のわたしたちが二人だけで子供を育てていけたと思う？　絶対無理よ。いまなら分かる。でもあのときは、本気で、二人だけで、親の援助もなしで、やっていけると思っていたのよね」

野上は唇を嚙んだ。

「あれで良かったのよ。子供を生むことができた。母親にもなれた。一度は手放してしまったけどね」

梨佳は腕の時計を覗いた。「その先のこと、話すわね。子供を養子に出したあと、わたしは家を出て働き始めた。家には居辛かったし、学校に戻りたいとも思わなかった。それに、わたしは子供を最後は自分の意志で手放したんだけど、盗られたっていう気持ちが大きかった。自立していないせいでしょう。それが悔しかったの。一人で暮らして、毎日子供のことを考えてた。いつかは自分が引き取って育てたい。そう思っていたの。いつかしらその気持ちが抑えられなくなって、わたしは一目でいい、遠くからでいいから子供を見たいと、近松先生に頼んだの」

梨佳はカップを一度持ち上げて、そのままおろした。「里親を探してくれたのが近松先生だっていうのはさっき言ったわよね」

「ああ」

「里親探しなんて、簡単にできることじゃないものね。あなたのお母さんが近松先生に頼んだの」

「あなたのお母さんと近松先生の関係は、うちの両親は前から知っていたみたいよ」

「近松が何者かってことは……」

近松吾郎は、有名人の部類に入る人間だった。愛人と隠し子の存在は、知っている人は知っていたということだろう。

梨佳は額に垂れた髪を掻きあげた。「子供を一目だけでも見たいというわたしの頼みを、近松先生はなかなか聞きいれてくださらなかった。だけどわたしの思いは切実だったの。自分で勝手に探して会いに行きますって、そう言って……。感情のまま走らせては大変なことになると思われたんでしょう。絶対名乗りをあげたりしないっていう約束で、子供と会うことが許されたの」

「近松の研究室でか」

梨佳はうなずいた。「子供と会えて身体が震えた。嬉《うれ》しくて。一度会うだけのつもりだったけど、そんなことできないって分かった。わたし、絶対子供から離れたくなかった。頼み込んで先生の秘書にしてもらって、子供と頻繁に会えるようになった。幸せだったわ。でもいつかまた離れる日が来るのかと思ってたから、恐かった」

「君が子供を引き取ることになった事情は？」

「子供の里親がね、いろいろ問題のある人たちだったの。目先の持参金欲しさの養子で、子供には愛情がなかった。それで、近松先生は彼らに子供を預けたことを後悔していたのね。子供を引き取りたいというわたしの気持ちが真剣だと分かった近松先生は、彼らと交渉して子供を取り返してくれたの。あとは、親子二人、それなりに幸せに生きてきた。これで話はおしまい」

野上はテーブルから肘を離した。

「子供に……守君に、会わせてもらえるかな」

梨佳は困惑したような表情になった。「会ってどうするの」

「僕の子供なんだろう」

「だから何？」

「責任があると思う」

「それで」

「どうするのがいいのか、急なことで、何していいのか分からないけど、何か……」

「ありがた迷惑ってこともあるのよ。なんにもしないのが一番。訪ねて来てほしくなかったわ。知らないふりでいてくれればよかったのに」

「そんなわけにはいかないよ。知ってしまったんだ」

「あなたがもし、少しでもわたしたち親子のことを思ってくれるのなら、もうこのことは忘れて。お願い」

梨佳は頭を深く下げると、カフェオレの代金に当たる六百三十円を置いて、立ち去った。

野上はしばらく動けなかった。

7

梨佳に会って来たことを、野上は河西に電話で告げた。

「もう行かれたんですか」

「ええ。でも結局、昔話をしただけで、九年前の事件のことなんて、まったく訊けませんでした」

そう言って電話だけで済ませようと思っていたのだが、河西に押し切られ、会って話すということになった。

木曜日の夕方、野上はしかたなく待ち合わせ場所に向かった。

雑居ビルの地下にある喫茶店に入ると、河西が先に来て待っていた。

「電話で話した通りなんですよ、申し訳ないですけど」

「いや、申し訳ないなんてことはないでしょう。とにかくコンタクトはとれたわけですからね。最初からあれこれ聞き出すよりいいですよ。いきなりでは警戒心を持たせてしまいますからね。徐々に行きましょう」

「もう一度行けということですか」

河西は薄笑いを浮かべている。「あなたがその気になったらですよ」

メニューと水を持ってきた店員が立ち去ってから、河西が言った。「結果はともかく、協力していただいたわけですからね、こちらも約束を果たそうと思っているんです。よかったら、これからちょっと、うちに来てもらえませんかね。見せたいものがあるんです」

「なんですか」

「九年前、頭がおかしくなったという噂の子供たちが、いまはそんな様子をまったく感じさせない。そこにはね、ある秘密があると、わたしは考えているんですよ。興味、ないですか？」

頭がおかしくなったという噂の子供の一人は、漆山守だ。河西が何を考えているのか、野上は聞かずにはいられなかった。

喫茶店を出て拾ったタクシーが停まったのは、五階建てのビルの前だった。そのビルは、一階がスーパーマーケットになっていて、野菜の入った籠が表に出ている。

野上はタクシーから先に降りて、周囲を見渡した。人通りの少ない場所だ。スーパーマーケットはあまり流行っている様子ではない。駐輪場に止まっている自転車は一台。ガラス越しにレジが見えているが、並んでいる客は二人だけだった。

河西が財布《さいふ》をポケットに戻しながらタクシーから降りてきて、スーパーの横にある玄関に入った。野上も続く。コンクリートの、急な階段を上る。明かりは点いているが、薄暗く、光がちらついていた。

　河西の部屋は三階だった。河西はポケットから取り出した鍵でドアを開けると、壁にある明かりのスイッチを入れた。狭い三和土《たたき》に靴とサンダルが脱ぎ散らしてある。河西がたったいま脱いだ靴は、ビニールのスリッパの上に重なっていた。野上はほかの靴を足で少し押しやってから自分の靴を脱いだ。

　上がってすぐのところが、ダイニングスペースになっていて、腐った魚の臭いが辺りに漂っていた。

　小さなテーブルの上に、カップ麺《めん》の空き容器と鍋が一つ載っている。流し台には汚れたコップや皿、鍋、箸などが雑然と置かれていた。

　河西は間仕切りを開けて畳の部屋に上がり、蛍光灯を点けた。鞄と上着を押し入れの前に置くと、ロータイプの机の下にあった座布団を部屋の中央付近に滑らせた。

「どうぞ」と言いながら、河西はテレビの前にしゃがんで、横にある戸棚の扉を開いた。ビデオテープが並んでいる。

　野上は部屋をざっと眺めながら座布団に腰をおろした。散らかった部屋で、扇風機と電気ストーブがいっしょに並んでいて、どちらもほこりをかぶっていた。

　押し入れの襖と、たぶん別の部屋との仕切りになっている襖、どれも薄汚れている。ほかと比べればだが、ロータイプのテーブルのある一角だけは、清潔な印象があった。座椅子のカバーに染みや汚れはなく、テーブルやノートパソコン、ファックス付きの電話は、扇風機やストーブとは違って、ほこりはかぶっていない。

「九年前、ＧＣＳの子供たちを取材したビデオテープがあるんですよ」

河西はテープをセットすると、リモコンを持って少し後ろに下がった。

コピーしたものなのだろう、画質は悪く、声も割れている。

「高見たちが取材して、結局は放送しなかった映像ですね。未編集なんで、ちょっとだらだらした画面が続きますから、適当に早送りしますよ。とりあえず問題の四人の子供だけ、見せます」

野上は鼓動が速くなるのを感じた。守を、野上はまだ一度も見ていない。

「これが木俣梓。当時もうすぐ五歳という時期、語学の得意な子でした」

おかっぱ頭のふっくらした顔の女の子だ。細い目が印象に残る。梓は、難かしい漢字をすらすらと読んでみせる。

「この顔、ようく見ておいてください」

河西は画面を一時停止状態にする。が、画面が乱れてしまい、梓の顔は動いているときより分かりづらくなった。

「次です」と、河西がテープを早送りする。通常の速さに戻ったとき画面に映ったのは、飯田秀人だった。九年前の顔なのだが、野上は見てすぐ分かった。東大の入試問題をすらすらと解いていた中学生の秀人と、目元と口許の印象がそっくりだ。違うのは身体の大きさと髪型で、当時の秀人は、頭を坊主刈りにしていた。

「飯田秀人は、数学の天才です」

画面の秀人は、因数分解の問題を解いている。

「横に並んでいるのが、竹村基樹。同じく数学の天才ですね」

いまほど目立たないが、基樹は幼児とは思えないほど鼻筋が通っている。形にも特徴があり、野上はすぐに基樹だと分かった。

「もう一人」

河西がテープを早送りする。「これが、漆山……当時は島岡ですが……守です」

通常の再生に戻った画面を、野上は凝視した。カットの具合か、もともとの毛髪の流れか、頭の天辺の髪の毛だけが不自然に立っている。ぱっちりと開いた目は、梨佳に似ていると思った。ぺちゃんこの鼻や小さな口は梨佳とは違う。といって野上に似ているわけでもない。凹凸が少ないのは、幼児の顔の特徴だろう。

野上は胸が熱くなるのを感じていた。

「この子は、ふつうの三歳児とあまり変わらないんですけどね」

画面の守は積み木遊びをしている。

「でもこの子、脳障害があったっていうんです」

野上は背中を伸ばして、河西の横顔を覗いた。

「このビデオには入ってなくて、わたしも見ていないんですがね、守の二歳のときのテープがあるらしいんですよ。これはＧＣＳや近松研究室で撮影されたものなんですがね、見た人間の話によると、手足の動きとか、視線の動かし方とかがふつうの赤ちゃんとは違ってるらしいんですね。神経系に障害があることはすぐ分かる。ところが、この画面、三歳ですね。そんな様子はないどころか、ふつうよりはずっと賢い子供になってるわけです」

河西が野上に視線を向けた。「つまり、先天的な脳障害も、早期教育で矯正できたというわけです。これはGCSの一つのウリになっていますよね。まだ言葉の喋れない赤ちゃんの手足の運動の軌跡をコンピュータで解析することで、通常の検査では発見できないような微細な脳障害が発見できるというんですね。そして逆に手足に働きかけることで脳に信号を送って、微細な障害の周囲のニューロンを活性化させて障害を埋めるというんでしたよね」

それに近い話を飯田奈々子がしていたのを、野上は思い出した。

「GCSのおかげで脳障害が治った、そういう子供が何人もいるんですがね、わたしはこれは眉唾だと思ってるんですよ。よく宗教の信者とかでいるでしょう。教祖の言われる通りにしたら癌《がん》が治ったとかいうやつでね、話を聞くと、癌と診断したのもその教祖だったりする。GCSで脳障害が治ったという子供もね、それを発見したのがGCS独自の診断法だったりするわけです。それじゃあ信憑性ないですよね。とまあ、それはおいといて」

画面が一時停止の状態になる。「守の顔色を見てください。画面が荒れててよく分からないかもしれませんがね、この頃、守の健康状態はあまり思わしくない」

そう言ってから、河西はビデオを止めた。

「四人はこの撮影からまもなく、頭がおかしくなった。それらしい事実があったことまでは、GCSもどうやら認めてるわけですよね」河西は野上を振り返って言った。「しかし四人とも、いまはまともだと、そういうことになってるわけですが」

河西はロータイプのテーブルの下から、茶封筒を取って、野上に手渡した。

「この写真、ちょっと見てほしいんですけどね」

野上は、河西の差し出す写真を受け取った。

通りを歩いているセーラー服姿の少女が写っていた。隠し撮りされたもののようで、顔はレンズとは違う方を向いている。

「かわいい娘でしょう。美少女タレントとして売り出せるかもしれない。そう思いませんか」

河西の欠けた前歯があらわになる。「それが木俣梓だなんて、ちょっとびっくりしませんか。ビデオの女の子とは、まるで別人だ」

「そうですね」

「成績は並み以下で、国語の成績も英語の成績も特にいいわけでもないようです。四歳で漢文を読んで英語を喋ってたはずなんですけどね」

河西が封筒から別の写真を取り出した。「こっちが、漆山守です」

野上は胃の痛みを感じながら、写真を受け取った。

学校の校門から出てくる子供を写したものだ。男の子が二人と、女の子が二人。これも隠し撮りのようだった。野上は男の子二人を見た。さっき三歳の守を見ているが、二人の男の子のどちらが守なのか、分からない。がっちりした体格の子供の方なのか、瘦せた小柄な子供の方なのか。

「右の小さい方の男の子が、漆山守です」

野上は守の顔を凝視した。額に垂らした髪を真ん中付近で分けている。子供の頃からすると目が小さくなったように感じるのは、写り方の問題か、あるいは成長して全体のバランスが変わってきたのかもしれない。

「さっきのビデオで見たのと、同じ子供に見えますか？　印象が全然違うでしょう」

確かに、かなり変わっている。

「漆山守については、実はもう一つ重要なポイントがあるんですがね。さっき三歳の頃の守、顔色が凄く悪いというのを言ったでしょう。守は心臓が悪かったんですよ」

野上は写真から河西の顔に視線を移す。

「医者というのは、なかなか口が堅いんで、これは当時の守を知っている人間から聞いたことで、正確な話とは言えないんですがね、守の心臓病は原因不明で、心筋の働きが次第に弱ってくるという病気だそうです。薬は一時凌ぎで、将来的には心臓移植が必要になるだろうと言われてたって話もあります。しかし見たところ、いまの守は健康そうでしょう。実は守は、心臓の手術を受けていましてね、それでよくなったって話なんですが、手術をした病院は、近松が院長をやっていた総合病院。どういう手術だったか、情報がとれないんですが、もちろん心臓移植じゃないですよね。国内二例目の心臓移植が行われていれば、大騒ぎでしょうから。とすると、どうもこの手術自体が怪しいって気がするんですよ。昔の守を知っている人が、守に久しぶりに会えば、訊くでしょう、病気はどう、って。それに対する答を作るために、いや守本人すら騙すためでしょうか。形だけ、つまり傷痕だけつけたか、そういう手術を行ったんじゃないですかね」

「何を言ってるんですか」

「いまも守は病院通いをしている。主治医は、以前は近松吾郎、いまは近松吾郎の息子の信吾です」

「だからそれがなんなんですか」

「この守、いや梓もです。狂ってしまった本ものの守と梓の身代わりじゃないかと思っているんです」

野上は失笑した。「ずいぶん大胆な説ですね」

「それ以外に、梓と守の変貌《へんぼう》を説明できますかね」

「僕の幼稚園のときの知りあいで、当時の写真を見ると、この子は将来結婚できるんだろうかと心配になるような子が、ミスなんとかに選ばれたなんてこともあります。別に整形したわけでもないのに。人の顔は変わりますよ」

「心臓病はどうでしょうね」

「手術で治ったんでしょう」

「原因不明の難病ですよ」

「原因が不明でも、治療ができないということにはならない。それに、もともと分からない病気なら、分からない理由で治ることもあるでしょう」

「偽もの説には賛成してもらえませんか」

「ありえないでしょう。子供が狂った、その事実を隠すために、偽ものと入れ替える。GCS側の論理としては分かりますよ。しかし、親の論理はどうなるんですか。狂った子供の代わりに、この子をどうぞと言われて、はい分かりましたとなりますか？」

「ふつうの親なら、なりませんね。しかし二組の両親とも、ふつうとは言えませんからね」

河西は台所に行って、灰皿を持ってきた。

「ＧＣＳに無料で訓練を受けられる制度があるのはご存知ですよね」

河西は煙草に火を点けた。野上も煙草を取り出す。

「実はあれ、無料どころか、研究協力費として金がもらえる。梓、基樹、守は、この制度の利用者です。環境や遺伝によるものではなく、あくまでＧＣＳの成果として知能が高くなる。そのことを証明するための制度だと言ってますけどね、要は、人体実験用の子供集めですよ」

人体実験という言葉に、野上はぎくりとした。自分も、近松吾郎の実験台だったと感じている。

「近松吾郎はＧＣシステムと言われる、五感に働きかける刺激の特別な組み合わせを与えることで、天才脳が作られると考えていたわけですよね。会社としてのＧＣＳでは、こういう刺激を週に二、三度、一回一時間程度与えると効果が出ると宣伝しています。しかし、近松の研究室では、もっと極端なやり方をしていました。脳にいい刺激だそうですが、それを一日中やってたりするんですよ。ふつうの親は心配します」

これに対しては、近松は著書で反論している。

『同じ刺激パターンを加え続けているのではなく、刺激は常に変化している。また、器械の外にいてもなんらかの刺激は常に入っている。家庭で、質の悪い画像と騒音を垂れ流すテレビの前に子供を一日座らせておくのと、科学的に選択された健康的な刺激を与えることと、どちらがいいだろうか』と。

「僅かな金目当てで、エキセントリックな学者の実験に我が子を差し出す親ですよ。大金を渡されれば、子供の交換に応じることだってあるんじゃないですかね。守の方は、この事件の前後で、親までが代わってるわけですしね。養い親から、実の親へ。しかもこの実の親が、近松の秘書で、愛人で。何かあったと考えざるをえないでしょう」

三歳の守と十二歳の守は別人かもしれない。どちらが自分の子供なのか。野上は一瞬考えを巡らそうとしたが、やめた。河西の推理は、やはりでたらめすぎると思う。

「それから、飯田秀人なんですけどね。母親の飯田奈々子は亡くなった姉の子供を引き取ってるんです。雅夫《まさお》というその子、秀人より二つ上なんですが、重度のコミュニケーション障害があって養護施設に入ってるんです。しかもわたしが会いたいと言ったら、断られた」

河西は煙草をくゆらせた。

「子供たちは全員、身代わりと入れ替わったと、そう言うんですか」

「基樹が入れ替わったとは言ってませんよ」河西の口調が急に険しくなった。「入れ替わった子供は三人、本物の彼らがいまどこで何をしているのか、わたしは不安なんですよ。彼らはおそらく狂人です。GCSで狂わされたんですよ。基樹と同じようにね」

河西はどこか宙を見据えている。

「基樹という子、狂っているようには見えませんでしたけど」

「あいつは狂人です。自分の母親を」

そこで河西の言葉が途切れた。

突然、襖が音をたてたからだろう。野上はぎょっとして振り向いた。奥の真っ暗な部屋から、人が出てきた。四十過ぎぐらいの女だ。痩せ細っていて、顔色がどす黒い。ぼさぼさの髪を左手で掻き回し、右手でこめかみの辺りを押さえている。白いブラウスの襟元が乱れ、スカートにも皺が寄っていた。

「いつのまに」

そう呟いた河西は、びっくりしたような顔をしている。河西も、奥の部屋に女がいることを知らなかったようだ。

女はよろめきながら台所に向かう。

河西が立ち上がってあとを追った。

「いったいどうしたんだ」

「え？」

と、女は顔をしかめて河西を振り向く。「いつでも来ていいってあんたが鍵くれたんだろう」

女は流し台の下の扉を開けて、何か探している。

「おまえ、どっかで飲んできたな」

「どこにやったの」

「全部捨てたよ」

女は荒い息を吐いた。「買ってきて」

「だめだ」

「じゃあ自分で行くわ」

ふらふらと玄関に向かって歩く女を河西が止める。

「いったいどうしたんだよ。今度こそ本気で酒をやめるって約束したんじゃなかったのか」

「離してよ」

「すいませんが、野上さん、今日は帰ってもらえませんか」

野上は既に立ち上がっていた。

「とんだとこを見せてしまって」

河西は女を押さえつけながら言った。

「すいません、また連絡しますから」

表の通りに出た野上の耳に、女の、「はなせえ」という叫び声が聞こえてきた。

スーパーから出てきた店員と客が、明かりの点いている窓を恐々と見上げている。

8

マンションの玄関のところにあるキーボードに２０３と番号を打ち込む。チャイムが鳴って、「はい」という基樹の声が聞こえた。

「守です」

「ああ」と、基樹が少し驚いたような声を出す。「いま錠を開けるよ」

守はロックの外れたドアを開けて玄関ホールを奥に進む。エレベーターが二基並んでいる。ボタンを押すとすぐに扉が開いた。二階で降りて、２０３号室のドアを叩いた。

基樹は前髪を左手で触りながらドアを開けた。

「駅まで迎えに行くつもりでいたんだけど、よく分かったね」

「タクシーに乗ったから」

守はスニーカーをスリッパに履き替えて、基樹のあとについて廊下を進んだ。台所の横を通り過ぎると、フローリングの部屋になる。カウンターで台所と仕切られた部屋だ。白いテーブルクロスのかかったテーブルが一つと、椅子が四つ。ほかに食器棚がある。

基樹がカーテンをくぐって隣の部屋に行った。守も追いかける。段差があって、その向こうにはカーペットが敷いてあった。スリッパを脱いで、その部屋に上がった。

天井の高い部屋には、グレーのカバーのかかった大きなソファが一つと木のテーブル、青と黄色のクッションが二つずつある。左の壁際にはオーディオやテレビ、ビデオなどが並んでいる。右側には、中二階の部屋があって、手摺の向こうにベッドが見えた。その部屋の床下に、デスクトップのパソコンとプリンターが設置してある。その横は、本棚で、外国語の本がぎっしりと詰まっていた。そのそばの鉄製のラックには、ノートパソコンと携帯電話、鞄などが載っている。

「荷物、そこに入れてよ」

基樹が指差したのは、左側の壁で、そこに扉があった。引き開けると、クローゼットになっていた。洋服が何着かかかっている。その下の棚に、守は背負っていたリュックをおろして、押し込んだ。

「なんか飲む？」

基樹はパソコンのマウスを動かしてディスプレイに動いていた画像を消すと、隣のフローリングの部屋に行った。

守は居間の奥まで歩いて、広い窓から外を覗いた。中庭の木立ちが紅葉し始めている。花壇の草は、まだ緑色だ。

「なかなかいいところだろう？」

基樹がコーラの入ったグラスを二つ持ってきて、部屋の真ん中にある木のテーブルの上に置いた。

「基樹君の家って、お金持ちだったんだね。奨学金もらってるって聞いたから、うちとおんなじ貧乏だって勝手に思ってたんだけど」

「うちは貧乏だよ。たぶん君のところよりずっと貧乏だ。僕も君と同じ母親と二人暮らしだったんだけど、金は全部酒に換えてしまうような母親だったからね」

基樹は前髪を掻きあげた。「家賃を滞納して、ついに住む家もなくなった。母親は病院にベッドがあるからいいけどさ、僕のベッドはどこにもなくなったんだ。親戚の家の犬小屋に寝たこともあるよ」

「じゃあここは？」

「GCSの持ち物だよ。学校に通うための下宿みたいなものさ。隣に住んでいる比嘉《ひが》さんっていう夫婦が、食事やなんかの面倒を見てくれる。最初ここには、僕と飯田秀人っていうやつがいっしょに住んでたんだけど、秀人はホームシックになってね、いまは母親が近くに引っ越して来て一緒に住んでる。もし君が来年僕と同じ中学に通うことになったら、ここに住むのがいいんじゃないかな」

「本当に？」

「ああ」

「本当に僕、ここに住めるの？」

「もちろんさ」

「……家賃は？」

「そんなのいらないよ。僕も払ってない」

これで住む場所の問題もなくなった。守は嬉しくて跳びはねたいぐらいだった。

基樹がコーラの入ったコップを守に手渡して、言った。

「今日は泊まっていけるんだよね」

守はうなずいた。

土日を利用して基樹のところに遊びに行くことを、守は梨佳に昨日やっとの思いで承知させた。

「よかった」基樹が言った。「実はさ、これからほかの客が来ちゃうんだ。二時間ぐらいだと思うけど、その間、退屈させてしまうかもしれない。でも、そのあとは大丈夫だから。明日の夕方まで、君と付き合っていられるよ」

9

守は中二階の手摺近くに座って、下にいる人たちを眺めていた。

客は全部で七人。最初に現れたのが飯田奈々子と秀人、続いて本間《ほんま》教授、テレビ局の取材の人が三人、最後に工藤の順にやってきた。基樹がそれぞれを紹介してくれて、いっしょにいればいいと言ってくれたのだが、雰囲気的に、そばにはいられなかった。隣のダイニングルームにでもいようと、守は一度部屋を出て行きかけたのだが、「上、行っててもいいよ」と基樹に言われて、中二階で見守ることにした。

ソファに座った基樹がインタビューを受けている。

さっきまでは基樹と並んでインタビューを受けていた秀人が、窓際に不機嫌そうな顔で立っている。その隣に、奈々子と工藤が並んでいた。

基樹に質問をしているのは、スーツ姿の若い男で、中年の大男がマイクを持ち、小柄な女性がカメラを肩に担いでいる。

マイクとカメラの人、逆にした方がいいんじゃないかと、そんなことを思いながら、守はインタビューの様子を見守った。

カメラマンの後ろに立っていた白髪頭の本間教授が、スーツ姿の男に促されて基樹の隣に座る。

「じゃあ次、本間先生の方から、少し解説をいただけますか」

本間が、二、三度咳払いをしてから話を始めた。基樹との共同研究についてだった。ぼそぼそとした喋り方で、守のところまでは声がほとんど聞こえてこない。

「ああっと、ちょっとごめん」カメラを担いでいる女の声が響いた。「そこ通らないで」

咎《とが》められたのは秀人だった。秀人は唇を少しねじ曲げてから、カメラマンの後ろを通って部屋を出て行った。それから三十秒ほどで部屋に戻ってきた秀人は、中二階に上がってきた。

ベッドに腰掛けて、机に、持ってきたヨーグルトのパックとガラスの器を置いた。

守は秀人の様子をしばらく見ていたが、下で基樹が喋り始めたので、そちらに顔を向けた。

「君も食べない？」

秀人に言われて、守は振り向いた。秀人は机の上の器を、守の方に少し押しやった。

基樹の話は耳を澄ませば聞き取れるが、難かしすぎて内容がさっぱり分からない。守は手摺のそばから離れて、机の方に行った。

秀人がパックの中のヨーグルトをスプーンで掻き出して器に入れた。

「ほい」と、秀人はスプーンを守に渡す。

器もスプーンも一つしかない。どうするのかと思っていたら、秀人はヨーグルトをパックから直接口に流し込んだ。

「凄いよね、基樹君」

守はスプーンでヨーグルトをすくいながら言った。

「何が」秀人が言った。

「大学の先生と共同研究なんて凄いじゃない」下の邪魔にならないように、守は小声で話した。「論文も書いたんでしょう、凄いよ」

「大したことないさ」秀人の声は、守より少し大きい。「共同研究なんて言ってるけど、それはその方が話題になるからで、実際は先生に言われた通りコンピュータのプログラムを組んで、先生に言われた計算をやった。それだけのことだよ。それに論文っていっても、別に重要な発見があったとかそういうことじゃないんだよ。ただ、やった計算の結果を書いてるだけ。要するにさ、大学の卒業論文レベルなんだよ。指導教官に言われた課題をやっただけ」

「凄いじゃない」

秀人は鼻で笑った。「たとえばさ、癌に効く薬ができたとするじゃない。それがさ、誰も思い付かなかったようなやり方で合成した薬だったら、そりゃ凄いよね。だけど、既に方向性が決まっててさ、先生にこういうことやってみたらって言われて、やってみたらできちゃったって、そんなレベル。いや、もっと下かもしれない。この薬、効くかどうかネズミに使ってみろ、って言われて、やってみたら効きましたって、それでも論文って書けるんだぜ」

「基樹君の研究って、癌の研究なの？」

「たとえだよ。分かりやすいように言っただけ」

「本当はどんな研究なの？」

秀人は舌打ちした。「それはよく知らないけどさ。……分からないってことじゃないよ。別に興味がないから知らないだけさ。要するにそんな程度の価値しかない研究なんだよ」

「どうして分かるの」

「だいたい分かるさ。マスコミはなんでも大袈裟に扱いたがる。本当に凄い研究なら、テレビ局の人間じゃなくて、研究者が話を聞きに来るよ」

秀人は、鼻を鳴らした。「僕に言わせれば、しょうもないことやってるなって感じなんだよね。大学生が研究して論文を書くのはさ、単位をもらって卒業証書をもらうためだろう。自分のやってる研究が、学問的に些細なことで、全然重要じゃないって分かっててもさ、自分のためには大事ってわけ。自分の研究室の人間ですらろくに読まないような論文でもさ、書くことに意義があるわけ。そんな程度の研究や論文でよければさ、僕だって半年もあればできちゃうよ。だけど、意味ないだろう、そんなの。僕はそんなくだらない研究とかしてる暇があったら、勉強するな。そういう蓄積があって初めて、本当に価値のある研究ができるんだよ。あんな爺さんに指導されてやった研究なんて高が知れてるよ。本当に新しい研究は、年寄りには理解も想像もできないものになるはずだよ」秀人はヨーグルトを喉に流し込む。

「論文なんて、ふつうの大学生にだって書ける。東大の入試問題が解けない人間でも書けるんだ。全然大したことない」

「ごめん、もうちょっと静かにしてくれるかな」

マイクを持った大男が言った。

秀人はふて腐れた様子で、ヨーグルトのパックを屑籠に投げ入れると、ベッドに横になった。

10

一度目は、トイレにでも入っているのだろうと思った。二度目は、どこか出かけているんだろうか、と。三度目は、お風呂かな？　四度目、今度はしつこくコールし続けた。しかし受話器は外れない。十一時近い時間だった。

「お母さん、いないの？」

青いパジャマ姿の基樹が、中二階から言った。

守はうなずきながら、コードレスフォンをテーブルに置いて、基樹が足元に投げて寄越した黄色いパジャマを拾い上げる。

「泊まることは最初から言ってあるんだろう。お母さんだって、たまには羽を伸ばしたいこともあるさ。ふだんは君がいてできないだろう。友達と飲み明かそうとか、そういう日があってもいいじゃないか」

「うん、それはいいんだけど」

「ママの声を聞かないと眠れないのかな」

「そんなことないよ」

「一日でホームシックになるようじゃ、来年ここに住むのは無理だね」

守はパジャマに袖を通す動作を止めて、視線を床に落とした。

「無理かもしれない」守は言った。

「なんだよ、そんなにママが恋しいの？　もう六年生だろう、しっかりしろよ」

「そうじゃないんだ」

守は基樹を見上げて言った。「僕には、奨学金をもらったり、ただでマンションに住まわせてもらったり、そんな資格、全然ないと思うんだ」

基樹は怪訝そうな顔で守を見おろしている。

「だって、基樹君も秀人君も凄すぎるよ。大学教授といっしょに研究したり、東大の問題を解いたり。僕も、少しは勉強できるってうぬぼれてたけど、二人を見てたら恥ずかしくなった。基樹君たちがテレビに出たりすれば、会社の宣伝になるっていうのは、よく分かるよ。

だから、こんなところに住まわせてもらえるんだ。僕は違うよ。二人みたいな天才じゃない。田舎の学校で、ほんのちょっと周りより成績がいいだけの、ふつうの子供だもの」

「それは環境の問題だよ。いままでそういう勉強をしてこなかったってだけだよ」

基樹が階段をおりてきた。「僕も、一年前までは、君のいうふつうの子供だったよ。だけど近松先生に出会って、僕は自分の眠っていた能力に気がついたんだ。僕は近松式のトレーニング、天才脳を育てることを目標にしたトレーニングを受けている。それもね、GCSでトレーニングしたほかの子供とは違う、もっと徹底した近松式のトレーニングを受けているんだ。GCSの中のさらにエリートってわけ。それは、君も同じなんだよ」

基樹はデスクトップのパソコンのスイッチを入れた。ディスプレイが明るくなる。

「僕の研究の話、聞いてた？」

「途中まで聞いてたけど、何言ってるのか、全然分からなかった」

「そんなに難かしいことをやっているわけじゃないんだけどね」

ディスプレイに、正方形の枠が現れて、その内部で濃淡のある赤色が刻々と模様を変化させている。

「カエルがハエを捕まえるとき、カエルは目に入ってきた情報を脳で計算して、どの方向に飛びつけばいいか決めているんだけど、この計算機の精密なプログラムを誰が作ったかっていうと、もちろん神様なんかじゃない。進化の過程で獲得したんだ」

守が首を傾げると、基樹はうなずいた。

「物凄く単純化して話すよ。最初カエルは、ただでたらめに跳びはねて、偶然捕まえた餌を食べていたとしよう。その中に、餌の位置を計算して跳ねるやつが現れる。前か後ろか、たったそれだけを計算するだけでも、餌を捕まえる確率は二倍になる。この能力を持ったカエルは、ほかのでたらめカエルよりも繁栄する。さらにもっと計算のうまいカエルが現れる。この能力を持つカエルはほかのカエルを圧倒して、さらにはもっと優れたやつが現れて、そいつの天下になる。最初のカエル、でたらめに跳んでたカエルと比べると、餌の位置を計算して、その方向に跳ねるカエルっていうのは、ずいぶん賢いってことになるよね。ここで大事なのは、でたらめガエルを訓練しても、この賢いカエルにはならないってことなんだ。彼らの持ってる計算機は、訓練で精度が上がるんじゃない。精度のいい計算機を持ったカエルが、たまたま生まれて、初めて精度が上がる。つまり世代交代を重ねて行くうちに、計算機の性能が上がる。進化の過程で一つの能力が獲得されて、洗練されて行くんだ」

全然単純じゃないなと思いつつも、守はうなずいた。

「人間だって、もちろんそれは同じだよ。まだ言葉を喋れなかった時代の人間は、訓練しても喋れるようにはならない。言葉のためのプログラムは、進化の過程で獲得されて、洗練されれた。根本的な部分ではそうなんだ。だけどね、人間の脳は、カエルとは比較にならないぐらいニューロンの数が多くて、結合が濃密で、柔軟な組み換えが許されている」

守はぽかんとして聞いていた。

「それはつまりどういうことかっていうとね、でたらめガエルが賢いカエルになるためには、いろんなプログラムを持ったカエルが生まれてきて、それぞれが自分のプログラムを試してみて、生存競争に有利なプログラムが発見されて初めて賢くなるんだった。だけど、人間の場合は脳の中の配線を繋ぎ替えることで、いろんなプログラムを試してみることが、一つの世代の中で可能になっているんだ。このディスプレイの絵を見て」

正方形の枠に収まった濃淡模様が最初はでたらめだったのに、いまは渦巻き状になっている。

「このプログラムはね、最初は、ただでたらめに色を撒き散らしている。だけど毎回少しずつプログラムが変わっていて——この変え方は、遺伝子の突然変異や組み換えを真似《まね》てるんで、遺伝的アルゴリズムっていうんだけど——そのうち偶然にね、規則性のある模様を生み出すプログラムができる場合がある。規則性については恣《し》意的に、こっちで決めてるんだけどね。要するにきれいな模様ができるプログラムには、高い評価を与えてやるわけ。そして百回程やったあとで、今度は高い評価のプログラムをもとにして、そこからのバリエーションで同じことを繰り返してやる。すると、いつのまにかこんなきれいな模様が見えてくるわけ。これをいま言った、カエルに当てはめるとね、正方形の中に色を撒き散らす、この一回がカエルの一生なんだ。だけど人間の脳に置き換えると、これはほんの短かい時間に脳の中で起きていることだ」

「ふうん」と言ったけれど、守にはよく分からなかった。

「人間の脳を生態系のメタファーとして理解できるんじゃないか、っていうのが僕の研究なんだ。ニューロンが組織化していってできあがる構造、それはちょうど生態系に様々な種が生まれ、消えて行く、その様子に似ている」

「うん」と、守はとりあえず相槌《あいづち》を打つ。

「人間の脳は、与えられた環境に対して、驚くほど柔軟な適応を見せる。環境が脳の構造を決めるんだね。実はそこに目をつけたのが、GCSの訓練、近松式の天才脳デザインプログラムなんだ」

基樹はパソコンの載った台の上にあった赤い花を閉じ込めた立方体のガラスの置物を手に取った。「これさ、守君はもちろん、立体的に見えるよね」

守はうなずいた。

「だけど人間の網膜は平面だから、実は二次元でしか情報をとらえていない。大脳皮質のレベルでも、情報処理は一つの層をベースにしてるから、やっぱり二次元だ。そういう二次元情報から、脳は両眼からの情報や物体表面の陰影の情報なんかから計算して、高次の領域では三次元の世界を再現しているってわけ。でね、こういう脳の中にある視覚情報の計算機は、僕らが生まれたときには、まだできあがっていない。生まれてから受ける外部からの刺激によって計算機が組み立てられるんだ」

基樹は置物を台に戻した。「角膜とかの異常で早期に視力を失った人が、大人になって角膜移植を受けて目が見えるようになった場合ね、その人は、光は見えるようになるけど、まだ物を見ることはできない。視覚の情報を処理する計算機に当たるものが脳の中にできあがっていないからなんだ。幼少期に目に入ってくる刺激が、脳の中に視覚情報処理の計算機を作る。その様子は、猫を使った実験で詳しく調べられてる。生まれてすぐの子猫にね、縦の線だけ見せて、いっさい横線を見せないようにすると、猫は横の線が見えなくなってしまうんだ。つまりね、もし世の中に横線っていうものがいっさいないんだとしたら、それを見るために脳を発達させるより、その分を何か別のことに使った方がニューロンの経済学からすると有利なわけだよね」

「うん」と言ったけれど、守はなんの話だか分からなくなっている。

「僕らの脳はさ、猫の脳よりもさらに可塑性がある、っていうのはさ、つまり、環境に合わせて脳の中の計算機自体を適当に作り替えて行く柔軟性に富んでいるわけ。それでね、こんなことが考えられる。僕らが生まれ育つ環境の視覚世界は、たまたま三次元だ。だけどももし四次元の世界に生まれ育ったら、僕らの脳は四次元世界を見るための視覚処理機構を脳の中に作り上げられるんじゃないか」

基樹のまなざしに吸い寄せられ、守は視線をそらすことができなくなっている。ごくりと唾を呑み込んだ。

「これはさ、脳の構造が進化の産物であると考えたとき、ありえないんじゃないかって気もする。僕らの脳は三次元の世界を見るために最も適した視覚情報処理機構を進化させてきたはずだからね。ありもしないもう一つの視覚パラメータを取り込むための余裕を脳の中に残しておくのは不合理だ。もしも僕らの脳の計算機が生まれながらに完成しているものならば、その通りなんだよね。しかし実際は、僕らの脳は、様々な環境に適応して行くために、計算機自体までも生後組み立てて行くという形に進化してきた。つまり単純に言うと、可塑性を——柔軟性を大きくするということが、生存に有利な条件になっているわけ。だからもし、四次元の世界に生まれた人間がいたら、彼はその世界が見えるようになるかもしれない。」

近松先生は、これを実現しようと考えた。視覚の刺激と同時に聴覚やなんかの刺激をある特定の組み合わせで与え続けることで、高次元世界を見る処理機構を脳の中に構築しようとしたんだ。誰でもそうなるってわけにはいかないだろうけど、そういう素質を持って生まれている人間は必ずいる。実際ね、世の中にはたとえば音が見える人がいる。音楽を聴くと、それが色彩のパターンとして脳裡を駆け巡るんだ。それは聴覚と視覚の処理部分が、本来あるはずがない程、密接に連結してしまっているんだね。それに、近松先生が一番影響を受けた天才、垣内って人はね、高次元世界のイメージを脳裡に浮かべるとき、身体がむずがゆくなったり、考え事に熱中しているときは周囲の音が消えて、頭の中でフルートのような何か別の音が勝手に聞こえたりしていたっていうんだ。彼はたぶん、視覚と触覚、聴覚に濃密なネットワークを作ることで、三次元を超えるサイコロを想像の中で転がすことができたってわけ」

基樹は先刻の置物をまた手にした。「こういうサイコロが転がる様子は、これはもちろん守君も頭の中に想像できるよね」

守はうなずいた。

「彼の場合だと、四次元サイコロを頭の中で転がすことができたんだ。彼の脳には、そういう計算機が組み上がっていたんだね。彼の場合は、遺伝的要因と環境との偶然の組み合わせがそんな天才脳を組み上げた。近松先生は、それを人為的プログラムでやることを考えた」

基樹は顎を少し突き出して、目を閉じた。「僕も、頭の中で、高次元のサイコロを転がすことができる。うまく説明するのは難かしいけどね。実際見えているのは三次元なんだけど、高次元の中から瞬時に三次元の切り口を再構成できるって感じなんだ」

基樹が目を閉じたことで、守はようやく視線をそらすことができた。話の内容はもう、さっぱり分からない。基樹に悟られないようにひっそりと溜息を吐く。

「もちろんさ」と、基樹が目を開けた。

守は再び基樹の双眸に視線を吸い寄せられた。

「高次元が見えるっていうのは、天才脳デザインプログラムの目標の一つにすぎない」

基樹はガラスの置物を揉むようにして両手の間を転がし始める。「視覚を例にとるのが一番分かりやすいから、いまはその理論を説明したんだけど、最終的な目標は、思考そのものを論理のレベルで格上げすることなんだ。これはちょっと理解が難しいかもしれないから、凄く簡単に言ってみるよ」

基樹は顎に左手の人差し指を当てて、守の目を覗き込む。

守はどうせ基樹の話は理解できないだろうと思ったけれど、とりあえずうなずいた。

「いま、何か問題が与えられたときに、プログラムを組んでコンピュータに問題を解かせる。たとえば」

基樹はコンピュータの前に座って、マウスとキーボードを操作する。ディスプレイに現れたのは、赤色と緑色の三角や四角、十数個の絵だった。

「これを三角と四角に分けて、整列させる。三角とは何か、四角とは何か定義して、コンピュータに分類させるわけだよね。これは、簡単にできる。同じことを犬にやらせようとすると、全然簡単じゃない。だけどこれをもとに、コンピュータの方が犬よりも思考力があるとは言えない。もしも、犬のニューロンのネットワークを僕らが完全に理解していて、それを外から操作することができたとしたら、犬にこの問題を解かせることはたぶんできる。だけど、問題を、ここにある三角と四角を適当に並べて、正方形を作りなさいというふうに変えたらどうだろう。この問題を解くためのロジックを人間は持っている。試行錯誤を含めてね。コンピュータにやらせることもできる。じゃあ、犬にやらせられるのか。犬の脳を、それに人間の脳もだね、僕らは完全に理解していて、外からの操作も可能という前提で。つまり犬の脳をコンピュータの代わりに扱えるってわけ。もちろんここでさ、神経細胞が足りないって言ってほかから借りてくるなんていうのは、なしだよ。それじゃあ、犬の脳じゃなくなってしまう。犬脳コンピュータは、あくまでも一匹の犬の脳の配線を操作してプログラムを組む。それも構造を根本から変えるような、ニューロンの位置を大きく動かしたり、軸索や樹状突起やらの形をまったく変えてしまうようなことはできない。基本的には、シナプス、つまり接続部分の調整だけ。これはつまり、動物が自然になしうる学習の制約は変えないってことなんだけど——分かりにくいかな」

基樹が振り向いて、同意を促すような顔をしている。

守はしかたなくうなずいた。分かりにくいというより、分からない。

「犬に問題を解かせるっていう場合、そもそも問題を理解させるのが難かしいわけ。だけどそれは、人間の言葉が犬には分からないっていう、単にそういう問題かもしれないだろう。だから、犬が問題を理解して、それを解こうとしている。そういう状況まで、人為的操作で持って行くわけ。僕らは問題を与えられたら、それを解くためのアルゴリズムを神経ネットワークの中に作る。ニューロン間の結合を調整することでね。犬も原理は同じだ。だけどどういう方向に調整するのかは、問題が分かっていないとできないよね。だから代わりに、人間が調整してやることにする。それが犬脳コンピュータ。これにね、さっきの問題を解かせる。三角、四角の分類問題。この問題を解くためのプログラムは、犬脳コンピュータに組み上げることは、たぶんできる。だけど、正方形を構成しろという問題を解くプログラムは、犬脳コンピュータではできないと思う。いや、できるかもしれないんだけどね、それでも、問題をどんどん難かしくしていくと、どこかで、犬脳コンピュータにはできなくて、人にはできるという問題が出てくることは、これは疑いようがない。つまりさ、ロジックには、それに対応するニューロンのネットワークっていうのがあって、これがある一つの脳の中に構成可能かどうかっていうのは、構造上の制約があるってことなんだ。人には分かるけど、犬には分からない論理。どんなに特殊な訓練をしようが、外から脳を操作しようが、犬には理解不能の人間の論理がある。それは脳の構造上の制約なんだよ。もちろん、これはあくまで人間中心の論理で、逆も言えるかもしれない。人間には理解不能の犬の論理が存在するかもしれないんだけどね」

基樹に目を覗き込まれて、守は相槌を打った。

「で、何が言いたいかっていうと、人間が使いこなしている論理だって、結局は脳の構造上の制約を受けている。だけどここで、さっきの視覚の話を思い出してほしいんだ。視覚情報処理の構造は、たまたま外の世界が三次元だから、それを処理するのに適当な構造が脳の中に成立するんだった。ロジックを処理している脳の構造だって、それと同じなんだ。人間は人間に囲まれて育つから人間の論理を処理する構造に脳が育つ。これは環境による制約なんだ。この制約をうまく変更して、人間のもつ論理以上のメタ論理を構成可能な脳の構造を育てる、というのが近松式天才脳デザインプログラムの究極の目標なんだ。そのために近松先生は、これは遺伝子レベルの変異と偶然得た環境のおかげで超論理を持ったと考えられる天才たちを徹底的に調べて、彼らの脳に近づき、それを超えるための方法論を追究して実行した。そしてできあがったのが、僕たちなんだ。日本で育った僕らは、日本人になるよね。日本人特有の考え方や、物の見方っていうのが自然と身についてしまう。同じように、僕らには男としての感じ方や物の考え方っていうのも身につく。それは遺伝子が決めたものでもあるし、環境が決めたものでもある。そして何よりも、人間としての認識や思考を持っている。僕らは犬のように嗅覚の世界観を作ることはできない。僕らは人間で、男で、日本人で、それと同じ意味で、近松式、ＧＣＳの子供なんだよ」

基樹が守の双眸を凝視している。基樹のまなざしの強さに圧倒されて、守は視線を動かせなかった。

「僕らは幼少期を特殊な、ほかの人間とは違う環境の中で育ったんだ。それがいいことかどうかは知らないよ。ともかく僕らは、特別な環境を共有している。人と犬の見る世界が違うように、男と女の感覚が違うように、日本人とフランス人の自意識の持ち方が違うように、僕らは、ほかの人間とは違うんだよ。僕らだけにしか分かり合えない世界がある。勉強ができるとかできないとか、そんなことは実は大した問題じゃあないんだ」

守は唾を呑み込んだ。

「だけど、どうやら僕らは、ほかの人間より知能がすぐれているらしい。自信を持っていいんだよ。君もね。能力は眠っているだけで、ちゃんとある。君の脳は、そういう形にデザインされているんだからね。その気になれば、すぐに僕に追いつくよ。僕らは同じ世界の人間なんだ」

11

里美が送話口を押さえて受話器を野上に差し出す。「河西さんって人」

野上は受話器を受け取った。

「うん」

野上は里美から少しでも離れようとして、襖に背中をつける。

「いま、かまいませんか?」

「はい」

「このまえはどうも、とんだところをお見せしてしまって。あっ、なんか喋りにくいようだったら、適当に調子を合わせて聞いといてください。学生時代のお友達ってことになってたんでしたかね」

里美が着替えの衣服を持って浴室に向かう。

「こないだは、途中で話が終わってしまったんで、改めてもう一度お会いできないかと思いましてね」

「あなたの考え、身代わりの件ですが」野上は小声で言った。「僕は信じていませんよ。飛躍しすぎています」

「それは承知の上です。だからこそ、証拠を探しているんですがね、ちょっと面白いことが分かりました。漆山梨佳なんですがね」

梨佳の名前が出たときに、里美が浴室から戻ってきた。衣服を持って行ったので、てっきりそのまま風呂に入ると思っていたのだが、違っていたようだ。テレビのリモコンを手にしている。九時から、里美が毎週見ているドラマがあるのだった。

時計を見ると、九時二分。

「どっか外で会って話せないかな」野上は言った。

「出先からなんですよ。月曜日で、どうですか。そのときには、もっと面白いことが話せるかもしれないんで」

「ああ」

「じゃあ、この前待ち合わせたファミレスありましたね。昼の二時でどうですか」

「分かった」

電話を切ると、里美が振り向いた。何か言いたそうな顔をしていたが、無言のままテレビに顔を戻した。

襖に凭れかかり、里美の後ろ姿を眺めながら、野上が考えていたのは梨佳と守のことだった。梨佳は野上に、守のことはもう忘れろ、自分たち親子に干渉するなと言った。しかし、そうはいかないだろう。認知の問題、経済的な問題、それに何より、父親として守に会う義務があるのではないだろうか。梨佳はそんなことは望んでいないようなことを言ったけれど、どこまでが本心か分からないし、今後、状況や気持ちが変わるということもあるだろう。

僕には子供がいる——里美にも、話さなくてはならない。

野上は胸が重たくなるのを感じた。

ＧＣＳのことも、考えなくてはならない。野上は一度は、近松と工藤の意図を見抜いたと思った。天才少年Ｙとしての野上が逆宣伝に使われるのを防ぐため、身内に取り込む。それが彼らの狙いだと考えた。

しかし、実際のところどうだろうか。工藤はきっぱり否定した。その通り信じていいとは思わないが、工藤の態度は、嘘をついているようには見えなかった。

飯田奈々子は、これは父親としての愛情からの提案だと言った。そんなはずはないと、野上は思っている。あの男がいまの自分に愛情を持っているとは信じられない。彼は天才少年Ｙは愛した。けれども、ただの人になった野上雄貴にはなんの興味も持たなかった。

僕をＧＣＳに入れようとした近松吾郎の意図はなんなのか——野上は思いを巡らせた。梨佳と守のことを、近松は知っていた。守が野上の子供であることも知っていた。そのことは、この就職話と無関係なんだろうか。

それに、河西が言った、梨佳に関する面白いこととはなんなのか。

どれも答が分からない。

もやもやとした気分は当分続きそうだった。

12

日曜日の夜、守は工藤の車で自宅に送ってもらった。基樹もいっしょだったから、車中、話が盛り上がり、途中の渋滞も苦にならなかった。

「どうも、約束より少し遅くなったみたいで、申し訳ありません」

工藤が梨佳に向かってそう言いながら頭を下げた。

「こちらこそ、いろいろご迷惑をおかけしました」と、梨佳は疲れたような様子で言った。

「じゃあわたしたちはこれで」

そう言って立ち去ろうとする工藤を、梨佳は引き止めようとしない。

お茶ぐらい出すのが礼儀じゃないかと、守は梨佳に内心腹を立てながら、工藤に向かって言った。

「ちょっと上がってください」

「いや、もう遅いんでね」

「お願いします。大事な話があるんです」守は梨佳の方を向いた。「お母さんにもだよ」

守は引っ張るようにして工藤を家に上がらせた。

と、部屋の中に、中年の男が正座していた。守はぎょっとして、男を眺める。ぼさぼさの髪に見覚えがあった。前にも一度訪ねて来たことがある。

そのときは梨佳と男が玄関で口論を始め、守は何事だろうと、間仕切りから顔を少しだけ出して覗いていた。

「帰ってください。何も話すことはありませんから」

梨佳が強い口調で男を追い返したあと、守はなんだったのか訊いた。梨佳はその場では怒ったような顔を見せただけで答えなかったが、翌日、守に言った。

「昨日の男の人、河西という人なんだけど、あの人が、あなたからも何か話を訊こうとするかもしれない。でも絶対何も話さないで。無視して」

「なんの話を訊こうとするの？」

「あの人は、近松先生の研究のことを知りたがっているの」

「訊かれても、僕はなんにも分からないよ」

「あなたは赤ちゃんのとき、近松先生の研究室にいた。あの男は、それを知ってるの」

「でも、僕、なんにも憶えてないから、話したくても話せないよ」

「あの人は、それは嘘だって決めつけるでしょう」

「なぜ」

「あの人はね、昔、近松先生のところで、ある事件があったと思っているの。あなたが、それを見てるんじゃないかと、考えてる」

「どんな事件」

「事件なんて起こっていないの。ただ、あの人は、何か大変な事件が起こったと、勝手にそう思っているのよ」

「頭が変なの？」

「そう。そうよ。だから、絶対相手にしちゃだめよ」

梨佳の言葉に従って、守は道で声をかけてきた河西から、何度か逃げた。

そういう頭のおかしな男、河西を、なぜ部屋に上げたのか？

守は梨佳にその理由を訊ねるつもりで、「どういうこと？」と言った。梨佳の返事はない。

河西が腰を上げた。

「それじゃあ、わたしはこれで」

それだけ言うと、河西は傍らのコートと帽子と鞄を持って、工藤に向かって軽く頭を下げて出て行った。

河西の後ろ姿を目で追いかけていた工藤が、梨佳の方に顔を向けて言った。

「いったい何を言いに来たんですか、彼は」

梨佳は答えずに、視線を下に向けた。

「工藤さん、いまの人、知ってるの？」

守の問いに、工藤はうなずいた。

「河西というフリーライター」基樹が言った。「GCSで昔起きた事件のことで、本を書こうとしているんだ。やっぱり君のところにも来ていたんだね」

「事件って、どんな事件なの？」

「GCSの訓練のやりすぎで、頭が狂ってしまった子供たちがいるんだ」

「本当なの？」

守は唾を呑んだ。

「どうだろう。君は正気かい？」

基樹の言葉に、守は首を傾げた。

「狂った子供っていうのは、僕たちのことなんだよ。僕と君と秀人と、あと梓っていう子」

基樹は喉を鳴らして笑った。「僕らは狂ってないよね」

「どうして」と、守はそこで一呼吸おいて言った。「狂ってないって、言ってやらないの」

「狂ってるとか、そうでないとかはさ、ちゃんとした基準があるわけじゃないだろう。僕はあいつと話したんだよ。だけどまだ、僕は狂ってるって言ってるんだ」

基樹は頬を爪で掻きながら言った。「狂ってるのは向こうだよね」

守はうなずいて、梨佳を見る。梨佳は口許を引き締め、まなざしを険しくしている。

「どうして家に入れたの、そんな人」

「わたしは何も知らないってことを、分からせようとしていただけよ」

梨佳はそう言うと、台所に行った。戻ってきたときには、クッキーの載った皿を手にしていた。

四人で、テーブルを囲んだ。

「お母さん、僕、私立に行くからね。お母さんがなんて言っても、僕は行く」

梨佳は守の顔を見ようとしない。

「お母さんがだめって言っても、僕は行く。ちゃんと住むところもあるんだ」

守は工藤の顔を見て言った。「そうですよね」

「お金のことは心配いらないし、身の回りの世話もしてあげられるよ。だけど、お母さんの許可は必要だよ」

守は口を尖らせた。

「どうでしょうね、お母さん」工藤が言った。「守君、こんなに行きたがってるわけですし」

梨佳は首を横に振る。

「なんでだよ、なんでだめなんだよ」

「だめとは言ってない。もっとよく考えて」

「考えたよ。お母さんだってもう十分考えたろう。なんでだめなのか、理由を言ってよ。理由を」

「何か、心配なさってることがあるんでしたら、言ってもらえませんか」

工藤は梨佳の顔を覗き見るように、首を傾けた。

梨佳が顔を上げる。視線がどこか宙を漂っていた。瞳《ひとみ》が動いて、焦点は守の顔に結ばれた。

「身体のことが心配なのよ。あなたの病気は、あなたが自分で思ってるほど簡単なものじゃないのよ。いつも、気をつけていなくてはいけないの」

「気をつけるよ」

「そう思っていても、つい油断することもあるでしょう」

「ないよ」

「お母さん」工藤が言った。「ご心配はよく分かります。しかし、主治医でいらした近松先生ご自身が、勧められたことでしょう。素人の意見で申し訳ありませんが、あまりご心配になることは、ないんじゃないですか」

「近松先生は、わたしも守について行くことを前提に考えていらしたんです。守一人で下宿させてとは、おっしゃっていません」

工藤が顎を押さえて、何事か考え込んでいる。

「僕の健康が問題なんだね」守は言った。「僕の健康だけが問題なんだね」

梨佳はうなずかなかったが、守は勢い込んで言った。「そうなんだよね。じゃあ病院で先生に許可もらったら、それでいいんだよね」

守は基樹を見て言った。「明日、病院に検査に行く日なんだ。先生に訊いてくる」

基樹が工藤を振り向いて言った。「ねえ、僕らも付き合おうよ。いっしょに行って訊いておきたいんだ。いっしょに住む人間が、どういう注意をしていればいいのか」

「学校はどうするんだ」

「病院に行くから休むって連絡すればいいじゃない。嘘じゃないんだし」

工藤は苦笑しただけで、だめとは言わなかった。

「じゃあさ、うち泊まってよ、二人とも、ねえ、お母さん、いいでしょう」

梨佳は返事をしなかった。

「明日の朝、車で迎えに来るよ」工藤が言った。

「そんなの大変だよ。眠る時間なくなっちゃうじゃない」守は非難がましい目で梨佳を見ながら言った。

「家に帰るわけじゃないよ。すぐ近くにホテルがあるから」

「そんなのもったいないよ。うちに泊まればいいんだよ。ねえ」

「いや」と、工藤が言った。「お母さんと君と、今晩は二人でゆっくり話し合った方がいいと思うんだ。身体のことのほかにも、お母さんはまだ心配していらっしゃることがあるようだし」

「そうなの、お母さん。ねえ、なんか言ってよ」

13

工藤と基樹が帰ったあと、梨佳は台所に立った。

「食事は？」

「途中で食べてきた」

「お蕎麦《そば》作るけど」

梨佳は麺の入った袋を破りながら言った。

「僕はいらない」

守は台所にある丸椅子に腰掛けた。「ねえ、いったい何が気に入らないの。ちゃんと話してよ。お金のことじゃない、住むとこじゃない、身体のことじゃない、ほかになんなんだよ」

「近松先生のことは、お母さんもよく知ってた。でも、工藤さんって人は、知らない人よ。GCSって会社も、お母さんはよく知らない。見ず知らずの人に、子供を預けられると思う？」

梨佳はポットの湯を鍋に移して火にかける。

「とってもいい人だよ」

「一度や二度話して分かるようなことじゃないでしょう」

「じゃあ何度でも話すよ」

「会社の宣伝に子供を利用する人が、いい人だとは思えないわね」

「なんで。ＧＣＳで育った子供が、こんなに頭が良くなりましたって、紹介して何が悪いの。本当のことを言ってるだけなんだよ」

「たまたま一人、基樹君だっけ、あの子が天才だった。ＧＣＳのおかげかどうか分からないでしょう」

「一人じゃないよ。基樹君のほかにも、秀人君だって凄いんだよ。東大の入試問題を簡単に解いちゃうんだ。それに、僕だって……」

「僕だって何？」

「僕だって、天才かもしれない」

振り向いた梨佳は微笑を浮かべていた。

守は馬鹿にされたような気がして、むきになって言った。

「いままでは勉強のやり方が悪かったんだよ。僕の能力を引き出すような教育がされてこなかった」

梨佳の表情が厳しくなっている。

「いったい何言ってるの」

「学校じゃあ、平等平等ってさ、みんながおんなじじゃなきゃいけないって本気でそんな馬鹿なことをしようとしているんだ。なんでさ、分数の計算ができる子もできない子もおんなじ宿題なのさ。やり方が分かってる人間に繰り返し練習なんて必要ないだろう。なんで憶えてる漢字を何回もノートに書かなきゃいけないの。それに学校の授業なんて、もう死ぬほど退屈だよ。教科書読んだら三分で分かることを、先生が何時間もかけて説明するんだよ。なんでそんなの聞いてなくちゃいけないの。ねえ、なんでさ。なんで周りに合わせなくちゃいけないんだよ。自分の好きなように勉強しちゃいけないの？」

「学校は勉強だけするところじゃないでしょう」

「分かってるよ。だから学校に行かないなんて言ってないじゃない。もっと自分に近い人たちといっしょに勉強したいんだ」

「まるで人間に種類があるみたいな言い方ね」

「オリンピックに行く選手は子供の頃から特別な訓練してるでしょう。プロ野球選手になる人間は野球の有名な学校に行くじゃない。それと同じだよ。勉強だって、将来学者になろうっていう人間は、特別なことをやる必要があるんだよ」

梨佳は守に背を向けて、鍋に蕎麦を入れる。

「このままじゃ僕、だめになっちゃうよ。せっかく、特別な能力を与えられたのに、基樹君たちみたいになれるのに、ただの人になっちゃうよ」

「ただの人じゃだめなの？」

振り返った梨佳は、眉間に皺を寄せていた。

「だめとかそういうことじゃないよ。どうして、できることをしちゃだめなのかって訊いてるんだよ。僕は基樹君たちみたいに凄い人間になれるんだよ」

「勉強できる人が凄い人間なの？」

「そういう言い方する人間が僕は大嫌いだ。マラソンで金メダルとった選手や世界的なピアニストには誰もそんなこと言わないよね。足が速ければ凄いのか、ピアノが弾けたら凄いのか、そんな言い方する？　足が速ければ凄いじゃない、ピアノがうまけりゃ凄いじゃない、勉強ができるってことだって、それといっしょじゃないか。僕にはマラソンはできない、ピアノも弾けない、でも勉強はできるんだ。もっともっと勉強したい。なんでそれがいけないの」

「いけないとは」梨佳は守に背を向けた。「言ってないでしょう」

「言ってるよ」

「ただ心配しているだけよ」

「だから何が心配なの」

梨佳は鍋を火からおろし、ザルに蕎麦をあけた。

「あなたはふつうの子供よ。なんにも特別なことなんてない。少し勉強ができるくらいでうぬぼれてしまってる。それが心配なの。レベルの高い授業で、もし落ちこぼれたらどうするの。勉強だけが自分のすべてみたいに思ってるあなたが、そのときどうなるか心配なのよ」

「よけいな心配だよ。僕はふつうの子供じゃない。特別なんだ。僕は赤ちゃんのときに、近松先生の研究室で特別な訓練を受けているんだ。僕の脳は特別な形にデザインされてるんだよ。特別な能力が備わってるんだ」

梨佳の平手が守の頰を打った。

空気が凍り付くのを守は感じた。

「特別、特別って、いいかげんにしなさい。あなたは全然特別なんかじゃないわよ」

「お母さんには分からないんだ。だけど僕には分かるんだ。僕は基樹君と同じ世界の人間だってことが」

「わたしとは住む世界が違ってるって言ってるのね。あなたは宇宙人？」

「僕から見ればお母さんが宇宙人だ」

「ああそう。だったらもう、好きにしなさい。どこへでも行ったらいいわ」

守は口をきつく閉じて、黙っていた。

「いままで宇宙人を育ててたなんて、ああ気持ち悪い」

守は立ち上がって、自分の部屋に駆け込んだ。瞼《まぶた》が熱くなっている。しばらくは我慢していたが、椅子に座ると、こらえきれなくなった。机に顔を伏せて、泣いた。

お母さん、なんであんな分からず屋になっちゃったんだ。

14

守は回転椅子に腰掛けて、近松信吾の背中を凝視していた。机に向かって、カルテに万年筆を走らせていた信吾が振り返る。信吾は父親の近松吾郎に顔立ちがよく似ている。吊り上がり気味の目、鷲鼻《わしばな》、ひげの濃さ。しかし違うところもあった。眉毛が父親よりかなり薄く、逆に頭髪は父親と違ってふさふさしている。

「僕の心臓、もう治ってるんでしょう？」

「昔に比べれば、ずっといいようだ。カルテによるとね、君は長くは生きられないんじゃないかと思われていた時期もある。赤ちゃんの頃だから、君は憶えていないだろうけどね」

守はうなずいた。「手術したんですよね」

「それは憶えてるのかい？」

「ちょっとだけ」

手術のときの光景というのをはっきり憶えているわけではないが、手術したということは、憶えている。身体が成長するにつれ、胸の傷痕はずいぶん小さくなったと感じるのだが、いまもはっきりそれと分かる程度には痕が残っている。幼児期には、見た人がぎょっとするような大きな手術の痕だった。

「君の場合、問題は二つあって、心臓の動きが次第に弱まってきているということと、心臓の弁の障害。手術は弁を治したんだね。これはうまくいった。問題は心臓の動きの方で、原因は分からないし、治療法も、いろいろ試したけれど、うまくいかなかったようだ。ところが、弁の手術のあと、自然に治り始めたように見える。その後は、ほとんど問題なく過ごしてきているんだね」

守はうなずいた。

「治ってると君が思うのも、もっともだろう。だけど、もともと原因の分からない病気だ。またいつ動きがおかしくなるか分からない。お母さんが心配されるのは当然だと思うよ」

「病院には毎月来るし、先生の言いつけは守ります。薬だって忘れずに飲むし、ふだんの生活も規則正しくします」

「うん、いい心がけだ」信吾は両手で髪を掻きあげながら守を見て、口の端を僅かにほころばせ、小さな息の塊を吐き出した。「だけど、お母さんと離れて、本当に大丈夫かな。心細くて、毎日胸がドキドキするなんてことになったら、心臓に悪い」

「大丈夫です」

信吾は微笑してうなずくと、守の後ろに立っている梨佳に目を向けた。

「どうでしょうね、思い切って守君の好きにさせてあげたら」

守は梨佳の顔を覗き込む。梨佳は困ったような表情だった。

「一人暮らしというわけではないのでしょう？」

守のいる場所からは少し離れた位置にあるアコーディオンカーテン式の間仕切りを背にして、工藤と基樹が並んで立っている。

信吾の視線は、工藤に向いている。

「この子がいっしょですし、隣には身の回りのことをやってくれる夫婦が住んでいます」

「それなら、問題ないでしょう」

「本当に、大丈夫ですか」梨佳がか細い声で言った。

「お母さんといっしょが一番いいとは思いますが、しかし、どうしてもということであれば、わたしは反対はしません。ただしこれは、健康上の問題に限った話です。中学生を下宿させるさせないの問題は、また別の意見がありますけどね。多感な時期、できれば親といっしょの方が、いいのかもしれませんが」

守は椅子を回して梨佳を見上げた。

「先生の許可はもらったよ。いいって言ってもらったよ。それでも、だめなの？」

きっとまた難癖をつけられるだろうと思っていたから、守は喧嘩腰にそう言った。

「どうしてもと言うのなら」梨佳は守の双眸を凝視して言った。「しかたないわ。あなたの好きになさい」

「いいの？」

梨佳は微笑してうなずいた。

15

金曜日、学校が終わると、守は急ぎ足で自宅に戻ってきた。

夕方五時半に、基樹が来ることになっている。約束の時間には、まだ十分すぎるほど余裕があるのだが、気分がうきうきしていて、ついつい足取りが軽くなったのだ。

基樹は、祭日の月曜まで守のところに泊まることになっている。その間、受験のためのアドバイスをいろいろとしてもらう予定だ。

守は錠を開けると、まずはまっすぐ奥の自分の部屋に行って、鞄を机の上に置いた。ベッドの下に一組の敷布団と掛け布団がたたんであった。基樹用にと、梨佳が出かける前に準備していったのだろう。朝はいっぱいだった屑籠は空《から》になり、足元に転がっていた紙屑もなくなっている。机の上もきれいに片づいていた。

守は居間に行った。こちらもきれいに掃除がしてあって、テーブルにはクッキーの缶と封筒が置いてあった。今日遅くなるかもしれないから、夕食はお寿司《すし》でもとってと、朝、梨佳が言った。封筒の中身は、お金だろう。

このところ、梨佳は仕事が忙しいようだ。昨日も一昨日も、帰宅は深夜に近い時間だった。年に何度かそういうことがあるが、二日続けてというのは、前に一度あっただけだ。そのときは、事務員が一人急に辞めてしまって、それで人手が足りないのだと聞いた。今回も何かそういうことがあるのだろうか。三日連続で帰宅が遅くなるというのは、守の知る限り初めてだ。

守は梨佳が朝から具合が悪そうだったのを思い出した。

守は今朝、欠伸をしながら梨佳の顔色を見て、言った。「お母さん、なんか具合悪そうだよ」

「うん、ちょっと風邪気味なの」

「仕事休んだら」

「大丈夫」

梨佳はそう言ったが、守は心配だった。

「休んだ方がいいよ」

「月曜日に休みをとったばかりでしょう。そんな何度も休んでたら、首になってしまうわ」

首になってもいいんじゃない、と守は心の中で言った。中学に近い場所に引っ越して、新しい仕事を探す。そんな簡単なことではないと梨佳は前に言ったが、できないことだとは、守には思えない。しかし、その思いを口にはしなかった。やっと下宿生活を認めてもらえたのだ。ここでまた話が振り出しに戻ってしまったら大変だ。

「今日遅くなるかもしれないから、夕食はお寿司でもとって」

「うん、それはいいんだけど。無理しない方がいいよ」

梨佳は微笑してうなずいたが、疲れた様子がありありと見て取れた。

「お母さんのことより、あなたはどうなの。本当に身体はきつくないの。勉強しすぎて疲れてたりするんじゃない？」

「全然なんともないよ」

「もうお母さん、受験に反対しないから、隠さないで正直なことを言って。身体、平気なの？」

「本当になんともないんだ」

「そう。じゃあ、お母さん、安心してあなたを工藤さんに預けていいのね」

守はうなずいた。

「そう」

梨佳は寂しげな表情を見せた。

「行ってきます」

学校に行くだけだというのに、まるで、今日これから下宿先に出て行くかのような気分にふと襲われて、守は熱いものが胸に込み上げてくるのを感じた。

そんな朝のやりとりを思い返しながら、「人の身体より自分の身体を心配しろよな」と、守は独り言を呟いて、洗面所に行った。手洗いを済ませると冷蔵庫を開ける。

基樹に出すためのジュースか何かあるだろうかと探す。飲み物は牛乳しかなかった。守は流し台の近くに椅子を運んで、その上に立って、流し台の脇にある棚を覗いた。菓子類も、テーブルにあったクッキーのほかにはないようだ。

基樹が来る前に買い物に出かけようと思い、守は部屋に戻って、テーブルの上の封筒を手にした。中身は思った通りお金で、一万円札が入っていた。いっしょに、手紙が出てくる。便箋《びんせん》に書かれた文字を読んだ守は、血の気が引くのを感じた。

〈あなたの気持ちは、どうしても変わらないんですね。おかあさん、諦めました。あなたにはあなたの未来を選ぶ権利があります。もう何も言いません。お別れです。あなたは自分の信じた道を進んでください。おかあさんも自分の道を行きます。これからのこと、工藤さんに頼んであります。さようなら〉

「なんだよこれ」

守はそう声を出したあと、梨佳の冗談か、あるいは自分が文章を読み違えたのかと思った。しかし、冗談にしてはきついし、読み違えということはない。

部屋の中を見回して、守ははっとなる。

鏡台のところに並んでいた化粧品がなくなっている。簞笥《たんす》の上にあった大きな旅行鞄もない。守は、簞笥の抽斗《ひきだし》を開けた。下着がなくなっている。クローゼットの洋服が減っている。

「どういうことだよ、いったいなんで」

守はへなへなと座り込み、いっときぼうっとしていたが、あっと思って立ち上がり、梨佳の勤務先に電話をかける。

「お母さんと代わってください」と、電話に出た相手に言う。

「あれえ、お母さん、一昨日《おととい》うちを辞めてしまったんだけどね」

「嘘でしょう」

「いや……うちも急なことで困ってね、いろいろ説得したんだけどだめで」

「なんで辞めたんですか」

「それは、こっちが訊きたいぐらいなんだけど」

守は激しい耳鳴りと、ドキドキという心臓の音を聞いていた。

16

野上は布団から這い出して、大きな欠伸をしながら、目を窓に向けた。カーテンの向こうが薄暗い。夜明けか、夕方か……野上はしばし考え込む。時間の感覚がおかしくなっている。パジャマのまま寝室を出る。

里美はいないようだ。野上は明かりを点けた。テーブルの上に新聞が載っている。朝刊と夕刊が重なっていた。それで金曜日の夕方だと分かった。

新聞を広げようとしたところで、手を止めた。息を殺して、台所とトイレ、浴室の気配をうかがう。里美はいないと、確信が持てたところで、野上は受話器を持ち上げた。

河西の家の電話番号を押す。月曜から、もう何度かけたか分からないから、番号は暗記してしまった。呼び出し音が三回鳴って、繋がる。聞こえてきたのは、留守を知らせるコンピューターの合成音だった。発信音のあと用件を吹き込めという案内が流れるが、野上はその途中で電話を切った。

いったいどうしたんだろうと、不安が胸を塞ぐ。

河西とファミリーレストランで待ち合わせたのは、月曜日の午後二時だった。その日、野上は仕事だったが、時間の都合はつけられると思っていた。二時前に客を拾わなければいいのだ。しかし、一時に乗せた客が長距離だったので、河西との約束に二十分遅れてしまった。とはいえ、そのぐらいは待っていてくれるだろうと思っていたので、店について河西の姿がないことは意外だった。

向こうも遅れているのだろう。そう思って、遅い昼食を摂りながら待っていた。だが、一時間経っても河西は現れなかった。

自分が遅れた二十分の間にやってきて、帰ったということだろうか。そう考え直して、野上は仕事に戻った。火曜早朝までの仕事を終えて、野上は会社の事務員と里美に、誰からか電話がなかったかと訊いた。が、どちらも、ないという。

野上は明け日の火曜日、目が覚めた午後三時ごろ、河西に電話をしている。時間からして出かけているだろうと思っていたから、留守番電話の応答に戸惑いはなかった。帰ったら連絡をというメッセージを残した。しかし、その夜連絡はなかった。

水曜日、野上は勤務のローテーションの関係で休みだった。

午前中、早い時間に河西に電話をしてみた。が、また留守番電話になっている。夜、野上は河西の部屋を訪れた。外から窓を見ると、明かりは消えていた。それでもノックをしつこく繰り返し、チャイムも鳴らしてみた。が、応答はなかった。

その後も連絡がつかない……。

野上は電話から離れて、テーブルのそばに腰をおろした。

フリーライターという河西の職業を考えれば、急に予定が変わったり、長く家を空ける必要が生じたりということは、ないことではないだろう。しかし、約束をすっぽかしてその後なんの連絡もしないというのはどういうことだろう。

河西の身に何か起きたのではないかと、野上は不安になった。それ以上に、河西が土曜の夜の電話で、漆山梨佳について面白いことが分かったと言っていたことが、野上の胸を重くしている。

梨佳について分かったこととは、なんだろう。そのことと、河西が連絡を絶ったことには関わりがあるのだろうか。

野上は息苦しさを覚えながら、テーブルに視線を落とした。そのときに、新聞といっしょに置いてあった封筒に気がついた。

野上雄貴宛ての郵便だった。裏返すと、差出人は栗野貫太郎《くりのかんたろう》となっている。小学校のときの同級生に、そういう名前の男がいたのを憶えている。しかしそれは、名前の印象があまりにも強いからで、顔もはっきり憶えていない。

同窓会でもやるのだろうかと思いつつ、野上は封を開いた。

〈もしかしたら、奥さんにわたしの名前が知られたら都合が悪いかもしれないと思い、手紙は別名で送った方がいいだろうと、栗野君の名前を借りました。本当の差出人は、漆山梨佳です。

先日は、突然のことで、わたしもずいぶんと動揺してしまいました。しかし、本当のところ、あなたが訪ねてくることは、分かっていました。あんな風に路上でいきなり声をかけられるとは思っていませんでしたが。

ＧＣＳへの就職をあなたに勧めたのは近松先生ですよね。わたしはそのことを聞いていました。

そうするように頼んだのは、わたしなんです。理由は、これからお話しします。

わたしと近松先生には、守の教育のことで、常に対立がありました。近松先生は、守は早期教育によって優れた能力を身につけているのだから、それを引き出してやるような特別な教育をするべきだと言われて、以前から経済的援助を申し出てくださっていました。しかしわたしは、ずっとそれを拒んできました。エリート主義とでもいうんでしょうか、近松先生の考え方がわたしは嫌いでしたし、それにわたしは、あなたを見ています。小学生のとき、あなたは輝いて見えました。とてつもなく頭が良くて、すべてのことに自信満々で、あなたはわたしたちクラスメートのヒーローでした。わたしから見れば、雲の上の人でした。

高校入学前の春休み、わたしは、あなたに再会しました。あなたは変わっていましたね。天才でもなく、自信家でもなく、かつての輝きはなかった。でもそのことに失望したわけではありませんよ。手の届かないところにいたあなたが、わたしを見てくれた、好きだと言ってくれた。それで良かったんです。ふつうの人で、良かったんです。でもあなたにとっては、それは許せないことだったんですね。あなたは絶望していた。わたしとの駆け落ちは、わたしのことが好きだったからじゃない。ただ逃げ出したかっただけなんでしょう。自分がふつうの人間だという事実を認めるのが恐かった。女におぼれたせいで、勉強ができなくなった。

そんな言い訳がしたかったんじゃないですか。

わたしは守にはあなたの二の舞はさせたくありませんでした。守は、勉強ができる子です。昔のあなたのように、理解力も計算力も群を抜いています。だけど、特別な子供などではなく、ふつうの子供です。だからいつか学力が落ちたとしても、それで人生に絶望することなんてないんです。いろんな生き方がある。守には、そう教えたかった。

しかし近松先生は、それこそ親のエゴだと言いました。守の才能を殺してしまっている。平凡が一番というのも、考え方の一つでしかない。それを子供に押し付けるのは、おかしいと。

近松先生は、守に直接、私立中学受験を奨《すす》めました。経済的な援助をするからと。守はすっかりその気になってしまいました。勉強するあの子の姿を見ていて、わたしは自分が間違っていたかもしれないという気持ちが芽生えました。あんなに生き生きとしている守は、いままで見たことがないんです。

だめだとは言えませんでした。

近松先生の死期が近いということをご本人から直接聞いたのはその頃で、先生は、今後のこととして、ＧＣＳを通じてわたしと守を経済的に援助したいとおっしゃいました。

わたしがその提案を受け入れた理由の一つは、死を間近にされた近松先生の言葉の中に、そのとき初めて、ＧＣＳの子供としてではなく血の繋がった孫に対する確かな愛情を感じたということがあります。しかし、いま、正直なことを言うと、それは自分を納得させるための言い訳でした。わたしはそのときにはもう、男との駆け落ちを決めていたのです。

男とは、不倫の関係です。相手の奥さんは離婚を承諾してくれるような人ではなく、気性の激しい人だと聞いています。半年程前から一緒に逃げようと言われていました。しかし、守を連れて行くわけにもいかず、困っていたときだったのです。

GCSにあなたを呼んだのは、あなたに守のそばにいてあげてほしいと思ったからです。近松先生には、GCSという組織相手の約束事が実行してもらえるのか、わたし一人では心細いから、というようなことを言いました。

先日お会いしたときには、あなたにやってもらいたいことなど何もない、と言いましたが、それは大嘘だったわけです。ごめんなさい。ただ、守を残して駆け落ちすることには、実際にそうするまでずっと迷いがあったのも事実です。

近松先生の手術が成功とはいえない結果になって、ああいう姿になられたあと、GCSからの連絡を受けて、いよいよということになったとき、わたしは最後の抵抗をしました。守と一緒にいる。駆け落ちなんてしない。男と別れる。

だけどそんなとき、守が、わたしを捨ててでも、私立中学に行くと言いました。それで、気持ちが固まりました。わたしが守から離れることは、守のためでもあるのです。

言い訳ですよね。ひどい母親です。でも、もうどうしようもないことです。

これから、二度目の駆け落ちをします。

父親になってやってくれとは言いません。ただ、見守ってやってください。お願いします〉

三章　捨てられた子供

1

「よろしくお願いします」と、野上は深々と頭を下げた。

大きな窓を背にして椅子に腰掛けている工藤が、満足げにうなずいた。

「こちらこそ、よろしく頼むよ」

ＧＣＳにお世話になります――と、昨日電話で告げてからは、工藤の言葉遣いが敬語でなくなっている。

「それで、君が拘っていた、理由とかいうのは、分かったのかね」

「たぶん」

「どんな理由だったんだ？」

「話さなくてはいけませんか？」

しばらく間があってから、工藤は首を横に振った。

「いや、かまわんよ」

工藤は背凭れから身体を離した。

「さっそく、君の仕事のことなんだけどね、いずれ役員にということは前提として、しばらくやってもらいたいことがあるんだ」

工藤は机の前に立っている野上を見上げた。「竹村基樹と飯田秀人に、取材や番組出演の依頼が殺到しているんでね、君にマネージャーをやってほしい。基樹も秀人も、なかなか扱いの難かしい子供でね、誰をつけようかと悩んでいたんだが、二人とも、君のいうことなら聞くと思うんだ。彼らは君には一目置いているんだよ。同じGC理論で育った人間ということでね」

「彼らから見れば、わたしは落伍者《らくごしゃ》でしょう」

「そういう卑下した言い方はこれからは慎んでもらいたいね。君はGCSの社員なんだよ」

工藤はオールバックに撫でつけた髪を右手で触った。

「マネージャーの仕事、引き受けてもらえないかな」

「具体的には、どういうことをやればいいんでしょうか」

「スケジュール管理、取材の際の送り迎えや相手方との打ち合わせ、原稿やビデオのチェック、子供たちの生活全般の相談役、それと、もう一つ……子供を一人、神奈川にある小学校に送り迎えしてもらいたいんだが」

その子供とは、守のことだと、野上は直感した。

野上がGCS入社を決めたのは、守の件があるからだった。梨佳は手紙で、守を支えてほしいと伝えてきた。いま守がどうしているのか、野上はずっと気にかかっている。工藤に守の様子を訊《たず》ねたかった。が、梨佳の手紙のことを工藤に話す気はない。守のことをどう切り出そうかと迷っていたところだった。

野上は逸る気持ちを抑えて訊いた。「その子供は、どういう子供なんですか」

「ちょっと事情があってね、親から預かった。基樹の部屋に住まわせることにしているんだけど、急なことなので、転校の手続きができていなくてね。学校まで車で二時間はかかると思う。朝早い仕事ということになるんだが、いいだろうか」

「それは問題ありません」野上は言った。

守の送り迎え、こっちから頼みたいぐらいだと思いつつ、野上は事務的な口調でそう言った。

2

夢の中で、守は梨佳の背中に向かって何度も何度も呼びかけた。お母さん、お母さん。声を限りに呼ぶと、やっと梨佳が振り返る。なんでだよ、いったいどういうことなの、どこ行くのさ。守の問いに、梨佳は笑っているだけで答えようとしない。答えてよ、ねえ理由を言って。やっと、梨佳が口を開く。帰るのよ、自分の星に。あなたとわたしは別の世界の人間。発車のベルが鳴っている。梨佳が列車に乗り込む。守は追いかけるが、列車のドアが目の前で閉じた。窓越しに梨佳が手を振っている。列車は走り出し、やがて地上を離れて、大空に舞い上がる。

まだ鳴り続けている発車のベルを聞きながら、守は夢から醒めた。

枕元で目覚まし時計が鳴っていた。午前五時二十分、部屋の中はまだ暗い。守は手探りでベルを止めた。学校まで車で送ってもらうことになっている。正確な時間が読めないということで、余裕を持って六時に出かける予定だ。もう起きなくてはならないことは分かっていたし、眠くてしかたがないというわけでもなかった。だが、ベッドからおりる気になれない。

守は暗がりを見つめて、しばらくは身じろぎもしないでいた。と、隣のベッドから物音がして、まもなく天井の明かりが点いた。守は眩《まぶ》しさから目をそらすために身体を横にして、水玉模様の壁紙を見つめる。

守の背中を基樹が揺すった。「もう起きないと間に合わないよ」

「うん」と、守はか細い声で答えた。

「さあ早く」

「なんか、具合悪いんだ。身体がだるくて」

どうにも起き上がる気になれない守は、そんな言い訳をした。

「昨日の夜なんにも食べなかったから、おなかへってるんじゃない」

梨佳が姿を消してから、守は食欲がなくなってしまった。食事を用意されても、まったく手をつけないか、せいぜいが一口二口食べるだけだ。

「すぐパンを焼くからさ、早く」

「おなかはへってないよ。なんか熱っぽいんだ」

守は壁紙を見つめたままそう言った。

基樹が溜息を吐いて、中二階と一階をつなぐ階段をおりて行った。

守は目を閉じたが、梨佳の顔が瞼の裏に浮かんだので、慌てて目を開けた。守は壁の水玉模様を凝視した。しばらくそうしていると、模様が波打って見え始めた。守は何度か瞬《まばた》きして、今度は壁紙に点在している細かい染みや汚れを目で追いかける。

中二階に基樹が戻ってきた。

「熱、測ったら」

基樹が体温計で守の肩を叩く。

守は体温計を受け取った。背後でごそごそと音がし始める。体温計を脇に挟みながら振り向くと、毛布をたたんでいる基樹と目が合った。

「何ヶ月か早まっただけじゃないか。もともとさ、中学生になったらお母さんと離れてここに住むつもりだったんだろう。いいかげん元気出せよ」

守は基樹の双眸から視線をそらした。

「もう乳離れしていい年齢なんじゃないかな」

「知りたいんだ」

「え？」

「お母さんがどうして僕を捨てたのか。それが知りたいだけなんだ。お母さんと離れて暮らすのは、平気だよ。ただ、何がなんだか分からないんだ。なんでお母さんがいなくなったのか。全然分からない」

基樹が自分のベッドに腰掛けた。

「お母さんが家を出た理由、君を捨てた理由、僕は知ってるよ」

守は目を剝《む》いて、起き上がった。「なんでなの？」

「知りたい？」

守はうなずく。

「役目が終わったからさ。君はもう、一人で生きて行ける」

基樹は抑揚の少ない喋り方をした。

「母親の存在は君の将来にとって邪魔なだけだ。母親は、君の才能を曇らせてしまっている。君は今後、漆山梨佳の子供ではなく、ＧＣＳの子供として生きて行くべきなんだ。そのために、彼女は消えた」

「……どういうこと？」

基樹は喉を鳴らして、元の口調に戻った。「ただの冗談だよ」

守は口をねじまげ、顔をしかめ、再び横になる。

しばらくして、基樹が言った。「熱はどう？」

守は体温計を取り出した。

「三十六度五分。でも、僕はふだん平熱が低いから、これでもちょっと熱っぽい……」

「分かった。休めばいいよ」

基樹は投げやりな言い方をした。

守は体温計を枕元の台に置くと、毛布を首まで引っ張り上げる。寒気を感じているように見せかけるためだ。

「さっきの話だけどね」基樹が言った。

「え？」

「君のお母さんが君を置いて出て行った理由さ」

基樹は腕組みして守の顔を見おろしている。「君には話さない方がいいって工藤さんには言われてるんだけど、学校に行けば、きっと耳に入ると思うんだよね」

守は起き上がる。「学校が何か関係あるの？」

基樹がきょとんとしたような表情を見せた。

「また冗談？」

「そうじゃない。学校が関係あるんじゃなくてさ、近所で噂になると思うんだよ」

「どういうこと？」

「変なふうに聞かされるより、知っておいた方がいいよね。君のお母さん、たぶん駆け落ちしたんだよ」

「駆け落ち？」

「男といっしょに逃げた」

「嘘だ」

「なんで嘘なの？」

「だって、お母さんにそんな相手いないもん」

「それは君には隠していたんだろうね。それに、隠してたってことはさ、隠さなくてはならないような相手だったってことだろう」

「そんな、想像でもの言わないでよ」

「想像じゃないよ。探偵が調査して分かったんだ。お母さんは荷物を抱えて、男と二人でタクシーに乗って横浜駅に行った」

「それだけで決めつけないでよ」

「じゃあさ、君はほかにどんな理由があると思うわけ？　お母さんが君を置いて出て行く理由。君より大事な人間ができた、それが一番納得がいくだろう」

「嘘だよ、そんな、お母さんはそんな、そんな人じゃない」

基樹が微笑している。

「何がおかしいの」

「別に」

「冗談？　ねえ、いまのも冗談？」

「そう思いたいんなら、思ってればいい」基樹はベッドから立ち上がった。「あとで工藤さんに頼んだ方がいいよ。もうお母さんを探すのはやめてって」

「なんで？」

「だって君は知りたくないんだろう。お母さんが男といっしょにいることを本当だとは思いたくないんだろう。だったら、知らないままでいればいい」

「きっと、きっと何か事情があるんだ。僕はそれをお母さんの口から聞きたいだけなんだ」

「君が納得するような事情があるのなら、出て行く前に話すはずだよね」

基樹は一階に降りて行った。

取り残された守は、シーツを見つめていた。きっと何か理由があるんだ、と心の中で繰り返しながら。

3

アルバイトのドライバーがすぐに見つかったということで、野上はタクシー会社を、特に引き止められることもなく辞めることができた。最後の仕事は日曜日。翌日月曜日は祭日だったが、夕刻GCS本社に出向いた。火曜日からの仕事に必要な車を受け取るためだった。事務室に行って鍵を受け取り、地下の駐車場に置いてあったシルバーグレーのワゴンを運転して自宅に戻った。

火曜日の早朝四時半。野上は冷え込みがきつい中、スーツの上にコートを羽織って家を出た。街灯の光の中を、徒歩で五分程行くと、月極駐車場がある。金網のフェンスに囲まれたコンクリートの敷地に八つの白枠が描かれている。昨日、その左端のスペースを借りる契約をした。

野上は車のエンジンを暖めながら、自らも暖を取るために、持ってきた魔法瓶の水筒の蓋《ふた》を開ける。中には熱いコーヒーが入れてある。三口ほどゆっくりと飲んでから、煙草に火を点け、ワゴンを駐車場から出す。

一時間後、七階建てのマンションの前に車を停めて、昨日GCSで車といっしょに受け取ってきた携帯電話で工藤の自宅に電話する。工藤本人が出た。二分程してマンションの玄関を出てきた工藤は、欠伸をしながら車の後部座席に座った。車内に整髪料の匂いがぷんと漂う。車が動き出すと、工藤は居眠りを始めた。

十分程して目を開いた工藤は、ずり下がっていた眼鏡を外して、ティッシュでくもりを拭い始める。野上はその様子をルームミラーで見ていた。眼鏡を掛け直した工藤が顔を上げ、ルームミラー越しに目が合う。

「あのう、学校に送る子供のこと、まだ名前も訊いてなかったんですが」

「そうだったかな。守。漆山守だ」

「どういう子供なんですか。まったく知らないままだと、車の中での話題にも困ると思うので」

「うん」と、工藤は腕組みして考え込んでいる。

「どういう事情で預かってるんですか」

工藤は返事をしない。

「守という名前、たしか九年前の事件の話のときにも出ていたと思うんですが」

「そう」と、工藤がようやく口を開いた。「あの守だよ。頭がおかしくなったという噂の子供の一人だ。しかし、成績優秀でね。もっとその才能を開花させるために、私立の学校に入れたらどうかという話をわたしから持ち掛けた。経済的な援助をする約束でね。ところが、母親はそれをどう勘違いしたものかな、子供を残して消えてしまった」

「消えたんですか……」

「ちょうどいい機会だったんだろう。どうやら男と駆け落ちしたらしいんだ。前々からそのつもりはあったんだろうな。しかし、六年生の子供を連れていては、駆け落ちなんてできないよな。困っていたところに、うまい具合に預け先ができた、そういうことだと思う」

「ＧＣＳで預かるという、何か約束のようなものができていたんですか」

「来年の四月から、うちが学費と下宿先を提供するということは決まっていたかね、しかし、今度のことは突然だよ。正直、戸惑っているというか、迷惑している。どういうつもりか聞いてみたいよ」

「母親の行方、手がかりはあるんですか」

「いろいろ調べているところだ」

工藤は怒ったような口調でそう言った。

野上は、いま分かっている範囲のことだけでも、調査の結果を訊きたいと思ったが、工藤が腕組みしてむっつりと黙り込んだので諦めた。

ＧＣＳの本社ビルの前を通りすぎて五分程で、基樹と守の住むマンションに到着した。建物前の植え込みのそばに車を停める。

工藤が車から降りて、マンションの玄関にあるインターホンで中を呼び出す。

野上は車の運転席に座ったまま工藤の後ろ姿を眺めていた。動悸がしている。胸に手を当てて、肩を上下させて何度か深い呼吸をした。

まもなくやってくる守のことを考えていた。我が子との初めての対面だ。名乗りを上げるつもりはないが、緊張している。どんな子供なんだろう。顔は既に写真で見ているが、会った印象はまた別だろう。

工藤が手招きしている。

野上は車から降りた。

「守は、身体の具合が悪いらしくてね、学校を休むと言ってる。紹介だけしておくよ」

オートロックの外れたドアを開けながら、工藤はそう言った。

エレベーターで二階に上がる。

工藤が203号室のドアをノックすると、基樹が出てきた。水色のパジャマ姿だった。髪が一箇所はねあがっている。

「熱があるのか？」工藤が言った。

「本人は微熱があるって言ってる。でも、本当に具合が悪いのは、身体より心の方でしょう」

野上は工藤に続いて部屋に上がった。ダイニングを通り、天井の高い居間に入る。工藤と基樹が並んで、中二階への階段を上っている。野上も彼らのあとを追った。

中二階の部屋には、小さな机を挟んで、二つのベッドが並んでいた。階段から見て奥にあるベッドに、壁に向かって身体を横にしている子供がいる。オレンジ色のパジャマを着ていた。寝癖で髪の毛が逆立っている。守——と、野上は心の中で呟いた。

工藤が守の背中を叩いた。

「どうした。具合悪いのか？」

「はい、ちょっと」

初めて聞く守の声は、まだ声変わりしていないようだ。澄んだ声が、野上の頭蓋に染みた。

「どれ」と、工藤は守の額に手を回す。「熱はないみたいだけどな」

突然、守はがばと身体を回し、起き上がった。腰にかかっていた毛布が床にずり落ちる。

「工藤さん」

守は強張った顔を工藤に向けている。野上は守の顔を斜めからじっと見おろす。目元から頰のあたりの線が、梨佳に似ていると思った。

「お母さんは男の人と駆け落ちしたって、本当なんですか？」

工藤は後ろを振り返った。基樹がもう一つのベッドに腰掛けている。

「話したのか」

「学校で友達から言われるより、いいと思ったからさ」

工藤は顎を撫でて、顔を前に戻した。

「駆け落ちという可能性が、強い」

守は口許をぎゅっと絞って視線を下に向けた。

「相手は誰なんですか」

「まだそれは分からないし、駆け落ちだと決まったわけでもない」

工藤の言葉に、守は顔を上げた。

「お母さんを探して訊いてみないとね、本当のところは分からない」工藤は言った。

「探してもらえますか」

「探偵を頼んで調べてもらってるからね、すぐ見つかるよ。安心していい」

工藤は守の肩を二度叩いた。「そうだ、君に頼みたいことがあったんだ」

「なんですか」

「部屋を調べさせてもらえないかな。お母さんの行方の手がかりがあるかもしれないだろう？」

「調べました。でも、なんにもありませんでした」

「うん、それはさ、何を探していいか分からなかったわけだろう」

「何を探せばいいんですか」

「男の人と写った写真とかアドレス帳とかさ、雑誌の間にメモが挟まってるなんてこともあるかもしれない」

守はうつむいた。

「鍵を貸してもらえないかな」

「僕、もう一回自分で調べてみます」

「プロの探偵にまかせてみたらどうだろう」

「もう一回、今度はちゃんと調べます。家に送ってください」

守はベッドから降りた。

「よし、元気ありそうだ」工藤は言った。「学校に行けそうだね」

はっとした様子で、守は立ち尽くしている。

「家を調べるのは学校が終わってからでいいだろう？」

工藤は笑ってそう言うと、野上の方を右手で差し示した。「今日から君を送り迎えしてくれる野上さんだ」

守が野上の方を見た。正面から向き合った守を、野上は眺めた。年齢のわりに小柄な方だと思うが、想像していたよりは背が高く、顔立ちも大人びている。しかし顔に浮かんだ心細げな表情には、幼さが覗く。

「よろしくお願いします」

守はおどおどしたまなざしで、上目遣いに野上を見ながら言った。

野上は全身の肌がざわめくのを感じた。親子の血が呼び合い、騒いだのだろう。

十二年、生まれたことも知らずにいた子供、中絶したと思っていた子供、死んだはずの、死なせたはずの子供が――目の前にいる。

脳裡に霞《かすみ》がかかった。別世界、パラレルワールドに迷い込んだ気分だった。

4

学校に送るつもりだったのだが、「ここで停めてください」と守が言った場所はアパートの前だった。

「部屋を調べるのは、帰りにやるんじゃなかったのかな」野上は後部座席を振り返って言った。

「ちょっとだけです」

「学校に遅れるだろう」

野上はそう言ったが、守は既にワゴンのドアを開けていた。

守はアパートの階段を駆け上がる。

野上はワゴンを路肩に寄せてエンジンを止めた。守を追いかける。三階まで一気に上がると、息切れがしていた。守が三階の一室に入って行くところが見えた。野上は息を整えながら通路を歩いた。三輪車、雑誌の束、黒いゴミ袋、鳩の糞《ふん》、空き缶をまたいだ。

住み心地のよさそうな場所ではない。

ドアとドアの間隔からして、住居の広さも高が知れている。梨佳と守の生活は贅沢《ぜいたく》とは縁がないように思える。

河西は、梨佳と近松は愛人関係だったという噂があると言っていた。しかし、もしそうならばこんなところに住みはしないだろう。

近松と梨佳は守を通じて繋がっていた。それぞれ祖父と母として。それが傍目には特別な関係、秘密の関係と感じられて、愛人関係にあるという噂が流れたのだろう。梨佳は手紙に書いていた。守のために経済的援助をしたいという近松の申し出を自分は拒み続けたと。その通りだろうと野上は思った。

守の入ったドアを開けると、廊下を奥に進んで、揺れているカーテンを掻き分けた。右側が六畳の居間になっている。中を見て、野上は驚いた。洋服が散乱し、紙屑などのゴミも散らばっている。箪笥の抽斗は乱雑に開けられていた。

「泥棒じゃないですから」

テレビの前に座っていた守が言った。「出かける前に、僕がやったんです」

「手がかりを探したのか」

「それもあるし、なんかむしゃくしゃして」

畳の上には、救急箱までがぶちまけられていて、薬の瓶や錠剤が転がっている。

守はテレビの下の棚を開いて、アルバムと菓子の缶を取り出した。缶の中には、整理していない写真が入っているようだった。

守は写真を一枚ずつ眺めている。

野上は守の後ろ姿を見ながら、守の今後のことを考えていた。ＧＣＳという組織の援助を受けて暮らして行くことは、守にとって果たしていいことなのか？　勉強できる環境は与えられるが、優秀な学業成績を当然のこととして要求される。守はそれを望んでいるのだろうし、自分の能力を信じてもいるのだろう。しかしそれは過信かもしれない。やがて知能の伸びは限界を迎えるのかもしれない。

守の将来のことを考えているうちに、野上は自分の過去をたどっていた。

近松式幼児英才塾は、〇歳から六歳までの子供を対象にしていたから、野上も塾との縁は六歳で切れた。

しかしその後も野上は、早期幼児教育を受けた子供とそうでない子供を比較するための様々な実験の被験者になるために、今度は近松吾郎の研究室に通うことになった。

実験という響きに、野上はいまでは寒気を感じるのだが、当時は、面白がっていた。知能テストや心理テストの類をいろいろと受けさせられたり、器具を使った視聴覚検査や手先の器用さを試す課題をやらされたり、面倒だと思うこともたまにはあったが、喜んで通っていたのは確かだ。

当時何より野上が好んだのは、大学生や大学院生と話すことだった。大学入試レベルの数学や物理を理解している天才少年Ｙということで、彼らはちやほやしてくれた。いま思うと、彼らは野上のレベルに話を合わせてくれていたのだと思うが、当時は、数学や物理についての議論を彼らと対等にやっているつもりでいた。

きっと彼らは内心、鼻持ちならない子供だと思っていたに違いない。天才少年Yは、周りの人間を見下していた。自分は特別なんだと思って、あらゆることに自信満々で振る舞っていた。

そんな自信が揺るぎ始めたのは、小学校四年生になった頃からだったろうか。その時期から、野上は中学入試のための塾に通い始めた。大学入試レベルの数学の問題を解けるようになっていた野上だったが、それは計算力を重視した問題に限られていた。一通りの公式や概念は理解している。しかし応用力となると、また別物だった。中学入試レベルの算数に、野上はてこずらされた。それでも、算数に限れば塾での成績はまだずば抜けていたのだが、ほかの教科も含めた成績では一番を譲ることもあった。

研究の資料として、塾の成績は近松にも見せる。最初の頃は、それは楽しみだったのだが、百点ではない算数の答案を初めて持って行ったとき、近松はひげに囲まれた唇を歪めて言った。『ソフトボールは少し控えて、もう少し勉強をした方がいいんじゃないか』と。

野上は翌日には町内会のソフトボールのクラブ活動をやめた。しかし、バツの付いたテストの答案用紙が返ってくることは、その後どんどん増えて行った。

満点ではない答案用紙を見ると、近松はとても寂しそうな表情をするようになった。野上は近松のそんな表情を見ると、切ない思いに胸が充たされ、なんとかしなければと焦った。

テストの点数は、どんどん悪くなり始めた。相対的な評価では、まだ一番だったけれども、算数で九十点を割るような答案も出てきた。それは中学受験が迫った時期で、問題自体が難かしくなっているのだと、塾の先生や母はそう言ったが、野上は納得できなかった。自分は天才のはずではなかったのか。近松がそう言ったのだ。もっと小さい頃だけれど。

成績が下がるにつれて近松の態度が変わってきたことを野上は敏感に感じていた。だんだんとよそよそしくなってきている。

野上は近松吾郎の息子、信吾のことを思った。野上より一学年上だが、誕生日でいうと四ヶ月の違いで、〇歳のときから幼児英才塾で競い合った相手だ。英才塾では机を並べ、研究室に来るようになってからも、信吾としばしば顔を合わせた。信吾もまた被験者の一人だったからだ。

小学校の低学年のときまでは、近松の子供ということで周囲も信吾を特別に扱い、研究室で、特に近松の目が届かないときには信吾は暴君として振る舞った。研究室にある冷蔵庫の中身を勝手に飲み食いし、ほかの子供が真似ると、泥棒だと怒ったり――たわいもないことばかりではあったが、野上は何度か悔しい思いをした。それに近松の視線も、信吾にばかり向いているように、野上には感じられた。近松を振り向かせたくて、勉強に熱中したのかもしれない。

野上が小学校二年生の頃、近松式幼児英才塾がマスコミの注目を浴びることになった。塾の訓練を受けた子供の中に、学力の異常に高い子供が続出していると週刊誌が取り上げたのがきっかけだった。

それは塾側からの積極的情報リークもあったらしいのだが、そういう子供の存在は嘘ではなかった。野上雄貴と近松信吾を含めて七人が、中でも特別目立つ存在だった。

天才、天才ともてはやされ、野上は近松から与えられた数学の教材を先へ先へと進めるのが、面白くてしかたなかった。

七人の天才少年少女は、全国各地での近松吾郎の講演会や英才塾の説明会などに引っ張り出されることになった。特に夏休みは、連日のスケジュールが入り、七人の子供はほとんどいっしょに行動した。小学生七人が集まれば、それはにぎやかな気がするが、七人そろって勉強にしか興味がなかったから、移動のときも、ホテルでも、みな静かに、それぞれに牽制《けんせい》しあいながら勉強をしていた。

次の長期休暇、冬休みにも、子供たちはまた集められた。前のメンバーとは二人、入れ替わっていた。それは単にそれぞれの子供のスケジュールの問題とも考えられたのだけれども、あるとき信吾が、入れ替えられた二人について、ぽつりと洩らした。『あいつら、もうだめなんだよ。壊れてしまった。失敗作だったんだ。ゴミ箱行きさ』

二年後の夏休みには、集められた子供は五人で、最初からのメンバーは、野上と信吾だけになっていた。

その夏、前はリーダーを気取りたがった信吾がやけにおとなしく、やたらと汗をかいていたのを野上は目にしている。

信吾を見たのは、それが最後だった。その夏以後、信吾とは、研究室でも顔を合わせていない。

『先生は天才を愛してるんだよ。天才ではないと分かった子は、たとえ我が子でも先生は興味がないんだな』と、大学院生が話していたのを立ち聞きしたことがある。

信吾もゴミ箱行きになったのだ。

次は僕なのか……野上は、近松が自分への関心を失いつつあることに怯《おび》えていた。なんとかして天才であることを証明しなくてはならない。

近松先生に誉めてもらいたかった。近松先生に、君は天才だとまた言ってもらいたかった。近松先生の心を取り戻したかった。

そんな時期に、野上は近松が自分の父親だと知った。

小学校六年生になったばかりの頃、母と近松の間に別れ話が持ち上がり、一騒動起きた。認知だけはしてもらえと祖父母が母に迫り、叔父の謙作がそこに絡んで、一度は野上を連れて近松の自宅に乗り込んで談判するという事件まであった。

野上のショックは大きかった。

渦巻く思いは複雑すぎて、いまでも表現することができない。憎しみも、嫌悪も、父親を慕う気持ちもすべてあったし、そのどれもが、真剣な思いだった。

近松が父親だと知ったあと、野上は近松吾郎の講演会のお供にも、研究室の実験調査にも出かけなくなった。それまでは、呼ばれてもいない日にまで研究室を訪ねることもあったのだが、近松先生がお父さんだったなんて――会ったときにどんな顔をしたらいいんだろう――そんな思いから近松吾郎を避けた。

そのうち母と近松は正式に関係を断ち、戸籍のことも、認知はしないという条件で金銭の支払いが決まった。

以後、近松吾郎の側から野上雄貴に対するアプローチは何もなかった。

母と近松が関係を断絶したのだから、それは当然だろうと、野上は自分を納得させていたが、心のどこかで、分かっていたことがある。

もしも僕がいまだ天才少年と呼ぶにふさわしい子供なら、近松吾郎は認知をしただろう。自分の子供と認めただろう。近松吾郎にとっては、僕はもういらない存在なんだ。だから僕をゴミ箱に捨てた。汚物とみなした。そして宝石の替わりに汚物を身につけた女のことも、嫌いになったんだ——

野上は中学に入ってまもなく、一度だけ近松吾郎の研究室に行ったことがある。楽々というわけにはいかなかったが、最難関と言われる私立中学に、野上は志望通り合格した。そのことを、お世話になった人たち——近松吾郎ではなく、それ以外の研究生、大学院生などに、報告しておこうと思ったのだ。

礼儀として。

授業が早く終わった水曜日だった。

冥香大学の門をくぐって、桜並木と銀杏《いちょう》並木を縫《ぬ》う坂道を上るときは胸を張っていたけれど、近松研究室のある、ベージュ色の凸型の建物に近づくにつれて、野上は次第に腹が痛くなり、背中を丸めて歩いていた。

建物に入ってエレベーターで三階に着いたあと、近松吾郎研究室と名札のかかったドアの前に立ったところで、便意をもよおした。何度も通った場所だから、トイレのあるところは知っている。急いで駆け込んだ。

洋式の便器に腰掛けて、どうにか間に合ったと、ゆったりと身体の力を抜いたとき、ドアの向こうから近松吾郎の声が聞こえてきた。野上の身体に緊張感が戻った。背筋を伸ばして、ドアの向こうに聞き耳をたてる。

「君は天才だよ。いままで出会った誰よりも、君は凄い」

野上は自分がそう言われたのかと、一瞬、錯覚した。

同じ言葉を、以前に野上は近松吾郎の口から聞いた。そのときは間違いなく、野上に向かって語られた言葉だったが、それはもう、昔のことだ。

「今度出す本ではね、君のことをたくさん書くよ」

「なんか、買いかぶられちゃってるなあ」と、明らかに幼い子供の、ませた喋り方に、野上は数年前の自分の声を聞いているような気がした。

「そんなことはないさ。君こそ本当に、天才だよ」

近松吾郎と幼い子供は、それから一分程楽しそうに言葉を交わし合い、そろってトイレから出て行った。

野上は彼らの声が聞こえなくなってから、しばらく放心状態で便器に腰掛けていた。マジックで書かれた壁の落書きが、ふと意識に滑り込む。

『近松死ね』

誰が書いた落書きだろうか。

野上であるはずはない。マジックは持っていない。けれども、自分が書いたような、錯覚があった。

トイレを出ると、野上は研究室の方には向かわず、エレベーターの前に立った。ケージがなかなか上がってこない。いらいらと、落ち着かない気分で通路を見ていると、不意に視界に入ったのは、近松吾郎の姿だった。近松吾郎は、薄手の青のセーター姿で、両手に書類の束を抱え、柔らかなまなざしを、左側にいる、狐顔《きつねがお》の少年に注ぎながら歩いていた。

近松を見上げていた少年の視線が前を向き、野上と目が合った。

野上は慌てて目をそらす。と、ちょうど近松吾郎の双眸に出くわし、野上は踵《きびす》を返して非常階段の方に走った。

近松吾郎に、野上の姿が見えなかったはずはない。分からなかったはずはない。けれども近松は、追いかけも、呼びかけもしなかった。

野上はほんの一瞬だけ見つめ合ったときの近松吾郎のまなざしを、いまでも記憶している。冷たく突き放すようなまなざし。

近松吾郎にとって僕は、壊れたおもちゃなのだ。なんの価値もない。

見返してやろうと思った。後悔させてやりたかった。こんな凄い天才とおまえは縁を切ったのだと。そしてたぶん、昔の関係に戻りたいとも考えていた。近松が自分のことを、天才少年Yを誇りに思っていたあの頃に。

しかし、野上の成績は、その後下がる一方だった。

全国から秀才が集まる学校で、野上は一年のときこそ成績上位にいたものの、二年で中間、三年では下の方だった。中高一貫教育の学校だったのだが、高校は、ほかがいいのではないかと、転校を勧められた。成績が悪いばかりではなく、素行も不良と見なされたからだった。煙草と酒と無免許のバイク、その程度のかわいい不良だったが、進学校で名高いその学校の基準では、相当なワルということになっていた。

入学した高校は、元いた学校からすればかなりレベルが落ちる。その中では、野上はトップを争える成績だった。しかし、一学期の期末試験で、野上は数学で一番を取れなかった。ほかがすべて零点でも、数学が一番だったら、あれほどショックは受けなかっただろう。

天才に戻る日――そんな日はもう二度と来ないと、前から分かってはいたけれど、確信を持ったのは、このときだった。高校一年の夏、数学のテストで初めて一番を取れなかった日。野上にとっては、人並み外れた優秀な頭脳の追究だけが子供の頃からの価値観のすべてだった。自分は敗北者になることが決まったのだ。自分の未来にたった一つの希望も感じることができなくなっていた……。

英才教育から落ちこぼれた挫折感がいかに自分を惨めにしたか、野上はその苦い気持ちを噛み締めながら、梨佳の手紙を思い返した。

梨佳は、野上の挫折感と当時の自暴自棄な行動を知っている。そして守には同じ道をたどらせたくないと考えていた。それがなぜ、守をＧＣＳに預ける気になったのか。

愛人と逃げるために、誰かに守を預けなくてはならなかったのだと、そう信じるとしても、ほかに選択肢はなかったのか。

野上は守の背中に向かって言った。

「守君、お母さんが見つかるまでのことだけど、このまま基樹君と暮らすつもりなのかい？」

「はい」守は野上に背中を向けたまま言った。「だってほかにいるとこないですから」

「おじいちゃん、おばあちゃんは？」

「お母さんは勘当されてるんです。お母さんが結婚しないで僕を生んだから」

守の口調は平然としているが、その言葉は野上の胸を深くえぐった。

「……お父さんのことは、何か聞いてるの？」

「いい人だったけど、若かったから、生活力がなかったんだって」

「いまは……」

いまは、お父さん、どうしているのか、何か聞いてる？　野上はそう質問をするつもりだったのだが、守がその前に言葉を奪った。

「いまは、赤の他人です」

野上は口許を片手で覆って、視線を自分の膝に向けた。

父親は、赤の他人——祖父母にも勘当されているとなると、やはり預け先はＧＣＳしかなかったのだろうか。それとも、梨佳の意図は、遠回しに、赤の他人の父親が、名乗りをあげて引き取れと言っているのだろうか。

梨佳の本心が分からなかった。

ふと顔を上げると、守が一枚の写真に目を凝らしていた。野上は守に近寄って、肩越しに手元を覗き込んだ。

浴衣《ゆかた》姿の梨佳が同じく浴衣姿の中年の男に肩を抱かれている。脂ぎった感じの顔で、真っ赤な団子っ鼻の男。

「この人は違うよ」

野上の視線に気づいたのだろう、守が言った。「僕もこのとき一緒にいたんだ。会社の社員旅行。これは部長さんが酔っ払ってふざけてただけ。お母さんは嫌がってた」

相手はこの男ではない、と野上も思った。嫌がっていたからどうというわけではなく、同じ会社の人間が同時期にいなくなっているのならば真っ先に駆け落ち相手と疑うはずだが、工藤はそんなことを言っていなかったからだ。

会社の人間は外して考えていい。

野上は梨佳の手紙を読んだときは、これは本当に駆け落ちなのだろうかと疑った。河西と連絡が取れなくなっていることとの関連を考えたのだ。

しかし、梨佳が男といっしょだということは、探偵からの報告で分かっているようだ。ただの駆け落ちである可能性が高くなった。野上はそうであってほしいと思っている。

守が部長の写真を缶に入れたのを見て、野上は乗り出していた身体を戻した。

野上は息の小さな塊を吐き出して、梨佳が駆け落ちをした相手のことを想像した。どんな男なんだろうか。一瞬脳裡に浮かんだのは、近松吾郎だったが、それはありえない。近松との愛人関係はさっき考えて否定したし、それに何よりも、いまの近松と駆け落ちはできない。

守を捨ててまでいっしょに逃げた相手——野上は嫉妬《しっと》に近い感情が生じていることに気づいて戸惑った。

いまの自分は、嫉妬などするような立場ではない。いや、あのときの自分でさえ……野上は当時のことを思い返して、息苦しくなった。

梨佳に対する愛情、彼女が身ごもった子供に対する愛情……いっときとはいえ、確かに自分の中にそういう感情が燃え上がり、その果てにあったのが駆け落ちという行動だったと、野上はずっとそう思い込んでいた。しかし、実際はそうではなかったのかもしれない。

野上自身さえ気づかなかった気持ちを、梨佳が手紙の中に書いていた。愛情からではなく、目の前に突きつけられた現実から逃げ出すための駆け落ち。そうだったかもしれない。

僕は天才ではない。天才少年Yに戻る日は決して来ない——その現実から、逃れたかっただけなのかもしれない。

悪友と遊び呆《ほう》けた夏休み……いま思うと、言い訳にしたかったのだ。学力の伸びが止まったという現実を、遊びすぎたせいで成績が悪くなったのだという虚構にすりかえようとしていた。

そんな時期に、梨佳から妊娠を知らされた。

梨佳を愛していると思った。子供を生んでほしいと思った。つかのまだったけれども、確かにそう思ったのだと、いまでも信じている。

けれどもそれは、心の防御機構が働いて、自分すら欺《あざむ》いた結果かもしれない。

挫折感をごまかすために、女のせいで落ちこぼれたのだと、自分自身にも言い聞かせようとしていたのかもしれない。梨佳にも、おなかの中の子供にも、あのとき、本当の意味の愛情は、実は欠片《かけら》も芽生えていなかったのかもしれない。

子供を実験に使い、そのあげく自分の望んだような結果が出ないと知ると、金だけ与えて捨てた近松吾郎のことを、野上は最低の父親だと思ってきた。

しかしその近松にしても、生まれてきたときには我が子をいとおしんだのではなかったか？

愛してもいない女を妊娠させて、自分の捨て鉢な気持ちをごまかすために生めと言い、鬱陶《うっとう》しくなっておろせと言った。その後は生死も確かめず、一度だってその子のことを考えたことがなかった。

これでは、近松吾郎以下ではないか。

守に対して、父親だと名乗るのは簡単だ。しかし、自分には果たして、父親を名乗る資格があるのだろうか。守には、野上雄貴を父親と認めない権利があると思った。自分が近松吾郎を父親と認めないように。

野上はこめかみを指先で押さえた。

守が写真の入った缶を畳の上に置いて立ち上がって、今度は箪笥を覗き込んでいる。

その後、三十分程、守は部屋をあちこち見て回った。だが、結局手がかりは何も得られなかったようだった。

野上は、肩を落として玄関の方に歩く守の背中に声をかけた。「もういいのか」

守はうなだれるように首を前に傾けた。

5

朝から守を学校に送って、GCS本社に戻ったのは正午過ぎ。昼食の時間も含めて二時間程会社にいただけで、守を迎えに再び車を走らせる。守をマンションに送り届けたのが七時半。その日の仕事はそれでおしまいだった。

明日も早朝から運転手を務めなくてはならない。

勤務先は変わったが、職種は相変わらずドライバーだな、野上はそんなことを思いながら帰路についた。

途中、回り道して河西の部屋に向かう。河西とはもう一週間以上連絡が取れない。河西の身に何かあったのではないかという思いは、確信になりつつある。近づいてくるマンションの三階、右から二番目の部屋の窓に視線を向けるとき、野上はそこに明かりが点いていることを期待していなかった。だからオレンジ色の光を見たとき、一瞬目を疑った。

車を路上に止めて、マンションの階段を駆け上がる。

ノックの音に応えて顔を覗かせたのは、中年の女だった。髪をきれいにまとめて、化粧もしっかりしていたから、すぐには分からなかったが、よく見ると、前に訪れたときにいた酔っ払いと同じ女だった。

「あの、河西さんは」野上は言った。

「留守だけど」

女は、怪訝そうに野上を見上げている。グレーのVネックのセーターから覗くブラウスの襟元は整っている。スカートに皺はない。今日は酒を飲んでいないようだった。

「いつ、戻られますか」

「さあ」

「いま、どこに」

「あんたさ、もしかして、野上って名前？」

「そうですけど」

　女が、ドアを広く開けた。「入って」

　ダイニングを通り抜けてすぐの部屋に、重ねて置いてあった茶色いコートとハンドバッグを、女は奥の部屋に投げ込んだ。

「ちょっと座って」

　女に促されて、野上は畳の上にあぐらをかいた。

「これ、吹き込んだの、あなたね」

　女は留守番電話の録音を再生した。

　野上の声が流れる。約束はどうなったのか、連絡が取りたい、という内容だ。野上の声に続いて、機械の合成音が、メッセージが吹き込まれた時間を告げる。

「約束は、いつだったの？」

「先週の月曜ですけど」

「河西は来なかったのね」

「ええ」

「それからは？　連絡、ないの？」

　野上はうなずいた。

　女の息が、少し荒くなった。

「あなた、この前もここにいなかった？　たしか河西とビデオを見てたわよね」

「そうですけど」

「月曜日、何を話す予定だったの」

野上は返答に困って、視線を女からそらした。

「GCSのことよね、もちろん」

野上は女の顔に視線を戻した。

「隠さないで。あなたが調査の協力者だってことは聞いてるわ」

女の鼻孔が広がった。「河西は、何かつかんだのね。そうなんでしょう?」

野上は首を横に振った。

「隠さないで」

「分からないんです。彼は何か話したいことがあると言っていた。でも、それが何かは、月曜日に聞く予定でした」

女は深呼吸を繰り返しながら奥の部屋に行くと、バッグを手にして戻ってきた。畳に座って、バッグから取り出したのは、ウイスキーのハーフボトルだった。キャップを開けて、瓶に直接口を付けようとして、野上に顔を向けた。

「あなたも飲む?」

「いいえ」

女はウイスキーを一口、喉に流し込んだ。

「あたしのせいだよ。あたしのせいで、河西は……」

6

野上が訪れてから一時間後、河西の部屋に基樹がやってきた。電話で彼を呼んだのは、野上だった。基樹は強張った表情で部屋に上がると、畳の上にいびきをかいて寝ている女を見おろして、溜息を一つ吐き出した。

「暴れなかった？」基樹は野上を振り返って言った。

「いや、全然」

「そう」

基樹は畳に腰をおろした。「それにしても、驚いたな。野上さんが、河西とそこまで深い関わりだったなんて」

「深い関わりなんてないよ。取材も断っていたんだけどね、向こうは何かとわたしにGCSの話を聞かせたがる。わたしを協力者にしたいんだな」

「で、なったの？」

「いや。でも、彼の話に興味はあったんでね、先週の月曜日、何か面白い話があると言うので、会う約束をした。ところがそのまま連絡が取れなくなって、それで今日訪ねて来たというわけさ」野上はあぐらをかいて座りながら、寝ている女の方に顎をしゃくった。「彼女が君のお母さんだなんて、思ってもいなかったよ」

話しているうちにそれが分かったときには、野上は驚いた。

「どんな話をしたの」

野上は基樹の視線を避けた。

「また、あることないこと話したんだよね、きっと」基樹はうんざりしたように言った。「病気なんだ。現実と妄想の区別がつかなくなってる。どうせまた、ＧＣＳがいかにひどいところかとか言ったんだろうけどさ、本気にしないでよ。なんか、けっこう真に迫った話に聞こえるらしくてさ、河西なんて、それ真に受けちゃってるわけでしょう」

「妄想なのかな」

「どんなこと言ったの？」

「うん」野上は口ごもった。

「僕に殺されそうになったとか、そう言った？」

「……ああ」

「だけど、僕のことを愛してるんだよね、この人。そうも言ったろう？」

野上はうなずいた。

「愛してたらさ、僕に殺されそうになったなんて話、他人にするかな」

基樹は苦笑した。「そんな矛盾があるのは、妄想だからでしょう。病気なんだよ。もうどうしようもなくいかれちゃってる。昔からさ、アルコールが入ると人が変わってしまう。あることないこと喋るし、暴力は振るうし、それが分かっててさ、飲んでないときは反省するんだよね。もう絶対飲まないって。だけど、そんな決意が長く続くことはないんだ」

基樹は天井の方に目をやって息を吐いた。

7

竹村春江を揺すり起こして、野上と基樹とで支えて立ち上がらせた。朦朧《もうろう》とした様子の春江を半分引き摺るようにしてワゴンまで運び、後部座席に寝かせた。

春江のいびきを聞きながら、病院に向かう。

助手席の基樹は、CDを聴いていた。

野上は運転しながら、さっき竹村春江から聞いた話を思い返していた。

春江の酩酊《めいてい》は、急速で深かった。野上はタクシーの運転手という仕事柄、酔っ払いを相手にすることは少なくなかったが、春江の酔い方には戸惑った。

ウイスキーのハーフボトルを二、三分で飲み終えた春江は、顔つきまで変わってしまい、姿勢がだらしなくなり、野上に対する警戒心をすっかりといてしまった。

「河西を探して。あんた友達なんだろう」

河西が何を調べていたのか、詳しく話してくれと野上は頼んだ。

「基樹を助けようとしてくれていたんだよ。あたしの大事な基樹をさ」

春江の話はあちこち飛び、論理も欠けていた。

それでもあれこれと質問を繰り返すうちに、野上は春江とGCSの関わりを聞き出した。

そもそもの発端は、夫との離婚だった。原因は、春江の酒乱。春江は酒が入ると、自分で自分が分からなくなる。暴力や行きずりの男との関係に、最初はなんとか春江を立ち直らせようとしていた夫だったが、血液型から基樹が自分の子ではないと分かると、春江と基樹を家から追い出した。

乳飲《ちの》み子《ご》の基樹を連れての春江の生活は苦しかった。そんなときに、早期幼児教育の研究に協力すれば謝礼がもらえるという話を知人から持ち込まれて、春江はこの話に飛びつく。

「謝礼なんて、微々たるものよ。それよりもあたしは、これが基樹のためになると信じたのよ。あたしは生活に追われて基樹にかまってやれない。母親としての愛情を注ごうにも、その余裕も時間もお金もなんにもなかったのよ。そんなときに、基樹のために純金のゆりかごを買ってあげようという人が現れたの」

基樹は近松吾郎の研究室で、金のゆりかごに毎日何時間も寝かされた。

その成果は、現れた。基樹は天才的な能力を発揮し始めたのだ。

「最初は喜んでいたわ。でも、だんだん恐くなった。基樹があたしから離れていくみたいで」春江は身体を震わせながら言った。「三歳で、あの子はもう、あたしを蔑《さげす》みの目で見てた」

春江の視線は虚空を漂う。

「もちろん、そういう目で見られてもしかたないことをしてたんだけどね。いろんな男を連れ込んで、基樹にまで暴力を振るうようになって」春江は苦笑した。「最初ね、あたし知らなかったのよ、誰が基樹を殴ってるのか。連れ込んでる男の誰かだと思ってた。だから基樹の痣を見つけて、訊いたのよ。いったい誰にやられたの、って。あたしの大事な基樹を殴るのは誰なの、許さないわ、って。こいつかもしれないと思った男に向かってそう言ったら、相手は笑って言った。殴ってるのはおまえじゃないかって。最低よね」

基樹は従順な子供になった。軽蔑《けいべつ》のまなざしも消えた。

「でもそれはね、暴力を恐れて、うわべだけ取り繕っているだけ。心の中では、あたしを蔑み、嫌い、憎んでた。あたしにはそれが分かっていたから、酒を飲むと、本心を言いなさいって絡んで、殴るの。……それも、自分では全然憶えていない。基樹も自分では言わない。あたしの暴力を見て驚いた男が、そう言って……また一人、逃げ出して、でも一番逃げたいはずの基樹だけは、逃げられなくて……」

春江は洟《はな》を啜《すす》り上げる。

「九年前？　精神神経科？」野上の質問が脳裡に届いたのか、春江が反応する。「ああ、あれね。あれは」

春江は、木俣梓という子供がGCSの訓練を受けすぎて狂ったという話を聞いた。梓の親は近松から治療費として多額の金銭を受け取ったという。まとまった金があれば、生活が楽になる。いまの生活、それに自分自身も、金さえあれば変えられるかもしれないと春江は思った。

「自分のことばっかりじゃないよ、何より、基樹だよ。基樹が心配だったんだ。基樹もときどき変な叫び声をあげたりさ、それに目つきがおかしくなってたんだ。ふつうじゃなかったよ。基樹もその梓って子供みたいに狂ったらどうしようって、恐くて、それで、それで。基樹のためだったんだよ。基樹のことが心配だっただけなんだよ。もらったお金なんて、ほんのちょっとだよ。ちょっと。だけどそれが、悪かったんだ」

しばらくは遊んで暮らせる金を手に入れた春江だったが、金目当ての男につかまって、あっというまに貧しい暮らしに戻る。

「だけどね、その頃の基樹は大人びたことを言わなくなったし、ふつうの子供みたいな感じでね、あたしは全然殴ったりもしてなかったと思うよ。憶えていないだけじゃないかって？　違うよ。基樹の身体から痣が消えていたんだ。え、自慢することじゃない？　そうね、当たり前のことだよね。だけどね、ともかくさ、あの頃は、それなりに幸せだった気がするんだ。酒も、やめていたんだよ。その気になったらやめられるじゃないって、自分に自信持ったりしてね」

貧しいが平穏な日々が、しばらくは続いた。ところが、春江は再び酒に溺《おぼ》れてしまう。

「いつでもやめられるっていう油断があったんだね。少しぐらいならいいだろうって。少しで終わらないところが、病気なんだよね」

生活はあっというまに荒れた。暴力と男。

「基樹は小学校の五年生。特別早熟な子供でなくっても、男と女のことに敏感になってる年齢だよね。あたしのこと汚いものでも見るように見てたって、それは怒るようなことじゃないよね。あたしが悪いんだよ。分かってるの。素面《しらふ》のときはね。酒も男も、暴力だって、やめようと思ってたのよ。毎日毎日、そう思ってた。でもできないの、できないから病気なんだよね。こんな母親、嫌われて当然だよ。憎まれて当然なんだ。殺そうとした基樹が悪いんじゃないよ」

「殺そうとした？」野上は驚いて訊き返した。

「最初のときは、酔っ払って自分で転んだと思ってた。でも二回目のときは、見たんだ。階段から転げ落ちながらさ、だんだん遠くなっていく基樹の姿を。でもさ、基樹が悪いんじゃないよ。悪いのは全部あたし。だから基樹と離れることに決めたんだ。基樹を人殺しにさせたくなかったから、いっしょにいてはだめだと思ったんだ」

　春江は基樹を親戚に預ける。露骨に迷惑がっていた親戚だったが、頭を下げて頼み込んで、どうにか引き受けてもらえた。それからしばらくして、迷惑がっていたはずの親戚が、基樹を養子にしたいと言ってくる。

「あたしの子供だからさ、どうせろくでなしだと思ってたのがさ、あんまりいい子なんで、かわいくなったんだなって、そう思ったよ。基樹をかわいがってもらえるんなら、いっそ養子に。そう思ったよ。だけどさ、あの子と完全に縁が切れてしまうなんてさ、耐えられなかった」

　基樹を正式に養子に迎えたいという親戚の頼みを、春江は拒んだ。しかし親戚は諦めずに何度か足を運び、そのときに出てきた提案の一つが、基樹に決めさせるということだった。

「基樹は言ったんだ、あたしに、病院に入れって。治療してアルコール依存症と酒乱を治してほしいって。それができないなら、あたしと縁を切るってね」

　病院の費用は親戚が貸してくれることになった。春江は、必ず病気を治そうと固く決意した。

「ところがさ、あたしの知らないうちにおかしなことになっていたんだよ。基樹は親戚のところじゃなくて、近松吾郎のところに行ってたんだ。また何か、おかしな実験に使われているんだよ。頭をおかしくされてしまうんだ。基樹を助けてよ。ねえあんた」

そう言って春江は、野上にしなだれかかった。野上が押し返すと、春江はそのまま畳の上に寝そべった。半開きのまなざしで、宙を眺めやりながら、もはや相手は野上ではなく空想の中の人間に向かって、回らなくなった呂律《ろれつ》で何事か訴えていた。

春江の話のどこまでが真実で、どこからが妄想なんだろう。野上は助手席の基樹の横顔を一瞥した。大人びた顔つきをしているが、まだまだ子供の顔だ。こんな子供が母親を殺そうとしたとは、野上には信じられなかった。だが、河西は、おそらくその話を信じたのだ。

前に河西と話したとき、基樹について言いかけていたのは、そのことだろう。基樹は春江を憎んで、殺そうとした。いや、もっとうがった見方もできるのだ。九年前、基樹に狂気の兆候があったのか否か、春江の証言は重要だ。春江の口を塞げば、基樹の証言が真実になる。基樹の今後の人生をＧＣＳがバックアップする代償が、母親殺し。妄想に近い考えだが、河西はそんな筋書きを信じていた気がする。基樹は春江を殺そうとした――それを事実として受け入れるならば、ほかの子供たちについての、入れ替わりという推理は、さほど大胆なものではない。河西は本気でその推理を信じて、調査をしていて、何か重要な事実を発見した。しかもそれは、漆山梨佳と関わりのあることだ。

河西はいまどこで何をしているのだろうか。あまりいい想像は浮かばない。野上は険しい表情で、運転を続けた。

8

首がチクチクする。飯田秀人は、人差し指でタートルネックのセーターの襟を軽く引っ張った。店で着てみたときには格好ばかりにこだわっていたから分からなかったが、素材が肌と合わないようだった。それに暑い。首を掻きむしるか、セーターを脱ぎ捨てるかしたい気分だ。しかし我慢した。日が陰っていて冷たい風が吹いている。ここでセーターを脱いだら、身体が熱く火照《ほて》っていることがばれてしまう。首を掻くようなみっともないこともしたくない。

秀人は何気ないふうを装って首を右左とゆっくりと動かして、痒《かゆ》みを紛らわそうとした。花壇を眺めていた木俣梓が、不意に顔を秀人の方に向けた。秀人は動きを止めて、横目で梓を意識しながら、足元にいた鳩に菓子の屑を投げた。

「寒くない？」

平坦なアクセントで梓はそう言って、ベージュ色のコートの前を合わせている。

秀人は身体が熱くなっていた。額の髪の生え際に汗が滲《にじ》み出すのを感じる。滴が膨らんで流れ落ちないようにと、祈った。

人の気配が近づいてきたからだろう、梓の視線が秀人から離れた。秀人はその隙に額の汗を掌《てのひら》で拭い、タートルネックの襟を動かして風を首に送り込む。

秀人と梓が座ったベンチと花壇を挟んで向き合う位置の石段に、杖をついた老人が座った。手には青い表紙の本を持っている。

「ねえ、話って何かな？」梓が言った。

「話？」

「話したいことがあるって言ったじゃない」

「ああ、うん」

秀人は梓と特別な話がしたいわけではなかった。デートに誘ったつもりなのだ。図書館の前にある公園のベンチで、こうやって並んでいられれば、秀人は満足だった。

「話、ないんだったら……」

「いや、あるんだ。この前の話、考えてくれた？」

「この前の話って？」

「僕らは特別な間柄なんだ、ってこと。幼い頃、近松研究室でいっしょに過ごした」

「悪いけど、やっぱり思い出せないの」

「思い出せなくても、事実なんだよ」

「それは分かってる。ひどい熱のせいで、わたしは記憶を失ってしまってるのよね」

秀人はうなずいた。

「君は近松研究室の金のゆりかごで育った特別な人間の一人なんだ。僕らの仲間なんだよ。優秀な頭脳を持っている。君はそのことを自覚してないみたいだけれど、宝石だって磨かないと光らないよね。それと同じで、才能も磨かないと光らない。努力しないとだめなんだ。いっしょに勉強しようよ。有能な家庭教師がいるんだ。僕も彼についてから学力が飛躍的に伸びた」

「わたし、馬鹿なの。あなたとは違うの」

「そんなことないよ。君はまだ目覚めていないだけだ。眠っている能力がある」

「きっと熱で全部消えちゃったのよ。ふつうになったんだと思う。だってわたし、学校の成績だって下から数えた方が早いぐらいだし」

「だからそれはさ、君が自分の能力に気がついていないだけなんだ。君は四歳で漢文を読んでいたんだよ」

「国語は最悪。こないだのテストも四十点よ」

「このままじゃ本当にだめになっちゃうよ。せっかくの才能がむだになってしまう。将来のこと、考えた方がいいよ。君は世界を変える人間、選ばれた人間なんだよ」

「ははっ」と梓は笑った。

「冗談を言ってるんじゃないよ。僕らは新しい世界を作る」

「うん。あなたはきっと特別なんだと思う。でもわたしは違うの」

「僕は君を一目見て分かったよ。君が僕と同類だってこと。引き合うものを感じたんだ」

「わたしは感じなかった」

「それは君が目覚めてないからだ」

「あなたがわたしを見て何か感じたのは、単にわたしのことを憶えてたってことじゃないの。子供の頃、いっしょに遊んでいたんでしょう、わたしたち。だから憶えてて、懐かしさを感じたのよ、きっと」

「違うね。ふつうの人間とは違う何かを、君から感じた。君に特別な能力が眠ってることは、僕だけが感じてるんじゃないよ。近松先生も、それを感じたから、奨学金を出しているんだ。君の能力がいつかは花開くと期待していたからだよ。いまのまま遊んでばかりいるつもりなら、奨学金をもらうべきじゃないよ」

梓は口を尖らせて、うつむいた。

「僕たちはふつうの人間とは違う。特殊な能力が備わった、特別な存在なんだ。僕と君は数少ない同類なんだよ。僕たちだけが分かり合える世界がある」

秀人は梓の手を握ろうとした。が、人が近づいてきたので、慌てて手を引っ込めた。カチューシャで髪をまとめた女と薄汚れたジーパン姿の男が、腕を組んで歩いてきて、秀人の隣に僅かなスペースを残して座った。

「中、入ろうか」

秀人は足元に置いてあったスポーツバッグを肩に掛け、梓を促して図書館の建物に入った。玄関を入って右奥に、荷物を預けるコインロッカーがある。

秀人はロッカーにスポーツバッグを押し込んだ。

「コート、ここにいっしょに入れたら」

暖房は入っていなかったが、室内は暖かかった。

コートを脱ぎかけた梓だったが、何かを思い出したような顔で、動作を止めた。

「宿題やらなくちゃいけないの。時間かかりそうだから、今日はもう帰る」

「なんの宿題?」

「数学よ」

「僕が見てあげる」

「だって、いま持ってないもの」

「取りに行こう」

「そんなことしてたら遅くなっちゃう」

「じゃあそのまま君の家でとか」

「ごめん。ねえ、また今度。ね」

梓はコートを羽織り直した。

「じゃあ、バイバイ」

梓はくるりと背を向けて走り出した。

9

木曜日の正午過ぎ、守を学校に送ってからGCSに出社した野上は、工藤の執務室に呼ばれた。その部屋は、パーティションで二つに仕切られている。奥の窓際に工藤の事務用の机と椅子があり、ドア側にはテーブルと椅子が四つ。野上が入ったとき、工藤はドア側のテーブルで蕎麦を食べていた。

野上は工藤に促されて、彼と正面に向き合う席に座った。

「一昨日の夜、君は河西の家に行ったそうだね」

工藤は最後の麺を口に入れると、つゆだけになった丼を脇の方に押しやった。「今朝、基樹から聞いて、驚いたよ。自宅まで訪ねるような仲だとは、知らなかった」

「基樹君にも言いましたけど、大して親しいわけではありません」

「基樹の母親は、君のことを河西の協力者だと言っているそうだが」

「協力者なんてことはありません」

「前にも何か、話し合ってたそうじゃないか。GCSのビデオを見ながら」

「河西がわたしを仲間に引き込もうとしていたのは事実ですが、わたしにはそんな気はありませんでした」

「河西との関係を警察に訊かれたらどう答える？」

「え？」

「河西が死んだよ」

野上はぎくりとして、背筋が伸びた。

河西が死んだ……もしかしたらという予感はしていたが、現実にならないことを野上はずっと祈っていた。

「昨日の夜遅くに、警察から基樹の母親に連絡が入ったんだ」

死体発見は、昨日の夕方。免許証から身元が分かって、昨夜も河西の部屋を訪れていた竹村春江がその連絡を受けることになった。死体は腐敗がかなり進んでいるので、河西かどうかの確認のために、竹村春江が朝から警察に呼ばれている。そんな内容のことを、工藤が事務的な口調で言った。

「それで、河西と断定されたんですか」

「ほぼな」

工藤は野上の顔をじっと見つめている。

野上は唾を呑み込んで、言った。「死因はなんですか」

旅先で病に倒れたという可能性だってあるのだ。そうであってほしいと、野上は願った。

「他殺だよ」

最悪の答だった。

「ついさっき、テレビのニュースに出た。刃物で腹を刺された」

耳鳴りがした。後頭部に痺れを感じる。野上は左手で首筋を揉んだ。脳裡にいやな想像が浮かんでいた。梨佳が河西を刺し殺すシーンだ。

河西は最後の電話で、梨佳について面白いことが分かったと言っていた……。

「マスコミではまだ流れていないが、容疑者がいる。基樹の母親がある人物についてしつこく訊かれたそうだ」

野上は手の動きを止めて、工藤の双眸を凝視する。

容疑者——梨佳なのか？

「水沼太吉《みずぬまたきち》という人間だ」

ふっと緊張が緩んだ。首筋に固まっていた掌が滑り落ちる。野上は両手を膝にそろえて、姿勢を直した。

「水沼太吉、この名前に聞き憶えは？」

野上は溜まっていた息を吐いてから、言った。「ありませんが、どういう人物ですか」

「六十七歳の産婦人科医師。知りあいか？」

「いいえ。なぜわたしにそんな質問をするんですか」

「河西を殺したかもしれない人間だ。河西と親しかった君なら、知っているかもしれない、そう思ったんだが」

「河西とは、親しくはありません」

「警察は信用するだろうかね」

工藤はテーブルの下からティッシュペーパーを取り出して、口許を拭った。「厄介なことになりそうだよ」

「どうしてですか」

「どうしてだって？　河西がうちのスキャンダルを追っていたことが警察に分かるのは時間の問題だろう。君と河西の付き合いだって、警察はすぐに摑むよ」

「わたしは、別に疾《やま》しいことは何もありません」

「それはわたしだってそうだよ。うちの関係者が河西に何かしたなんてことはありえない。調べれば、スキャンダルなんてなかったことが分かるはずだからね。自由にやらせていた」

「だったら、恐れることはないでしょう」

「恐れてはいない。ただ、厄介なことになると言ってるんだ。河西に何があったにしろ、うちには無関係だよ。だが、マスコミが先走った報道をする可能性がある。君もその辺りをよく考えて、警察やマスコミに話を訊かれたときには、迂闊《うかつ》なことを言わないようにしてほしい」

「河西との関係を隠せということですか」

「それはかえってまずい。すぐばれる。会ったことや部屋を訪ねたことは話すべきだろう。ただ、何をどこまで話すか、配慮がほしい」

「どんなふうにですか」

「それは君にまかせるよ。信用している。ただ、警察に呼ばれる前に考える時間があった方がいいだろうと思ってね、早めに耳に入れておこうと思ったんだ」

10

その日の夜、守をマンションに送り届けた野上は、会社には寄らずに自宅に戻った。

「そこで基樹君とすれ違わなかった？」

玄関を開けると同時に、里美が言った。

「基樹君？」

「たったいままで、うちにいたんだけど」

「なんで？」

「あなたに話したいことがあるって言って、それで上がって待っててもらったんだけど。二十分ぐらい、いたかしらね」

野上は首を傾げた。野上が守をマンションに送って行くことを、基樹はもちろん知っている。話したいことがあるのならば、自分の部屋で待っていればよかったはずだ。

「あとで電話するって言ってたけど、まだその辺にいるかもしれない」

野上は居間に上がった。

「用があるなら、電話してくるだろう」

「そうね」

里美は台所に行った。シチューの匂いが居間まで漂っている。

「夕食、いっしょに食べて行けばって言ったんだけど。もう食べてきたからいいって」

基樹から電話がかかってきたのは、それから五分程あとのことで、野上がシチューを食べ始めたときだった。

里美から渡された受話器を受け取って、野上は言った。「いったいどうしたんだ、うちに来るなんて、何があった？」

「話したいことがあるんだ」

「さっき君のマンションに行った」基樹が言った。行くのは分かってたろう？」

「守君のいるところでは、できない話なんだ」

野上は里美を一瞥する。里美はテレビを見ながらシチューを口に運んでいた。

「だから、野上さんの家に行ったんだけどさ、できれば、ちょっと出てきてもらえないかな」

守のいるところではできない話、という基樹の言葉から、それは梨佳に関わりのあることではないかと野上は想像した。もしそうなら、里美のいない場所で話したい。

「どこにいるんだ」

「すぐ近く。コンビニエンスストアの前に、公園があるでしょう」

野上はすぐ行くと約束して、電話を切った。

「ちょっと出てくる」

「え？」と、里美は立ち上がった野上を怪訝そうに見上げている。「どこ行くの」

「基樹君とちょっとね」

「うちに呼んだらいいじゃない。まだ近くにいるんでしょう」

「うん、どうもね……君がいると、恥ずかしいみたいなんだ」

里美は首を傾げている。

「男同士の話がしたいらしい。分かるだろう。思春期の男の子なんだ」

そんないいかげんなことを言って、野上は部屋を出た。数分で公園に着く。

基樹はヨットパーカーのポケットに両手を突っ込んで、ベンチに座っていた。

野上はその隣に腰掛けた。

「話ってなんだ？」

「二つある」

基樹は足元に視線を落として、言った。「一つは、竹村春江のこと」

「お母さんのこと？」

基樹は横目で野上の顔を覗いた。「あの人のことで、野上さんに謝らなくちゃいけない」

「何か、されたかな」

「河西が殺されたこと、もう知ってるよね」

「ああ」

「あの人、警察に呼ばれたんだ。それでさ、自分が容疑者にでもなったと思い込んだんだよね。すっかりうろたえちゃって、怪しい人間はほかにいるって、野上さんのことを話しちゃったみたいなんだ。河西と、何か秘密の相談事をしていたとか、そんな話を言っちゃったみたい」

「明日あたり、警察が野上さんのところに来るんじゃないかな」

「そうか」

「来るだろうね」

「ごめんなさい」

「別に謝ってもらわなくてもいいよ。河西の部屋に行ったのも、密談めいたことをしていたのも、事実だ。でも、別に疾しいことはないし、訊かれたら、正直に話せばいいことだよ」

「そう言ってもらえると、ほっとするけど」

基樹は地面に視線を落とし、足元の砂を蹴る。ザクザクという音が、静寂の中に響く。

「もう一つの話というのは？」

野上は基樹の横顔を眺めながら言った。

基樹は黙ったまま、砂を蹴り続けている。

「守君のいるところではできない話だと言ったね」

うつむいたままで、基樹は頭を上下に揺すった。

「守君のお母さんのことかな」

「うん」基樹がようやく顔を上げた。「野上さんのうちって、狭いんだね」

「え、あ、ああ」

「もっと広いと思ってたからさ、中で話せると思ったんだけど、どうしたって奥さんに聞かれちゃうよね」基樹は言った。「漆山梨佳さんの話、奥さんの前でしちゃまずいでしょう？」

野上はいっとき声を失った。

「……どうして、そんなふうに思うんだ？」

「漆山梨佳さんについての調査報告が、工藤さんのところに届いてた。それをちょっと盗み見したんだ。まだ調査は途中で、行き先の手がかりは摑めてないみたいだけど、僕の目に留まったのは、経歴の部分なんだ。彼女の生年月日、通っていた小学校。何が言いたいか、分かるよね」

「いや」と、とぼけた。

「僕は野上さんの経歴を知ってるよ」

「それで」

「漆山梨佳さんは、野上さんと同じ小学校、それも同学年なんだね」

「なんだって？」

野上は額を押さえて、考え込むふりをした。「漆山梨佳、そういえば、いたかもしれない」

「下手な芝居だね」

「君の年齢では信じられないかもしれないけどね、大人になると、小学生の頃のことなんて、どんどん忘れてしまうんだ。写真とか見れば思い出すんだけどね、すぐには思い出せないクラスメートは一人や二人じゃないよ」

「クラスメートだったの？」

「ん？」

「僕は同学年だったって言ったよ」

「ああ、そうか。うん。クラスメートでも忘れてることがある。ほかのクラスなら、もっとだろう」

「野上さんは記憶力抜群でしょう」

「子供の頃はそうだったけどね、いまはもう、ぼけ始めてるんじゃないかと思うことがあるよ」

「本当に、憶えてないっていうの？」

「いや、だんだん思い出してきた。クラスにいたな、そういえば」

「小学校のときだけの付き合い？」

「そうだ」

「じゃあ、漆山梨佳さんの話を奥さんの前でしてもよかった？」

「ああ」野上は平静を装って言った。「君は、いったい何を想像していたんだ？」

「守君の父親は、野上さんなんじゃないかってことさ」

「ずいぶん飛躍したことを考えるんだね」

「野上さんの守君を見る目は僕を見る目と違うと、前から思ってた」

「そんなことはないよ」

「野上さんと守君、顔が似てる」

「そうかな？」

野上は頬を撫でながら言った。「そんなことないだろう」

基樹は溜息をついた。「僕の考えすぎ？」

「ああ」

「なら、いいんだ。でもさ、言っておくけど、漆山梨佳さんの居所を探す調査は、まだ続くよ。いずれ、守君の父親のことも分かるんじゃないかな」

たぶんそうだろう。野上と梨佳は、中学高校は別だった。けれども、二人が駆け落ちしていたことを知っている人間は、身内以外にもいる。駆け落ちの事実と、守の誕生時期を考えれば、誰が父親か結論づけるのは容易だ。

いずれは分かること。この場で白状しようかという気もあった。

基樹に知られるだけならば、それはかまわない。

問題はもちろん、守が知ってしまうことだった。

自分には本当に父親を名乗る資格があるのか、生まれたときから、いや生まれる前から、一度も我が子を愛さなかった人間が今更父親と名乗り出ていいのか——そんな思いが野上にはある。だが、守にとって最善の道だというのならば、父親と名乗りを上げて引き取る意志は持っている。その意志も、昔のような、ただ自尊心や体裁を整えるためだけの意志ではないつもりだ。

里美という妻がいるし、生まれてくる子供もいる。守を引き取るのは、簡単なことではない。だが、父親としての責任は、必ず果たそうと思う。

ただ、その前に梨佳と話がしたかった。梨佳は本当はどうしたいのか？　手紙に書かれていた通りとは、思えないのだ。

基樹と別れて自宅に帰った野上は、再び食事を摂りながら、テレビをニュース番組に合わせた。

河西が殺害された事件が簡単にだが報じられた。

神奈川県のとあるアパートの一室で、異臭に気づいた同じアパートの住人が通報して、河西慶太の死体が発見された。警察は、事情を訊くために、死体が発見された部屋の住人である六十七歳の男性の行方を探しているという。

名前は報道されなかったが、その男が、水沼太吉という人物だろう。

野上は水沼という男をまったく知らないし、むろんなんの恨みもない。けれども、彼が河西殺しの犯人であることを願った。そして、梨佳が事件となんの関わりもないことを祈った。

11

金曜日の朝、野上は守と顔を合わせるとき、息苦しさを覚えていた。ひょっとしたら基樹が、自分と梨佳の関係について守に何か話しているのではないかと思ったのだ。守と親子ではないかという疑惑を、野上は昨夜きっぱりと否定した。けれども基樹がまだ疑っているのは明らかだった。確証はなくても、基樹が守に話すという可能性はある。そう思っていた。しかし、欠伸をしながら姿を現した守の様子は、昨日と変わらなかった。

野上は胸を撫でおろしながら守を車に乗せて、小学校に送った。八時半に学校に到着し、引き返してGCSに向かう。途中で軽く食事をして、本社ビルに到着したのは十二時少し前。職員室に入ると、二瓶《にへい》という職員が、うさんくさそうな目で野上を見ながら、警察の人間が来ていると言った。

刑事が二人、事務室の中にある応接室で待っていた。野上が部屋に入ると、そろって立ち上がった。顔から見ると四十代と思える刑事は、永末《ながすえ》と名乗った。もう一人、二十代前半に見える刑事は、有藤《ありとう》。永末の方は長身で、硬そうな髪と狭い額が印象的なのに対して、若い有藤の方は、小柄で、顔の若さからは信じられないほど、前髪が薄くなっている。

刑事の質問は、河西慶太を知っているかということに始まり、事件を知っているか、いつ、どのようにして知ったか、と続いた。

河西を知っている。事件は最初工藤から聞いた。そう正直に話した。が、工藤との会話の中身は話さなかった。ニュースで事件を知った工藤が野上にそれを話した、とだけ言った。

「どうして、あなた方の間で河西さんのことが話題になったんでしょう」

河西が早期幼児教育の取材でＧＣＳに顔を出したことがあること、河西の話題は工藤との間でそれ以前にもしていたことを、野上は話した。

「先週の月曜日、あなたは河西さんと会う約束をしていたんですよね。どういうお付き合いだったんでしょうか」

永末は背広の内ポケットから手帳を取り出しながらそう言った。

野上は、できるだけ本当のことを話すことに決めていた。

河西が近づいて来たのは、野上が天才少年Ｙだったから。河西は、早期幼児教育の批判本を書こうとしていて、野上を協力者にしようと接近してきた。月曜日は、何か面白い話があると言っていたが、それが何かは分からない。そんな話をした。

野上が意図的に隠したのは――河西が九年前の事件を追いかけていて、子供の入れ替わりという推理をたてていたこと、河西の頼みで漆山梨佳に会いに行ったこと、河西が最後の電話で、梨佳について何かの情報を摑んだとほのめかしたこと——

隠し事によって辻褄《つじつま》の合わないところが出るのではないか、そこを衝かれたらどうしようと冷や冷やしていたが、最後まで、返答に詰まるような質問がされることはなかった。

「どうもいろいろありがとうございます」

永末はそう言って、メモ帳とボールペンをポケットに戻した。「もう一度お話を聞きに来るかもしれませんが、そのときは……会社と自宅のどちらの方がよろしいでしょうかね」

「どちらでも。まあ、できれば会社の方がいいんですが」

「奥さんにはあまり、この件は、知られたくないと、そういうことでしょうか」

永末が狡猾《こうかつ》そうな笑みを浮かべて言った。

「そうじゃありませんけど、夜中に訪ねて来られたりするよりは、できれば昼間にということです」

「分かりました」

そう言って永末が立ち上がる。少し遅れて有藤も腰を上げた。

「昨日のニュースでは、死体が見つかった部屋の住人が、容疑者みたいなことを言ってたように思うんですが、どうなんですか」

「いや、容疑者ではありません。探してはいますがね」永末の眼光が鋭くなっている。「捜査はまだ始まったばかりですから、すべてはこれからです。また、お手を煩《わずら》わせるかもしれません」

12

土曜日の夕方、ＧＣＳの取材に週刊誌の記者とカメラマンが訪れた。教室や訓練の様子の写真撮影に続いて、ＧＣＳに通っている子供やその親へのインタビュー。そのあと、応接室で基樹と秀人のインタビューが行われる予定だったが、その前に、記者が、秀人たちが大学の入試問題を解いているところを見たいと言い出した。

四階のＡ会議室に場所を変えて、週刊誌の記者がホワイトボードに数学の問題を書く。東京大学の入試問題集から選んだものだ。

会議室には、最初は記者とカメラマン、基樹、守、それに野上の五人だけだったのだが、いつのまにか見学者が集まってきた。野上はホワイトボード近くの椅子に座って、見学者を見渡した。ＧＣＳの職員と、教室に子供を連れてきていた親たち。喫茶店のウェイトレスも一人、制服のままで混じっている。

「これ、どうかな、やれるかな」記者が言った。

「二行目、写し間違ってませんか」基樹が言った。

記者は問題集を確認する。

「おっと、本当だ」

ホワイトボードに書かれた文字を消しながら、記者は基樹を振り返る。「前にもこれ、やったことあるのかな」

「いいえ」

「じゃあなんで、間違いって分かったの？」

「だってそのままじゃ答が出ませんよ」

「ん？　そうなの？」

記者は怪訝そうな顔をしながら、数式を書き直した。

「じゃあ、やってもらえる？」記者が言った。

「こういうのは、秀人君の方が得意なんじゃないかな」

基樹が秀人の肩を叩いた。ホワイトボードを見てうなずいた秀人は、しばらく考え込んでいたが、やがて問題を解き始めた。

二十分程で、答に到達した。得意げに振り返った秀人の目は、見学者の方に向いている。

「ううん、途中よく分からないんだけど、答は合ってるね」

記者が問題集の解答を見ながら言った。

カメラマンが、解答の書き込まれたホワイトボードを背景にして秀人の写真を撮る。

「もう一問、いいかな」記者が、鞄を探りながら言った。「入試問題じゃなくても、いいんだよね」

記者が取り出したのは、レポート用紙だった。ホワイトボードを裏返して、そこにレポート用紙から問題を書き写す。

「これ、予備校の先生に作ってもらった、できたてほやほやの問題なんだ。問題集の解答を片っ端から暗記できるような、そういう能力があったりするんじゃないかと思って、って、別に疑ってるわけじゃないんだけどさ」

振り返った記者の目にはいじわるそうな輝きが見えた。

秀人は余裕の表情で問題に向き合うと、手にしたマーカーを指先ではじいて回転させている。

二分程、秀人がじっと考え込んでいると、基樹が突然椅子から立ち上がって言った。

「今度僕にやらせてよ。秀人君ばっかり目立つのって、ずるくない？」

基樹は秀人に向かって左手を差し出す。

「いいけど」

口を尖らせながら、秀人は無理に作ったような笑みを浮かべてマーカーを基樹に渡した。

秀人の鬢のところに汗が伝い落ちるのを、野上は見つけた。秀人はいくらか伏し目がちに椅子に近づいて、くるりと身体を回して腰をおろした。

基樹は五分程で問題を解き終えた。

「いや、お見事」

記者が小さく拍手をした。

13

野上はテレビ局の控え室で基樹と秀人といっしょに、モニターを見ていた。

画面に映っているのは、日曜午後六時からの情報番組で、この日のテーマは、早期幼児教育だった。

男女二人のキャスターが、早期幼児教育の現状について、費用の問題や世間の関心度のアンケート結果などのデータをスタジオから生放送で紹介したあと、取材VTRの画像に切り替わった。

ＧＣＳを始め三つの早期幼児教育教室の様子が、経営者、トレーナー、当人、親などのインタビューを交えながら紹介される。現場取材記者のコメントはなく、各教室の紹介VTRの間に、一分程スタジオに画面が戻り、キャスターがコメントする。あまり気の利いたことを言うキャスターではない。びっくりするとか、親の方が必死なんですねとか、そんな程度のことしか言わない。

早期幼児教育から生まれた天才として、基樹と秀人が映ったのは、六時半を少し過ぎた時間だった。

基樹の部屋で録画された映像だ。ノートに向かって、大学の入試問題をすらすらと解く秀人、本間教授と並んで、研究について話す基樹。三分程の画像だった。そのあと、物理学教授の本間が研究室でインタビューに答えている。基樹は四次元や五次元の空間を具体的にイメージできるし、独自の論理としかいいようのない形で物事を直観的に把握している。これはもう天才としかいいようがないと絶賛し、それは早期幼児教育と関係あると思うかという問いに、それは専門ではないから分からないと答えている。

スタジオに戻ると、キャスターの横に、人間が二人増えていた。一人は脳研究が専門の大学教授、もう一人は教育評論家だった。

アシスタントディレクターが控え室に来て、基樹と秀人を連れて行く。二人とも、緊張した様子はまったくなかった。

野上はモニターに視線を戻す。

教育評論家が、子供たちの情緒に問題が生じる心配があるという、早期幼児教育について決まって言われる批判を口にした。脳の研究者の方は、早期幼児教育が科学的に有効であることは間違いないと言いつつも、果たして現在の幼児教育教室が科学的なものであるかどうかは疑問だと大袈裟に首を捻った。

「先程VTRに出ていた、天才少年ですね、竹村君と飯田君。彼らにも、議論に加わってもらいましょうか」

基樹と秀人は画面中央の席に座った。

「いまの話聞いてた？」キャスターが言った。「君たちは、もし早期幼児教育を受けていなかったとしたら、いまどう違っていたかとか、考えたことあるかな？」

「すいません、ちょっとだけ、個人的なことを言わせてください」基樹が言った。

男のキャスターがきょとんとした顔をした。

「守君のお母さん、帰ってきてあげてください。守君が大変なんです。心臓病が急に悪化して、死んでしまうかもしれないんです」

野上は呆気《あっけ》にとられた。

「すいません。ええと、質問なんでしたっけ」基樹は言った。

14

野上が帰宅するなり、里美は、守のそばにいなくてもいいのか、と言った。野上は一瞬うろたえた。守が我が子であることが、里美にばれてしまったのかと思った。

「危篤《きとく》なんでしょう?」

玄関に立ったまま、里美が言ったその言葉で、やっと事情が呑み込めた。

野上は冷や汗を拭いながら部屋に入り、ネクタイを外した。

「テレビ見てたのか」

「病院に行ってなくていいの?」

守を学校に送り迎えしていることは、早朝出勤の理由として、里美に話してある。どういう子供かと訊かれて、親に頼まれて工藤がしばらく預かっている子供だと話した。

母親の家出や、そのほか野上と漆山親子との個人的な関係については、まだ何も話していない。

「大丈夫なの?」

「いいんだ」

「回復したの?」

「そういうことじゃなくて」

「ちょっと、冷たいんじゃない」

「守君は、入院なんてしていないんだ」

野上は事情を説明した。

「狂言ってこと?」

野上がうなずくと、里美は不愉快そうに顔をしかめた。

「ずいぶん人騒がせなことするのね」

「ああ。僕も怒ってやったよ」

嘘はよくない、それに公共の電波の私物化も問題だと、野上は基樹を叱った。しかし、これでひょっとして梨佳が姿を現すのではないかと、期待もしている。

今日の番組が早期幼児教育の特集であることは新聞に出ていた。梨佳は、関心を持つだろう。見ていた可能性はある。梨佳がもし基樹のあの発言を聞いたとしたら、じっとしていられるはずがない。

電話が鳴った。

里美が受話器を取る。

「もしもし、もしもし……もしもし、もしもし」里美は舌打ちした。「もう」

「どうしたんだ」

「無言電話。もう何回目かしら」

もしかして、梨佳？　野上は電話機を見つめた。

15

守はパジャマ姿で居間のカーペットの上に座り込み、コードレスフォンのボタンを押す。電話が繋がって名前を名乗ると、工藤の妻が、うんざりしたような声で「はい」と言って工藤に替わる。工藤の家に電話したのは、今夜これで七度目だった。

「お母さんから電話け……」守は訊いた。

工藤が溜息をつく。

「かかってきたらすぐに君に教えるよ」

「ないんですね」と、守は萎れた声で言って、電話を切る。

守が死ぬかもしれないから帰ってきてと、基樹がテレビで訴えたのだ。どんな事情があるにしろ、お母さんは様子を訊ねる電話ぐらいはしてくるはずだ。工藤さんのところにか、GCSにか、必ず連絡がある——守はそう信じていた。

テーブルにコードレスフォンを置くと、毛布を背中に羽織って、壁に凭れる。棚の時計を見ると、午後十時半過ぎ。

基樹が中二階の手摺に寄りかかって下を覗いている。

「電話ぐらいしてくれてもいいのにね」基樹が言った。「心配じゃないのかな」

「きっと、番組を見てなかったんだ」

見ていてください、そして連絡をくださいと、守は祈るような気持ちでいる。しかし、放送から四時間が経過しているのに、いまだ連絡がない。見ていたならば、すぐに電話するはずだ。見ていなかったとしか考えられない。見ていたのに無視している——それは考えたくない。

電話のベルが鳴った。はっとして、守はコードレスフォンに手を伸ばす。

「出ちゃだめだよ」

基樹がそう言って、階段を駆けおりてくる。

「お母さんからかもしれないからね」

守の様子を訊ねるため、梨佳が基樹に電話をかけるという可能性もあるのだ。その電話に守が出てしまったら、せっかくの計画が台無しになってしまう。

梨佳からの電話を受けた人間は、守は危篤だ、と言って入院している病院を教える。その病院には工藤が手を回していて、守の入院と危篤が事実だと証言してもらえることになっている。

梨佳がテレビでの基樹の発言を信じていなかったとしても、病院に問い合わせて守が危篤と言われれば、さすがに姿を現すだろう。病院には工藤が雇った探偵がいて、梨佳を尾行する。そういう手筈《てはず》が整っている。

基樹が守の顔を覗いて、うなずき、コードレスフォンを手にした。

守は基樹の手元を見つめて、息を止め、耳を澄ます。鼓動が聞こえる。本当に壊れてしまったんじゃないかと思うほど、心臓が胸の内側でのたうち回っている。

「もしもし」基樹が言った。

守は唇を噛み締めた。

「なんだ、野上さんか」

全身の力が抜けて、守はカーペットの上に寝転んだ。

「うん……うん……ないよ」

基樹はそう言って、守を見おろして言った。

「連絡あったかどうか気になったんだってさ」

守は基樹に背中を向けた。足と拳《こぶし》で何度か壁を叩いた。

「守君の様子？　そりゃ落ち込んでるよ。替わろうか？」

基樹が守の肩越しにコードレスフォンを差し出す。守はいやだと首を振った。

「話したくないってさ。……うん」

基樹が守の背中を叩いた。「明日学校どうするか訊いてるよ」

「行かないよ。学校にも、僕は死にかけてるって連絡してもらうんだ。お母さん、学校に問い合わせるかもしれないもん」

「聞こえてた？　……うん。工藤さんのオッケーはもらってるよ。だってこのままじゃ守君かわいそうだしさ。……うん。まあ明日一日様子を見るってことで。じゃあ、とりあえず切るよ。電話あるかもしれないし」

コードレスフォンをテーブルに戻す音がした。

「そろそろ諦めて寝ようよ」

守は返事をしなかった。

お母さん、僕が心配じゃないの——守は心の中で叫んだ。

「なあ、元気出せよ」

肩にかかった基樹の手を、守は払いのけた。壁に顔を近づけて、後ろから覗き込まれないようにした。涙を見られたくなかったからだ。

16

野上は基樹にかけた電話を切った。

着替えの服を抱えて野上の様子を窺っていた里美が、「どうだった」と訊く。

「連絡はなかったそうだ」

「テレビ見てなかったのかしらね」

里美はそう言うと、浴室に行った。

野上は畳に寝転がって、電話をじっと見つめる。さっきかかった無言電話のことを考えていた。里美に訊くと、電話は七時頃が最初で、その後、三十分に一度ぐらいの割でかかってきているという。七時という時間に、里美は特別な意味を感じていないようだった。

守のことを心配した母親が、野上に電話をかけてくる——梨佳と野上の関係を知らない里美には、それは思いもよらないことだから、当然といえば当然か。

無言電話は野上の帰宅直後、九時半にかかってきた。あれから一時間以上経過している。そろそろもう一度あるのではないか。

もし梨佳なら、いまかけてこいと、野上は念じた。

と、電話が鳴った。

野上はすぐに受話器を上げる。

「もしもし」

「いたずら電話ってことにして。すぐに切るから。訊きたいのは一つだけ、基樹君の言ったこと、嘘よね」

物凄い早口で喋るその声は、梨佳だった。野上は言葉を忘れて、沈黙していた。

「嘘なんでしょう」

野上は唾を呑み込んでから言った。「そばには誰もいない。ゆっくり話していい」

しばらく沈黙があってから、梨佳の声が届く。

「守、元気なんでしょう」

「いや、入院している」

「なんという病気、心臓のどこがどう悪いの？」

「詳しいことは知らない。でも、本当だよ。危険な状態だ。行ってやれよ、すぐに」

「どうしてあなたは、家にいるの」

返答に困って、少し間が空いた。

「嘘なんでしょう」

「いや、これから病院に行くところだ」

「わたし、戻れない。守に何があったとしても、戻れないから。だから、本当のことを教えて」

「どうして戻れないんだ」

「手紙に書いたでしょう」

「守君が治ってから、また駆け落ちすればいい」

「罠《わな》だって分かってるわ」

「何が罠なんだよ。駆け落ちしたいというのが、君の本心なら、何度でもすればいいじゃないか。誰も止められない」

「相手の奥さんが恐い人なの」

「いったい誰なんだ、相手は」

「言えない」

「駆け落ちなんて、嘘なんじゃないのか」

梨佳は返事をしない。

「なあ、嘘なんだろう」

「じゃあなんだと思うの？」

「河西慶太という男を知ってるか」

「……知ってる」

「殺された」

「ニュースで見たわ」

「河西が、死ぬ直前に電話をしてきた。漆山梨佳の秘密を摑んだと」

電話の向こうで梨佳が息を呑むのが分かった。

「どんな秘密？」梨佳は言った。

「それは君が一番よく知ってるんじゃないのか」

「あなたは聞いたの？」口調が強まった。

「ああ」

「どんな秘密？」

「言わなくても、君は知っている」

「聞いてないのね」

「いや」

「もう嘘はいい」

「いったい何を知られたんだ」

「分からない」

「河西に脅されたのか？」

「わたしが河西を殺したと思ってるの？」

「どうなんだ」

「殺してない」

「まったく、なんの関係もないのか」

「ええ」

「じゃあ、何から逃げてる。誰から逃げてるんだ」

「だから言ってるでしょう。駆け落ちしてるの。相手の家族から逃げてるのよ」

「守君を捨ててまで追いかけなきゃいけない相手なのか」

「そうよ。わたしは母親失格。女を選んだの。守をお願い」

「守君に必要なのは僕ではなくて、君だ」

「わたしはもうあの子を捨てたの」

「……僕が、引き取ればいいのか？」

「勘違いしないで。あなたに引き取ってほしいなんて思っていない。わたしはあの子をＧＣＳに預けたの。守はＧＣＳの子供にならなくてはいけないの。あなたもＧＣＳの人間として守のそばにいてあげてほしいの。父親になってなんて頼んでないから。これは本心よ」

「どういう意味だ」

「それはいつか、あなたにも分かるときが来るかもしれない」

「何言ってるんだ」

「ねえ、教えて。守、元気なんでしょう」

「元気じゃない。死にかけてる」

「だったら、助けて。わたしは遠くで祈ってる。わたしにはそれしかできないの。守はもう、わたしの子じゃない。GCSの子供になったの。そうならなくてはいけないの。あの子は、特別な子供……」

「どういう意味なんだ」

ぷつんと回線が切れて、平坦な信号音が残った。

17

秀人は、ガレージに止まっている車のバックミラーを覗き込んだ。髪が少し乱れているのを発見して、櫛《くし》を入れた。ブレザーの襟元も整えて、玄関のチャイムを押す。

しばらくして家の中から足音が聞こえた。

「いらっしゃい」

ドアを開けたのは、梓だった。白い薄手のセーターとチェックのスカートに、素足。

秀人はうっかりなめるような視線を這わせてしまい、慌てて顔を上げると、梓と目が合った。嫌らしい気持ちで眺め回したことが悟られたような気がして、うろたえて目がきょろきょろする。と、今度はいつになく膨らんで見える胸に視線が吸い寄せられていた。

「や、やあ。君から招待してもらえるなんて思わなかった」

秀人はどぎまぎとそう言って、途中で買ってきた菓子折りを渡す。

「何？　なんか中学生のやることじゃないと思うけど」と、梓は八重歯を覗かせながら笑って、言った。「ありがとう。さあ、上がって」

秀人は脱いだ靴を丁寧にそろえながら、廊下の奥の気配を探った。秀人が梓の家を訪れるのは、これが最初ではない。前に二度来ている。そのときは、工藤と基樹がいっしょだった。梓に、眠っている才能を目覚めさせてほしいという意図からの訪問で、工藤は、GCSで育った梓のせっかくの才能をむだにしてはいけないと、梓とその父親を説得しようとした。優秀な家庭教師をつけて、高校は有名な進学校にと工藤は提案したが、梓も両親もあまり乗り気ではなかった。特に父親は、露骨に迷惑そうな顔をしていた。電器店を経営しているという父親は、パンチパーマの暴力団員かと思うような雰囲気の男で、恐いという印象が秀人にはある。

月曜日の午後五時、在宅はしていないと思うのだが、どうだろう。あの父親がいたのでは、楽しい気分の半分は吹っ飛んでしまう。

「上がって」

梓が階段を上り始めている。二階へ招かれるのは、初めてだ。秀人は背中にむず痒さを感じた。ひどく緊張したとき、たまにこうなる。何度か肩を動かして、背中の肌と下着をこすりあわせて痒みを止めようとした。

「どうしたの」

階段の途中で、身を屈《かが》めるようにして振り返っている梓は、微笑を浮かべている。

秀人は梓に続いた。急な階段なので、ついついまたスカートから伸びた脚に視線が絡め取られる。

二階は、襖の閉じた部屋が一つあり、その前を通り過ぎた突き当たりが、どうやら梓の部屋だった。開いたドアを手で持って、梓が秀人の方を見ている。

顔に火照りを覚えながら、秀人は部屋に入った。鼻がひくひくと動いたところに、ちょうど梓の視線が来た。風邪でもひいたかな、という感じで鼻を鳴らし、指先で鼻の頭を軽く押さえてごまかす。いい匂いがしていると最初思ったが、何か線香のような匂いと汗臭いような匂いを嗅いだ。梓のイメージには全然合わない。たぶん、緊張で自分の鼻がおかしくなっているのだ。秀人はそう思った。

梓は白いシーツのかかったベッドに腰掛けた。秀人はどこに座っていいのか分からず、しばらく立ったままで、何気ないふうに首を回して部屋を眺める。

出窓にはレースのカーテンがかかっていて、その下の台状のスペースに、サボテンと陶器の置物が並んでいる。机は窓の光を斜め左に眺める位置に置かれ、机に載った本立てには、教科書や問題集、参考書が並んでいる。部屋にはほかに、オーディオと本棚、クローゼット……。

秀人は本棚にぎっしり詰まった漫画本の背表紙を眺めながら、意識はクローゼットの中身を想像していた。

「その辺、座ったら」

「ああ」と、本棚から視線をそらしてカーペットの上に腰をおろす。すぐ近くにある梓の脚から目をそらすと、花柄の屑籠が見えた。その中身までが気になる自分は馬鹿じゃないかと、秀人は思った。

上目遣いで、梓の様子を窺う。

梓は退屈そうな表情で、窓の方に顔を向けていた。

「昨日のテレビ、見てくれた?」

「うん、見てたよ」

梓は秀人の方を見おろした。「難かしいことといろいろ知ってるのね。いっしょにいた大人よりも頭よく見えた」

「そうかな」

照れ臭さを隠そうと、そっけなく言ったつもりだ。

「やっぱ、わたしとは全然違うと思った。別世界の人間って感じ」

「そんなことないんだ。君だって僕ぐらいにはすぐなれるんだ」

「無理よ、絶対」

「そんなふうに諦めてるからだめなんだよ。僕らはいっしょに近松式の教育を受けているんだ。脳の発育にとっては、幼児期の環境要因がもっとも大事なんだよ。その時期、ある意味では人間の種類が決まってしまうんだ。言葉は変だけどさ、僕と君は同じ種族ってわけ」

「でもほら、わたし病気で一回頭壊れちゃってるからさ、その頃のことって全然憶えてないし」

「僕だってＧＣＳでの訓練をはっきり記憶してるわけじゃないよ。ふつうにいう記憶と、脳に刻まれた痕跡としての記憶は必ずしも一致しない」

「難かしいことは分からない。でも、これだけははっきり言えるの。わたしとあなたは違う」

「それは君がまだ目覚めてないからだって、そう言ったろう。僕には分かるよ。君が僕と同類だってことがさ。会ったとたん、ぴんと来たんだ」

梓は困ったような顔をしている。まだ信じられずにいるのだろう。自分が選ばれた人間であるということを。

「もうさ、正直に言うわね」梓の声が一オクターブ下がった感じだ。「うんざりなの」

秀人は面食らった。「何が？」

「そういう話も、それからあなたに会うのも、もううんざりなの」

「恐がってるんだね。自分がそんな特別な存在だってことが信じられない、そういうことだろう？」

「そういう遠回しな言い方はやめて」

梓は両手を膝について、言った。

「へ？」

秀人は間の抜けた声を出した。どうも話が分からない。

「どうすればいいの。具体的に言って」

秀人は梓が何を言っているのか、意味が分からなかった。

「何がしたいの」梓は荒っぽい口調で言った。

「何って、それは……」

「いっしょに勉強したいとか、そんなの本当はどうでもいいんでしょう」

「そんなことないよ」

「はっきり言ってくれないと分からない。どうしたいの」

秀人の胸が激しく鳴っていた。誘われているんだろうか。秀人は立ち上がって、梓の隣に腰をおろした。梓は逃げ出さない。やっぱり、待っているのだ。どういうふうにやればいいんだろう。とにかくキスだ。早く。自信を持って。自分を励ました。梓の顔がこちらを向いた。唇を押し付ける。梓は抵抗しなかった。舌を入れるのか？

チロチロと動かして、口の中を探ろうとしたところで、梓に押しのけられた。

「条件を決めてからにしてよ」梓は言った。

「何の条件？」

「まだとぼけるの」

「別にとぼけてないけど」

秀人はたったいま触れた唇の感触の心地よさを思い出しながら、ぼんやりと梓の言葉を聞いていた。なんだかさっぱり分からない。いったい何を言ってるんだろう。

「あくまでシラ切るんだ？」

「言ってることが全然分からない」

「わたしにはGCSの奨学金を受ける資格がない。あなたこの前そう言ったわね」

「早く目覚めなきゃいけないって言ったんだ。このままじゃだめになってしまう。自分の能力を信じるんだよ」

「わたしにはそんな能力がないって、あなたが一番知ってる。そうなんでしょう？」

「君は僕と同じ特別な能力のある人間だ。だから僕たちは、こうなることがふさわしい」

秀人は顔を火照らせながらそう言って、もう一度梓にキスをした。腰に手を回す。梓の胸の膨らみが、秀人の心臓を刺激する。唇を押し付けたまま、秀人は梓をベッドに押し倒した。ペニスに血が集まる。

そのときになって急に、梓が暴れ出した。足をばたつかせ、顔をのけぞらせて、やめてと叫ぶ。そう大きな声ではなかったが、秀人は怯《ひる》んだ。と、頭とこめかみに、強い痛みを感じて、呻《うめ》いた。

背後から誰かに前髪を摑まれ、引っ張られている。

顎が上がり、そこに梓のびんたを食らった。視界に入ったのは茶色い髪を長く伸ばした、眉毛が薄く、目付きの鋭い男の顔だった。秀人は梓から引き剝がされ、カーペットに転がされた。

「ガキが色気づきやがって。ぶっ殺してやる」

男が木刀を振り上げた。

秀人は悲鳴を上げながら逃げようとする。が、腰が抜けていて立てない。木刀が目の前を通過して、生暖かい風が頬を撫でた。硬くなっていたペニスが瞬時に萎むのを感じた。

「大丈夫か、梓」男が言った。

梓はうなずいた。

「とんでもないガキだぜ。俺の妹に手出そうとしやがって。レイプだ。重罪だぞ、これは。どう落とし前つけるんだ、こら」

梓に兄がいたとは、知らなかった。彼は、秀人のブレザーの襟を摑んで締め上げた。

秀人は咳き込みながら、「ごめんなさい、ごめんなさい」と涙声で繰り返した。

「げ、汚い」梓が口許を手で覆って言った。

「うげ」という声を出して、梓の兄が秀人から離れた。

秀人は股間《こかん》が温かくなっているのに気がついた。小便が凄い勢いで洩れている。ズボンの股に染みが広がっていた。

恐怖感に羞恥心《しゅうちしん》が混じり、秀人は嗚咽《おえつ》を洩らしながらずり下がって、壁に手をついて立ち上がる。小便はようやく止まったが、ブリーフに溜まっていた分が流れ落ち、カーペットの色を濃くした。

「こりゃ畳まで替えなきゃ臭いとれないぜ」

「あんたどういうつもりよ」

秀人は鼻を啜り上げることしかできない。

「どうするんだ？」

「ごめんなさい」

「謝って済むのか？」

「掃除する」

「畳も替えろよ」

「……弁償するよ」

秀人は財布を出した。「それでいいでしょう？」

梓の兄が小便の染みを避けながら近づいてきて手を伸ばし、財布を引ったくった。参考書と辞典を買うつもりで母親にもらってきた二万円、ほかに今月分の小遣いが七千円入っている財布だ。

「へえ、おまえけっこう持ってるな」

梓の兄は札をすべて抜き取って、小銭だけになった財布を秀人に投げて寄越した。

「だけどこれで足りるかなあ」男は頭を爪で掻きながら言った。「迷惑料もいるし、それに梓にやったことも、忘れてもらっちゃ困るな」

「お金取って来る。家に帰ればもっとあるから」

秀人はとにかくこの場を早く逃げ出したかった。

「金持ちなんだな。じゃあ、あと十万は平気だな」

「分かった。取ってくるよ」

「明日でいいよ。俺の方から、学校に取りに行ってやるよ」男は梓を振り返った。「おまえ、こいつの学校知ってるんだろう」

梓がうなずく。

「じゃあ逃げられる心配はないってわけだ」

秀人は壁から離れてドアの方にゆっくりと進む。

「待てよ」

秀人は身体を硬くした。

「もう帰っていいでしょう？」

涙混じりの声で言った。

「これ持って行けよ」

梓の兄が差し出したのは、五千円札だった。秀人は訳が分からず立ち尽くす。

「そんな格好で電車乗るの嫌だろう？　タクシーに乗って行けよ」

何か魂胆があるのだろうか。迂闊にはもらえない気がする。

「おら、早く取れよ。いらないのか？」

考えてみると、残っている小銭は電車代にも足りないかもしれない。秀人はゆっくりと手を伸ばした。

「遠慮するなよ」

秀人は五千円札を握り締めて部屋を出た。

「廊下まで汚さないでよね」

足元を見ると、小便で湿った靴下の足跡がついている。秀人は靴下を脱いで、足をジャケットで拭いた。

水滴が垂れないように、そろそろと歩き、ようやく階段にたどりつく。背中に感じていた視線からやっと逃れられた。急いで階段をおりようとした。しかし足がガタガタと震えていて、壁伝いに、よろめきながら這い進むことしかできない。

家の外に出たときには、ほっとして、安堵の涙が頰を伝った。それはやがて、悔し涙に変わった。

18

野上を執務室に招き入れた工藤は、内側からドアの錠を閉めた。

どうしたんだろうと落ち着かない気分になりながら、野上は工藤に促されて、椅子に座った。テーブルを挟んで向き合う位置に腰をおろした工藤は、テーブルの上にあった小型のテープレコーダーの再生ボタンを押した。

音量は絞ってある。

テープに録音された自分の声というのは、それとすぐに分からないことがある。一呼吸遅れて背筋に汗が湧いた。

野上は眉間に皺を寄せて、工藤を睨んだ。上司でも、やっていいことと悪いことがある。

野上は身体が熱くなるのを感じていた。

工藤は平然とした様子で野上の顔を見ている。

「これは、いったいどういうことですか」

テープから流れているのは、昨夜の梨佳と野上の電話での会話だった。

「なぜこんな……」

「漆山梨佳を探すうちにね、君と彼女が、かつて深い仲にあったことが分かった。それでもしかしたら、二人は密《ひそ》かに連絡を取り合っているんじゃないかと思ったんだ」

「それじゃあ、全然説明になってませんよ。わたしと梨佳は昔付き合っていました。しかしそれが分かったのなら、わたしに直接訊くべきでしょう」

「基樹が訊いたら、とぼけたそうじゃないか」

あいつ、と野上は心の中で吐き捨てた。基樹があの日家に来たのは盗聴器を取り付けるのが目的だったのだ。

「しかし、なんで盗聴なんですか。守の父親が誰かとか、それに梨佳の行方にしても、こんな犯罪まがいのことをしてまで知る必要が、あなたにあるんですか」

「あるさ。あるからこそ、高い金を払って探偵まで雇ってるんじゃないか」

梨佳は強引なやり方で守をGCSに押し付け、姿をくらましている。工藤はそれを不快に思い、あるいは、守を不憫《ふびん》に思って、梨佳の真意を質すために行方を探しているのだと、野上はそんなふうに理解していた。だが、どうやら工藤には、梨佳を探す理由がほかにもあるようだ。

「説明してください。いったい何が起きてるんですか」野上は言った。

「それをわたしも知りたいんだよ」

「とぼけないでください」

「声が大きい。外に聞こえるぞ」

野上は肘をテーブルについて、額に手を当てた。脂が浮いていて、掌が粘った。

工藤はテープレコーダーを停めた。

「この会話を聞いて、どうやら君も、いま起きていることに戸惑っていることが分かった。わたしも同じなんだよ。事態を把握したいんだ。わたしたちは協力しあえると思う」

真剣な顔で工藤はそう言ったが、野上は不信感をいっぱいにたたえたまなざしで工藤を見つめた。

工藤が立ち上がって、壁際にあったテレビとビデオの載ったラックをソファの近くまで引っ張ってきた。

「ビデオのコードと電源をつないでくれ」

「何をするんですか」

「テープを見ながら話す」

そう言って工藤はパーティションの向こうに行った。

野上はコードのプラグを四つ差し込んで、電源を入れた。

ソファのところに戻ってきた工藤は、ビデオテープと茶封筒を持っている。

工藤がテープを再生した。

画面に映ったのは、カーテンの閉じた窓と木のテーブル、その両脇の椅子。ホテルの一室のような場所だ。画像は粗い。

工藤がビデオを早送りする。やがて、椅子に人が座る。左側は工藤、右は、ベレー帽をかぶった白髪の老人だった。何か喋っているが、声がこもっていて聞き取れない。

「この男」工藤は言った。「知ってるか？」

野上は首を横に振った。

「本当に知らないのか」

「誰ですか？」

工藤は野上の双眸を探るように見ていた。

「誰なんですか？」

ふっと息を吐いてから、工藤はその老人が誰なのか明かした。

河西慶太の死体発見現場の部屋の住人——水沼太吉。

画面では、老人が工藤に茶封筒を渡している。受け取った工藤が中身を引き出す。隠し撮りらしく、アングルが悪い。工藤の手元はよく見えない。

工藤が水沼太吉とは何者か、説明した。

水沼太吉は産婦人科の医師で、昔は病院を経営していた。だが、バブルの時期に不動産に手を出して、病院を失くし、妻子にも愛想を尽かされて、家からほとんど無一文で追い出された。医者の資格はあっても、既に高齢で、しかもアルコール依存症にかかっている。

近松吾郎を頼って、どうにか雇ってもらえたが、酒の臭いを撒き散らしながら病院に来られては、かえって迷惑だというので、非常勤の医師として、月に一度印鑑だけ押しに行って、微々たる給料をもらって帰る。そんな生活をしていた。

「近松先生が亡くなったあとも、彼の給料は保証されている。しかし、不安に思ったんだろうな。GCSから金をゆすろうと考えた」

水沼が笑いながら何か言っている。野上はテレビの音量を上げようとした。工藤がそれを止める。

「外に聞こえる」工藤はソファに腰をおろした。「大した話はしていない。このときは金の受け渡しをしただけだ」

「脅迫の内容はなんですか」

「早期幼児教育の成果を測るために一番いい方法は、同じ人間を、一度は早期教育のもとで、一度は早期教育とは無関係に育てて、比較検討することだ。しかしもちろん、こんなことはできないよな」

　工藤がいきなり何を語り出したのかと、怪訝に思いつつ、野上はうなずいた。

「次善の策は、双子、それもできれば一卵性の双生児について、一方の子供にだけ早期幼児教育を行ってみることだ」工藤は言った。「近松先生は双子の子供を使った研究を積極的に行っていた。といっても、あまり極端なことはできない。訓練の内容に多少の差をつけて、テスト結果の微妙な違いを見て行くような、そんな実験に限られる。双子の一方にだけ徹底した早期教育をするというような実験は、これは親が許さないだろう。これに替わる方法としては、きょうだいのデータを取ることだった。きょうだいの一方にだけ早期教育を受けさせたという家庭は、これはいくらでもある。そういうきょうだいを比較した結果では、近松式の成果は、数字になって現れている。しかし近松先生は、もっとはっきりした形でその成果を知りたかったようだ。別々に育つ双子に目をつけたんだよ」

「別々に育つ双子？」

「水沼は病院を経営していた頃に、養子斡旋を積極的に行っていた。中絶される子供の数を一人でも少なくしたいという名目のもとにね」

水沼の弁によれば、毎年数十人の命を救っていたのだという。おろすつもりで来た母親を説得し、養子先を探してやる。責任を持って育てられる親を見つけるため、水沼は信頼できる人間に頼んで、彼らに、いわば仲人の役割を果たしてもらった。子供にふさわしい養い親を探して結び付ける役だ。近松吾郎は、そういう仲人の一人だった。近松の探してきた養い親に引き取られて行った子供は数多い。

「ところがね、近松先生はけしからんことをしていたと、水沼は言うんだよ」工藤は宙を見据えて、テーブルを指で二度叩いた。「この養子縁組を、自分の研究のために利用していたというんだ」

約十年間に近松が結び付けた親子は、三十組弱。中に双子が九組。双子の比率が異常に多いのは、近松が積極的に双子の〝仲人〟になりたがったからだという。しかも双子は、すべて別々の親にもらわれていっている。

「それだけなら、スキャンダルにはならないがね」工藤は野上の顔に視線を向けた。「双子の一方だけがGCSの教育を受けたという例が、水沼が確認しただけで六例あるそうだ」

工藤は乾いた咳をした。「しかし六例のうちには二卵性の双生児も混じってるそうでね。データとしてどれだけの意味があるか分からない。リスクを冒してまでやるようなことではないだろう。わたしは、偶然の成り行きと信じたいが」

「とてもそうは思えませんね」

「仮に意図的だったとしてだが、それでも、われわれが脅される理由にはならないんだがね」

テーブルを叩いていた指の動きが止まった。「そういう双子の一人が、木俣梓だと言うんだよ」

工藤が先刻ビデオテープといっしょに持ってきた茶封筒から写真を二枚引き出した。

一枚目に写っていたのは、短かいスカートをはいた女の子。

「木俣梓だ」

野上が前に河西から見せられた梓の写真はおそらく隠し撮りで、正面からのものではなかった。こちらはスナップ写真で、梓はピースサインを作って微笑んでいる。河西が彼女は美少女タレントとして売り出せると言っていたが、まさしくその通りの整った魅力的な顔立ちだ。

もう一枚には、ジャージ姿の女の子が写っていた。おかっぱ頭で、頰が赤い。かなり太り気味で、焦点の定まらない目をしている。

「これが、双子の妹……」工藤は困ったような顔で言った。

妹と梓、写真で見る限りでは、体型も顔もまったく似ていない。

「知的障害があって施設に入っている妹――実はこれこそが梓だと水沼は言うんだよ。近松先生が二人の親を説得して交換したと」工藤は顔をしかめて、喉を鳴らした。「まさかと思ったが、わたしは梓の父親に質してみた。父親は、入れ替えは認めなかった。しかし梓が養子だということは認めた」

喉が痛むのか、工藤は背広のポケットから喉飴《のどあめ》を取り出して、口に含んで話を続ける。

梓の親は否定したが、不安を感じた工藤は、真相を確かめるために、幼い頃の梓を知っている人間に会わせた。彼女は本ものか偽ものか、基樹や秀人を梓に会わせてみて、いっしょに遊んだ彼らの記憶を擦りあわせてみようとしたのだ。ところが、梓は熱の後遺症で記憶を失っているという。それでは彼女が本ものの梓かどうか、記憶からは確かめようがない。

工藤は口を半開きにして、舌で飴を転がした。

「入れ替えがなかったという証拠はない」

工藤は野上の手にした写真を取り上げて、自分で眺める。

「彼女たちは、二卵性の双生児だった」

工藤はそう言って、写真の表を野上の方に向けた。

二卵性と聞いて、野上は二人の容貌の違いを納得した。

「幼い頃の梓の顔は、二人のどちらに近いかと言えば、明らかにこっちなんだ」

工藤はジャージ姿の女の子の写真を指差した。

野上も河西のところで四歳の頃の梓の顔をビデオで見ている。工藤の言う通り、四歳の梓は、いま梓を名乗っている少女より、ジャージ姿で写真に写っている少女に似ていると思う。

工藤は悔しげな顔で、自分の膝を叩いた。「もう一度梓の親に確かめた。もし入れ替えが事実としても、わたしは立場上告発するより秘密の共有という道を選ぶと、何度もそう言って分からせようとしたんだがね、梓の親は否定し続けた。梓本人にも質したよ。梓が高熱で倒れたのは、五歳になろうという時期だったんだ。そのあと入れ替わった偽ものなら、昔の自分が誰だったか憶えてるはずじゃないか。脅すようなことも言ってね、問い詰めた。だけど認めなかったよ。かわいい顔をしているが、これで肚が据わってる。記憶がないの一点張りだ。しかし、わたしは確信したよ。偽ものだ」

　工藤はうめくような声を出し、天井を一度見上げてから、言葉を続けた。「近松先生も、まったく余計なことをしてくれたものだよ。これじゃあ、何かあったと認めるようなものじゃないか」

　水沼の要求は最初百万、あとは、毎月二十万というものだった。そのくらいで済むのなら応じてもいいと思った工藤は条件を呑んだ。しかし調子に乗った水沼は要求を吊り上げた。「一括で三千万と言ってきた。高すぎるよ。梓を偽ものと入れ替えたのは、わたしではなく近松先生なんだ。わたしはこの件に無関係なんだし、梓の障害はGCSの後遺症ではなく、ほかの病気から来たものだ。わたしは突っぱねた。こういうビデオもあるしね」

　工藤はテレビ画面の方を一瞥した。「逆に恐喝で訴えてやると言った。しかし水沼は引き下がらなくてね、入れ替わっている子供がほかにもいると言い出した」

　工藤はかすれた声でそう言うと、咳き込んだ。

「だがね」工藤は口許をティッシュで拭った。「そんなことを急に言い出すのはおかしいだろう。信じない、帰れと、追い返してやった。どうにでもなれと、そこまでの肚は固まってなかったんだけどな。ただ、強く出れば水沼が要求を下げてくるだろうと考えていた。目的がGCS潰しならともかく、金目当てなら、わたし以上の取り引き相手はいないわけだからね。強気に出て、ゆっくり待つことにした。しかしそこに、あの事件だ。スキャンダルを追いかけていた河西が殺されて、水沼が失踪《しっそう》。いったいなんだねこれは、何が起こったんだ。え？」

「わたしに訊かれても、分かりませんよ」

「漆山梨佳までが、同じ時期に姿を消している。この事実は、どう関係してくるんだね」

「盗聴テープを聞いたでしょう。梨佳は何も関係していない」

「そうは思えない。ただ、君が関係していないことは、分かった。だからこうやって相談している。教えてほしいんだ」

「何をですか」

「守には、双子の兄弟がいるのか？」

「どうしてそんなことが知りたいんですか」

「水沼が言っていたもう一件の入れ替えが本当にあるのかどうか、知っておく必要がある」

工藤は野上の方に額を寄せた。「どうなんだ」

「知りません」

「父親が知らないはずないだろう」

野上は首を横に振った。

高校一年の夏休みが終わろうとする頃、妊娠したかもしれないと梨佳に言われて、駆け落ちした。しかしそのとき、梨佳は病院に行ったわけではなかった。生理が遅れていたから、妊娠したかもしれないという曖昧な言い方をしたのだ。

その後駆け落ちしていっしょに暮らしている間、野上は彼女の妊娠を信じていたし、現に守が生まれているのだから、妊娠は間違いではなかったのだろう。だが、梨佳はあの時期、まだ病院にはかかっていない。生活が少し落ち着いてから産婦人科に行くと言っていた。しかしその前に、親に連れ戻されたのだ。仮に双子だったとして、梨佳は既に気がついていたということは、ひょっとしたらあるのかもしれないが、少なくとも自分はそんなことは知らされてもいないし、考えたこともない。

それ以後、つい最近まで、梨佳は子供を中絶したと思っていた。

別に隠すことではないと思ったから、野上は工藤に正直にそう言った。

工藤は乾いた咳をして、喉を押さえる。「戸籍を調べた」

プライバシーの問題があるので簡単には調べられないはずだが、探偵を雇っているというから、裏から手を回す方法があるのだろう。

「戸籍上、子供は一人しか生まれていない。守だな。島岡家に養子に出されて、三歳のときには漆山梨佳の元に戻ってるが、戸籍上は裁判とかの問題だろうな、四年一ヶ月後に再び漆山梨佳の籍に戻っている」

「じゃあ、双子の兄弟はいないということじゃないですか」

「そうとは言えないところが厄介なんだよ。水沼は、実子縁組みも行っていたことが分かっている」

日本ではまだ養子という事実を子供に知られたくないという人間が多い。そのために、法律違反は承知で、養子を実子として届ける人たちがいる。医者の協力があれば、簡単にできることだ。

「仮に双子がいたとしても、どこかの夫婦が実子として届けたとしたら、戸籍からはたどれない。だから、君に訊いてる。双子の兄弟は、いるのかいないのか」

「さっき言った通りです。わたしは知りません」

工藤は腕を組んで背凭れに身体を預けた。「正直なことを言ってくれ。君はこの状況をどう理解しているんだね」

「理解なんてできません」

「漆山梨佳が河西を殺した、君はそう考えているようだね」

「考えていませんよ」

「電話でそう言ってるじゃないか」

「否定してほしかっただけです」

「河西の最後の電話、どんな内容だったんだね。漆山梨佳のどんな秘密を握ったと言ったんだね」

「言わなかったんです、月曜に話を聞く予定でした」

「電話では、秘密を聞いたようなことを言ってるじゃないか」

「かまをかけて、梨佳に喋らせるためですよ」

盗聴テープを聞けば、それは分かるはずだった。工藤も、一応訊いてみただけだろう。それ以上は追及してこなかった。

「河西は九年前の事件を調べていて、子供の入れ替わりという疑惑を抱いていた」

工藤は野上の双眸を覗き込んだ。「そうなんだろう?」

基樹の母親から聞いたのか、あるいは河西の部屋から何か持ち出したのかもしれない。警察より先にあの部屋を調べるチャンスは、少なくとも基樹には、確実にあった。

「双子を入れ替えた可能性を探って、河西が水沼にたどりついたという可能性は十分ある」

工藤は独り合点するようにうなずきながら、そう言った。

河西は野上に対しては、子供の入れ替え疑惑を口にしたが、双子間の入れ替えとは言っていなかった。だが、調べるうちに水沼に突き当たったということは、ありうるだろう。

「水沼としては、入れ替わりが暴かれてしまったら、恐喝のネタがなくなる」工藤は言った。「水沼が急に、金をまとめて払えと言ってきたのは、入れ替えがまもなく暴かれると考えたからだと思うんだ。しかし、わたしは金を払わなかった。焦った水沼は、河西の口を塞いだ。そうすれば、当分恐喝のネタはなくならない、というわけだ。まあしかし、それで殺人犯として追われるのでは、割に合わないからな。最初から殺すつもりではなかったんだろう。なんとか説得しようとして、金を山分けすると持ち掛けた。しかし、河西は応じなかった。いますぐにでも記事にしようとする、それで……」

工藤は、身体を乗り出して野上に顔を近づけている。「わたしはそんな状況を想像していたよ。しかし、君と彼女の会話を聞いてね、そうじゃないかもしれないと思えてきた」

野上は身体を後ろに引いた。

「漆山梨佳も事件と何か関わっている」工藤は言った。

「根拠が何かありますか」

「このテープで」と、工藤は盗聴テープをテーブルから持ち上げた。「疑惑としては十分だろう」

工藤は乗り出していた身体を元に戻した。「ここで話したことを他言すれば、わたしはこのテープを警察に送るよ。河西が漆山梨佳について何を摑んだのか、警察は興味を持つだろう」

「……別に、誰にも話しませんよ」

「守に双子がいるのか、いるとすれば、どこでどうしているのか。守は入れ替わったのか。誰かに真相を暴かれる前に、知っておきたいんだ。それでどうしようというわけではない。GCSの責任者として、九年前の事件の真相を知っておく必要があると思うだけだ」

工藤は眼鏡を外して眉根を親指の先で揉んでから、眼鏡を掛け直して言った。「わたしたちは手を組むべきだと思う」

「盗聴器は、どこに仕掛けてあるんですか」

「コードの差し込み口、モジュラーというのかな、あのカバーを開ければ見つかる」

「もう二度と、こんな真似はしないでください」

「協力して、漆山梨佳を探そう」

野上はその言葉を無視して、立ち上がった。「失礼します」

19

小型のナイフを使って、秀人は鉛筆を削っていた。既に十一本削り終えて、机に一列に並べている。勉強に使うのはもっぱらシャープペンシルで、鉛筆を削るのは神経を集中させるためだった。ふだんは一本削ると、なんとなく気分が高まってきて勉強に取りかかることができる。けれども今日は、いくらやっても苛立ちが鎮まらない。

ノックの音がした。無視していると、ドアが軋《きし》む音がした。

「勉強中ごめんなさいね」奈々子が言った。

秀人はナイフを動かすのをやめて、一瞬だけ振り返って奈々子を見た。

帰宅したばかりの奈々子は、スーツ姿だった。

「服、どうしたのあんなに汚して」

秀人が玄関のところに脱ぎ捨てた衣服のことだ。

「転んだんだ」秀人は奈々子に背を向けた格好で言った。

「いったいどんなふうに転んだらあんなふうになるの？」

帰宅前、秀人は失禁の染みと臭いを消すために、空き地のぬかるんだ泥の上を転げ回った。

「友達とふざけてたんだ。プロレスごっこだよ」

「そんなことするなんて、珍しいわね」

「もうしないよ。ごめんなさい」

「別に謝らなくてもいいんだけど、遊んでそうなったのなら、それは……」

「何心配してるの」

秀人は微笑を浮かべて椅子を回した。

「あら、そこ、瘤《こぶ》ができてるんじゃないの」

前髪を強く引っ張られたので、生え際が赤く腫《は》れ上がっている。

「どうしたの、これ」

奈々子が秀人の額を触ろうとする。

「だからプロレスごっこだって。大したことないよ」

秀人は奈々子の手を払いのけた。

奈々子は手は引っ込めたが、顔を近づけて腫れた部分を見ている。

秀人は机に向き直った。

「ほかに用がないんなら、勉強の邪魔しないでよ」

秀人は机に向かって英語の参考書を開いた。

「秀人、何かお母さんに隠してない？」

「別に」

秀人は食い入るような姿勢で参考書に目を走らせる。

まもなく奈々子は踵を返した。

彼女がドアを閉じようとしたとき、秀人は言った。「ねえ、木俣梓って、知ってるよね」

「ええ」

「彼女に、お兄さんいる？」

「順平《じゅんぺい》君だったかしら」

「何やってる人？」

「さあ。たぶん高校生だと思うけど。彼がどうしたの？」

「この前、梓さんと偶然会ってさ、そのときお兄さんって人といっしょだったから」

「ひょっとして、あなたのこと、憶えてた？」

秀人はぎくりとしたが、動揺を隠して振り向いた。

「研究室で何回か会ってるはずよ」

「あの人もＧＣ訓練を受けてたの？」

「いいえ。ただ、あの子たちのお母さん、ちゃっかりしたところがあったから、研究室を保育所とでも思ってたのね。梓ちゃんといっしょに順平君も置いていくことがあったのよ。いい子でね、年下の子とも、上手に遊んでくれてたから、こっちも文句言わなかったというのもあるんだけど」

いい子が、いまはああなのか。秀人は吐き気がした。

「順平君がどうかしたの？」

「ん？　別に」

秀人はそっけなく言って机に向き直った。

数秒の沈黙があって、背後でドアが閉じる音がした。

秀人は奈々子がいなくなったのを確認すると、椅子の背凭れに身体を預けて深呼吸した。

梓の部屋で起きた出来事が脳裡に蘇る。羞恥心と恐怖感、悔しさがぶり返し、身体が熱くなった。

あんな屈辱的な出来事が自分の身に襲いかかったなんて、何かまだ信じられない。忘れよう。狂犬に嚙まれたと思って……そんな慰め文句を思い出す。

十万円は、お年玉などを蓄えた預金で間に合う金額だった。

自分だけで解決できる。明日金を払って、それで全部おしまいだ。もうこれ以上、あいつらに関わってたまるか。あいつらのことを考えるだけでも時間のむだだ。その分勉強しよう。

そして偉くなって、いつかあいつらに思い知らせてやる。そう思うと、急に気分が楽になった。

20

玄関を開けた基樹を、野上はいくぶん険しい顔で見おろした。

「守君、今日も休ませなきゃしょうがないみたい。今度は本当に病気になっちゃった」

野上は基樹に続いて居間に入った。

中二階のベッドから、咳が聞こえる。

「ご飯食べないし、夜中も電話が気になってあんまりよく眠れないみたいだしさ、病気にもなるよ」

基樹は居間のソファに座った。

野上は中二階を見上げる。

「様子見てくれれば」

意味ありげな言い方だ。

野上はしばし逡巡《しゅんじゅん》してから階段を上がる。野上と梨佳の電話での会話――盗聴テープを仕掛けたのが基樹なら、たぶん聞いてもいるだろう。

基樹は守に、何か話しただろうか。

守が身体を起こすのが見えた。激しく咳き込みながら、テーブルからティッシュを取り、口許に付いた洟だか痰《たん》だかを拭っている。

「苦しいのか？」

守と野上の視線が絡んだ。守の表情に特別な変化は見えない。どうやら基樹は話していないようだ。梨佳から連絡があったことも、野上と梨佳の特別な関係のことも。

「さっき熱測ったら、三十七度五分だった。学校休んでいいでしょう」

「しかたないな。もう一眠りしなさい。それで熱が下がらないようなら病院に行こう」

「うん」

守はベッドに横になる。

「咳と熱以外は、どうなんだ。心臓に持病があるって聞いてるけど、そっちは？」

「大丈夫」

頬が赤くなっていたから、おそらく熱があるのは本当だろうし、鼻は真っ赤で、屑籠にはティッシュが山になっていた。具合は、かなり悪そうだ。といって、慌てて病院に連れて行く程ではなさそうだ。素人判断で言えば、ただの風邪だ。心配はいらない。

野上は守の身体に毛布を掛け直してやりながら、下におりた。

ソファに座った基樹は欠伸をしていた。

「ちょっと、向こうで話をしないか」

野上はダイニングに行くと、基樹がソファから立ち上がるのを確認して、カップを二つ棚からおろした。

テーブルに、食パンと紅茶のパックが出ている。

野上はポットの湯を確かめた。電源が入っていて、保温のランプが点いていた。

基樹がダイニングの椅子に腰をおろす。野上は紅茶を二杯作って、一つを基樹の前のテーブルに置くと、ポケットに手を入れた。

「これ」と、ポケットから取り出したものを基樹に差し出す。チョコレートの欠片みたいな平べったい板に、コードとクリップが付いている。

「君が仕掛けたんだろう」

囁くような声で言った。

基樹が椅子から立ち上がって、居間と繫がるドアを閉ざした。

「こういうのって、悪いことだとは思わないのか？」

「嘘つきも泥棒の始まりって言うけどね」基樹は小声でそう言って、盗聴器をポケットに入れた。

「車の中で話した方がいいんじゃないかな」

守が壁の向こうで耳を澄ましている可能性は、なくはない。

足音をしのばせて二人で玄関を出て、マンションの建物の前に止めてあるワゴンに乗った。野上は運転席、基樹は助手席に座った。

「河西との関係に続いて、今度は漆山梨佳との特別な関係」基樹は言った。「何企んでるんだろうって、そう思うじゃない」

「何が企めるって言うんだ」

「漆山梨佳さんが、かつて僕らのおもり役だったことは知ってる？」

「近松吾郎の秘書だったという話は聞いている」

「短かい期間だったけど、僕は憶えているよ。向こうは、僕が憶えていないと思ったのかなあ、知らんふりだったから、僕も知らんふりしてたけどね。九年前の事件のとき、ともかく彼女は現場にいたってことだよね」

基樹が野上の方を向いて、眉をぴくりと動かした。

「九年前、竹村春江は子供に、つまりこの僕に、狂ったふりをさせた。それは間違いなく真実だよ。ほかの三人もいまは正常。僕は彼らに会って、三人の狂気も、嘘だったんだと信じた。前に工藤さんが話したよね、九年前の事件のこと」

「ああ」

「僕はあの通りに理解していた。だけど、河西は違うことを考えていたんだよね。子供の入れ替えとかさ」

「どうして知ってるんだ」

「部屋にメモがあったよ。それに、竹村春江からも話を聞いた」

「メモは、見ただけか」

「え？」

「元に戻したのか？」

「そう思うけど」

基樹は鼻で笑って言った。

河西が死んだと分かった時点で、彼の部屋から都合の悪い物を処分する機会が、基樹にはあったと思う。もっとも、そのメモが基樹にとって都合の悪い物かどうかは、分からない。

「河西は、漆山梨佳にも特別な興味を持っていたんだよね」

「メモに何が書いてあったんだ?」

「梨佳は近松の愛人か、クエスチョンマーク。事件とどう関わるのだろう。守も別人か、クエスチョンマーク。梓は偽もの。本ものはどこか、クエスチョンマーク。秀人には従兄の雅夫、コミュニケーション障害。そんな感じだったかな」

基樹はフロントガラスの曇りを指で拭って、クエスチョンマークを描いた。「竹村春江に訊いたらさ、野上さんと河西がその話をしていたって言うんだよね。まあ、あの人の言うことなんて、信用はできないんだけどね。素面でも、でまかせは平気で言うから。それでも興味を持たざるを得ないよね。そこに、野上さんと漆山梨佳の昔の関係が分かって、しかも野上さんは隠そうとする。いったいこれはなんだろうって思うよ」

「それで、盗聴器か」

基樹はうなずいた。

「工藤さんと君と、どっちの提案だ」

「僕だよ」

「もし仮に、何かが起きていたとしてもだよ、君がそんなに気にするようなことなのかな。大人の世界に子供が首を突っ込むべきではないだろう」

「長く生きてれば大人だっていうのは納得できないけど、それはまあいいんだけどね。僕にとっても切実な問題だよ。河西が死んでいるんだ。竹村春江は容疑者の一人にはなるでしょう。一番身近な人間なんだから。そうなれば、僕だってやばいよね。子供だからっていう理由で容疑者のリストから外されるような時代じゃないでしょう、いまはさ。それに、科学捜査の時代はまだまだで、相変わらず警察や検察の主観によって事件の真相が決められる場合があるでしょう。自分の身の潔白を立証する必要に迫られたら、どうしたらいいか——真相を摑んでおくのが一番だよね」

「河西を殺したのは、梨佳だと思っているのか」

「そんな決めつけはしていないよ。だけど、その可能性はあるし、野上さんが共犯の可能性もあった。野上さんの単独犯って可能性だってあるよね。漆山梨佳も、実は野上さんが殺してしまってるのかもしれなかった」

「わたしはそんな人間に見えるかな」

「見えないよ。だけど、見かけを理由にして容疑から外すというのは、主観的すぎるよね。僕は自分の主観をそこまで信用していない」

「それなら、わたしも考えを改めなくてはならないことがある。竹村春江さんは」野上は基樹の母親をあえてそう呼んだ。「君に二度、殺されかかったと話していた。階段で押されて、落ちるとき君を見たんだそうだ」

野上は身体をずらして、煙草を服のポケットから取り出す。

「だけど、わたしには君が母親を殺すような人間には見えない。彼女の妄想か、見間違いだと考えた。しかし、人の見かけに惑わされるべきではないわけだね」

「そう思うよ。僕はあの女を殺しても平気かもしれない」

野上は基樹の双眸を覗く。基樹は瞳を少し動かした。

「だけど、特に殺す必要はないし、やるなら完全犯罪じゃないと、割に合わない。階段から突き落としたりして、目撃者がいたらどうするの。それも当人が目撃者として生き残るなんてさ。僕はそんなドジなことは絶対にしないな」

河西を殺したのは、実はこの基樹ではないのか——ふとそんな考えが野上の脳裡をよぎった。それを見透かしたように、基樹が言った。

「僕が河西を殺した犯人かもしれないと思ってる?」

基樹は鼻孔を動かした。「もしそうなら、野上さんの電話を盗聴なんてしないよ。事件を起こしたあとになってバタバタしたりしないように、完全な形で決めちゃう」

本当にそうかもしれないと思わせる、ある種の怖さが、基樹にはある。

「盗聴のこと、一応謝るけどさ」基樹は表情を緩めて言った。「でもおかげで、野上さんは信用していいんだってことは分かったよ。漆山梨佳の共犯じゃなかった」

「梨佳が河西を殺したと思わせる証拠は何もない」

「でも、何かの秘密があることは確かだよね。何かから逃げてるか、思惑があって姿を隠してる。何かの犯罪の臭いは感じるでしょう」

「いや、ただの駆け落ちだと信じているよ」

「相手は?」

「分からない。しかし、いっしょにいた男が目撃されている。駆け落ちの相手がいたことは確かだ」

「タクシーの運転手の証言では、ハンチングをかぶった白髪の瘦せた老人で、女の、漆山梨佳さんの、父親ぐらいに見えたそうだよ。それで僕は、思い当たる人間がいるな」

野上は基樹の顔を凝視した。

「水沼太吉だよ。年格好も人相も当てはまるじゃない」

ＧＣＳを恐喝していた男、河西の死体が発見された部屋の住人——水沼太吉。野上はビデオで見た水沼の姿を思い浮かべた。彼と梨佳がいっしょに逃げている？　なぜ、と問う必要はないだろう。水沼が河西を殺して逃走の必要が生じて、愛人の梨佳はそれに同行する。もしそうなら、守か彼かどちらかを選ばなくてはならない。二人の関係を警察が摑んだとしたら、守に会いに来る梨佳を警察が待ち構えているはずだ。今後、ずっと。水沼が逮捕されるまで。

水沼は梨佳の愛人だった。そう考えれば、欠けていたパズルのピースが埋まる。

しかし、梨佳がいっしょに逃げた相手と水沼の容姿が似ているというだけで、そこまで考えるのは行きすぎだろう。第一、梨佳が子供を捨ててまで追いかける相手が水沼だとは、信じられない。男と女のことは何があっても不思議はないと言っても、水沼のあの皺だらけの顔と、下卑た笑顔。あんな男に惚れる女がいるとは思わない。ましてや梨佳が……。

「こじつけじゃないか。君の主観だ。そんなもの大して信用できない。君がさっきそう言ったよ」

野上は作り笑いをして、煙草をくわえた。ライターを弾くがうまく火が点かない。動揺している自分に気がついた。

21

校門で待っていたのは、梓一人だった。秀人は暗澹《あんたん》とした気分で彼女に近づいて、いっしょに歩き出す。秀人のクラスメートが二人、冷やかしの言葉を投げかけて、追い越して行った。

秀人は重たい足取りで、梓のあとをついて通りを渡った。コンビニエンスストアの横の狭い路地に入ったところで、秀人は梓を追い抜いて立ち止まり、鞄を開けた。梓が怪訝そうな顔でその様子を見守っている。秀人は銀行の名前の入った封筒を取り出して、梓に差し出した。


「兄さんに直接渡してよ」梓が言った。

「なんで。お金がちゃんとあれば……」

「とにかく連れて来いって言われてるの」

そう言って歩き出した梓を、秀人は泣きそうな顔になりながら追いかけた。

「あんたが悪いんだからね」梓は秀人を振り返って言った。「わたしは、あんたにつきまとわれるのがいやだっただけ。あんたが聞き分けがないからいけないのよ」

「僕はつきまとってなんかいない」

「わたしが嫌がってるの、分からなかった？」

「嫌なら、なんで付き合ったのさ」

「あなた本当に、気づいてなかったの？」

「何を？」

「わたしを脅してるつもりはなかったの？」

梓は秀人を一瞥して、吐息を洩らした。「じゃあちょっと悪いことしちゃったかな」

「どういうこと？」

「あなたはわたしの秘密に気づいたんだと思ってたわ。だからわたしがあんなに嫌がってみせてるのに、自信満々で口説くんだと思ってた」

「どんな秘密？」

「本当の本当に知らないみたいね」

梓はくすりと笑った。「じゃあなんであんなまねできたのよ。わたしがあなたを好きだとか、本気でそう思った？」

秀人は、うつむいた。あのときは、本気でそう思っていたのだ。

「対等な立場になりたかっただけなの。わたしもあなたの弱みを握りたかった。それなのに、なんか一方的になっちゃったかもね」

「君の弱みってなんなんだ。君の秘密って……」

「秘密は秘密でしょう」

梓が険しい顔で秀人の顔を覗き込んだ。「言っとくけどさ、この先、わたしの秘密に気づいても、それをばらそうなんてしないほうがいいよ。兄さんをこれ以上怒らせたら、あの人何するか分からないから」

背筋が凍るのを感じながら、秀人は陸橋を渡って、線路沿いの道を歩いた。

ゲームセンターのところで左に折れて、坂道を下ると、公園がある。金網に囲まれていて、一応公園と名前が付いているが、ただの空き地にも見える。寂しい裏通りにあるこの場所は、昼間も人けがほとんどなく、陰気な雰囲気が漂っていた。そのせいで秀人の気分はさらにどんよりとなり、順平の姿を見て、どろりとした石油でも呑み込んだように胃の辺りが重くなった。

煙草を口にくわえ、落ち葉を足で寄せ集めていた順平は、秀人に向かって、軽く手を上げた。

秀人は緊張のせいで手足の動きがばらばらになっている。奇妙な足取りで順平に近づいた。すぐに逃げ出したい。封筒を差し出す。順平がそれを手にしたと同時に、言った。

「もう帰っていいよね」

「まだ中を確認してない」

「ちゃんとあるよ」

「そう慌てるなよ」

順平は梓に封筒を渡した。「数えろ」

梓が封筒の中身を引き出す。

「いくらある？」

「十万」

「え？」

順平が煙草のけむりを吐き出しながら、首を傾けて、秀人の顔を覗き込む。「どういうことだ？　なんで十万なんだよ」

「なんでって、だって、十万って……」

「昨日タクシー代借りたの忘れたのかよ」

背中の肌がざわめいた。秀人は、ブルッと身体を震わせた。

「五千円……いまは持ってないけど、でも、銀行に行けば……あとで持ってくるよ」

「この寒いのにここで待ってなきゃいけないのかよ」

順平はズボンのポケットに手を入れて、わざとらしく肩をすぼめた。

「明日また取りに来てやるよ」

なんとか今日で終わりにしたかったが、しかたがない。溢れそうになる涙をこらえながら、秀人はうなずいた。

「言っとくけどさ、借金には利子ってやつが付きもんだってことは忘れるなよな」

秀人は拳を固く握り締めた。

「いくら持ってくればいいの？」

「さあ、いくらかな。考えとく」

「いま言ってよ。明日になったら、また足りないって言うつもりなんだろう」

順平は薄笑いを浮かべた。「じゃあ、あと十万な」

秀人の預金は、もう七万円弱しか残っていない。

「無理だよ。そんなお金、もう無理だ」

「別に明日全部持ってこなくてもいいぜ。少しずつでもな。そのかわり、利子がまたつくちゃうかもしれないけどな」

　秀人は溢れてきた涙を拳で拭った。

「タクシー代、俺のおごりってことにしてやってもいいぜ」順平は言った。「超能力ってやつを見せてくれたらな」

　なんのことか分からず、秀人は洟を啜り上げながら順平の顔色を窺う。

「おまえ、特別な人間だそうじゃないか。特殊能力の持ち主なんだろう。何できんの？　スプーンとか曲げるのかよ」

「そんなのできない」

「こいつに火、点けてみろよ」

　順平は足元の落ち葉を顎で示した。

「できるわけないだろう、そんなこと」

「俺できるぜ」

　順平は煙草を枯れ葉の中に落とした。白い煙が立ち昇り、やがて炎が上がった。

「馬鹿は機転が利かないからいやだぜ」順平は喉を鳴らして笑った。「今度は消してみろよ。消せたら、タクシー代の五千円のことは忘れてやるよ。ただし、手足で触れたりしたらアウトだぜ。それじゃあ超能力じゃないからな」

　どうやって火を消せばいいのか、秀人は思いを巡らせた。

「得意技があるじゃないかよ。昨日も見せてくれたろう」

　順平がにやにやと笑っている。

秀人は梓を一瞥した。梓はうんざりしたような顔で、視線をこちらからそらしている。秀人は意を決した。順平が何を期待しているのか、分かっている。ズボンのチャックをおろして、縮こまったペニスを引き出す。ちろちろと流れ始めた小便が、まもなく勢いを増し、火を消した。

順平はゲラゲラ笑いながら見ている。秀人はのたうち回りたいような屈辱感にさいなまれていた。

「女の見てる前でよくやるよな。おまえ恥ってもんを知らないのかよ。でもまあ約束だから お前の借金はちゃらだ」

順平は靴の裏を秀人のペニスにこすりつけた。「今度梓に何かしたら、こいつをちょんぎってやるからな」

秀人は顔を真っ赤にして、痛みと羞恥と悔しさに耐えた。

22

野上は夕方、マンションに守の様子を見に行った。熱は、すっかりひいていた。ときおり咳き込んではいたが、本人が大丈夫だと言うので、医者には連れて行かず、様子を見ることにした。しかし、大丈夫というわりには、守は身体がひどくだるそうだった。

だが、電話が鳴ったときの動きは、敏捷《びんしょう》だった。梨佳からかもしれない、と期待するのだろう。違うと分かると、またぐったりとベッドに横たわる。結局、身体よりも心の問題なのだろう。梨佳からなんの連絡もないことにショックを受けているのだ。

梨佳は守を心配して、日曜の夜に野上に電話をかけてきている。そのことを守に教えてやりたかった。お母さんは、ちゃんと君のことを心配しているんだよと。ただ、事情があって姿を現せないだけなんだ。そう言ってやりたい。けれども、その事情とはなんなのか。梨佳が言うには、守より男をとったのだ。守にそう伝えられるはずはないし、野上は、その言葉を鵜呑みにはしていない。何か、裏がある。

守には、あの電話のことは告げない方がいいだろう。言っても、慰めになる気がしない。梨佳はあの番組を見なかった。だから連絡してこないのだと理由づけて、守は自分を納得させようとしているようだった。そう思っている方がまだましだろう。

五時半になると、野上は守のことを隣の比嘉夫婦に頼んで、帰宅した基樹を伴ってマンションを出た。

六時からスタジオを借りて、GCSの宣伝ポスターの撮影が行われることになっていた。モデルは、秀人と基樹、それと小村夕菜《こむらゆうな》というタレント。

途中秀人を拾って、野上たちがスタジオ入りしたのは、六時五分過ぎだった。

「どうもすいません」と、野上は頭を下げたのだが、五分の遅れは、小村夕菜の臍《へそ》を曲げさせてしまった。

夕菜は幼児期、GCSの特殊音感教育を受けている。それで音楽の天才になった、というのがGCSの宣伝文句だ。夕菜は最近売り出し中の、中学生の少女五人のバンドでキーボードを弾いている。彼女たちの演奏を、野上は何度かテレビで見ているが、生の音が流れているとは思えなかった。形だけ見せて、別人の演奏を流しているのではないかと、疑っている。

音楽に詳しいわけではないが、少女たちの動きがあまりに大袈裟な気がしたからだ。それにボーカルの口は音と合っていなかった。

しかし夕菜の音楽の才能が実際どうであろうと、宣伝効果はある。ポスターの中心はなんといっても彼女だった。基樹と秀人は脇役にすぎない。その二人が遅刻したことが気にくわなかったのだろう。

夕菜は最初から不機嫌で、撮影の間中、あれこれとわがままを言い、途中一度は控え室に閉じこもってしまうなど、手を焼かされた。夕菜には担当のマネージャーが別についていたのだが、付き合いきれないからやめると、子供っぽいことを言い出したカメラマンを宥《なだ》める役は野上に回ってきた。ほかにもスタジオ使用の時間延長の交渉や、そのための金銭の問題を会社の経理に連絡して許可をもらったりと目が回るような慌ただしさだった。

これで基樹と秀人が文句の一つも言い出していれば、事態はもっと大変になったところだが、二人は、愚痴一つ言わず、終始素直に、指示に従っていた。

撮影は当初の予定より大幅に遅れ、九時近くになった。それでも、あともう少しとカメラマンが言ったところだったのに、夕菜が別のスケジュールがあるというので勝手に帰ってしまった。

野上はカメラマンに怒鳴られ続け、やっと解放されたのは九時半過ぎだった。

「大変だったな」とワゴンの運転席に座った野上は、苦笑いしながら後ろを振り返った。

基樹と秀人が並んで座っている。基樹は元気そうだったが、秀人はぐったりとした様子で、肩を落としていた。

急いで送ろうと近道になる細い道を抜けて、大通りの車の流れに混じった。まもなく赤信号に摑まった。そのときに、それまで黙っていた基樹が口を開いた。

「木俣梓のこと、どう思う？」

「ん？」と野上は振り返ったが、基樹の顔は秀人の方に向いていた。

秀人は、なぜかぎょっとしたような表情になっている。

「木俣梓さ、どう思う？」

「な、何が」秀人はいつになくおどおどしたような口調で言った。「別になんとも思ってないけど」

「好きかどうかとかじゃなくてさ、会ったとき、なんか変だと思わなかった？」

基樹は秀人を一瞥した。

「変って？」

「ずいぶん変わったと思わなかった？」

「うん、それは思ったけど」

「見かけだけじゃなくてさ、印象も変わってただろう。別人なんじゃないかって、ちょっとそんな気が前からしてたんだよね」

前の車が動き出した。野上は正面に向き直って、聴覚の意識だけを後方に残した。

「だけど、ふつうはありえないことじゃない。そんな偽ものなんてさ。だからまあ、女の子は変わるんだなあって、一応納得してたんだけどね」

野上は基樹の視線を感じて、ルームミラーを覗く。目が合った。

「あの梓、偽ものだよ」基樹は言った。「本ものの梓は、九年前頭がおかしくなっただろう。あのまま、元に戻らなかったんだよ。GCSで狂った子供がいるというのが世間にばれたら、GCSの評判はがた落ちだからね、別人と入れ替えたんだよ」

「本当なの？」秀人はか細い声で言った。

「推測だけどね。君の意見はどう？　木俣梓、本ものだと思う？」

「……分からない」

「今度会うときは、そのつもりで見てみて」基樹は言った。「だいたいさ、あの梓がGCSの子供だなんて、思えないんだよね。ぴんと来るものが全然なかった。本ものは別にいるんだよ。僕らの仲間は別にいる」

「でも、その子、頭がおかしくなってるんじゃないの？」

「そうだろうけどさ。天才となんとかは紙一重って言うじゃない。GCSを受けた結果、そうなってしまう人間がかつていたということは、僕はちっともショックじゃないね。むしろさ、GCSで育ったのに、ふつうのそこらの人間とちっとも変わらなくなってる人間がいるとしたら、そっちの方がショックだよ。だって僕らはふつうとは違う形に脳がデザインされてるはずなんだからね。よかれあしかれさ、一般から見れば、脳は異常になるはずだ。ふつうってことはないだろう」

「うん」と秀人は、同意か、ただの相槌か分からない曖昧な返事をした。

「梓の脳の異常は、むしろGCシステムが確実に脳に変化をもたらしたってことの証明なんだよ」

その言葉を最後に、車内には沈黙が横たわった。

大通りを外れて、秀人の家に続く坂道を登り始めたとき、基樹が沈黙を破った。

「秀人君さ、雅夫君とときどきは会うの？」

「え」と、秀人は声を洩らした。

「従兄の雅夫君。——養護施設に入ってるんだってね」

「そうだけど、どうして知ってるの？」

「うん、ちょっと聞いたんだけど。コミュニケーションに障害があるんだってね」

「それがどうかした？」

「いや、ただささ、雅夫君は、ＧＣＳに通わなかったのかなあと思ってさ」

「通ってないと思うけど」

「秀人君のお母さんの、お姉さんの子供だよね。ＧＣＳは脳障害の治療にも効果があるって言われてるのに、どうして勧めなかったんだろう」

「向こうの家族はそういうことが嫌いだったんだってさ。子供に変なことさせるなって」

「変なことか……」

秀人の家の前に到着した。秀人は「じゃあ」と、それだけ言って車を降りた。

野上は車を路地の奥に進めて、Ｔ字路を使って車の方向を逆にした。ゆっくりと坂道を下る。

「どうして、秀人君にあんなことを言うんだ？」

「あんなことって？」

「木俣梓が偽ものに入れ替わってるとか、秀人君に言う必要があるかな。しかも近松吾郎がそれに関わっているようなことも言ったね」

「あいつも、GCSの子供なら、知っておいていいことだよ」

GCSの子供――梨佳がそんな言葉を使っていたことを、野上は思い出した。

「GCSの子供って、どういう意味かな？」野上は訊いた。

「どういうって、言葉通りだよ。近松先生が、よくその言葉を使ったんだけど、GCシステムで育った子供――って言っても、GCSに通った子供全部を言ってるわけじゃないよ。GCSによって、脳が天才脳になった人間、選ばれた人間のことさ」

守もそういう選ばれた人間になるべきだ――梨佳の言葉は、そんなふうに解釈できることになる。

我が子に特別才能豊かな人間になってほしいと思うのは、親の情だろうが、それが生んだ悲劇を――あるいは喜劇をかと、野上は自嘲しつつ考えた――梨佳は野上雄貴というGCSの子供の末路を見たはずだった。そして、守には同じ道をたどってほしくないと、手紙に書いていた。

しかし、結局は気持ちが変わったということだろうか。

野上は梨佳との会話を思い返した。守はGCSの子供にならなくてはいけない――どういう意味かと問うと、それはいつかあなたにも分かるときが来るかもしれないと梨佳は言った。ずいぶんと思わせぶりな答だ。あれは何かのメッセージを含んでいたのだろうか。

携帯電話が鳴った。工藤からだった。

「ニュース見たか？」

野上は嫌な胸騒ぎを感じた。いくつかの予感が湧き、胸を塞いだ。

「水沼が死体で発見された」

悪い予感が当たった。しかし予感した最悪の事態ではない。野上が予感した最悪の出来事は、梨佳の死。それに比べれば、水沼の死は、大した事態ではない。

だが、このあとの報せによっては、事態は最悪に近くなる。

水沼の死の状況次第で、それは決まる。

「水沼は殺されたんですか？」野上は訊いた。

「なぜそう思う」

「ニュースになったというので——違うんですか」

「崖からの転落死ということだ。他殺、自殺、事故、警察はまだ断定していないらしい。ニュースになったのは、河西殺害の参考人として手配されていた人物だからだ」

水沼は河西を殺して、自殺した。そうであってほしいと、野上は思った。

「警察が、守に会いたがっている」

野上は胸に圧迫感を覚えた。「なぜですか」

「漆山梨佳の居場所を知りたがっているんだよ」

梨佳の死という事態に次ぐ、最悪の出来事——梨佳が人を殺した——そういう事件でなければいいがと、野上は祈った。

「今晩は守に熱があるってことで断った。明日、また連絡が来るだろう」

工藤は怒ったような口調で言った。

23

「木俣梓のことを訊きたいんだ」秀人は言った。

「また梓ちゃんのこと？」

奈々子は机に向かい、英語の論文に視線を落としたままで言った。

「ちゃんと話したいんだ。こっちを向いて」

「どうしたのよ」

奈々子は椅子を回した。

秀人は本の詰まった箱に浅く座った。

「木俣梓は偽ものだって本当なの？」

「え？」

奈々子は怪訝そうな顔をしている。

「隠さないでよ」

「何言ってるの？」

「本ものの木俣梓は頭がおかしくなって、別人と入れ替わったんでしょう」

「誰がそんな馬鹿なことを言ってるの？」

「いまの木俣梓と昔の木俣梓は同じじゃないよ。僕には分かる。そうなんだろう？」

「まさかそんな……」

奈々子は腕を組んで片手を顎に当てて考え込んだ。

「入れ替わってるんでしょう？」

「そういう変な話、ここだけのことにしてね。誰かに言ったりしないでよ」

「言わないから、教えてよ」

「教えてってどういうことなの？　入れ替わってるって、あなたがそう思ったって言うのなら、それは、ちょっとお母さんも気になるわよ。まさかとは思うけどね。でも、教えてってどういうこと？」

「入れ替わってるのなら、お母さんは知ってるはずでしょう」

「どうして」

「だって、木俣梓が頭おかしくなって困ったのは、お母さんたちだったじゃない」

「わたしが入れ替えたと、そう言ってるわけ？」

「関係はしてるでしょう」

「ねえ秀人、お母さんが一度近松先生ともGCSとも縁を切ったことは、あなたも知ってるでしょう。九年前のことで、GCSは失敗だったんじゃないかと思ったのよ。それが戻ることになったのは、その後の子供たちの元気な姿を見たからよ。もちろんあなたを含めてね。基樹君はあれは狂言だったと話してくれたし、守君にもなんのトラブルもない。梓ちゃんも、記憶がなくなってはいるけど、元気だった。それにあれは、GCSとは関係ない病気だったって、梓ちゃんの御両親が言ってくれたわ。当時の診断書も見せてもらった。もしもよ、もしもそんなあなたが言うような入れ替えがあったとしたら、それはわたしが許さないわよ。

まさかと思うけど、調べてみるわ」

嘘をついているという様子は、まるでなかった。

「わたしは、そんな嘘をついたり、不正なことをするような人間じゃない。もしそれが本当なら、GCSを辞めて、その事実を告発するわよ」

奈々子はきっぱりと言った。

秀人は二階の自分の部屋に行くと、着替えもせずにベッドに横になって、思いを巡らせた。

あの梓は偽もの――それは間違いないだろう。

梓には何か秘密があって、それを気づかれたのだと勘違いしていたことは、梓自身が言ったことだ。

昔の梓といまの梓は別人ということが、その秘密だろう。

梓の偽ものは、GCSから梓として奨学金を受け取っている。これは詐欺だ。しかし、基樹が言ったようにGCSが入れ替えに関わっているのだとすれば、GCSは偽ものと承知で金を払っているということになるのだから、詐欺には当たらないのかもしれない。

秀人は身体を起こした。さっきの奈々子との会話を思い返していた。

お母さんは、嘘は言ってない――そう信じることにした。

すると、梓の入れ替えは、彼女の家族が勝手にやったことだろうか。そうは思えない。たぶん近松先生だけが関わったのだろう。お母さんも知らない。工藤さんも知らないんだ。だからもちろん、僕に知られたら困る――と秀人は考えた。

GCSの人間は、梓の秘密を知っても外には洩らさないだろうと、一応そう期待はできる。

だが、確信は持てないのだろう。

偽ものだということがばれたら、梓はどうなるんだろう。もしこれが死刑にでもなるような犯罪だったら、いい気味だと笑っていられるが、そんな重い罪のはずはない。というより、そもそも何かの罪になるのだろうか。

ただ、梓は奨学金はもらえなくなるに違いない。

秀人は順平の顔を思い出し、腕の産毛が逆立つのを感じた。

おまえのせいだと、順平は逆恨みしてやってくるに違いない。

お母さんによけいなことを言わなければよかった——秀人は背中が寒くなった。

やっと縁が切れたのだ。もうこれ以上、関わり合いになりたくない。

秀人はベッドから降りて書斎に行き、奈々子に言った。

「木俣梓が別人だって思ったのはさ、あれたぶん、気のせいだよ」

四章　血の絆

1

守の風邪がすっかりぶり返していた。咳がひどくなり、熱も、三十八度近い。

野上は工藤に電話をかけた。守には心臓病があって薬を飲み続けているから、風邪薬一つ飲ませる場合も、主治医の意見を先に訊いておく必要があるのだが、守の主治医である近松信吾と、野上は直接話したくなかった。うまく話を運んで、工藤に信吾との連絡役を押し付けた。

工藤から折り返し電話が入る。指定された病院までは、車で三十分程。その病院には、既に近松信吾からの連絡が入っていたらしく、先に待っていた患者を押しのける形で、真っ先に診てもらえた。

注射をしてもらい、薬をもらって、十一時にはマンションに戻った。

守は病院に行く前よりも熱が上がっていたが、咳はおさまった。コーンスープとヨーグルトという昼食を済ませると、薬を飲み、中二階のベッドに向かう。

野上は食器を片づけてから、様子を見に行った。昨夜は咳がひどくて眠れなかったという守は、ようやく呼吸が落ち着いたからだろう、ぐっすりと眠っていた。

野上は一階におりて、床に置いてあった新聞を広げた。水沼の死亡が報じられている。河西慶太が殺された事件で参考人として警察が行方を探していた人物の謎の死。野上は既に別の新聞でその記事を読んでいる。内容に大差はない。背後にいる女、を匂わせるような記述はなかった。

携帯電話が鳴ったのは、十一時半だった。電話をかけてきたのは、工藤だ。

「こっちに刑事さんが来ていてね、守の様子を聞きたいとおっしゃっているので、替わるよ」

「もしもし」と、電話の向こうから聞こえてきた声に、憶えがある。永末という刑事だ。

「漆山守君の身体の具合はどうですか。少しだけ、話をしたいんですが」

野上は守の病状を、大袈裟に言ったが、それでも、ほんの少しの時間ですからと、譲らない。結局、これから来るという話になった。

電話を切って、野上は大きく息を吐いた。

警察が梨佳の行方を探している、というだけなら、まだ違う解釈もできた。しかし、永末がそれを担当しているとなると、梨佳の行方探しは河西殺害事件の捜査のためと考えるほかない。

梨佳はいったい何をしたのか。彼女は河西や水沼と、どんな理由で、どんなふうに関わっていたのか。野上は思いを巡らせたが、考えて答の出ることではなかった。

正午過ぎに、永末刑事と有藤刑事、それに工藤がやってきた。

野上は工藤の顎に、ひげの剃り残しを見つけた。付き合いは短かいが、これは工藤らしくないことだと思う。

野上は、守がさっきやっと寝たところだと刑事たちに告げた。薬を飲んで安静にしているように医者に言われていると付け加える。

「刑事さん、なんか疑ってらっしゃるんじゃないですか」

工藤がそう言って、刑事たちを中二階に連れて行った。一分程して、三人、足音をしのばせて階段をおりて来る。

「かなり熱があるようですね」永末は言った。

「別の日にしてもらえませんか」工藤が言った。

永末は有藤と顔を見合わせ、軽くうなずいた。

「じゃあ、ちょっとお二人に話を伺えますか？」

永末にそう言われて、ダイニングに移り、四人でテーブルを囲んだ。野上が緑茶を淹れる。

刑事たちが知りたがっていることは、梨佳から守に、何か連絡がないのかということだった。電話や手紙が届いていないか、守は母親の行方について本当は知っているのではないか。

「さっきも話しましたようにね」と、工藤が話す。既に一通りの事情は説明してあるようだった。

母親の失踪で、守がどれほど動揺したか。心配した自分たちが、どんなふうに彼女の行方を探そうとしたか。探偵のこと、テレビ番組を使った呼びかけのこと。

野上は話を聞きながら、自分と梨佳のことを刑事たちは既に知っているのだろうかと、それが気になった。表情を見る限りでは、知らないと思える。が、分からない。不意をついて質問をしてくるかもしれない。どう答えるかは、決めている。正直に言えばいいことだ。

何も疚しいことはない。少なくとも刑事たちに対しては。

「刑事さん、そろそろ教えてもらえませんかね。なぜ、守の母親の行方を探しているのか」

工藤の問いに、有藤が答える。「河西が漆山さんを以前に訪ねていることが分かっていますしね。彼女のことを何か調べていたことも分かっています。あなた方にお話を伺うのと、同じことですよ」

「本当にそれだけですかね」工藤が言った。

「いや、正直に言いましょう」永末のまなざしが少しきつくなった。「というか、あなた既にご存知でしょう。探偵からの報告を受けているんではないですか」

野上は工藤の顔を見た。表情に変化はない。落ち着いた様子でうなずいている。

「駆け落ちの相手が誰なのか、前から、年格好や人相などは分かってました」工藤が言った。

工藤の雇っている探偵は、水沼の写真を手に入れて、目撃者のところに聞きに行った。しかし、確証は得られなかった。似ているという証言があっただけ。工藤は永末の顔を見ながらそう答えた。

永末はうなずいた。「こっちは、水沼の方から追いかけたわけですがね。最近部屋に出入りしていた女、行動を共にしていた女、誰という証拠がなかなか見つからなかったんですがね。三日前に水沼が偽名で泊まっていた旅館の従業員が、水沼が連れの女をリカと呼ぶのを聞いていたんですよ。彼女も偽名を使っていたんですがね、ついうっかりそう呼んだんでしょう。あとはすぐに」

「名前だけですか、証拠は」野上は言った。

二人の刑事が、同時に野上の方を向いた。

「確認しましたよ。従業員に彼女の写真を見せて。いや、もちろんそれだけではなく、ほかにいろいろと。さらに確認が必要だとは思いますが、まず間違いはありません」

薄くなった前髪を撫でながら、有藤がそう言った。

「警察は、漆山さんを容疑者として追っているんでしょうか？」工藤が訊いた。

「なんの事件のですか？」永末が言った。「水沼の死は、他殺かどうかまだ分からない。河西の方は、これは正直に言いましょう、水沼が犯人だと、ほぼ結論が出ています。かなり無計画な、突発的な犯行でしょう。物証が残ってる。まあ、自宅で殺して、自分の指紋を拭ってもしかたがないと思ったんでしょうが、凶器のナイフに残っている指紋は、部屋に一番多く残っている指紋と同じ――水沼の指紋ってことですね」

「それでも、警察は彼女を追うわけですか」

工藤の言葉に、永末はなぜか二度首を縦に振った。「事情は訊かなくてはならないでしょう。事件について何かしらのことは知っているでしょうから」

工藤はテーブルに、組んだ両腕を載せた。「もし仮にですが、漆山さんが容疑者として扱われる場合は、事前に連絡をいただけませんか。守がいきなり新聞やテレビで事件を知ったら、ショックでしょうからね。伝え方を考えなくてはならない。分かってもらえますよね」

永末はうなずくと、緑茶を音をたてて啜り、茶碗を空にしてから言った。「ところで野上さん」

野上は梨佳との関係についていよいよ訊かれるのだと思い、緊張した。

「あなたは守君を学校に送り迎えされてるそうですね」

「はい」

「ここにもよくいらっしゃるわけですよね。今日は看病もなさってるようだし、いまは一番身近でいらっしゃると思うんですが、あの子が母親と連絡を取り合っているとか、何か知っているとか、そういう感じを受けられたことは？」

「ありません。連絡がないかと、あの子は毎日電話を待っていますよ」

「それがポーズだって可能性は？」

「とてもそんな様子には見えません」

「そうですか」

結局二人の刑事は、野上に梨佳との関係を訊ねることはなかった。話からして、梨佳の存在が警察の重大な関心を招くようになったのは、ここ二、三日のことと思える。梨佳の過去にまでさかのぼって何か手がかりを得ようという段階までは、まだ行っていないのかもしれない。

刑事たちは、もう一度守の様子を確かめて、当分起きそうにないと思ったのだろう。夕方、目が覚めた頃にまた来ると言った。そのとき工藤が、守に対する訊問のときは、病状や心理状態を十分考慮してほしいと頼んだ。刑事たちはもちろんですよと請け合って、帰って行った。

まもなく工藤も会社に戻り、野上は中二階のベッドの傍らで寺の寝顔を見ながら、刑事たちの話を思い返した。

河西殺害は、水沼が犯人。刑事が断定的に言ったのだから、それは信じていいだろう。

水沼は事件後、女を連れて逃走した。その女が梨佳だと、これも刑事は断定しているが……信じなくてはいけないのだろうか。

野上は口許を左手で覆った。

梨佳はなぜ、水沼といっしょに行かなくてはならなかったのか。二人が恋愛関係にあったとは、野上にはどうしても信じられなかった。そうせざるをえない理由が何かあったとしか思えない。

2

梓に罠にはめられて、順平に脅されたのは、月曜日。あの晩ほとんど眠れなかったのは、恐怖感のせいだった。順平の形相を思い出すと、恐くてたまらなかった。金を持って行って、それからどうなるんだろう、それでおしまいにしてもらえるんだろうか。翌日、秀人は順平に自尊心を傷つけられ、屈辱感にまみれた。それでも、あの日はまだ、やっと順平から逃れられたという思いがあったから、安堵感で屈辱を紛らすことができた。

しかし、時間の経過とともに、どうにも腹の虫というやつが収まらなくなってきた。特に、梓が実は偽ものだったのだと知ってから、怒りが増大した。仲間だと思っていた、自分と同じ特別な人間だと思っていたのに、それは間違いだったのだ。梓は順平と同じ、ただのダニだ、虫けらだ、そんなやつに熱を上げて、手玉に取られて、罠にはめられたことが、悔しくてたまらない。

秀人は復讐《ふくしゅう》を思い描いた。

梓と自分では、その存在の価値が違うのだ。梓の衣服をひん剝いて、裸にして、恥ずかしがる梓をと、どんどんと空想が膨らんで、秀人はベッドの上でいつのまにかパンツをおろして、股間に手をやっていた。勃起したペニスにふと視線を落としたときに、順平に股間を足蹴にされたときの感触と気分を思い出し、吐き気をもよおした。今度梓に何かしたらこいつをちょんぎってやるぜ——順平の言葉を思い出すと、自分の好きな方に誘導できるはずの空想が歪み、いつか形を変えて、脳裡に浮かぶ秀人は、順平の前に裸で寝かされ、靴で股間を踏まれていた。

秀人はベッドから跳ね起きた。まどろみに誘われたとき、それまで自分の意志でコントロールしていた空想が、脳の奥深くにあるもっと根源的な何物かの意志に支配されて、夢という世界に秀人を引きずり込む。秀人の夢は、既にどす黒く変色していて、そこには順平と梓に屈服し、いたぶられる秀人が住んでいた。寝るのが恐かった。夢の世界に入って行くのが恐い。もしそこから二度と抜け出られなくなったら、どうする。

秀人はすっかり萎んだペニスをしまい、ベッドを離れ、机に向かった。勉強しようと思った。いつかあいつらに、思い知らせてやる。いかにあいつらが愚かで、この世界では決して自分の上には行けない人間だということを思い知らせてやる。

数学の参考書を広げた。だが、なかなか本の内容が頭に入ってこない。字面を目で追いかけているだけだ。そういえば、ここのところずっとそんな調子だ。毎日、梓のことばかり考えていた。毎日、頭の中で梓と話して、梓と手をつないで、梓とキスして……。なんて馬鹿だったんだ。梓を自分と同じ世界の人間だと考えていた。しかし違ったのだ。彼女は、ただの虫けら。あんな女に惑わされていたかと思うと、反吐《へど》が出る。

勉強だ。

しかしまるで集中できない。

秀人はナイフを取り出して、鉛筆を削り始めた。何度かナイフの刃先を、光に翳《かざ》した。その度に、順平にナイフを突き付けるシーンが頭に浮かんでいた。順平が顔色を失い、殺さないでくれと、泣いて頼む。秀人はにっと笑って、順平の心臓にナイフを突き立てる。平然と、外科医がメスを使うようにして、順平の心臓を抉《えぐ》り出す。考えただけで寒気に似た、物凄い快感が背中と股間をジンと震わせた。これが現実にできたら、どんなにかいいだろう。

現実に……なぜできないんだ。あんな虫けら一匹。ふだん蚊を叩き潰すのと同じじゃないか。罪の意識なんてもちろん感じない。

できない理由は、結局罰の方だ。

まだ十三歳。少年法とかで守られているから、大した罰はない。罠にかけられ、脅されたのだし、それに、殺すときにはうまく状況を整えれば、正当防衛だって主張もできるかもしれない。与えられる罰は、説教されて、それでおしまいぐらいなのではないか？

しかし、問題は法の裁きではない。世間の裁きだ。人殺しのレッテルは、生涯つきまとうことになる。罠だった、脅迫されていた、正当防衛だった。それが立証され、世間の同情を集めたとしても、それでも、この先に広がっているはずの華々しい未来が暗雲に包まれるのは確実だ。

不公平だと思った。前科の一つや二つ、箔《はく》になるような世界の人間は、平気で犯罪ができる。人の一人ぐらい殺しても、順平のような人間には戻る世界があるのだ。世間の非難も平気だ。

それが僕はどうだろう、と秀人は嘆息した。犯罪なんて犯そうものなら、たとえば万引き一つでも、周囲の目はすっかり変わってしまう。人生のレールが曲がってしまう。

順平は社会のルールに縛られず、なんだってできるのに、僕は――秀人はナイフを見つめていた。

世の中には必要な人間と不必要な人間がいる。生きるに価する人間と価しない人間がいる。法律は本来どちらを守るべきだろうか。

この国の法律はおかしい。この国のルールには納得がいかない。

前に基樹が言っていたことがある。人間の脳の多様性は、生態系の多様性に匹敵するのだと。だから、自然の中にヒトやサルやイヌやシラミやミジンコがいるように、人間の中には多様な種が存在し得るのだと。

生物学上は同じ人間に分類されていても、意識のレベルでは、すべてが同種ではない。GCSの子供たち、それで一つの種だと基樹は言った。GCSの子供たちとほかの人間は、哺《ほ》乳《にゅう》類《るい》と爬虫類《はちゅうるい》ぐらい違うだろうとも。

順平のような人間は、爬虫類にも価しない。ダニだ。

ヒトの血を吸ったダニは、殺される。だけどダニを殺した人間が罰を受けることはない。それが、正しいルールというものだ。

ダニに血を吸われて、なんでじっと我慢していなくてはいけないんだろう。

悔しくて、涙が止まらない。

殺してやる。絶対殺してやる。あんなやつ。

屈辱にまみれた時間、あの時間を、なかったことにしてしまいたい。秀人はあの出来事を忘れようとしていた。記憶から消すことで、なかったことにできると思っていたのだ。しかし、それは違う。順平と梓がいる限り、あの時間は消えない。たとえ自分が忘れても、あの二人は憶えていて、ときには思い出して、嘲笑《あざわら》うのだ。彼らの記憶の中で、秀人は永遠に敗北者として存在する。そんなことは、許されないと思った。

殺してやる。

二人が死んだら、あの時間の記憶は自分だけのものになる。そしたら、それをどう書き換えるのも自由だ。なかったことにでも、二人を屈服させたことにでも、好きに考えれば、それが事実になる。

秀人はナイフの刃先を見つめた。

殺してやりたい。しかし、できるはずはなかった。彼らの存在だけをこの世から消し、自分の未来には変化を与えない、そんな方法は、ないのだ。現実の世界のルールが、それを許さない。あいつらも自分も、同じ人間として扱われる。

ならばそれを変えてやればいいんだ。ＧＣＳの子供たちは特別な存在――そのことを誰もが認める世の中になれば、ルールも変わる。

思い知らせてやる、きっと、きっと、きっと。

秀人は頭を切り替えて、参考書に向き合った。

3

守が目を覚ましたのは、午後六時少し前だった。目が覚めかけているところに、電話が鳴る音を聞いたのだろう。ベッドから跳ね起きて、手摺に寄りかかって、受話器を取る野上を凝視していた。梨佳からかもしれないと、守はそう期待しているのに違いない。

電話は、担任の先生からだった。

守が三日間学校を休んでいるので、病状を心配してかけてきたのだ。

野上はコードレスの受話器を中二階に持って行って、守に渡した。

学校に対しては、梨佳が家出した当初は、事情があって母親が家をしばらく留守にしなくてはならないので、知りあいの工藤が預かったという形で連絡をした。だが、梨佳の家出についてはすぐに近所の噂になっていた。守自身と工藤、それに探偵も、梨佳の行き先の手がかりを求めて、知りあいから情報を聞き出そうとしたのだから、これは無理もない。

担任の教師から、その噂について訊ねられた工藤は守の了承を得た上で、家出が本当だということは認めた。

基樹がテレビ番組で、守君のお母さん云々という形で守の心臓病が悪化して入院したということを言ったのだが、この件に関しては、野上が知る限り、学校からの問い合わせというのはなかった。考えてみると、これは当然だった。学校が知っているのは、守を工藤という人間が預かっているということだ。基樹のことは学校の職員も友達も近所の住人もおそらく知らない。仮にあの番組を見ていたとしても、基樹が言った守君が自分たちの知っている漆山守のことだと考える理由はないのだ。どこかの守君の話をしている、と思うだけだろう。

番組を見た梨佳が学校に連絡をしてくるという可能性もあったはずだが、口裏を合わせてもらうように頼んであったのかどうか、野上は聞いていない。

守と担任教師の会話を、野上は守の言葉だけから推測した。

担任教師は、守の病気が仮病ではないかと疑っているようだった。母親の家出が噂になっていて、それで学校に来づらくて休んでいるのではないかと。守はしきりに洟を啜り上げ、咳をしていたが、それはどこかわざとらしい。逆に仮病の疑いを強めただろう。

「先生、あのう……学校に、お母さんから何か連絡がありませんでしたか？」

守は硬い表情で返事を待ち、まもなくがっくりとうなだれた。

「はい。……はい。……はい」

電話を切った守は、受話器をテーブルに置いた。

「先生、なんだって?」

「風邪治ったら、ちゃんと来なさいよって」

「明日は、行けそうかな」

「無理だと思う」

守は毛布の中に潜り込んだ。勉強したり、友達と遊んだり、そんな気分になれないという守の気持ちは、野上にもむろん分かっていた。

咳も熱も嘘ではないから仮病ではないが、治そうという意志が欠けている。病気の方が休めるからいいと思っているのだろう。しかも、病気がひどいことを周囲にアピールするために、ほとんどの時間をベッドで過ごしている。これではただでさえ沈んだ気分が、余計に暗くなってしまう。

「よし、風邪は、今週中に完全に治そう。学校は来週からだ」

野上はそう言った。

これで少なくとも月曜の朝までは、守は病人らしく振る舞う必要はないはずだ。

「何か食べたらどうだ」

「……うん」

守が毛布から顔を出してうなずいたので、野上は隣の比嘉家に電話して、食事を準備してもらえないかと頼んだ。守のために、お粥《かゆ》が作ってあるという返事だった。

それを運んでもらうことにする。

守が一階のテーブルで、お粥と肉じゃがを食べているとき、永末と有藤が訪ねて来た。

警察と聞いて、守は緊張した面持ちで身を強張らせていた。お母さんのことで少し訊きたいことがあると永末が言うと、守の瞬きが止まった。

「ある事件を調べていてね」

守の正面にあぐらをかいて座った有藤が言った。物腰が柔らかいのは、相手が子供というることで気を遣っているのだろう。「それで、ちょっと君のお母さんに話を訊きたいことがあるんだけど、行方が分からなくなっているそうだね」

「どんな事件なんですか？」

「うん、実は殺人事件なんだけどね」

有藤の答に、守は目を丸くしている。

「だけど、心配しなくていいよ」有藤は言った。「お母さんが容疑者というのではないからね。ただ、話をちょっと訊きたいだけなんだ」

守はドアのところに立っている野上に、説明を求めるような、そういう視線を送ってきたが、野上はうまい言葉を見つけられなかった。黙ったまま、壁際に腰をおろした。

守に対する刑事たちの質問は、梨佳の居場所について、何か知らないかということだったが、おそらく、守から手がかりを得られるとは期待していないだろう。むしろ、守が本当に事情を知らないのか、言葉や表情の裏側を探っているのだ。

「実はね、お母さんは事件の目撃者かもしれないんだよ。もしそうなら、お母さんを早く保護しないと、危険なんだ」

刑事のこの言葉が、何か根拠があることなのか、それとも、守の証言を引き出すための嘘なのか、野上は思いを巡らせた。

「この男の人、知ってる？」

有藤が守に差し出した写真を、野上は斜め後ろから覗いた。水沼の顔写真だった。

守はじっと見入ったあとで、知らないと首を横に振った。何かを隠しているという様子は、野上は感じなかった。

「こっちは」と言って有藤が次に見せたのは、河西の写真。

守は一瞬口許を強張らせて、河西について知っていることを、刑事に問われるまま話した。河西はＧＣＳの昔の事件を調べていて、家を訪ねて来たことがあること。ＧＣＳの九年前の事件というのは、子供たちが狂ったという噂のことだということ。

どちらも、刑事たちは既に知っていたことなのだろう。メモも取らずに聞いていた。

「殺人事件って、この人が殺された事件のことなんですね」守が言った。

「この人が殺されたのを、知ってるんだね」

有藤の言葉に、守はうなずいた。

「新聞読みましたから」

それから五分程、有藤があれこれと質問を続けたが、梨佳の居場所の手がかりになるようなことは、守の答の中にはなかった。隠しているのではなく、本当に知らないのだと野上には思えたが、刑事たちは、いくらか疑いを残しているようだった。

「お母さんから連絡があったら、教えてもらえるかな」

守は永末の言葉にうなずいた。

4

参考書と問題集に食い入るように取り組んでいたために、はっと気がついたときには、カーテンの向こうが明るくなり始めていた。午前七時近い時間だ。秀人は背中に羽織っていたダウンジャケットを脱いで、ベッドに入った。眠ったら寝過ごすと思ったので、しばらく身体を休めるだけのつもりだった。だが、あっという間に睡魔に襲われた。しかも何日ぶりかで深い睡眠に入った。

いつもは、目覚まし時計ですぐに起きられるのだが、この日はベルの音が聞こえなかった。奈々子に身体を揺すられて目を覚まし、薄く目を開いた。

「もう時間過ぎてるわよ」

起きようと思う。

目をこすって身体を起こし、歯を磨いて、服を着て――夢だった。目をこするところからやり直しだ。

パンを食べて、靴を履いて――これも夢だった。

「どうしたの」

奈々子が秀人の額を押さえた。

「少し、熱があるかしら」

「うん、ちょっと」

そう言いながら、再びまどろみの中に落ち込む。と、不意に順平が現れた。もちろん夢の中にだが。秀人は目を開けた。眠いのを我慢する。眉と瞼が痙攣し始めた。身体を起こして、壁に背中を凭せかける。

奈々子が体温計を持ってきた。

体温は平熱よりも若干高いぐらいだったが、奈々子の方から、学校を休むかと訊いてきた。

秀人はうなずいた。

病気のときは、こじらせないうちに治した方がいいと、奈々子はいつもあっさりと欠席を認める。それはもちろん、勉強が遅れるという心配が、秀人にはまったくないからだろう。秀人の通う中学は、全国でも一、二を争うような高いレベルの授業を行っているが、それでも秀人からすると、物足りない。家で自分一人でやっている方がずっとましだと感じる。欠席しても、授業について行けなくなるなどという心配はいらない。

もっと特別な学校を作るべきではないかと、秀人はいつも思っている。学校の授業時間というのは、ずいぶんとむだな時間だ。

欠席することが決まったので、秀人は再びベッドに横になった。頭の芯に痺れたような疲労感がある。

八時二十分頃、奈々子が秀人の額に手をおいて、熱を確かめた。

「病院どうする?」

「大丈夫」

「今日の予定、取り消しておかなくてはいけないわね」

先日途中で終わったポスター用の写真撮影を、今晩やり直す予定だった。

「夕方には治るよ」秀人は言った。

睡眠不足なだけで、一眠りすれば元気になると思った。

「じゃあ、とりあえず安静にして、ひどくなったようだったら、すぐ連絡しなさい」

隣にも頼んであるから、何かあったら言いなさいなどと言い置いて、奈々子は八時半に家を出た。

それから秀人は、眠ろうとしたが、いつのまにか眠気が消えていた。

秀人はベッドから起き上がり、机に向かった。

頭が重たい。だが、勉強しなければいけないと思った。もっともっと勉強して、偉くなって、あいつらに復讐してやるのだ。

——空白の時間がしばらく続いていたような気がする。秀人は時計を見て、驚いた。四時だった。いったいどのぐらいの時間、ぼうっとしていたのだろうか。

椅子に座ったまま、寝ていたのかもしれない。

秀人は頭を左右に振った。後頭部を殴られたような衝撃が、頭の中に広がった。両腕で頭を抱えて、衝撃波が消えるのを待った。

問題集に視線を落とす。朝から、一問もこなしていない。いや、よく考えてみると、今週になっていったいどれだけ問題をこなしただろう。

あの屈辱が忘れられなくて、さっぱり勉強ができないのだ。

あいつらのせいだ、と秀人は机をドンドンと叩いた。

今週だけじゃない、その前だって、木俣梓のことばかり考えていて、ちっとも勉強ができなかったのだ。いったい何日むだにしてしまっただろう。

秀人は数学のノートを見返した。学校の授業とは関係なく、高校の数学を学習するときに使っているノートだ。毎週土曜に、東大の大学院生の家庭教師に見てもらっているのだが、ここのところお互いのスケジュールが合わなくて、休みが続いていた。

その家庭教師の授業のやり方は、秀人に問題を解かせて、その答をチェックして、分からないことを教えるという形だ。家庭教師は秀人が間違ったところを得意げに訂正するが、分からなかった問題も、模範解答を見れば、秀人にだってできるのだ。

いばられているだけで、なんの役にもたっていないと、秀人は家庭教師を無能扱いしている。辞めさせないのは、東大の大学院生にしてもこの程度かと、腹の底ではこっちが優越感に浸れるからだ。

自由に飛び入学できる制度があれば、いますぐだって僕も東大生になれるのにと、秀人はもう何年も前から思っている。

小学校四年生のときには、既に東大の入試問題が解けた。

といっても、問題を初めて見て、すぐにすらすら解けるようになっていたというわけではない。要するに、大学受験問題を解くために必要な数学の知識をその時期までに学習し終えたということだった。

問題を解くためには、知識だけではなく、それを応用して行く力が必要だが、小学校四年生のときには、その点が欠けていた。何をすべきかヒントが与えられれば、それに従って式を立てて計算をすることは、これは誰にも負けない自信があった。しかし、最初のインスピレーションのようなものが、自分にはどうも、あまりないのではないかと、当時の秀人は感じていた。しかし、それもまた勉強するうちに身についてくるものだと思っていたから、来年、再来年辺りは、ヒントなしで東大の入試問題が解けると思っていた。

しかし、いまのところまだ、解けるようになっていない。

すらすらと解いてみせることができるのは、もちろんその前に何度もやってみているからだ。

どこの予備校の模範解答にも載っていない解法だ、と驚いていた大人がいたが、問題を解いて行く過程の式は、模範解答とまったく同じ方向に進んで行ったとしても、微妙に異なって当然なのだ。思考の過程をすべて書いているわけではない。強調点や、式の変形の仕方が異なる程度のことで、別解などというのは、要するに数学が全然分かっていないということなのだろう。

秀人は知識の点では、とっくに大学入試レベルに達している。丸暗記で通用するような類の問題は、なんの苦もなく解けるし、インスピレーションが必要な問題も、模範解答を見れば、ああそうなのかと納得ができる。

今月のノートを見ると、それなりに問題をこなしている。だが、模範解答をカンニングして解いた問題や、できて当たり前の問題というのも多数あるので、本当のところどれだけためになる勉強、インスピレーションを養うような学習ができてきたか、疑問だと思った。

秀人はノートをさかのぼった。模範解答をカンニングしてできた問題には、自分だけに分かるように、小さな点々の印がつけてある。

ここのところほとんどの問題でカンニングをしている。カンニングなしでできたのは、たいてい前に一度か二度やっている問題だった。

木俣梓に出会った頃から――あの頃から、どうも問題が頭にすんなり入ってこなくなった気がする。

そのことを確かめようと、秀人はノートをさらにさかのぼる。

カンニングばかりじゃないか。

秀人はあるページまでめくったところで、衝撃におののいた。

木俣梓が原因ではなかった。それよりもずっと前からだった。

秀人はノートから顔を上げて、宙を見やった。脳裡に浮かんでいたのは、先週の土曜日のことだった。週刊誌の記者が、問題を出した。

東大の過去の入試問題に関しては、もう何度もやっているから、簡単にできた。迷っているように見せかけたのは、ポーズだ。解答が有名な予備校の模範解答と重ならないようにしているのは、みんなを驚かせようという計算だった。しかしそれは、前もって準備が可能だからできることだ。

次に出題された問題は、基樹が正解を出したあと考えれば簡単なものだったのだが、秀人は、どういう方針で解いて行けばいいのかというインスピレーションが全然湧かなかった。

珍しくあがってしまったせいだと、あのときは思った。

しかし、こうしてノートを見直してみると、自分には相変わらずインスピレーションが決定的に欠けている気がする。

前に基樹がこんなことを言っていた。

『ピタゴラスの定理を憶えてさ、長さをいろいろ変えて計算してみることは、時間の浪費だろう。分かってることをやってみてるだけなんだから。大学の入試問題も、何をやるべきかが分かった時点で、あとは計算してみる必要は全然ないよ。やったらできるに決まってるんだから。論理を積み上げて答にたどりつくことは誰にでもできる。難かしいのは、どこに向かえば答にたどりつくのかを見抜くことだろう。研究の場合は、未知の領域に踏み込むんだから、答自体があるのかないのか分からない。でも、入試問題には答があるんだからね。向かうべき方向は決まってる。そんなの一瞬で分かるよ。問題を一目見て、僕ならこうするって一秒で考えて、それが正しいか解答を確かめる。そういうことを二週間ぐらいやったかな。それでもう、入試問題は卒業した』

口ばかりのことだ、かっこつけてるだけだ。前はそう思っていたのだけれど、先週土曜日のことに限らず、秀人が、試すつもりで問題を出すと、基樹はいつでも簡単に解いてしまう。

基樹と自分は全然違うのではないか？

秀人はこの前、基樹が従兄の雅夫のことを訊いてきたのを思い出した。

木俣梓が、ＧＣＳで訓練を受けた梓とは別人に替わっているという話のあとだった。

もしかしたら基樹は、僕と雅夫が入れ替わったとでも思っているのだろうか――秀人は寒気を感じた。

もちろんそんな事実はない。自分がＧＣＳの子供であることに、疑いはない。

僕はＧＣＳの訓練を受けている――秀人は遠い記憶をたどった。

……なぜだろう。記憶はずいぶんとぼんやりしている。

ＧＣＳの訓練のことは、あとになってから話としてずいぶんと聞かされた。もしかしたら僕は、聞いた話を記憶として錯覚しているのか？

まさかと思う。だが、急に不安になってきた。

梓も入れ替わっている。だとしたら僕も……。

そんなはずはない。そんなはずは——秀人はその考えを打ち消した。

僕はGCSの子供。それは間違いないと思う。僕はGCSの訓練を受けて育った。けれども、それでみんながみんな特別な才能が身につくわけではない。中には落ちこぼれもいる。まさか自分が落ちこぼれるだなんて、そんなこと、考えてもみなかったけど、もしかしたら……僕はもう知能の伸びが止まっているのかもしれない。天才少年Yと呼ばれた、あの野上さんと同じなのかもしれない。昔は天才だったはずなのに、いまでは僕らのマネージャー、いや、ただの運転手じゃないか。僕も、僕もああなってしまうのか——秀人は頭を抱えた。

絶対に、絶対にそうはなりたくない。秀人は問題集に向かった。しかし、まったく集中できない。なぜだ。なぜだ。

お腹がグルグルと鳴った。そうだ、空腹が原因だ。それで集中できないんだ。

二階の自分の部屋を出て、一階におりてダイニングのテーブルにラップをかけて置いてあった、コロッケと菓子パンを食べる。

電話がかかってきた。お母さんかな、と思いながら、秀人は受話器を取った。

「もしもし」

「あ、秀人君？」男が柔らかい口調で言った。

聞き覚えはあるが、誰の声か分からない。

「はい、そうですけど」

「学校休んでるってお友達に聞いたんで、ちょっと心配になってさ、どう、身体の具合は」

「あのう、どなたでしょうか」

「あれ、忘れちゃったの？　順平だよ」

秀人は自分の頭がおかしくなったのかと思った。確かに、言われれば順平の声だった。しかし、それならなぜ、こんな話し方なのか。

「木俣順平、憶えてるでしょう？」

「……な」喉に詰まった言葉をやっとの思いで押し出す。「なんですか」

「ちょっと情報が入ったんだけどさ、秀人君、今日ポスターの撮影するんだよね」

それが、順平となんの関係があるのだろう。

「俺さ、小村夕菜の大ファンなんだよね。今日さ、いっしょなんだろう。なあ、ちょっとさあ、会わせてもらえないかなあ」

薄気味の悪い口調だ。きっぱりと断る勇気はない。

「ごめんなさい。今日僕風邪なんで、撮影には行かないんです」

嘘がばれたらあとが恐いから、嘘にならないように、本当に撮影の仕事はキャンセルしよう、と秀人は思った。

「じゃあ、いつやるの」

「えっと、たぶん僕抜きで」

「そんなことないんじゃないかな。君がいないと始まらないでしょう」

「主役は彼女なので、ほかは誰でもいいんです」

「あ、そう。俺の頼み、きけないんだ」

いつもの口調に戻っている。「それでいいんだな」

背筋を冷たい汗が這った。

どうしたらいいだろう。

そうだ、と思いつく。おまえたちの秘密、もう分かったぞ。梓は偽ものなんだろう——そう言ってやろうと思った。だが、それでどうなる。秘密を守るために、彼らはもっととんでもないことを仕掛けてくるかもしれない。

こいつらは、どんな悪いことだって平気でできるんだ。

「なあ、別に無理なこと言ってないだろう？　夕菜とやらせろとか言ってるんじゃないんだ。握手させてもらえりゃ、それでいいんだ。な、スタジオの外で待ってるからさ、な、いいだろう」

「いや、でも」

「待ってる」

順平はそう言って電話を切った。

秀人の歯がカチカチと鳴り始めた。

5

守の風邪の具合はずいぶんとよくなっていたのだが、約束通り、木曜日も学校を休ませた。野上が夕方様子を見に行くと、守は居間のソファに座っていた。テレビがついていたが、見ていたのかどうかは分からない。ぼんやりとした様子だった。身体のリズムが狂ったのか、夕方の五時だというのに欠伸を繰り返し、ソファで居眠りを始めたので、「そんなところで寝たら、また風邪がひどくなるぞ」と、野上は守をベッドに行かせた。

まもなく守は、いびきをかき始めた。

野上は居間のソファに座り、手帳を広げた。そこには、ついさっき聞いたばかりの電話番号が書き留めてある。

梨佳の実家の電話番号だ。工藤が調べているはずだと思い、二時間程前に聞き出した。梨佳の両親に確かめたいことがいくつかある。二人と、話さなくてはならないと思う。

野上はダイニングに行くと、電話をかけた。

若くはない女の声が受話器から聞こえた。梨佳の母親の顔は憶えているし、声も聞けば分かると思っていたが、この声がそうなのかどうか、判然としなかった。しかし、野上が自分の名前を告げたとき、息を呑み込んだ気配が伝わってきて、それで梨佳の母親だと確信できた。

「梨佳さんのお母さんですよね」

「そうですが」冷静を装ったような口調で、梨佳の母親は言った。「どういうご用でしょうか」

「実は、ちょっとお話ししたいことがありまして、会っていただけないでしょうか」

簡単に済む話ではない。とりあえず会う約束だけ取り付けよう。そのためには、何をどう話したらいいだろうか。野上がそう思っていると、梨佳の母親が言った。

「守君のことですね。こちらから、連絡をしなくてはいけないと思っていました」

野上は驚きつつ、事情を訊ねた。両親に勘当されていると、これはたしか守が言ったことだったが、梨佳は両親とまったく連絡を取っていなかったということではないらしい。失踪した直後に、梨佳は母親に連絡を入れていた。

駆け落ちすること。守の面倒は、GCS幼児教育センターという会社が見てくれるということ。野上が既に守のことを知っていて、今後は気にかけてくれるだろうということ。

そんな内容の電話が梨佳からあったと告げたあと、母親は、警察が来たことも告げた。

「梨佳は何かしたんですか」

心配そうな声で、母親は言った。

「直接お目にかかって話したいんですが、明日――」

梨佳の母親は了承した。

訪ねる時間を決めて電話を切ると、野上は居間に戻り、クッションに身体を埋めた。様々な疑問が脳裡を駆け巡る。

九年前、四人の子供たちに起きた事件の真実は何か？

子供たちを偽ものと入れ替える隠蔽《いんぺい》工作は行われたのか？

行われたとして、それは誰と誰なのか？　梓だけか、ほかにもいるのか、全員か？

守には双生児の兄弟がいるのか？

いるとして、どこに。二人のどちらがGCSの子供なのか？

河西が摑んだ梨佳の秘密とは何か？

水沼はなぜ河西を殺したのか？

梨佳はなぜ水沼といっしょに逃げたのか？

水沼はなぜ死んだのか？　梨佳はその死に関わったのか？

梨佳はいまどうしているのか？

そういう疑問に対する答が、いくつか脳裡に浮かんでいたが、野上は、それらをあえて追い払った。いまの段階では、答を推測してみたところで、それは妄想以上のものにはならない。

答を推測する前に、事実を知る努力をしてみるべきだと思った。

梨佳の両親に会うのは、そのための第一歩になる。

6

順平は夕菜に会わせろと言ってきた。それで、もう二度と順平と関わることがなくなるのならば、夕菜に土下座してでも頼もうと思う。

しかし、ここで順平の頼みを聞いたら、きっと順平は増長するに決まっている。

これからもずっと、あのダニは血を吸いにやってくるだろう。小便をさせられて、ペニスに靴底を押し付けられるような、またあんな屈辱的な目に遭わされることもあるかもしれない。

どうしたら逃げられるだろうか。

秀人はナイフの刃を光に向けていた。

処刑してやる。

「僕は特別な存在なんだから」秀人は声に出して呟いていた。「その権利があるんだ。特別な人間なんだから」

秀人はナイフから目を離して、問題集に視線を落とす。

できないはずないんだ。知識は身についている。その知識の範囲で解ける問題ばかりなのだ。

絶対解ける。絶対できる。たった一問、ヒントもなく自分の力だけで解いたら、それで自信が回復すると思った。

しかし解けないのだ。前に一度解いたことがある問題まで、できなくなっている。

東大の入試問題集を開いた。つい先日解いた問題、もう何度もやった問題、それなのに、何をやっていいか分からない。問題の意味すら不明だ。

僕はいったいどうなってしまったんだろう。もしもこのまま、学力が全然伸びなくて、あの野上なんていう人間みたいに、ただのふつうの人間になってしまうのだとしたら、僕はいつ、あいつらに復讐できるんだ――

突然ドアが開いた。ぎょっとして振り向く。戸口に奈々子が立っている。

「ノックぐらいしろよ」秀人は怒声を発した。

奈々子は怪訝そうな顔で言った。「何度もしたわよ」

頭に血が上っていたせいか、まったく聞こえなかった。

「どうかしたの？」

「どうもしてない。何か用？」

「身体の具合、大丈夫なの」

「うん」

「もう迎えが来るわよ」

「うん」

「仕度は？　着替えなくていいの？」

トレーナーの上下にダウンジャケットを肩にかけた格好だった。

「いいよ。どうせ向こうでまた着替えるんだから」

「おなかはすいてない？」

「さっき食べた」

秀人は顔を机に戻して、ナイフをたたんで、問題集を閉じる。

「ちょっと訊きたいことがあったんだけど、いまいいかしら」

奈々子はそう言って、部屋の中に入ってきた。

「何？」秀人は振り返らずに言った。

「預金おろして、なんに使ったの？」

秀人は椅子ごと身体を回した。「人の通帳、勝手に見ないでよ」

「なんに使ったの」奈々子の語気が強まった。

「自分の金、なんに使ったっていいだろう」

「必要なお金はあげてるでしょう」

「いいだろう、なんだって」

「ねえ、何かあったんじゃないの」

「ないよ、何もない」

「ちゃんとお母さんの目を見て」

「やっぱりおなかすいた。なんか食べて行く」

「こっちを見なさい」

「おなかすいたって言ってるだろう」

ダウンジャケットに袖を通して立ち上がった秀人の腕を、奈々子が摑んだ。

秀人は奈々子の腕を振りほどいて部屋を出て行こうとした。

「待って」と、奈々子が手を伸ばす。

秀人は身体をそらした。そのせいで、奈々子の手が、秀人のダウンジャケットのポケットに触れた。奈々子はぎょっとした顔でポケットを強く摑み、指を動かす。

「いったいこれは、何？」

なんのことだか、秀人は一瞬気がつかなかったが、そういえばさっきまで手にしていたナイフが机の上にない。ほとんど無意識のうちにポケットに入れたようだった。

そうか、これが自分の本心なんだなと、秀人はなぜか急におかしくなってきた。やってやろうじゃないか。あんなやつ、ぶっ殺してやるぜ。

どうせもう、この先、僕は落ちぶれるだけなんだ——秀人は鼻息を荒くしながら思った。野上みたいな、あんな程度の人生に、いったいどんな意味があるんだ。

順平と梓を道連れにしてやるぜ。

どこまでが本気なのか、秀人は自分でも分からなくなっていた。

秀人は奈々子の手を払いのけて、部屋を出た。廊下が右に延び、突き当たりに階段がある。

「ちょっと待って」

後ろから秀人に抱きついた奈々子は、ダウンジャケットのポケットに手を入れて探り、ナイフを引き出した。

「どうしてこんなものを持って行くの？」

「世の中物騒だからさ、護身用にみんな持ち歩いてるよ」

「どこのみんなよ」

「みんなさ、みんな、世の中狂ったやつばかりだ」

秀人は奈々子の手からナイフを取り返して、階段に向かった。踊り場のところで、奈々子が追い越して、秀人の肩を押さえた。

「あなた、この頃変よ。ねえ、何があったの。言いなさい。なぜお金が必要だったの」

奈々子が秀人の肩を強く揺さぶった。

「いてえよ」

「正直に言いなさい」

「うるせえ」

苛立った秀人は、奈々子の腕を振りほどき、胸を突いた。そのとき、身体中に充満していた、順平や梓への憎悪と殺意までが、いっしょに弾けた。自分でびっくりするほど強い力で奈々子を押していた。

奈々子はよろめき、バランスを崩し、一度は壁に手をついて身体を支えようとしたが、失敗して階段に崩れ落ちた。あっと声を上げ、そのまま下に転げ落ちる。激しい物音が響いた。

奈々子は板の間に仰向けに倒れ、そのままぴくりともしない。

秀人はしばらくぽかんとしていたが、不意に踊り場に崩れると、悲鳴を上げた。頭の中でバチバチと火花が弾けていた。やがて火花が収まると、そこには漆黒の闇だけが残った。

7

秀人の家の前でワゴンを停めると、野上は何度かクラクションを鳴らした。しかし、なかなか秀人が出てくる気配がない。基樹に秀人を呼んでくるように言った。

門を入って短かい石段を上った基樹はチャイムを鳴らしている。しばらくして、基樹はワゴンを見おろして、首を横に振る。野上はエンジンを止めて、ワゴンから降りた。

ポスターの写真撮影は、先日たった五分の遅刻がきっかけで小村夕菜の機嫌を損ねてしまった。今日は絶対に遅れるわけにはいかない。野上はドアをかなり強い力でノックした。が、返事がない。

基樹が、建物と塀の隙間をたどって、裏に回った。野上はそれを見送ってから、もう一度ドアを叩いて、反応を待つ。

ドアの向こうから物音がして、二、三秒後にドアが開いた。野上を見上げていたのは、基樹だった。

「どこから入ったんだ」

「勝手口が開いてた。そんなことより」

基樹がドアを広く開けた。

玄関を上がってすぐのところの床に、飯田奈々子が仰向けに倒れているのが見えた。不自然な格好に身体がよじれている。

「飯田さん」と、野上は基樹の横を通って駆け寄り、抱き起こそうとした。

「触らない方がいいよ」基樹が言った。

「まさか」野上は基樹を振り向いた。「死んでるのか？」

「息はあるよ。でも、たぶん頭打ってると思うから、下手に動かさない方がいいんじゃない」

「救急車だ」

「うん」

基樹は沓脱《くつぬ》ぎからすばやく廊下に駆け上がって、奥に走った。

野上は床に膝をついて、奈々子の脈と呼吸を確かめた。生きている。応急の処置をしなくてはいけない気がするが、何をしていいのか、分からない。

それにしても、どうしたというのだろう。足を滑らせたのだろうか。と、上の方から唸《うな》り声が聞こえてきた。はっと見上げると、踊り場のところに秀人がしゃがみ込んでいた。

「秀人君」

野上は奈々子の身体を跨《また》いで、階段を上った。

「秀人君、いったい何があったんだ」

そう言いながら秀人のそばに近づいて、野上はぎょっとした。秀人は焦点の定まらないまなざしを宙に漂わせて、涎《よだれ》を垂らしながら、喉をゴロゴロと鳴らしている。

「おい、おいどうした」

野上は秀人の肩をゆすったが、秀人はただ揺れているだけで、野上を見ようともしない。秀人の足元に、ナイフが転がっているのが目に入った。

「いったい、何をしたんだ。おい、秀人君」

野上は、秀人の頬を平手で何度か叩いた。だが、秀人は打たれるまま頭を動かすだけだ。野上は秀人の顎を摑んで目を覗き込んで、名前を呼ぶ。秀人はとろんとした視線を僅かに上下させると、不意にワーッと、叫び声を上げた。

8

写真撮影のキャンセルは、断りの電話を入れるだけでは終わらなかった。秀人の母親に事故があったという、やむを得ぬ事情を伝えたのだが、相手にしてみれば、その場凌ぎの言い訳をしているようにも聞こえたのかもしれない。

相当な無理を言って急遽《きゅうきょ》入れてもらったスケジュールだ。小村夕菜もカメラマンも激怒していて、直接会って詫びても、なかなかその怒りは収まらなかった。

そのほかの始末も終えて、野上が病院に駆けつけたのは、午後十時過ぎだった。

奈々子の怪我が最初思ったよりはずっと軽かったことは、工藤から電話で報告を受けている。脳震盪《のうしんとう》と腰の打撲、足首の捻挫と右手の亀裂骨折で、命には別状ないという。

野上は、カーテンの閉じた受付の窓を叩こうとした。と、後ろから呼びかけられた。奥まったところにある公衆電話の受話器を握った工藤が、左手を伸ばして振っている。

野上は待ち合い室の椅子に腰をおろして、工藤の電話が終わるのを待った。

受話器を戻して、テレフォンカードを引き抜いた工藤は、疲れた様子で、野上の横に腰をおろした。

「飯田さんの具合はどうなんですか」

「心配ない」工藤は目頭を揉みながら言った。「意識もさっき戻ったよ。君と話したいと言っている。誤解をときたいんだそうだ」

「誤解、ですか？」

「警察にも訊かれていたみたいだけどね、秀人が何か関係してるんじゃないかと。それは誤解なんだそうだ」

「秀人君、どうしてますか」

「おばあさんが来て連れて帰ったよ」

「様子は」

「放心状態のままだ」

工藤は野上の顔を覗いた。「まさかＧＣＳと結び付けて考えていないだろうな」

「何をですか」

「……いや、いい」

工藤に病室を訊いて、野上はエレベーターで三階に上がって、飯田奈々子の病室に入る。彼女は、頭と右手と足に包帯を巻かれ、ベッドに仰向けになっていた。目は開いていたが、まなざしはどこか虚《うつ》ろで、それでも野上の姿を見つけると、微笑のような表情を作って話し始めた。

わたしの不注意で迷惑かけてしまって、ごめんなさいね。足を滑らせて落ちただけで、秀人は関係ないのよ、と。呂律の回らない舌で、三度同じ話を繰り返した。

「誤解しないでね」

野上がうなずくと、奈々子はほっとした様子で、視線を野上の顔からそらし、天井に向けた。野上は、奈々子にいろいろ訊いてみたいことがあった。近松吾郎の研究のこと、九年前の事件のこと——野上が知りたいのは、真実だ。飯田奈々子が、実際に見たこと、聞いたこと、やったことが知りたい。彼女がGCSの職員としての立場で語る話には興味がない。

いまなら、飯田奈々子から真実が聞き出せるかもしれないと、野上は思った。

今日の出来事は、あなたが足を滑らせただけとは思えない。秀人君が関わっていると、わたしは確信しています。でも、あなたが望むなら、秀人君は無関係だと思うと、なんならあなたの好きなように目撃証言をしてもいい——そんなふうに持ちかけて、代わりにいくつかの質問に対して真実を答えてもらうことができると思った。

しかし、奈々子の顔には、身体の傷の痛みだけではない、別の痛みに耐えているような苦《く》悶《もん》の色が滲み出ていて、野上は結局、何も訊けなかった。

病室を出ると、廊下に基樹が立っていた。

野上がエレベーターの方に歩くと、基樹はその後ろについてきて、話しかけた。

「何があったのか、訊いた？」

「足を滑らせたんだそうだ」

「それで納得したの？」

「ほかになんだって言うんだ」

野上はエレベーターの前で立ち止まって、基樹を振り返った。

「この前からさ、秀人君、なんか変だったでしょう」基樹は言った。「木俣梓のことを言ったら、なんか凄い動揺してさ、従兄のことを言ったら、青くなってた。ひょっとしてさ、秀人君、従兄と入れ替わってるんじゃないのかな」

「……本気で言ってるのか？」

「河西のメモを見たときには、それは考えすぎだろうって思ったよ。従兄なんだから顔が似てるってことはありうるよね。でも、秀人君は、当時のことをけっこうちゃんと憶えてるんだよね。スタッフの名前とか、部屋の様子とか。だけど考えてみると、母親は飯田先生なんだからね、当時のことを教え込むってことは、できなくはないんだよね」

秀人と従兄の雅夫の入れ替わり――真実なのだろうか。

「でももし偽ものなら、僕と昔の話をするのは恐いと思うんだよね。ばれるんじゃないかって、おどおどすると思うんだ。だけど、そんな様子はなかった」

基樹は壁に凭れて腕組みした。「だからまさかって思ってたんだけどね、可能性としては入れ替わりもあるなあって、さっきそう思った。秀人君自身、最近まで知らなかったのかもしれない。幼児期の記憶って、ふつうは曖昧なんだよね。僕はつい自分を基準に考えてしまうから、三歳のときの記憶がなかったり、記憶が混乱していたりするのはおかしいって感じてしまうんだけど、一般的には記憶って脆《もろ》いものなんだよね。身近な人間がその気になってやれば、幼児の記憶を偽の記憶に置き換えるのは、簡単なんだってさ。秀人君、自分でもそう信じてただけで、実際は違う人間だったのかもしれない」

「しかし、もしそうだとすると、いまの秀人君は、GCSの訓練は受けてなかったことになるな」

「そうだね」

「GCSと関係なく、秀人君はたまたま天才だったということかな」

「野上さん、本気でそんなこと言ってないよね」

本気で感じた疑念だったのだが……。

「秀人君ってさ、全然ふつうでしょう。数学が少し人よりできるってだけでさ、まあせいぜいがその名前の通り秀才でしょう。遺伝的な素質がある程度恵まれてればさ、あの程度の学力は頑張って勉強したら身につくものなんじゃないかな。最初会ったときから、なんか頭悪いって気がしたんだけどさ、GCSの訓練で、潜在的には、高い能力が身についている可能性はあるよね。だから、期待してた。でも、なんかどんどん馬鹿になっていってる気がするよ」

「馬鹿なんて言い方はよくないな」

「じゃあ、ふつうになってるって言えばいい？」基樹は鼻を鳴らした。「正直なとこさ、僕は秀人君がＧＣＳの子供だとは思いたくないよ。重度のコミュニケーション障害とかいう従兄の方が、よっぽどＧＣＳの成果だって気がするじゃない。そういう病気の人の中には、ときどき、数学や絵画や音楽なんかに天才的な才能を持つ人が現れるからね」

野上は腕組みをして考えを巡らせた。

仮にいまの秀人が偽ものだとしたら、その理由は、もちろん九年前の事件の隠蔽工作だろう。四人の子供たちが狂ったという噂――梓と秀人、これで二人まで真実ということになる。するとあとの二人も、狂ったというのが真実だという可能性が強まると、野上はそう思った。

「秀人君はさ、自分がＧＣＳの子供じゃなかったことに気がついたんじゃないかな。そのショックで、おかしくなったんじゃない？」

冷笑めいた表情を浮かべてそう言った基樹を野上はじっと見つめた。

九年前に狂った子供の一人――竹村基樹はその後どうなったのか。目の前のこの少年は、本物の基樹だろうか。

河西は、梓、秀人、それに守の三人が別人と入れ替わっていると疑っていた。基樹に関しては入れ替わりはなく、しかし母親を殺そうとまでした狂人なのだと、河西はおそらくそう思っていた。実際のところどうなのか。

河西は九年前の事件の真相に近づいて、殺された。河西は何を知ったのだろうか。

9

梨佳の両親は、新潟に住んでいた。

十三年前、梨佳は野上に、両親は離婚するだろうとほのめかしている。母親と父親の別居が決まり、自分は母についていくのだと。しかしいま思うと、あれは嘘だった。あのとき、梨佳は既に中絶したと野上は思っていたのだが、そうではなかった。父親との別居は母の都合ではなく、梨佳の妊娠を近所の目から隠すためのものだったのだ。学校の校長という梨佳の父親の立場もあったのだろう。

梨佳の父親はその後、定年を二年残して退職すると、家を売り払い、高齢の両親の面倒を見るために、新潟の実家に帰っているが、そのときは妻もいっしょだった——昨日工藤から得た情報だ。

野上は田畑に囲まれた木造家屋の前でタクシーを降りると、ネクタイの結び目を確かめ、二度深呼吸をしてから呼び鈴を押した。

引き戸を開けたのは、梨佳の母親だった。臙脂《えんじ》色のセーターと地味な柄の長いスカートを身に着けている。顔の印象は、昔とあまり変わっていない。髪の色も同じだった。皺は増えているのだと思うが、もともと皺が多いと思って見ていたから、そのときとの違いはあまり感じなかった。野上は梨佳の母親とお互い硬い表情のまま挨拶を交わし合った。

三和土に靴を脱いで、梨佳の母親に従って、廊下を歩く。床はよく磨かれていて艶《つや》があったが、何度か足元が軋んだ。

梨佳の母親が足を止め、襖を開いた。ストーブの熱が、微かな異臭を乗せて、野上の方に流れてきた。

梨佳の母親に続いて、部屋に入る。畳の部屋だった。古い石油ストーブが、片隅で真っ赤に燃えていた。その熱のせいなのか、あるいは感情的なものなのだろうか、あぐらをかき、腕組みしている梨佳の父親は、顔を赤くしていた。表情には、これといった感情は表れていない。野上を一瞥して、視線を木のテーブルに落とした。

父親と向かい合う席に座布団を置いて、母親はテーブルを回り込んだ。父親と少し離れて座り、ポットの湯を急須に注いだ。

野上は深く頭を下げてから、座布団に正座をした。

「もう二度と、君に会うことはないと思っていたんだがね」

淡々とした口調で、梨佳の父親はそう言った。

薄く白髪が貼りついているだけの頭、染みの浮いた肌、深くなった皺、母親とは違ってずいぶんと老けてしまっている。かなり瘦せたようだ。身体が萎んで、その分迫力も失せた。暴力の臭いがするタイプではないから、恐いという印象はもともとなかったが、それなりの威圧感が前はあった。もっともそれは野上がまだ子供だったということもあるかもしれない。

「いったい何があったんだ？　娘は、なぜ警察に追われているんだ？」

目の周りの皺を深くして、父親は言った。

「追われているのかどうか分かりませんよ」母親が言った。「探すのと追いかけるのは違います」

父親は苦い物を口に含んだような顔をした。「教えてくれ、いったい何があったんだ」

「僕にも、分かりません」

「じゃあ何しに来たんだ」

「守君のことの相談ですよ」母親が言った。

父親は荒い鼻息を洩らした。

「そのことは、梨佳さんが見つかってからのことだと思っています。今日は、ほかに訊きたいことがあって来ました」

梨佳の両親がそろって野上の双眸を凝視している。

「変なことを訊くと思われるかもしれませんが、大事なことなんです。教えてください。生まれた子供は、守君一人なんですか？」

「ん」と、喉を詰まらせたような音を洩らしたのは、父親だった。

母親は野上から視線をそらして、父親の横顔を覗いた。

「守君には双子の兄弟がいるんじゃないんですか？」

「誰からそういう話を聞いたんだね」

父親が一瞬見せた動揺は、もう見えなくなっている。「誰かが君に、そういう話をしたということなのかな」

「それらしいことを梨佳さんがほのめかしたんです」

実際はそうではないが、梨佳の両親から真実を聞き出すためには、こう言う方がいいだろうと野上は前もって考えてきていた。

梨佳の父親は、しばらく宙を見据えて、何事か考え込んでいた。

「まあ、今更君に隠すことではないと思うから、答えよう」

父親は野上の顔に視線を戻して、言った。「娘は、双子を生んだ」

野上の背筋をざわめきが走り抜けた。

「もう一人の子供は、どこにいるんですか」

「養子に出したよ」

「守君も一度養子に出したんですよね」

梨佳の両親がそろってうなずいた。

「双子を、別々に養子に出したんですか？」

「そうだ」と父親が言った。

「なぜですか」

「こっちはともかく、早く養子先を決めてもらえばよかったわけだから、理由と言われてもね。二人よりも一人ずつの方が、養子先が探しやすかったのだろう」

「探したのは、近松吾郎ですね」

「そうだ。君の、お父さんだね」

野上はうなずいた。

「もう一人の子供は、どこの家に養子に出されたのか、分かりますか」

「その子供のことについては、わたしたちは何も知らないんだ。どこにやったのか、娘にもさんざん問い詰められたがね。つい最近、といっても二ヶ月程前にも、梨佳はそのことを電話で訊ねてきたがね、答えようがなかった」

「梨佳さんも知らないんですか」

「守の方は正規の手続きを踏んだ養子縁組だったが、もう一人は、実子としてどこかの家庭に引き取られて行ったんだ。法律には反するが、珍しいことではないだろう」

「知っているのは、誰ですか」

「近松先生だ。梨佳は近松先生にも何度も訊ねたようだがね、引き取った両親は実子として子供を育てているので、迷惑がかかるといって絶対に教えてくれなかったそうだ」

「近松吾郎は、脳腫瘍の手術の後遺症で、言葉を話すことができなくなっています」

「そのことは、娘から聞いている」父親が言った。

「ほかに誰か、養子先を知ってる人はいないんですか？」

「君のお母さんも知っている可能性はあるな」

「一昨年死にました」

「そうか」と、梨佳の父親がぽつりと言った。

「ほかには？」

「さあ。思いつかないが」

「子供を取り上げた産婦人科の医者はどうですか」

梨佳の父親はぎょっとした顔で、母親の方を振り向いた。母親も、驚きを顔に出していた。

「それと、今度のことが関係あるのか？」

「別にそういうつもりで訊いたわけではありませんが」

「正直に言ってくれ。何を考えてる？」

「もしかして、子供を取り上げたのは、水沼という医者ではないですか」

梨佳の父親は、硬い表情でうなずいた。

10

守はカーペットに膝を抱えて座り、ぼんやりと窓の外を眺めていた。熱はすっかり下がり、咳も治まった。鼻が少しぐずつく以外、体調はよくなった。しかし気分はますます落ち込んでいる。

刑事は、お母さんは事件の目撃者かもしれない、と言っていたが、本当だろうか。目撃者ならば、何も悪いことはしていないのだから、逃げる必要はないし、もしもどうしても逃げなくてはならない事情があるとしても、電話ぐらいかけてきたっていいはずだ。

もしかしたら、目撃者じゃなくて、容疑者？

守は首を何度も横に振った。お母さんが人殺しなんてするはずない。

「守君」

基樹に呼ばれて、守ははっとして振り向いた。基樹はファイルケースを逆さにして、大量の写真をカーペットの上に広げている。

「これさ、いろんな人から借りてきたんだ。僕のところには少ししかなかったから」

ソファに凭れて、基樹が言った。「見てごらんよ」

「何？」

「昔、近松先生の研究室で撮った写真だよ。君もたくさん写ってるよ」

「興味ない」

守は窓に向き直った。

「一昨日さ、刑事が来たんだろう？」

「……うん」と、守は振り向かずに言った。

「河西が殺された事件を調べてる刑事だよね」

守は返事をしなかった。

「お母さんが疑われてるの？」

基樹の問いに、守は首を横に振った。

「でも何か関係があると思われてるんだよね」

「知らないよ」

「何があったのか、君は知りたくないの？」

「知りたいけど、でも……」

僕にはなんにもできない、できるはずないだろう、と守は心の中で毒づいた。

「河西は九年前、近松先生のところで起きた事件を調べていて、君のお母さんのところにも行っていたんだよね。だとするとさ、今度のことと九年前のこととは、切り離して考えられないってことじゃないかな」

それはそうかもしれないが、だからなんだと言うのだろう。守は窓ガラスに映っている基樹を見た。

「鍵は九年前にあるってことだよね。もしかしたら君は、今度の事件の重大な手がかりを知っているのかもしれない」

守は首を横に振った。「なんにも知らないよ」

「忘れてるだけかもしれないじゃないか。あの頃のことを思い出したら、何か分かるかもしれないんだよ。そしたら、お母さんを見つける手がかりになるかもしれないんだよ」

そうだろうか？　疑問には思ったけれども、何もしないでいるよりはましだと思った。

守は身体を回して、広げてある写真を眺める。

「守君さあ、いまのお母さんに引き取られる前のこと、少しは憶えてるって言ってたよね」

「うん」と、うなずいた。

お母さんとは違う、ママとパパがいたこと。場所の記憶はないが、病院にいて、何かの手術を受けたという記憶――これはあとで心臓の手術だったことを教えられた。

「この人、見覚えある？」

きつくパーマをかけていて、目の吊り上がった女の写真だった。頬がこけていて、地味なワンピースを着ている。

どこかで見たような気がしないでもないが、分からない。守は、知らないと答えた。

「知らないはずないんだけどなあ」

「誰なの？」

「君のお母さんだった人だよ。島岡玲子《れいこ》さん」

守はぎょっとなる。子供の頃、ときおり夢想に現れていたママは、この人なのか？　よく分からない。以前は憶えていたのかもしれないが、いまは、本当に憶えていない。

「君は、この人と暮らしていたはずなんだよ」

守はもう一度、写真にじっと見入ったけれども、やはり記憶は戻らなかった。

「忘れちゃった？」

「誰かをママって呼んでた記憶はあるんだ。でも、それがこの人かどうか分からない」

「ママか」基樹は言った。「で、向こうはなんて呼んでたのかな？」

「え？」

「ママが君のことをなんて呼んでたかってこと」

「なんてって？」

「守君、守ちゃん、守、マー君、いろいろ呼び方があるだろう？」

記憶をたどってみる。なんだったろう？

「マー坊」基樹が言った。「マーちゃん、それとも、もっと全然違う呼び方かなあ？」

守の脳裡に、一つの呼び方が浮かんだ。

11

病室のカーテンを開けると、朝日が射し込んだ。奈々子の顔までは陽射しが届かないようにカーテンの位置を調整してから、野上はベッドの横に椅子を広げて座った。

「いかがですか、具合は」

「もう全然大丈夫なのよ」

ベッドに仰向けになったままで奈々子は言った。頭にはまだ包帯が巻かれていて、右頰が紫色になって腫れている。苦しそうな顔はしていないが、痛みが完全になくなっているとは思えない。

「秀人君の様子は、どうなんですか」

「ええ、昨日、うちの母親から電話があって、もうすっかり元気になったって」

本当だろうかと、野上は訝《いぶか》しく思ったが、口では、そうですか、よかったですね、と言った。

「一昨日のこと、本当に誤解しないでね」奈々子は言った。「わたし、けっこうそそっかしいのよ」

奈々子が秀人をかばっていることは明らかだった。そういう母親の気持ちにつけ込むのは心苦しいと思いつつも、野上は、どうしても奈々子に真実を語ってほしかった。

「それは、そういうことにしておきましょう」と、野上は思わせぶりな口調で言った。

「そうなのよ」奈々子は口許の笑みを消している。「嘘じゃないの。秀人は何も……」

「だから、それは分かってます。今日は、ちょっと別のことを話したいと思って」

「何かしら」

奈々子は、不安げに視線を泳がせた。

「九年前の事件のことを、教えてもらいたいんです」

どんな事件だったたか、野上は自分が知っていることを簡単にまとめて話した。

「河西という人間が、この事件を調べていた。知っていますね」

奈々子はうなずこうとして、不意に顔を歪めた。どうやら、頭の傷が痛んだようだった。

表情を戻してから、奈々子は「ええ」と言った。

「その河西が殺されたことも、もちろんご存知ですよね」

「知ってるけど。それがどうしたの」

「高見という男を知ってますか」

奈々子の眉がぴくりと動いた。

「彼は早期幼児教育をレポートするテレビ番組を作ろうとしていた」野上は言った。「GCSは彼に協力して、取材を許した。ところが、この番組は結局放送されなかった。なぜですか？　当時のこと、飯田さんは知ってますよね」

「何を訊きたがっているのかよく分からないんだけど」

「取材があって、番組の放送中止が決まる、その前に、さっき言った九年前の事件が起こっていますよね」

「そうだったかもしれないけど、それが何？」

「彼は九年前の事件を嗅ぎつけた。それでGCSは彼に圧力をかけたか、あるいは買収したんじゃないですか」

「高見という人が、九年前の出来事を事件だと考えて、取材を始めたのは確かよ。彼は、わたしのところにも取材に来た」

奈々子はゆっくりと身体ごと捻って横向きになり、野上を斜めに見上げた。「でもね、それが事件と呼ぶ程のものじゃなかったことは、いまはもう明らかでしょう」

奈々子はそう言うと、唇を舌で湿らせた。

「正直なことを言うとね、いっときはわたしも、GC式の早期幼児教育が子供の脳にダメージを与えてしまったんじゃないかと、本気で疑ったの。秀人が発作を起こしたのは事実だもの。それに基樹君や梓ちゃん、守君、あの子たちがどうなったのか、わたしには分からなかった。高見という人が取材に来たのに、結局それはテレビで報道されることも、週刊誌なんかの記事になることもなかった。いま、あなたが考えているようなことを想像して、わたし一度はね、近松先生のところを辞めたのよ。もしもあのあと、秀人に何かの異変が起きたとしたら、わたしはあのときの出来事をどこかのマスコミに告発したと思うの。でも、秀人にはその後、おかしなことは起きなかった。それどころか、並み外れて優秀な子供に育った」

「それで、またGCSに戻ったんですか」

「もし、九年前に異常が生じたのが秀人だけだったら、あの発作はGC式の訓練とは無関係だったんだって、もっと早くにそう考えたと思うの。秀人になんの問題も生じていないことは、いっしょにいて分かっているもの。でも、ほかにも異常が生じた子供がいる、そう思っていたから、わたしはもう、近松先生ともGCSとも関わるのはよそうと考えてた。でも、向こうから、先生の方から、わたしに戻って来ないかという誘いがあったの。去年の十月頃にね。わたしは先生のところを辞めるときには、あの事件が原因だとは、はっきりは言わなかった。でも、先生は分かってたんでしょう。君の誤解をといておきたいって。基樹君、梓ちゃん、守君、彼らに会ったわ。三人とも元気に育っていたし、九年前の事件についての真相も、近松先生やGCSの一方的な言い分というのではなくて、それぞれに裏付けが取れた。基樹君自身の証言とか、梓ちゃんの両親の証言、守君の親——当時育てていた島岡夫婦が、どんな人間だったかってこととか。結局、九年前に起きたのは、梓ちゃんの発熱と、秀人の心理的な発作、あとは金銭欲にとりつかれた親たちの詐欺行為。わたしはそれで、完全に納得できたわ」

「高見はどうですか。彼はなぜ、報道しなかったんでしょう」

「どうしてか、わたしは知らない。でも、もし仮に買収とかしたんだとしてもよ。それは当時の状況ではしかたなかったんじゃないかしら。事件の真相はGCSのスキャンダルになるようなことではなかったのだけれど、そう証明するのは、あのときはまだ難かしかったのよ」

「近松吾郎は、九年前の事件を揉み消すために、ある隠蔽工作をしたと、僕は思っています」

奈々子の眉間に僅かに皺が寄った。

「それも、GCS、というか、工藤さんにも知らせずに隠蔽工作を行ったのかもしれない」

「先生が何をしたと言うの」

「頭がおかしくなった木俣梓を、身代わりと入れ替えた」

奈々子がはっと目を見開いた。

「やっぱり、知っていたんですね」

「違う」と、奈々子は首を横に振ってから、顔を苦痛に歪めて包帯を押さえる。

奈々子はしばらく、じっと頭を抱え込んでいた。やっと手を頭から離すと、野上に視線を向けた。

「梓ちゃんが別人と替わってるんじゃないかって、それはついこの間、秀人がそう言ったの。そんなことあるはずないって、わたしはそう言ったけど、ねえ、それは、それは事実なの？」

　奈々子のまなざしには嘘をついているような印象はなかった。

「間違いありません」と、野上はうなずきながら言った。

「そのことと、秀人のことと、何か関係が……」

　奈々子は慌てたように野上から目をそらし、口を噤《つぐ》んだ。

「秀人君に、何があったんですか」

　いっとき間を置いて、勢い込んだ口調で奈々子は言った。「何もないのよ。何も……」

　野上は椅子を少しベッドに近づけた。「飯田さんは、お姉さんの子供を引き取って育ててるそうですね」

「そうだけど。それがどうかしたの？」

　奈々子の視線が野上の顔に戻った。奈々子は戸惑ったような表情を浮かべている。

「重度のコミュニケーション障害で、ずっと養護施設に預けているそうですね」

「前はわたしと母とで交代で面倒を見ればよかったんだけど、母と別に暮らすようになったから、わたしは仕事があるし、母は、ちょっといまは体調が悪いの。預けっぱなしみたいな、そんな言い方はしてほしくないわね」

「河西は、秀人君も入れ替わっているのではないかと疑っていました」

「え？」

「従兄と秀人君を入れ替えたのではないかと」

「そんな馬鹿なこと」

奈々子は小さく息を吐いた。「あなたも、そう思ってるの？」

「思ってるとかではなく、知りたいんです」

「その子、雅夫っていうんだけど、秀人より二歳年上なのよ」

「ごまかせる範囲内だと思いますけど」

「九年前のあのとき、秀人は三歳と八ヶ月だった。雅夫は、五歳と、四ヶ月かしら。五歳四ヶ月の雅夫が当時治療に通っていた病院と、いま通っている病院は同じよ。入れ替えたのなら、そんなことは無理よね。二人、見かけがそっくりなんてことはないわよ。雅夫に会いたければ、会わせてあげるけど」

「河西は、あなたに直接そのことを訊かなかったんですか」

「彼は雅夫に会いたいと言ってきた。でも、入れ替わりとか、そういう疑いは口にしなかったから、わたしてっきり、違うことを考えてた」

「違うことって？」

「雅夫も、GCSの訓練を受けていた時期があるの。それが原因で雅夫はコミュニケーション障害になった……姉の夫だった男や、その両親は、そう言っているの。河西はそれを耳にして、雅夫のいまの様子を知りたがってるんだと思ってた」

奈々子は瞳を僅かに動かして、野上の双眸を見据えた。「コミュニケーションの障害っていうのは、赤ちゃんのときには見つけるのが難かしいわよね。ある程度成長して初めて、異変が分かる。姉は、雅夫の様子がおかしいのに気がついて、病院に連れて行って、脳の障害が見つかったの。コミュニケーションの障害の原因はいろいろあって、中には情緒障害もあるわけだけど、雅夫に関してはね、検査で脳の形態異常が見つかっているの。それはつまり、親の育て方とかそういう問題じゃないってことよね。でも、人の言うことをそっぽを向いたまま全然聞かなかったり、意味のないことをぶつぶつ言っていたりする子供を見たら、親が虐待したんじゃないかとか、愛情が足りなかったんじゃないかとか、病気に対する知識がなければ、そう考えてしまいがちよね。姉の夫や、その家族は、雅夫がこうなったのは姉の教育のせいだってなじった。医学的な、科学的な反論は、あの人たちにはまったく通じなかったの。ＧＣＳにはね、脳の障害が分かってから、二、三度通わせただけ。形態異常による障害に対する改善効果も多少はあることが、それまでのデータで分かっていたから。藁にもすがる思いでね。本当は、もっと早くに通わせていれば、効果がより上がったはずなんだけど、姉の夫の家族は、そういうこと大嫌いな人たちだったから。科学よりも祈禱《きとう》やら占いやら迷信やらの方を信じる人たちなのよ」

奈々子の目が充血している。「雅夫がＧＣＳに通ったのは、脳障害の診断が出たあとのこと。それに、この障害の原因は、親の育て方との因果関係はないという現代医学の結論。にもかかわらず、姉の夫の家族は姉を責め続けた。ＧＣＳには前からこっそり通わせていたのに違いない。子育てに自信がないから、そういうものに頼ったんだろう、おまえの育て方が悪いから、雅夫はこうなったと」

奈々子は洟を啜った。「姉は精神的に追いつめられて、自殺したの。ひどいと思わない？」

その話が偽りでないならば、確かにひどいと思う。野上はうなずいた。

「しかもね、姉が自殺する前、不眠症で精神神経科にかかってたことを理由にね、狂人の子供だから狂人なんだ、そっちの家系の問題なんだから引き取れって。言われなくても引き取るわよ。あんな馬鹿ばっかりの家に甥《おい》っ子を預けておけるもんですか」

九年前、精神に異変を生じた四人の子供がいる。その一人、木俣梓が偽ものと入れ替わっていることは確実だと野上は思っている。秀人と守に関しては、いまのところ疑惑のレベルにとどまっている。しかし飯田奈々子は、少なくとも秀人の入れ替えに関しては真相を知っているはずだった。

野上は奈々子の顔色を窺った。憤慨して息を荒くしている奈々子の様子は、演技とはとうてい思えない。秀人と雅夫の入れ替わりはなかったということだろうか。

「わたしの家庭の事情を聞きたかったわけじゃないわね」奈々子は深く呼吸してから、言った。

「秀人は、秀人よ。ねえ、あなたがわたしのことをどう見てるのか知らないけど、秀人はわたしの大事な息子なのよ。秀人の頭がおかしくなっていたりしたら、こうやってGCSの人間になるはずないでしょう」

「僕は、GCSの、というか近松吾郎の、ですけどね、彼の人体実験に巻き込まれたことで、自分の人生が歪められたんじゃないかって、そう思ってます。だけど、僕はこうやっていま、GCSにいる。どうしてだと思いますか？」

奈々子は困惑したような表情になって、言った。「GCSのせいで人生が歪んだと思うのは間違っていたと考え直したか、そうでなければ、少なくとも、もう一度考え直してみようと思ったから。違うの？」

「違います。ＧＣＳに人らなくてはならない事情があった。それが何かは言いません。でも、ともかくＧＣＳを恨んでいても、どうしようもない事情でそこで働くという例は、ここに一つ、あるわけです」

「わたしも、同じだと言うの？」

「同じかもしれないと」

「わたしは、自分の意志でＧＣＳで働いてる。ＧＣ理論は正しいと、確信を持ってる」

「秀人君があああなっても？」

　奈々子の表情が固まった。「どうなったって言うのよ、どうなったって……何か知ってるのなら教えてよ。わたしには、何がなんだか……」

　秀人に何が起きたのかは、野上はもちろん知らない。それがＧＣＳの訓練と関係があるのかどうかも、まったく分からない。奈々子は、自分よりは何かしら知っているはずだと思っていたが、野上の質問に対する奈々子の反応は、隠し事があるようには見えない。

「近松吾郎が、双子を使った実験をしていたこと、知っていますか？」

「え？」と、奈々子は言った。急に質問の内容が変わったことに戸惑っているようだった。

「双子の一方にだけ、早期教育を受けさせるという」

「その言い方は少し違うわね」奈々子は言った。「そんな一方にだけ早期幼児教育を受けさせるなんて、そんなことを承知する親はいないでしょう。訓練の内容をほんの少し変えて、その成果を心理学実験で測定して、比較するだけよ」

「それは表の実験でしょう。裏でやっていたことですよ、僕が訊きたいのは」

そう言って野上は、近松吾郎が産婦人科の医師と手を組んで養子縁組を請け負い、双生児を別々の家庭に引き取らせ、その一方の家庭に接近して、GCSの訓練を受けさせていた疑いがあることを話した。

奈々子は心底驚いたという表情を見せたあと、近松先生なら、やりかねないことかもしれないと言った。

「あなたは知らなかったんですね」

「ええ」

飯田奈々子は正直に語っているように、野上には思えた。九年前に何があったのか、真実を知るためには、別の人間に会ってみるしかなさそうだ。

12

ドアを開けてすぐのところには、白いカバーがかかったソファが二つ向き合って並んでいた。ソファに挟まれたテーブルは木製で、水色のテーブルクロスと、透明なビニールのカバーが上にかけてある。広い窓にはレースのカーテンがかかり、窓際には鉢植えと花瓶があった。

姫谷に促されて、野上は部屋の奥にある衝立《ついたて》のところに行った。

「二人きりがよければ、わたしは、外に出ていますが」

野上はうなずいた。

「ロビーにいます」

姫谷はそう言って、病室を出て行った。

ドアが閉じる音を聞いてから、野上は衝立を回り込んだ。

六畳ほどの広さのスペースに、ベッドが奥の壁に寄せて置かれていた。脳手術のあと、どうにか命だけはとりとめたと聞いていたから、人工呼吸器やら、心電計やらの機器類に囲まれたベッドを想像していたのだが、違っていた。

病室を思わせるのは、点滴ぐらいだった。

壁にうがった窓のほかに、天窓まである日当たりのいい部屋に、白いシーツのかかったベッド。そこに、水玉柄のパジャマを着た近松吾郎が、仰向けに寝ていた。

何年ぶりで見ることになるのだろうか。直接顔を見たのは、中学一年生のときが最後。だが、その後も、マスコミを通じて近松吾郎の顔に向き合ってしまうことは何度かあった。三年ぐらい前の近松吾郎の姿を、テレビで見たように思う。そのときはまだ、健康を害している様子はなかった。いくらか太ったのと、横と後ろ以外は、産毛すらないまでになってしまった禿げ頭を除けば、野上が直接会っていた頃とあまり変わっていないように思えた。

しかしいま目の前にいる近松吾郎は、まったく別人の印象だった。

身体は痩せ細り、肌色が褐色に近い色になっている。染みの浮いた右手と、右の脚が、小刻みに震え続けていた。頭には、目の細かい白いネット状の物が被せてある。左目は開いているが、右は瞼が半分塞がっている。口と鼻は、捩《ね》じれていた。

野上は少しだけ、近松の方に顔を寄せたが、近松の左目の瞳が野上の方に動くことはなかった。

梨佳が生んだ双子を、あんたはどう思って見ていたのか。なんのつもりで別々に養子に出したのか、そして九年前、いったい何があったのか。手術の前、会いたいと言って弁護士をよこしたが、いったい何を話したかったんだ——野上は心の中で、近松吾郎に訊ねた。だが、返事は返ってこなかった。それは当然だろう。野上雄貴と近松吾郎は、心が通じ合うような、そんな関係ではないのだ。答が返ってこないのは分かっていた。しかし一度は、訊いてみなくてはならなかった。

梨佳に何が起きているのか、その理由を知る手がかりを、近松吾郎は持っているはずなのだ。

近松吾郎の好んだ言いまわしを借りるなら、彼の脳のどこかに、その情報はまだ存在していると思う。

背後でドアの開く音がした。微かな足音が続く。

野上は振り向いた。衝立を回り込んで姿を現したのは、近松吾郎——一瞬そう錯覚した。ベッドにいる本人よりも、よほどこちらの方が本物に見える。量の多い毛髪を除けば、彼の方が、野上の知っている近松吾郎の印象に近い。

「何か、心境の変化でもあったのか」

子供の頃以来、久しぶりの対面ではあったが、誰かと訊ねる必要はなかった。

茶色のカーディガン姿の近松信吾は、窓の方に歩き、窓を背にして立った。

「見舞いには来ないと思っていたよ」

「どうしても訊きたいことがあったんだ」

信吾はふんと鼻を鳴らした。

「答えてもらえたか？」

「質問する相手は、あなたなんだ」

野上は信吾の方に身体を向けた。

信吾は醒めた表情で、腕組みをした。

野上は今朝、飯田奈々子を訪れたあと、姫谷に電話して近松吾郎の入院先を確かめた。前に一度聞いた記憶はあったのだが、見舞う気などまったくなかったので、はっきりとは憶えていなかったし、転院していることも考えられたからだ。その電話で、姫谷は、自分がまず近松の病室に行き、野上を外に待たせ、家族がいない時間を見計らって連絡するというやり方を提案した。しかし野上は違うやり方を望んだ。

近松信吾とも会わなくてはならないと思っていたのだ。

これから病院に行くことを、近松信吾に伝えておいてください、野上は姫谷にそう言った。

「漆山守の心臓病のことを訊きたいんだ」野上は言った。

「それが訊きたくて、俺をここに呼んだのか」

「そうだ」

「病院が違うだろう。主治医としての俺の意見を聞きたければ、俺の病院に来い」

「どうして僕が漆山守の病気のことを知りたがるのかは、訊かないんだな」

「君があの子の父親だということは知っているよ」

「誰から聞いたんだ」

「さあ、誰からだったかな」

「いつ知った」

「憶えてない」

「近松吾郎から聞いているんだろう」

「親父が言ったんだったかな。忘れたよ」

「隠さなくてはならないことかな」

「別に隠してはいないさ」

「守の心臓の状態を教えてくれ」

「工藤から聞いていないのか」

「聞いている。それが本当かどうかを知りたいんだ」

「嘘をつく理由があるのか？」

「守は幼い頃、重症の心臓病だった。心臓移植が必要だろうと言われていたんだ」

「その頃のことは、俺は直接は知らない。ただ、そういう時期があったことは確かなようだな」

「いまはとてもそうは見えない。心臓に異常があるようには思えない」

「病気が治れば、そうなるだろう」

「治ったのか」

「そうだな。完全にとは言えないが、当面命の心配があるというようなことはない」

野上は信吾の顔を睨んだ。

「本当だよ、心配いらない」

信吾はそう言って、窓枠に腰を預けた。

「守を、ほかの医者に診せてもいいか？」

信吾の口許が一瞬引きつったように見えた。

「何を疑ってるんだ」

「守の心臓は、本当はなんともないんじゃないのか」

「どういう意味だ」

「九年前の事件のこと、知ってるか？」

「例の噂のことか」

「噂ではなく、実際そういうことがあった」

「そうだな」信吾は表情を変えずに言った。「噂に対応する出来事はあった。しかし、事実は違っていた。噂になった子供たちのその後を見れば分かるじゃないか」

「木俣梓という子供がいる。彼女は、別人に入れ替わっている」

信吾の顔に、明らかな動揺の色が現れた。

「知っていたな」野上は言った。

信吾は肯定も否定もしないで、視線をそらした。

「守も入れ替わっている。そうなんだろう？」

信吾は視線を野上に戻し、片手を口許に持って行った。

「双子のもう一人と入れ替えたんだ。心臓の手術の痕は、そのカモフラージュ。違うか？」

「何を知ってるんだ」

信吾の答は、入れ替えの事実を認めたも同然だった。やはり、そうだったのだ。双子の兄弟が入れ替えられた。

野上が守として知っているあの子は、GCSの訓練を受けた子供とは別人なのだ。心臓が悪かった子供とは別人。だからあの子は、狂ってもいないし、心臓も本当は悪くない。カモフラージュの手術を受けて、昔から守だったと本人すら錯覚している。

野上は、水沼太吉が、木俣梓の入れ替わりの証拠を持って来てGCSをゆすっていたこと、その際、ほかにも入れ替わっている子供がいるとほのめかしたことを信吾に告げた。

信吾は青褪《あおざ》めていた。

「昨日、梨佳の両親に会ってきたよ」野上は言った。「守には双子の兄弟がいる」

信吾は苛立った様子で、自分の腿を二度叩いた。「警察に話したのか？」

「何を」野上は言った。

「入れ替えだとか、双子だとかいう話だ」

「いや」

「漆山梨佳の両親は、話したかもしれないな」

「その可能性は、あるな」

「君は、とんでもないことをしたぞ」

「どうして」

「警察がもう一人の子供を探し始めたらどうする」

「探してほしいよ。僕のもう一人の子供がどこにいるのか、知りたい」

「いったい何が起きていると思っているんだ」

「子供の入れ替えという事実を探っていた人間がいる。その事実をネタに恐喝を図った人間がいる。その二人が、死んだんだ」野上は信吾の目を見据えている。「梨佳はその事件に何か関わっている。ここまでは、動かせない事実だ。守は双子の兄弟と入れ替わっている。これは、さっきまでは推測だったが、あなたの顔で、事実だと確信したよ」

信吾は苦しげに息を吐いた。「それで」

「その先が分からないんだ。守の入れ替えは、GCSや近松吾郎にとっては、隠さなくてはならない秘密だ。しかし、どうして梨佳にとって秘密なのか……」

ずっと考えているが、野上にはまだ分からない。

「その答を、君は見つけたのか？」信吾が言った。

「いや、まったく分からない」

「彼女には入れ替えの事実を隠す必要はない、隠す必要があるのは、むしろ、俺だと言うんだろう」

それは本来は、近松吾郎のスキャンダルのはずだ。しかし既に近松吾郎は何かの行動を起こすことはできない。

跡継ぎの近松信吾が父親の名誉を守るために、それはむろん、跡継ぎの信吾にとっては重要なことだろうから、そのために何か防衛策を講じる可能性はあるだろう。

少なくとも梨佳よりは信吾の方に動機があると、野上は感じている。

信吾がふっと身体を動かした。野上は一瞬殺気を感じて身構える。が、信吾は背中を窓から離しただけだった。

「ひどい勘違いだ」

信吾は額にかかった髪を持ち上げて、そのまま頭を押さえた。「木俣梓のことからして、君は間違ってる」

頭に当てていた手をおろして、信吾は苦々しいという表情で野上を凝視した。

「水沼は、GCSを脅したと、そう言ったな」

「ああ」

「事実か」

野上はうなずいた。

「事実として、なぜ君がそれを知ってる？」

「僕はGCSの人間だ」

信吾は疑わしそうに野上の顔を見ている。「その点は、まあいいことにしよう。それで、水沼は具体的にはどういう内容を話したんだ」

木俣梓が双子の妹と入れ替わっていることは、水沼が持ってきた写真で明らかになったと、野上は信吾に告げた。

「そんな証拠があったら、親父からもっと金をふんだくれたろう。あるいは、俺からでもな。GCSに行く必要はないはずだ。そう思わなかったのか？」

「そう言われればそうかもしれないが、二股かけてゆすったのかもしれない」

「その証拠は捏造《ねつぞう》なんだよ」

「事実じゃないというのか？」

「木俣梓に双子の妹がいることは本当だ。水沼はそのことを知っている。しかし水沼は、妹がもらわれて行った先を知らないはずだ。出産には関わったが、実子として届けるための書類を書いたのは、水沼じゃない」

信吾はその事情を話した。

子供をもらった親は、自分の知りあいの産院に頼んで、そこで生まれたように書類を作ってもらった。子供をもらった親は、養子斡旋で有名な水沼の病院で子供が生まれたという事実も消し去りたかったのだという。

「木俣梓は入れ替わっていないというのか？」

「入れ替わってる」信吾は言った。「しかしそれは、妹と入れ替わったんじゃないんだ。それにこれは、木俣家の人間がやったことで、親父が関わったことじゃない。逆だ。向こうが親父を騙そうとしてやったことなんだ」

「どういうことだ」

信吾は野上の質問に答えた。

近松吾郎は、木俣家に多額の金銭を支払っている。梓が研究室の中で熱を出して、それがもとで神経系に後遺症が残ったことは事実だったからだ。近松は責任を果たそうとした。治療費や見舞金は当然として、後遺症が治った場合でも、大学卒業まで、毎月金が口座に振り込まれることになっている。近松は頻繁に梓と会って後遺症の状態を見ていたのだが、それがよくなってからは、めったに会わなくなった。何年か間があって再び会ったとき、近松吾郎は梓のあまりの変貌に驚いた。

「別人に替わってることは、親父はすぐに分かったんだ」

信吾は眉根を寄せて話を続けた。

近松吾郎は木俣家を調べた。そして分かったのは、木俣梓とは遠縁に当たる、広末美奈《ひろすえみな》という一歳年上の女の子が、八歳のとき、木俣家の家族とともに旅行中、交通事故死しているという事実だった。

「広末美奈の父親は、当時多額の借金を踏み倒して逃亡中だった」信吾が言った。「父親の居場所を吐かせようと、借金取りが家族も追いかける。美奈の家族は、ばらばらになって、知人や親戚の家にかくまってもらっていた」

言いたいことは分かるだろう、と信吾はもったいをつけるように間を置いてから、話を続けた。事故死したのは、実際は木俣梓だったのだろう、と。

「梓は、木俣家の金蔓だった」信吾は言った。「もしもGCSとの因果関係が疑われるような形で、たとえば脳の病気なんかで死んでいれば、多額の慰謝料を要求できただろう。しかし、交通事故では、そうはいかないよな。しかもこれで、毎月の奨学金ももらえなくなるわけだ」

梓は木俣家の養子だった。それも、両親はもともと持参金目当てで梓をもらった疑いが濃い。娘の突然の死という、本来ならショックで何も考えられなくなるような状況でも、梓の両親は悪知恵を働かせる余裕があったのだろう。とっさに、死んだのは美奈ということにしようと思いつく。

美奈にとっても、これは悪い話ではなかった。遠縁の家族の世話になり、肩身の狭い思いをしていたはずだし、これで借金取りの影に怯えなくて済む——そんな状況だったのに違いないと、信吾は語った。

「近松吾郎は入れ替わりに気づいて、何もしなかったのか？」

「事実を指摘すれば、向こうは開き直って、どんな言いがかりをつけてくるか分からないからな」

信吾は口許を歪めた。「梓に払っている奨学金など、親父から見れば、大した金じゃない。騒ぎになるよりは、それで済ませた方がいい」

梓が身代わりと入れ替わったのは、木俣家の事情——それを信じると、水沼は嘘をついていたことになる。

梓の入れ替わりについて、水沼に確証はなかった。ただのでまかせが、偶然止解だっただけだ。すると別の子供の入れ替えという、水沼のほのめかしも、でまかせかもしれない。

「水沼と親父は腐れ縁みたいなもので、いろいろ人に話されたくない秘密を水沼が知っていたのは事実だ。しかしな、何か決定的な弱みというわけじゃなかった。確かな弱みを握っていたら、ＧＣＳよりも俺のところに来ているさ」

「守の入れ替えはどうなんだ？」

「あったとしても、水沼は証拠を持ってない。双子のもう一人は実子として縁組みされたんだ。木俣梓の場合と同じだよ。養い親は、秘密を守るために、自分の身内に出生届を書かせてる。水沼は子供を取り上げただけだ。水沼は親父を追いつめられるような確実な証拠は持っていないんだ。だからもちろん、俺もあいつを恐れていなかった。殺すような動機はない」

「守は入れ替わっていないというのか」

野上の質問に、信吾は憮然《ぶぜん》とした顔で黙っている。

「守の心臓を調べれば分かるはずだ。過去に、本当に移植が必要なほど心臓が悪かったのか、分かるはずだ」

医者ではない野上には、そうだと断言はできないが、河西が言っていたように、もしも表面的な傷だけをつけたものだったら、医者はすぐ分かるだろう。それに、守の心臓が、かつて移植が必要になるほど悪かったのかどうか、これも、医者なら分かると思う。

「ほかの医者に診せてもいいんだな」

「君はひどい勘違いをしている」

信吾の鬢から汗が滴っている。

「勘違いかどうか、守の心臓を調べてもらうよ」

「入れ替わってる」信吾は喉を詰まらせたのか、苦しそうな咳払いをした。「確かに、双子は入れ替わった」

「守の心臓に病気はないんだな」

「そういうことになる」

「九年前、二つの家庭に別れて育てられた双子を、交換したんだな」

「そうだ。その通りだよ」信吾の声が大きくなった。「しかし君はひどい勘違いをしている」

野上は訝しげに信吾を見やる。

「何が勘違いなんだ。事実なんだろう」

「交換した理由だよ。君が思っていることとは違う」

九年前守と呼ばれていた子供は、ＧＣＳの訓練で狂った。それを隠蔽するために、いまの守と入れ替えた。野上はそう思っている。違うというのなら、ほかにどんな理由で入れ替えるというのか。

「もしも、君が思っているような理由だとしたら、漆山梨佳は、いったいなんのために人を殺したんだ？」

「彼女が人を殺したなんて僕は思っていない」

「いや、殺したんだ。間違いなくね」

「なんでそんなことが言える」

「本人がそう言ったからだ」

「何言ってるんだ」

「彼女は双子が入れ替わった事実を、誰にも知られたくなかった。だから水沼の言いなりになっていたんだ」

双子の入れ替わりの事実を世間から隠すために、梨佳は水沼と交際していた。分かっている状況からは、野上もそこまでは認めざるを得ない。分からないのは、なぜそうまでして子供の交換を隠さなくてはならなかったのかだ。梨佳がそこまで必死になる理由を、野上は思いつかない。

「守の双子の弟の存在は、彼女にとってどうしても知られてはならない秘密なんだ。ところが、河西が尾行して弟の居場所を知ったんだ。河西が水沼のところに行って、それで水沼までが弟の居場所を知った。彼女は水沼の口を塞ぐしかなかった」

なぜ守の双子の弟の存在を知られたことが殺人の動機になるのか。九年前の子供の交換を隠すためとしか考えられないが、そうだとして、それがなぜ、梨佳にとって隠さねばならないことなのか。野上には分からなかった。

それに——と野上は頭に浮かんだことを口に出した。「いったいあなたがなぜ、梨佳のやったことを断言できるんだ」

「本人から直接訊いたんだ」

「馬鹿馬鹿しい」

「嘘じゃない」

「じゃあ、動機はなんだって言ってる?」

「守の弟を世間から隠すためだ」

「隠す必要があるのは梨佳じゃない」

GCSの訓練で頭がおかしくなった子供は、おそらくいまも知的障害を抱えているのだろう。それは近松吾郎やGCSのスキャンダルにはなる。しかし、梨佳にとってはそれほど重要なことのはずがない。

「弟の存在が秘密なのは、彼の心臓病が原因だ」

野上にもそれは分かっていた。重篤な心臓病は、九年前の事件のときには、彼が守であったことの証拠になる。双子の入れ替わりの決定的な証拠になるのだ。

信吾は険しい表情になった。「九年前に守と弟を交換したのは、GCSをスキャンダルから守るためじゃない。心臓移植の手術のためなんだ。親父はな、子供に心臓移植を受けさせるために、海外に連れ出した。どうしても彼を救いたくて、親父はな」

信吾は言葉を詰まらせた。「親父は――ブラックマーケットで心臓を買ったんだよ」

野上は信吾の語った話がすぐには呑み込めなかった。

九年前、何があったのか。

「正規のルートでは、いつまで待たされるか分からない」信吾は言った。「順番が来るまで生き延びられる保証はない」

野上はまだ、信吾の語る真相が十分には把握できない。しかし分かってきた。自分が大きな勘違いをしていたことが、やっと分かってきた。

「親父はな、おまえの息子のために、闇で売買されている心臓を買ったんだ。それがどういうことか分かるか」

野上は息を呑んだ。

九年前、何が起きたのか、やっと理解できた。そんなことは、たったいままで思いもよらなかった。野上は目眩《めまい》を覚えていた。

「闇ルートの移植には、場合によっては犯罪組織が絡む」信吾は顔を歪めてそう言った。

「人身売買や誘拐で手に入れた生きた子供の心臓が移植される場合だってあるんだ。近松吾郎のような有名人が、孫の命をどうしても救いたかったからとは言っても、そんな手術を受けさせたと分かったら、スキャンダルだ。事は秘密裏に行う必要があったんだ。そんな時期に、研究室に通う子供たちにマスコミの目が向かうような事件が起きた。守を、当時の守、弟の方だな、親父は彼をマスコミから隠そうと、研究室から遠ざけた。ところが、それで逆に、守も頭がおかしくなったんじゃないかと、疑惑を招いてしまったんだ。そんな子供を、闇ルートの手術に連れ出せると思うか？」

野上は声が出なかった。身体も硬直しているが、どうにか首だけ横に動かす。

「双子を入れ替えたのは、海外に連れ出して手術を受けさせるための手段だったんだ。もちろんそのあとで、元に戻すって方法もあっただろうがな、手術を受けた子供がマスコミの目に触れる危険は避けたかったんだ。海外に行ったことを子供が憶えていて話してしまうかもしれないし、免疫抑制剤とか、特別な薬を飲んでるんだ。感づく人間が出てこないとは限らない。それで結局、二人はそのまま交換して育てられることになったんだ」

野上は中空を見据えて、頭の中を整理しようと努力した。しかし混乱が続く。

信じられないという気持ちがある。闇の臓器売買市場を利用することは、近松吾郎にとっては、その名声を考えれば、相当なリスクを覚悟しなくてはならなかったはずだ。マスコミに分かれば、袋叩きに遭うかもしれない。

日本の社会は、公平ということを重んじる。金に物を言わせてそのルールを破り、倫理を踏みにじる手術、しかも、もしかすると間接的には誘拐や殺人にまで荷担したという結果になるかもしれないのだ。

近松吾郎は、そんなリスクを承知で野上の子供に心臓移植手術を受けさせた。なぜそんなことができたのか。

野上はベッドの方に向き直った。近松吾郎は相変わらず、身体を一部震わせ続けているだけで、外の世界とは隔絶された世界にいる。意識と呼べるものも、いまの彼にはおそらく、ない。心も、既に消えているだろう。しかし、野上はもう一度、その心に訴えかけた。

なぜだ、と。なぜ、そうまでして子供の命を救おうとしたのか。

野上は九年前の守を映したビデオを見ている。心臓移植が必要だったのは、あの子供だ。ビデオを見ながら、河西は言った。この子には、脳障害があったが、GCSでそれを克服して、ふつうの三歳児並みの知能になったと。あの子は、決して天才でも神童でもなかったのだ。将来そうなると期待されるような子供でもなかった。

子供は、近松吾郎が過剰な愛を傾けた天才少年ではなかった。それなのになぜ、自分の名声を台無しにしかねない手術を行えたのか。

そこにあったのは、孫に対する愛情だったのか……野上はまだ信じられなかった。近松吾郎が、単なる血の繫がりで人間をそこまで愛するとは思えない。

天才ではないと分かったとたん、我が子、野上雄貴をゴミ扱いした男、それが近松吾郎のはずだった。近松は我が子を、実験動物としか見ていなかった。そんな男だからこそ、野上は彼を憎み、それを当然のことと考えてきたのだ。

あんたは本当に、僕の子供をそこまで、愛してくれたというのか——野上は近松吾郎の左目を覗いて、その答を読み取ろうとした。が、近松の瞳は何も語らない。

近松吾郎が何を考えていたのか、もはやそれを本人が語ることはない。彼のやってきたことから、判断するしかない。

近松吾郎は、野上雄貴の子供のために、自分の名声を捨てる覚悟で闇市場で心臓を買った。そして脳腫瘍の手術の前に、野上雄貴に何かを伝えたいと病床に呼び続けた。

近松吾郎は、野上がずっと思ってきたような、そんな人間ではなかったということなのだろうか。

「親父を恨むのは筋違いだってことが分かったろう」

信吾は言った。「君は自分の挫折を親父のせいにした。教育のせいにした。父親としての愛情がなかったと勝手にそう思い込んだ。しかしそうじゃないって分かったろう」

野上は信吾の方を振り向いた。

「俺も、親父を憎んだ時期があったよ。親父は、自分の子供よりも、優秀な子供、天才少年、そういう存在の方に愛情を傾けた。俺は嫉妬した。だけど、それは間違いだって気がついた。俺も君も、いっときは天才のように思われた時期がある。だから親父は、天才少年としての俺たちを愛した。しかし違うと分かったら、天才少年としては愛せなかった。だけど、我が子に対する愛情は、あったんだよ。君はそれを一方的に拒否し続けただけだ。親父が天才という存在に惹《ひ》かれるのは、それは一種の病的な思いなのさ。俺たちには理解できない。だけど、自分の父親が、女性の下着を集めていたり、幼女とのセックスに耽っていたりするのと比べれば、どうってことないだろう。天才への愛は、親父のただの趣味なんだよ」

野上は再び近松吾郎の顔を覗く。神経が傷ついて、歪んでしまった顔。どこかしら微笑んでいるようにも見える。

「俺たちは天才にはなれなかった。だけど、早期教育のおかげで、そこそこ勉強のできる人間にはなったんじゃないのか」

野上は唇を嚙んだ。

「親父は闇の市場で、ずいぶんと高い買い物をした。君への愛情がなかったら、そんなことができると思うか？」

近松吾郎の心を惑わせた天才たち。野上もそういう一人になりたい、なるんだと思っていた時期がある。しかしそうなれないと知ったとき、近松の愛情を失ったと感じた。近松から離れたのは、自分の方ではなかったのか……。

「守が双子だということを知っている人間は限られている」信吾が言った。「子供を入れ替えたことで、九年前の闇ルートでの心臓移植手術は、マスコミに嗅ぎつけられることなく行われた。ところが、もう一度手術が必要になっているんだよ」

野上は信吾の方を振り返った。

「移植した心臓は適合性が完璧ではなかったということだ。もう一度、闇市場での移植をと、親父は計画を進めていた。前に闇ルートで移植しているからな。今度は表というわけにはいかないだろう。前はどこでと言われたら、返答に詰まる。それに、事態は緊急だ。急いで心臓を探す必要がある。しかし親父は、こうなった。移植のための手配に動くことはできない。それで漆山梨佳はな、ずっと俺を恐喝してきてるんだ」

野上は唾を呑み込んだ。

「かつて親父が関わった闇市場での心臓売買、それをばらされたくなかったら、俺が親父の代わりに闇の移植を手配しろって言うんだよ。金も含めてな」

信吾は、目を細くして、深く息を吐いた。「ひどいやり方だと思わないか。親父が、その子を救うためにやったことを、今度は恐喝の材料にしているんだ」

ひどいやり方だと、野上も思った。しかし、梨佳の気持ちも分かる。緊急の心臓移植が必要な子供、それは守と同じく、梨佳の子供なのだ。そしてもちろん、野上の子供でもある。救いたい。救ってやりたい。どんなことをしても。野上はそう思う。梨佳もそう思っていたのだ。

そこに、思わぬ邪魔が入った。

水沼と河西の行動を梨佳が恐れた理由が、やっと分かった。

まもなく闇ルートの心臓移植手術を受ける予定の子供が世間の注目を浴びたら、手術自体が行えなくなってしまうのだ。多額の金銭と、コネクション。信吾なくしては手術の手配は行えない。しかしただでさえ、信吾を協力させることは簡単ではない。近松吾郎の名誉のため、信吾がどこまで譲歩するかは、未知数なのだから。

どんな形にしろ、守の弟の存在が表面化したら、移植手術は行えなくなってしまう。

それで梨佳は、水沼と河西を——。

梨佳が彼らを殺したとは信じたくない。しかし、動機があったことは、これではっきりした。

野上の膝が笑っていた。その場にしゃがみ込みたかった。

「彼女の両親に双子の件を秘密にするように頼んだ方がいいな」信吾が言った。

言われなくてもそうするつもりでいる。しかし、どう説得したらいいのだろうか。

「一日、二日、口止めできればいい。あとは彼女が自分で話すだろう」

「え？」

野上はすぐには信吾の言葉の意味が分からなかった。

しばらくして、野上はあっと声を出してから、震え声で言った。「梨佳と連絡が取れるのか？」

「こっちからは無理だ」信吾は言った。「ただ、向こうは、早く移植手術の手配をしてくれと、脅しの電話を毎日かけてくる」

「僕をその電話に出してくれ」

「今日のことを、彼女に話す。そうすれば、彼女が君に電話するだろう」

野上は上着の内ポケットから手帳とペンを出して、携帯電話の番号を書いた。

「ここに、必ず電話してくれと頼んでくれ」

野上は信吾の方に歩み寄って、切り取ったメモを渡した。

13

近松信吾から野上の自宅に連絡が入ったのは、午後六時二十分頃だった。例の電話、八時にかけると言っていたと、信吾は告げた。

野上は七時五十分過ぎ、里美には煙草を買いに行くと言って自宅を出て、駐車場にあるワゴンの中で、電話がかかってくるのを待った。

　八時ちょうどに携帯電話が鳴った。激しい鼓動の音を聞きながら、電話を受けた。聞こえてきたのは、梨佳の声だった。

「携帯電話って、誰に聞かれてるか分からないから、余計なことは言わないで」梨佳は言った。

「彼が話したこと、本当よ」

　否定してほしかったが、それなら、電話はかかってこないはず。覚悟はしていた。

　梨佳は人を殺したのだ。子供のために。

「もう、分かったでしょう」

「ああ」と、野上は力ない声を出した。「どうして、もっと早く相談してくれなかったんだ」

「相談したら、何か変わった？」

　心臓病の子供に対して、野上ができることは何もなかった。しかし、殺人は止められたかもしれないと思う。……いや、どうだろう。

「あなたにやってほしいことは、一つだけ。守を支えて、これからは、守を、お願い。わたしには別にやらなくてはならないことがあるから」

「僕にできることは、もちろんなんでもするよ。だけど、あの子には、君が必要だよ」

「それが無理だってことは、もう分かってるでしょう。わたしはもう、戻れないの。守にはあなたがいる。彼には、わたしが必要なの。これから、いっしょに旅に出るの。聞いたでしょう」

闇市場を利用しての心臓移植手術、場所は当然海外になるだろう。何らかの組織の手を借りれば、警察が行方を探している梨佳も出国は可能なのかもしれない。手術のあと、梨佳はその子供と海外で暮らすつもりなのだろうか。

「会って、話せないかな。何かこれじゃあ、もどかしい」

「無理よ。会ってどうなるの。あなたにできることは、もう言ったわね」

「話し合おう。もっといい方法があると思う」

「わたしは取り返しのつかないことをしたの。分かるでしょう」

どうしたらいいのか、自分には何ができるのか、野上は必死で考えたが、何も浮かばない。

長い沈黙を破ったのは、梨佳だった。

「わたしのやったこと、むだにするようなことはしないで。お願い。守のこと以外では、絶対あなたに迷惑かけたりしないから」

「なんでも言ってくれよ。僕にできることを、なんでも……」

「守をお願い」

電話は切れた。

野上はハンドルに腕で凭れ、顔を左手で覆った。
二、三分そうしていただろうか、携帯電話が鳴った。梨佳がもう一度かけてきたのかと思い、勢い込んで受けた。聞こえてきたのは、男の声。基樹だった。
「野上さん、いま、どこ？」

「家の近くだが」

「近くってことは、外?」

「どこでもいいだろう」

不機嫌な声になった。基樹に対して怒ったというより、いまの気分からそうなった。

「奥さんがそばにいるのかな、と思ってさ」

「いない」

「じゃあ、電話で話してもいいんだけど。でも、電話って盗聴されたりするからね」

基樹の声に微かな笑いが混じっているように思えた。まさかまた、いまの梨佳との電話も盗聴されたのか? 野上は焦った。携帯電話にも盗聴器が仕掛けてあるのだろうか。GCSから借りている電話だ。仕掛けるチャンスは基樹にはあっただろう。それに、盗聴器が電話に取り付けてなくても、近くにいれば電波を拾うのは簡単なのではないか?

「会って話せないかな」基樹が言った。

「どこにいるんだ」

基樹が答えた場所は、すぐ近くの、直線距離にして三十メートル程しか離れていないファミリーレストランだった。

「いったいなぜそんなところにいるんだ」

「野上さんと話しに来たんだよ。奥さんや守君のいるところでは話せないから」

前に自宅に基樹が仕掛けた盗聴器は外した。その後基樹を自宅に入れたことはない。しかし、電話を、家の外部の配線から盗聴することも、技術があれば可能なはずだし、それに、盗聴器は外したつもりになっていたが、仕掛けられたのは、一つだけだったのか?

信吾からの電話は自宅の電話に入った。あれを盗聴して、八時に重要な電話があると知り、携帯の電波を狙い定めて——基樹は電話を聞いたと言ってはいないのだが、野上はそう考えた。

梨佳との会話を聞いて、基樹はどこまで真相を知っただろうか。遠回しに話したが、それでも核心に触れている部分もあった。基樹は、底知れない知能の持ち主だ。もしかしたら、ほとんど真相にたどりついたかもしれない。

どうしたらいいんだ。

野上はワゴンから降りて、徒歩でファミリーレストランに向かった。

店に入るとすぐに、基樹が「野上さん」と手を挙げた。基樹は隅のボックス席で、バナナジュースを飲んでいた。野上は基樹と向き合う席に座ると、コーヒーを注文して、ポケットから煙草を取り出す。

「野上さん、昨日、守君のおじいさんのところに行ってきたんでしょう?」

野上は動揺はしなかった。基樹なら、何を知っていても不思議はないという気がし始めている。野上の新潟行きは、工藤の手配で出張扱いになったから、GCSの社員なら誰もが知っていて不思議はない。基樹は社員以上にGCSのことに通じている。新潟に守の祖父母がいることは、工藤の手元にある梨佳の調査書類を見れば分かることだ。基樹のことだ、一度眺めていれば、細部まですべて記憶しているだろう。新潟行きの目的を推測するのは、基樹には容易だ。

「なんだかいろんなことを知ってるんだな」

野上は煙草に火を点けた。

「電話だけじゃなくて、部屋の話し声なんかもさ、聞くのは簡単だよね」

そういえば、守の祖母への電話は、基樹の部屋からかけた。

GCSの工藤の執務室や応接間、会議室での会話、基樹ならば、そういう場所での会話も、聞こうと思えば聞けただろう。いったいどこまで知っているのだろうか。

守の祖父母の家での会話や近松吾郎の病室での会話、さすがにそれは基樹でも聞くことはできなかっただろうが、それ以外で得た知識だけからでも、基樹ならば、真相にたどりつけるかもしれない。

「で、どうだったの？」

「何がだ」

「守君に双生児の兄弟はいたの？」

どうしてそんな質問を思いついたのか、などと訊く気は、もはやない。野上は落ち着いて、返事をした。

「どうして君に言わなくちゃいけない」

「いたんだね」

「そんなことは言ってない」

「でもいたんだ。そうじゃなきゃ、理屈に合わないものね。水沼が言ってた、入れ替わってる別の子供っていうのは、結局守君だったわけだね」

「君は、水沼が何を言っていたかまで知っているのか」

「まあね」

「いったい、なんだ。なんでそんなに調べまわる」

「前、言わなかった？」

「河西が殺された事件では、君はまったく疑われてなんかいないだろう」

「いまのところね」

「これからだってそんな心配はないはずだ」

「へえ、真犯人分かったんだ？」

「水沼だ。刑事がそう言ったよ」

「そうなんだ？　でも、その水沼も死んだよね」

野上はぐっと息を呑んだ。「それで君が疑われるとは思えない」

「そうだね。うん」

「君はもうこの件に関わる必要はない」

「そうはいかないんだ。重要な問題が残ってる。ＧＣＳの子供ってなんだったのか、ってことだよ」

人の耳が気になるところでは、これ以上話を続けたくなかった。

場所をワゴンの中に変えた。

ワゴンの助手席の椅子は回転できるようになっている。後部座席と向かい合わせて、野上はそこに腰をおろした。基樹は運転席の後ろの席に座って、横にリュックを置いた。

「今朝さ、野上さん、飯田先生のとこに行ったでしょう」基樹が言った。

「君はそれも、盗聴したのか」

「病院で電波飛ばすのは、よくないでしょう」基樹は耳の後ろに、開いた手を当てた。「僕もたまたま見舞いに行ったんだ。聞くつもりはなかったんだけどって、これは嘘だね。耳を澄ましてた。どうやらさ、飯田先生には全然疚しいことはなさそうだよね。秀人君は入れ替わってないみたいだ」

秀人と雅夫の入れ替えはなかった。野上は、いまはそう確信している。木俣梓の入れ替えは、木俣家の事情、守の入れ替えは、心臓が問題だった。近松吾郎はGCSの失敗の隠蔽工作はしていなかった。そもそもGCSのスキャンダルになるような事件自体が、起きていなかったのだ。

「するとさ、あの秀人、本物のGCSの子供だっていうことになるよね。これは僕にはショックだよ。秀人なんて、凡人でしょう。GCSの子供、同じ仲間だなんて、認めたくなかった。でも、もうしかたないよね。それが現実なんだもの。近松先生はさ、僕たちGCSの子供は、特別な存在だって言ったんだ。僕はそれを信じてた。仲間ができるって思ってた。だけど、期待は次々と裏切られてしまってる。どこに僕の仲間はいるの」基樹は唇を少し歪めた。「ひょっとして僕は、近松先生に利用されただけなんじゃないか、そう思えてきたんだ。僕はGCSなんかとは関係なく、たまたま遺伝子レベルの突然変異で生じた天才だった。近松先生は、僕を自分の名声のために利用しただけなんじゃないか。それもさ、GCSを発展させて、それを自分の子供と孫に継がせようとしたんじゃないか。近松先生にとって、大事なのは結局、血の繋がりだったんじゃないか」

基樹はそう言ったあと、深く息を吐いた。「僕にとって、近松先生は神様だった。僕を救ってくれて、僕に生きる道を教えてくれた神様なんだ。僕は子供の頃から、ずっと虐待といじめを受けてきた。母親に殴られ、同じ年頃の子供たちにいじめられた」

基樹は淡々とした口調で続ける。「おまえの母さん、公衆便所なんだってなあ、おまえもその子供なんだから子供便所だ。そう言われてさ、無理矢理口を開けられて、小便を注がれて、大便を押し込まれた。小学校の低学年、中学年。その頃さ、一度転校したんだよね。それで一時期環境が変わった。それまでの僕は、できるだけ目立たないようにしてたんだけどさ、新しい学校で今度はいじめなんてないと思った。勉強のとき、ちょっとだけ本気だした。担任の先生にかわいがられてさ。先生喜ばせたくって。だけどそれでお気に入りになってしまったのがいけなかったんだね。嫉妬されて、それでさ、先生に贔屓《ひいき》をやめてくれって言ったんだよね。そしたら、突然のヒステリーってやつだよ。わたしがそんなことをするわけない、うぬぼれるな、何様のつもりかってね。それで今度は教師公認のいじめだよ。しかもさ、僕のことを嫌いな先生が、ほかにもいっぱいいたんだよね。なんとなく生意気だって理由で。たぶん聞いたらびっくりするような、ひどいいじめが繰り返された。みんながいじめに加わったわけじゃないよ。でも僕は、いじめられてる僕を冷ややかに眺めてる連中のことも不思議でならなかったんだ。なんだろうこいつら、何考えてるんだろうって。僕にはもう訳が分からなかった。なんでそんな目に遭うのか、理由を教えてくれたのが、近松先生だった。そうなんだ、僕はほかの人間と違っていたんだ。野犬の群れに放り込まれて暮らしてる人間のようなものだったんだよ。僕の理屈や僕の感情は、彼らとは違う。どっちが優秀とかいう問題じゃないよね。僕らの意識は別の世界を形作っているんだ。もし近松先生がいなかったら、僕はきっとあいつら全員を殺してたと思う。だけど、ふつうの人間は僕とは違う、別の生き物だ。そう思ったら、気分が楽になった。犬に咬まれたら、しかたないって諦めるでしょう。うかつに近づいた自分が悪いんだもの。犬の気持ちや理屈は、人間と違う。そのことを認めれば、彼らの行動の善悪を自分の理屈や感情で判断することは、できないよね。僕をなんの理由もなくいじめた連中、僕を、愛してるって言いながら殴り続けた母親、僕はもうなんの恨みも持っていない。近松先生に出会えたおかげだと思ってる。僕が本来いるべき場所、僕の同類が、GCSに集まって来るんだと思ってた。GCSは脳の構造を根本的に変化させた。結局は僕は意識もニューロンのネットワークの中から創発的に出てくるものだと思ってる。意識、いや魂と呼んでもいいんだけど、GCSの子供たちは、魂がふつうの人間とは変わったってことなんだ。魂が違うステージに移ってる、僕らは新たな種として存在し始めている。そう信じていた。だけど、ここにいるのは僕一人だ。周りを見回したら、誰もいない。もちろん、僕らはGCSの第一世代にすぎないんだからね、次の世代は僕らが作っていけばいいんだ。子供を生む代わりに、生まれた子供を改造していくんだね。だから、たった一人からだって始められる。近松先生は、たった一人の、第〇世代だったわけだよね。だから僕も、一人でもいいんだよ。だけど、近松先生は、本当はそんなこと全然信じてなかったのかもしれないんだ。GCSの第一世代のこの僕は、実はGCSなんかとまるで関係ないのかもしれない。僕はね、GC理論を信じて、大事なのは血の繋がりよりも、GCSによって変わった脳の構造だと思った。僕は血の繋がりなんていう関係を否定した。僕はそのために母親との繋がりを断ち切ったんだ」

基樹は胸に溜め込んだ息を塊にして吐き出した。「殺そうとしたなんて思わないでよ。断ち切ったのは精神的な関係さ。だけどともかく、僕は、血の繋がりよりもＧＣＳによる繋がりの方が、ずっと濃いと思っているんだ。それはＧＣ理論の当然の帰結なんだよ。だけど近松先生は、血の繋がりにこだわった。もしも、守君が入れ替わっていたとしたらさ、近松先生は、ＧＣＳとは全然関係ない人間に多大な期待を寄せて、その子の将来のために、僕を利用したんだってことになる。僕は、近松先生を神の座から引きずりおろしかけたよ。だけど、違ったんだよね。近松先生は、ＧＣ理論を信じてた。そうでしょう？」

基樹は野上の双眸を覗き込んだ。「近松先生が守君たち兄弟にやったことは、まさしく理論に対する絶対の自信の現れだよね？」

基樹の問いかけの意味が、野上には分からなかった。

「同じ遺伝子であっても、ＧＣＳによって、まったく別の、人間という種の内部の多様性じゃなくて、外部の、つまり種差にあたる違いが出る。近松先生は、そう信じてた。でしょう？」

「いったい何を言ってるんだ」

「まだ隠すつもりなの？」

「別に何も隠してるつもりはない」

「じゃあ、僕の口から言うよ。守君が入れ替わってるのかどうか、僕はずっと観察していた。昔の守君のことはよく憶えてる。見かけは、守君だと思える。だけど、一卵性双生児の入れ替えという可能性は残るわけだよね。仕種や癖を観察した。利き手が変わってたりとかすれば有力な証拠なんだけどね。どうやらそういうことはなかった。だけど一つ、決定的と思える証拠があったんだ。心臓だよ」

野上の心臓がびくんと鳴った。

「守君は心臓移植が必要なほどの重病だったのに、なぜそれが治ったのか。入れ替わったからだ」

「河西もそう睨んでいたよ。だけど、そうではなくて、奇跡的に治ったんだってことを、君も医者から聞いてるんじゃなかったかな」

「うん、そうなんだ。だからこれも、決め手にはならなかった。結局さ、最後は記憶なんだよね。判断の材料は守君の記憶しかないんだ」

基樹は言った。「守君は、近松研究室にいた頃のことを全然憶えていない。不自然だよね」

「幼かったからだろう。それに、たしかそれまで育てられていた母親から、新しい母親のところに引き取られたんだよな。環境の激変で、それ以前の記憶が薄れたんじゃないかな」

「丸三歳になってたんだからね。すべて忘れてしまったというのを、僕は最初素直に信じてはいなかった。だけどさ、いっしょにいて、守君の混乱ぶりを見てればさ、守君が嘘をついたり、演技してたりってことは、ないって分かる。過去について守君が言ってることは、少なくとも守君の主観的真実であることは疑えない。だから僕は、守君が過去を思い出すようにあれこれ働きかけてみた。守君が漆山梨佳さんに引き取られる前のことを忘れてしまったのは、心理的なものだと思うんだよね。新しい母親を受け入れようとして、過去の記憶を抑圧したんだ。守君はね、前の両親のことをうっすらとは憶えているんだよね。だから僕は、かつての守君の母親、島岡玲子の写真を見せてみた。守君はね、憶えていないと言ったよ」

野上は息を呑んだ。

守が島岡玲子を憶えていないのは、梨佳に引き取られる以前は、島岡守ではない、別の人間だったからだ。それが答なのだが、野上は認めるわけにはいかなかった。守は守だ。入れ替えなどなかった。そもそも双子などではない、それで押し通す必要がある。

「記憶を抑圧してるんだろう。梨佳以外を親とは認めたくないんだ」

「僕は守君に、昔なんと呼ばれていたのかって訊いた。守君、思い出したよ」

野上ははっとなった。守は島岡守と入れ替わる前の、本当の名前を思い出してしまったのだ。

「守ちゃんなんだ」基樹は言った。

「え？」野上は思わぬ言葉に戸惑った。

「昔は守ちゃんだったんだよ」

そんなはずはなかった。守は三歳まで別の名前だったはずだ。野上はつかのま混乱した。しかしこれも、守の記憶の錯誤なのだと思い直した。

三歳のときに新しい母親として現れた梨佳を受け入れる過程で、自分の過去の名前までも忘れて、まるで昔から、守と呼ばれていたという錯覚を起こしているのだろう。野上はそう思った。しかしむろん、基樹にはそれを言わない。言ったら、入れ替わりを認めたことになってしまう。

「守君はさ、三歳のときも守という名前だったんだよ」

「ああ」野上は言った。「守は守、一人だよ」

野上はほっと息を吐いた。

「でもさ、両親を忘れてるんだから、名前の記憶も混乱してても、おかしくないって考えもあるよね」基樹は言った。「僕はまだ、それだけでは納得がいかなかった。だけど、決定的になったんだよね。守君、記憶を取り戻し始めたんだ。写真を見ているうちに、断片的だけどね、近松研究室に通っていた頃のことを思い出した。それは、僕の記憶と一致してるんだ」

野上は混乱した。基樹に対しては認めるわけにはいかないが、いまの守は、基樹が昔知っていた島岡守とは違う。入れ替わっているはずなのだ。それなのになぜ、基樹と守の共通体験を記憶しているのだろう。

「守君は間違いなく、昔の守ちゃんだよ」基樹は言った。

それは基樹の勘違いのはずなのだが、野上はそう言うわけにもいかず、うなずいた。

「そうだよ。守は守だ。双子の兄弟なんていなかった」

「まだとぼけるの？」

「え？」

「一卵性双生児の兄弟はいるよ、いるに決まってるじゃないか。だけど、守君ともう一人の子供との入れ替わりは起きていない。それで今度のことはすべて納得ができる。こんなこと、絶対誰にも知られちゃいけない。守君のお母さんがそう思うのは当然だよね」

「いったい何を言ってるんだ」

呆れたというような顔をして、基樹は首を一度傾げてから、口を開いた。

基樹の話の内容を、しばらく頭の中で反芻《はんすう》して、野上は悲鳴に近い声で言った。

「そんな馬鹿なこと、ありえない」

「それ以外の結論なんて、考えられないんじゃないかな」

野上は全身に悪寒を覚え、震えた。

「しかし、しかしだ」野上は唾を呑み込んでから言った。基樹の話を、信じたくなかった。

「いや、なぜそこまでするんだ。守は、天才なんかじゃない。当時もそうだったろうし、いまだって……」

「守君は天才だよ。いまはまだそうなっていなくてもね、そうなるという確信が、近松先生にはあったんだよ。そう思う根拠、教えてあげようか？」

基樹は上着のポケットから、一枚の写真を取り出した。

その写真が何を意味しているのか理解するまでに、しばらく時間がかかった。

野上はワゴンの窓に映った自分の顔を眺める。

基樹がその写真の説明を始めた。


基樹が去ったあとで、野上は信吾の家に電話をかけた。

「ああ。例の電話、どうだった」信吾が言った。

「もう一度、彼女と話したい。電話じゃだめだ。会って話したい」

「納得できなかったのか」

「嘘だったんだな」

「あ？」

「あなたの話は、嘘だった」

「何言ってるんだ」

「守は守だったんだ」

信吾が絶句したのが分かる。

「彼女がそう言ったのか？」

「やっぱりそうなんだな」

「……彼女は、なんて言ったんだ」

「今度電話があったら、伝えてくれ。もう一度連絡をくれと」

「それは伝えるが、連絡するしないは彼女の問題だ。君、いったい誰から何を聞いたんだ？」

「分かったんだよ。すべて分かった。守は守のままだった。それが、絶対に、誰にも知られてはならない秘密だったんだ」

野上は背中を丸くして震えていた。

14

日曜日は、朝から小雨が降っていた。

午前十時過ぎ、野上は古びた木造アパートの二階にある謙作の部屋のドアを叩いた。

一度では返事がなく、しばらく間を置いて、強めに叩く。やっと、謙作がドアを開けた。

「どうしたんだ」

謙作は言った。薄汚れたスエットに半纏という格好で、顔が赤い。

「ちょっと、叔父さんに話がある。あがっていいかな」

「ああ」と、謙作はキッチンの奥にある部屋に行くと、黄ばんだぺしゃんこの布団をたたんで隅に寄せ、染みの目立つ畳の上に、薄っぺらい座布団を敷いた。

野上は座布団の上に座った。

謙作は卓袱台《ちゃぶだい》に載っていた茶碗を持ち上げて、口に含んだ。テーブルの下に、日本酒の一升瓶があった。

「朝から酒か」野上は言った。

「仕事が休みのときぐらい、いいだろう」

謙作は畳の上にあぐらをかいた。「どうだ、新しい仕事は。もう馴れたのか」

野上は曖昧にうなずいてから、言った。「金がいるんだ」

「ん？」

「金が必要になった」

「どうしたんだ」謙作は怪訝そうに首を傾げる。「俺に借金の申し込みか？　俺の何倍も稼ぐやつが」

そう言ってから、謙作は合点がいったという様子でうなずいた。「まだ給料日前なんだな。急に高給取りになったんで、うかれて買い物しすぎたか」

謙作は黄色い歯を剝き出しにして笑った。「で、いくらいるんだ」

「最低でも億の金がいる」

「は？」

「二億、三億、いや、もっとかもしれない」

「何言ってるんだ」

「必要なんだ」

謙作は茶碗に日本酒を注いで、一口飲んだ。

「金がいる」野上は言った。

「おまえ、酔っ払ってるのか」

「訴訟をやろう」

「なんだって？」

謙作の細い目が少し大きくなった。

「近松吾郎に認知してもらうんだよ。遺産をもらう」

謙作は手に持っていた茶碗を口に近づけるが、唇に触れたところで、卓袱台に戻した。

「あいつを父親と認めたくなかったんじゃないのか」

「そんなことを言っていられなくなった」

「いったいどうした。なんでそんな金が必要なんだ」

「僕には権利があるんだろう。金をもらう権利が。その権利を行使するだけだ」

謙作は表情を硬くして、自分の頰を二度、軽く叩いた。「この前、おまえに言ったよな。近松の財産のこと。千億以上の資産と言われていても、実際の相続分は僅かで、相続人が多いし、遺言があれば取り分は減らせるから、結局のところおまえが請求できるのは、せいぜいが一億。しかもおまえの母親が前に一億受け取っているし、それにこれからのおまえの給料、それだってGCSからもらうといっても、実は近松吾郎の金がそのために使われていて……つまりだな、せっかく認知してもらってもおまえは一銭ももらえない可能性が強いんだ」

「ずいぶんと法律に詳しいんだな」

「うん、俺なりに勉強してみた」

「近松吾郎の資産、相続の対象になるのは三十数億って言ったね」

「ああ」

「その情報の出所は？」

「うん、まあいろいろ調べ方があるんだよ」

「それが間違っていて、たとえば百億だったら、僕の取り分は変わるね」

「そんな数字にはならない。三十数億、それより少なくはなっても、多くはならない」

「情報源を教えてくれないか」

「まずいんだ。いろいろと、裏の繫がりなんでね」

「教えてもらえないのなら、僕はその数字が信用できない。訴訟を起こすよ」

「絶対に、大した金にはならない。間違いないんだ」

「それでも、やってみるよ。金にはならなくても、認知してもらうべきだって、叔父さんそう言ったよね。将来のことを思えば、そうした方がいいって」

謙作は視線を膝元に落とした。

「それが僕のためだって言った。でしょう？」

「ああ」謙作は顔を上げた。「しかしな、うん、あのときはそう言ったが、うん……」

謙作は困惑をあらわにしている。

「そう言っても、僕が認知を望むはずがないと思っていた。だから言えたんだ。本当は、僕にそんな裁判を起こさせたくないんだろう」

「おまえ」と言って絶句した謙作の表情には、困惑に驚きが加わった。

「誰に会ったんだ？　いくらもらった？」

野上の問いかけに、謙作は頭を掻きむしった。

「なんで、分かったんだ？」

野上は上着の内ポケットから取り出した写真を卓袱台に投げ出した。

昨夜、基樹から渡された写真だ。白黒のスナップ写真で、髪を七、三に分けた、痩せた少年の顔が写っている。

謙作は写真を手にして、喉からくぐもった声を洩らした。

「叔父さんもこの男の写真を見せられたんだろう」

しばらく逡巡した様子を見せた謙作だが、「ああ」とうなずいた。

「誰に会ったんだ」

「姫谷という弁護士と、近松信吾だ」

「それで、どう言われたんだ。正直に話してくれ」

「分かった」

謙作の表情が緩んだ。観念したということだろう。

「この写真を見れば、誰だって分かるよな」謙作は言った。「おまえが、この男の子供だということが」

写真の少年の顔は、野上と、それに守にも、よく似ている。だが、それは野上の若い頃の写真でも、むろん守の写真でもなく、近松吾郎の若い頃でもない。

「近松吾郎の親友だった男の若い頃の写真なんだそうだが、おまえにそっくりだろう。これは俺もずっと知らなかったことなんだけどな、おまえの母親は、どうやらこの男と付き合っていたらしいんだ。だが彼が事故で死んで、そのとき、姉さんはおまえを身ごもっていたんだな。近松はこの親友に、同性愛とかそういうことではなく、人間的に惹《ひ》かれていたんだそうだ。とても才能豊かな魅力溢れる人物だったそうでね。近松は、その忘れ形見をどうしてもこの世に誕生させたいと願った。姉さんも同意して、その後二人が男女の関係になったのは、成り行きもあり必然もあったんだろう。近松は、おまえを我が子のようにかわいがった」

野上は、口許を歪めた。

「しかし、近松吾郎とおまえには血の繋がりがない」謙作は言った。「向こうが認知する分には、事実とは違っても戸籍上そうなるということもありうる。だけど、いまの近松吾郎はあんな状態だ。裁判になった場合、彼は証言できない。そうなると、科学的な親子鑑定で決められることになるだろう。向こうは、裁判をやる前に、鑑定してもいいと言った。そう言えるってことは、それが事実だってことだろう。残念ながら、おまえには、近松吾郎の遺産をもらう権利がないんだ」

謙作は不意に両膝を叩いて背筋を伸ばした。「しかしな、俺はおまえのために精一杯のものは、もらってやったぞ。近松は少なくともおまえの母親を長く愛人にしていたわけだし、おまえを我が子として扱った時期がある。それに、姉さんを説得して子供を生ませた責任はあるはずだ。そう言ってやったんだ。そしたら向こうが、それなりのことはする準備があると……。近松吾郎はまだ意識がはっきりしていたときに、おまえを病床に呼んでいただろう」

「……ああ」

「認知はできないがそれなりの金はやろうと、そういう申し出をするつもりだったそうだ」

「死んでから一騒動起きるのを望まなかったってことだな」

「しかしもし、直接そういう申し出があったとしても、おまえは受け取らなかったろうな」

「当然だ」

「じゃあ、結果的には正解だったな」

野上は謙作の双眸を見据えた。「叔父さんが、GCSに僕を入れろと頼んだのか」

「いや、そこまでは言ってないが、おまえが近松の金を素直に受け取るとは思わなかったからな。何かいい方法を考えてやってくれと、俺はそう頼んで……」

謙作は身体を少し前に出した。「おまえのためにやったことだ」

「いくらもらったんだ？」

その問いを無視して謙作が茶碗に手を伸ばすのを、野上は途中で肘を摑んだ。「いくらもらった」

「おまえのために働いたんだ。報酬があってもいいだろう」

「いくらだよ」

「百万だ」

「向こうに確かめるぞ」

「ああ」

「裁判を起こすと言いに行くぞ」

「その写真を見たろう。それがおまえの父親だ」

「それでも、裁判は起こせる。生ませたのは近松吾郎だ。そう言ったろう」

「その証拠はないし、姉さんが望んだことでもあった」

「そんなはずはないんだ。騙されたんだ。裁判をして、事実を明らかにしてやる」

謙作の手を離して立ち上がりかけた野上の腕を、今度は謙作の方が摑んだ。

「分かった。正直に言う。一億だ。一億もらえる約束になってる」

野上が自分から望んで認知の裁判を起こすことはないと、近松信吾は分かっていたのだろう。しかし周囲が尻を叩いて、いやいや裁判を起こす可能性はあると踏んだ信吾は、謙作を買収したのだ。

「それで、向こうの言いなりになったというわけか」

「おまえが望んだことでもあるじゃないか。もともと認知の裁判などしたくないと、それはおまえが」

謙作は泣きそうな顔で言った。「半分はおまえにやるつもりだったさ。ただ、言い出すタイミングがなくて。いや、七分やる。な。どう頑張ったところで勝てない裁判だ。いや、仮に勝ってもこれ以上の金になるとは思えない。だからもう、これで」

野上は謙作の手を振りほどくと、卓袱台にあった写真を拾い上げて部屋を出た。

小雨の中を歩きながら、野上は怒りに身体を震わせていた。

もしも近松吾郎が、いまでも痛みを感じることができたならば、これから病床に向かい、その首をこの手で絞めてやるところだ。

近松吾郎は、野上雄貴を自分の子供として見たことなど、一度もなかったのだ。

野上は路上に駐車してあったワゴンに乗り込んだ。写真を助手席に投げ出す。

昨夜、この車内で基樹と話していたときの光景が脳裡に浮かんだ。

「僕の母親は結婚してるときも、いろんな男と関係を持ってた」基樹は言った。「戸籍上の父親は僕の本当の父親じゃないんだ。だから、もしかしたら、その人が僕の実の父親だったりするんじゃないかなって考えて、近松先生にその人の写真を見せてほしいって頼んだことがある。だけど先生は、写真は持ってないって言った。なんか絶対秘密があるって気がするよね。ちょうどさ、工藤さんが探偵を雇ったじゃない。それで、ついでに頼んでみたんだ。

やっと手に入れたのがその写真。──残念ながら、僕とは似ていない」

「これはいったい、誰なんだ」

「近松吾郎が天才に興味を持つきっかけになった人物だよ。垣内斉一」

呆然としつつも、野上は、かつて近松から聞いた、垣内についての話を思い返した。近松を虜《とりこ》にした天才垣内──しかし彼は、十五のときに暴漢に襲われて意識不明になり、その後二度と目覚めなかったのだ。そのとき近松吾郎は大学生。

「野上さんは、垣内斉一の子供だったんだね」

「いや、それはありえない」

計算が合わないと思った。野上が生まれるよりもずっと前に、垣内という少年は意識不明の状態になったのだ。

野上はそれを基樹に言った。

「意識は戻らなかったけど、生きてはいたんだよ。下半身の機能は残ってたんだろうね。電気ショックとかで精子を取り出して人工受精すれば子供は作れるよ。近松先生はさ、当然考えたはずだよね。GC理論で天才脳を作るって言ってもさ、その前に遺伝的な要因も考慮する必要があるでしょう。犬にGCSの訓練したからって天才人間になるはずないもんね。垣内斉一に限らずさ、先生は出会った天才たちの遺伝子を持つ子供を使って天才脳デザインプログラムを試してみたかったと思うんだ。先生が産婦人科の医者を使ってやっていたことは、双子の研究だけじゃないかもしれないよ。きっと、野上さん以外にも、そういう子供が何人も生まれてたんじゃないかかな。たぶん僕も、どこの誰かは分からないけど、天才の子供なんじゃないかって思う」

野上は垣内の写真とルームミラーに映った自分の顔を改めて見比べた。似ている。他人とは思えなかった。それに垣内は、守とも似ている。野上と守の相似よりも、垣内と守の相似の方が際立っている。隔世遺伝というやつだろうか。

母は近松の意図をどこまで知っていたのだろうか。愛する男の頼みだったから聞いたのか。金をもらったのか。それとも、知らないうちに、こっそり垣内の精子を注入したとか――どれかは分からないが、近松が垣内の精子を取り出して、人工受精で母を妊娠させたことは事実に違いないと、野上は確信を持っている。

受精の瞬間から、野上はGC理論による天才脳デザインプログラムを試すための実験動物にすぎなかったのだ。

近松吾郎は初めから、野上雄貴をそういう目でしか眺めていなかった。実験が失敗したと分かったとき、彼が野上雄貴にはなんの興味も示さなくなったのは当然のことだったのだ。

近松の目は、別の実験動物に向かった。

守と、そしてもう一人いる野上の子供――彼らはもちろん、近松吾郎の孫などではない。近松吾郎は彼らを、野上雄貴のときと同じく、実験動物として見た。垣内の血を引いている、優秀な素質を受け継いでいる血統だ。天才脳デザインプログラムは、ずっと同じものではない。改良が加わった、新しいプログラム。その成果を試すために、一卵性双生児の一方にだけGCSの訓練を受けさせた。

ただの実験動物。近松は二人をそういう目でしか眺めていなかった。だからあんなことができたのだ。野上は吐きそうになっていた。

五章　選　択

1

月曜日の朝、野上は、渋る守をどうにか説得して、小学校に送り届けると、ワゴンを近くの駐車場に預けた。

梨佳との待ち合わせ場所は、二人で初めてデートをしたときと同じ待ち合わせ場所――たとえ誰かが電話を盗聴していたとしても、どこだか分からないはずだ。あとは尾行に気をつければいい。

発信機が取り付けられている可能性のある車で梨佳に会いに行くつもりはなかった。

バスに乗る。行き先はどこでもいい。尾行がいないか、確かめるためだった。

何度かバスを乗り継いだ。怪しいと感じる人間は、いなかった。

デパートの開く時間を待って、紳士服売り場に行った。朝、守を迎えに行ったときに、基樹に会っている。まさかとは思うが、衣類に盗聴器や発信機が仕込まれた可能性はないとはいえない。

シャツとセーター、ジーパン、念のためと、下着や靴下も買った。トイレに入って、パンツまで着替える。脱いだ服を手提げにしまって、ジーパンの裾を折り曲げながら、靴がそのままだということに気がつく。手持ちの現金が少なくなっていたので、デパートを出て、安売りの靴を探した。幸い、ディスカウントの店があって、千九百八十円の靴を見つけた。紐の替わりにマジックテープで締めるタイプで、履き心地は最悪だったが、贅沢は言えない。

アーケードを抜けて、タクシーを拾う。

駅で降りて、ロッカーに衣類と靴の入った手提げを詰め込んだ。

ほかに気になる物がないか、身体を叩いてみる。ベルト、財布、時計……これらもロッカーに入れて、現金だけをポケットに戻した。

ジーパンはベルトなしでもずり落ちなかったが、時計は必要だ。

駅の売店に、八百八十円のデジタル時計があった。これを買って、準備は完了した。

午後一時まで、あちこちと移動して尾行者の影を求めたが、どうやらそういう存在はなさそうだった。

約束の時間は、二時。

タクシー、バス、徒歩と用心に用心を重ねて、目的の場所に向かう。

紅葉した木々の間を縫う坂道を上ったところにある公園のベンチに、野上が一人腰掛けたのは、二時三分前だった。

梨佳が姿を現したのは、二時二分。

フード付きのコート姿で、金縁の眼鏡をかけ、ポケットに両手を入れていた。梨佳は野上の隣に、少し距離をおいて座った。

「子供は、入れ替わってなかったんだな」野上はそう呟いた。

「どうして、分かったの？」

風の力を借りて、野上の耳にやっと届くような囁き声だった。

「守君には、昔の記憶が残っていた。君に育てられる前、別の両親に育てられているときも、自分が守と呼ばれていたことを憶えていたんだ」

野上は視界の片隅で梨佳を見ていた。梨佳は無言でうつむいて、ポケットから両手を出し、柿色のパンツの膝を擦るように、掌をゆっくりと動かしている。梨佳が、どうしても守らなければならないと考えている秘密は、双子の入れ替えではなかった。双子は入れ替わっていない。最初から、守は守。

「分かってしまったのね」

梨佳は独り言のようにそう呟いた。

双子の兄弟の身に何が起きたのか、基樹が語った答は、野上を驚愕させた。信吾がでっちあげた偽りの真相に、一度は納得しかけていただけに、衝撃は余計に大きかった。

ほんのいっときは、野上は信じそうになったのだ。近松吾郎は、血の繋がった孫に愛情を傾けたのだと。

だが、そうではなかった。近松吾郎にとって、守たちは単なる実験動物だった。だからできたのだ——あんなことが……。

「君は、いつ知ったんだ」

梨佳は躊躇《ちゅうちょ》するような表情を見せたが、それはすぐに諦めたような表情に変わった。

「守を引き取ったときのことから、話すわね」

梨佳は両手を膝で組んで、爪を撫でるように指先を動かしながら、話を続けた。

当時守は重い心臓病で、移植しか助かる道はないだろうと言われていた。養父母の島岡夫婦には、心臓移植に必要な億単位とも言われる資金を準備する経済力はなく、もともと持参金目当ての養子縁組だったから、借金までして守を救おうという気持ちもなかった。梨佳は近松吾郎の手を借りて、島岡夫婦から守を取り戻す。家裁の手続きなどを円滑に進めるために、表向きは、守の将来を考えて、養母と梨佳が様々話し合った末の結論、ということになっているが、実際は、近松吾郎が金で買って、梨佳に渡した。

「わたしの家に、近松先生が守を連れて来た。今日からはずっといっしょに暮らせるよって」

そのときにはもう、手術は終わっていたのだと、梨佳は言った。

心臓移植――長い順番待ちが必要だと聞いていたが、近松吾郎の力ならば、ルールを無視した手術もできたのかもしれないと、梨佳はそう思いつつ、守の胸の手術痕について訊いた。

近松は、移植ではない別の手術を行ったと言った。

簡単な手術だが、一時的な改善は望める。これで緊急の移植手術は必要なくなった。しかし今度また症状が悪化したときには、心臓移植しか助かる道はない。近松はそう言った。

症状の悪化――そんなときが永遠に来ないことを祈りつつ、梨佳は守と暮らした。

「守はどんどん健康になった。嘘みたいに。魔法みたいに」

梨佳はそう言ってうなだれた。「手術は予想以上に効果があったのね。近松先生もそう認めてくれた。もう大丈夫だろうって。奇跡の手術だったたって……」

「それが、どんな手術だったか知ったのは、いつなんだ」

「近松先生の脳腫瘍の手術のあと」

「それまでは、まったく気がつかなかったのか」

梨佳はうなずいてから、顔を上げ、虚空に目をやった。「あの人が来るまでは、そんなこと、考えてもみなかった」

梨佳の元を、一人の中年女が訪れた。彼女は、篤志《あつし》という子供の養母だった。

彼女は九年前に守と篤志に何があったのかを語った。

篤志——守とは、一卵性双生児。篤志と守の身に起こった出来事を、梨佳はその日初めて知ったのだという。

何があったのか、具体的には語らぬまま、梨佳は口を閉ざし、沈黙が横たわった。

野上は基樹との会話を思い返していた。

「守君の心臓病のこと、野上さんは詳しく知ってるの？」基樹が言った。

「いや」

「そう」基樹はうなずいた。「じゃあ半分想像になるんだけど……遺伝子レベルの問題で心臓に障害が生じるような病気、あるよね？」

「さあ、わたしは医者じゃないから知らないな」

「もしもそういう病気だったとしたら、僕の考えは単なる空想に終わってしまうんだけど、僕は守君の心臓病は、そういう遺伝子レベルの問題じゃなかったと思うんだ。一卵性双生児でも、まったく同じじゃないからね。ほくろの位置とか違うでしょう。胎内環境の微妙なゆらぎの影響とかで、発達過程に違いが生じるんだよね。それに、心臓移植が必要になる病気を、守君が生まれながらに持ってたとは限らないよね。ウイルス感染とかでも心臓移植が必要になることはあるし、まったく原因の分からない病気もある」

「何が言いたいんだ」

「つまりさ、守君の心臓が悪いからといって、双子の兄弟も同じ病気だったとは限らないってことさ」

野上もそう思っている。双子の兄弟の一人だけが重い心臓病にかかった。病気はすべて遺伝子が決めるというのではない。遺伝子が同じ一卵性双生児でも、違う病気になるだろう。当たり前だ。基樹の言いたいことが分からず、戸惑っているうちに、基樹は話題を変えた。

「ドリーっていうクローン羊が生まれたじゃない。倫理面を無視すれば、クローン人間だってすぐ作れる。でも九年前には、まだ誰も作り方が分からなかった。といってもさ、これは体細胞由来のクローンに関する話なんだよね。受精卵の人為的分割で作るクローンなら、もっと前から家畜に応用されてたんだよね。科学的な技術の問題でみると、この二つは全然違うけどさ、まったく同じ遺伝子を持つ複数個体の誕生っていう意味では、同じでしょう」

「なんの話をしてるんだ」

野上の質問には答えずに、基樹は言葉を続けた。

「受精卵分割によるクローン。これって、一卵性双生児と原理は同じだよね。つまりさ、一卵性双生児って、自然が生んだクローンなんだよね」

「それがどうしたんだ」と言いながら、野上にも話の核心が見え始めていた。

「臓器移植って、免疫系の働きをどう抑えるかっていうのが一番のポイントだよね。有効な免疫抑制剤が開発されてきてるっていってもさ、完全ってことはないよね。できるだけ自分のものに近い臓器を探すことで拒絶反応を抑える。それが、成功率を上げる鍵だよね。遺伝子レベルでは自分のものとまったく同じ臓器、クローン臓器が手に入れば、こんなにいいことはない」

野上は身体をぶるっと震わせた。ベンチの振動が伝わったのだろうか、梨佳が野上の方に視線を向けた。

「篤志は」野上は乾ききった唇を僅かに開いた。「いまどうしているんだ」

梨佳は固まったまま動かない。

「篤志には心臓移植が必要なんだな」野上は言った。

梨佳がうなずく。

野上は拳を固く握り締めた。

九年前、心臓移植が必要だったのは守であって、篤志ではない。ところがいま、心臓移植が必要なのは、篤志だ。

それはなぜか？

守と篤志が入れ替わっているから——そうであったら、どんなによかっただろう。

二人は、入れ替わっていない。守は守で、篤志は篤志なのだ。

九年前、重い心臓病を患っていた守は奇跡の手術で健康を取り戻した。

奇跡の手術の正体は、クローン臓器を使った移植手術だったのだ。それは未来の移植医療として考えられているものだ。

クローン臓器を作って、移植に使う。移植手術の成功率は、いまと比べて、飛躍的に高くなる。守はこの、未来の移植医療を九年前に受けたのだ。

野上は膝の上で拳を震わせていた。

「守と篤志の心臓は――」

口にするのもおぞましくて、野上はそのあとの言葉を続けられなかった。

頭の中には、基樹の言葉が響いている。

「守君はまだ、その才能を開花させてはいなかったけれど近松先生は直感したんだね。天才脳デザインプログラムで育った守君は垣内斉一の再来になるだろうって。そんな守君と双子の弟――兄かも知れないけど、とりあえずそうしておくね。守君と弟。二人の命は、近松先生にとっては同じじゃなかったんだよ。サルの心臓をヒトに移植する手術、ときどき実験的に行われるよね。あれって、生きてるサルの心臓を使ってるでしょう。偶然脳死したサルを探して来て移植に使ってるわけじゃないよね。感覚はそれと同じだったんじゃないかな。GCSの子供はふつうの人間とは違うって、そう確信がないと、できないことだよね」

野上の歯がかちかちと鳴った。風が冷たいせいではない。近松吾郎の狂気が恐ろしかった。

いや、それ以上に、近松吾郎の狂気の中に、自分や梨佳や守や篤志が巻き込まれてしまっているという現実が怖かった。

近松吾郎は、守と篤志の心臓を取り替えたのだ。

心臓移植が必要だった守のために、近松吾郎は、闇の臓器市場で、できるだけ早く、できるだけ拒絶反応のリスクの少ない心臓を手に入れようとしていた。そのときに、気がついたのだろう。拒絶反応を最小限に抑えられる心臓が目の前にあることに。一卵性双生児の弟、篤志。彼はGCSの訓練は受けていない。当時の守は天才と呼ぶには程遠い存在だったが、近松は、守に垣内を見ていたのだろう。守は垣内にそっくりな顔をしている。もちろんそれは、篤志も同じなのだが、天才脳デザインプログラムを受けたのは、守の方だった。

二人の命を、近松は同列には考えなかった。

一卵性双生児は自然が生んだクローン。近松吾郎は、篤志を守のクローンとしか見なかったのだ。

「死にかけているのは、守の心臓なんだな」野上はやっと絞り出した声でそう言った。

健康な篤志の心臓を守に、病気の守の心臓を篤志に。

梨佳は胸の辺りで手を組みあわせ、篤志の養母が語ったことを野上に告げた。

篤志が三歳のとき、近松吾郎が現れた。近松吾郎は、養父と話をつけて、篤志を連れ出した。

帰って来たとき、篤志の胸には大きな手術痕があり、その後、篤志の血色はみるみる悪くなって行った。養母は驚いたが、養父はすべてを承知していた。養父は、篤志の健康な心臓を売り飛ばしたのだった。替わりに病気の心臓が移植された。

事情を聞いて、母親は驚き、怒りもしたが、近松からもらった金で家族の生活が立ち直ったのも事実だった。

もしその金がなければ、一家心中しているところだった。

そこまでの話を聞いて、野上は言った。「いったいどういう親なんだ。どうして自分の子供にそんなことができる。一家心中の方がまだましだ」

「父親は、血の繋がっていない我が子を愛せなくて、厄介払いしたがってたそうよ」

「だったら最初から子供をもらわなければいい」

養母が語ったという事情を、梨佳が告げた。

篤志を養子にした頃は、養父母は裕福な暮らしをしていた。しかし、経営していた会社が潰れ、借金取りに追われる日が始まった。そして生活が困窮する中、篤志の障害が明らかになる。

篤志は肉体的には健康だったが、脳に障害があったのだ。

守にも脳障害があったことを、野上は河西から聞いている。しかし守は、ＧＣＳの訓練でその障害を克服したのだった。

篤志は、ＧＣＳの訓練を受けなかった。それが理由かどうかは分からないが、成長とともに、知能の遅れははっきりしてきたし、手足の神経にも異常があるらしく、這い歩くことも、立ち上がることもなかった。

十二歳のいまも、篤志はベッドから起き上がることができない——それは心臓が悪いせいだけではなく、神経系の異常があるからで、知能も、やっといくつかの単語を喋るだけで、感情も、ほとんど表れない状態だと、梨佳はそう言ってから、首を横に振った。

「そんな状態だとしても、もちろん、一人の人間としての命の重さは同じよね」

梨佳は苦しそうに息を喘《あえ》がせてから、話を続けた。

篤志に移植された守の心臓は、予想よりはずっと長持ちしたが、さすがに限界が近づいている。

心臓の交換には、篤志の養父が同意している。多額の金も受け取っている。篤志の死は、しかたのないことだと、養父は考えていた。しかし、養母にとっては違う。養父が愛人を作って金を持って失踪したあと、養母は近松吾郎に訴えた。篤志の心臓を返してくれと。もし返さなければ、心臓の交換のことを世間に公表する——そう言って近松吾郎を脅した。

近松は心臓を返すことはできないと言った。しかし、脳死した人の心臓を移植してやると、約束した。だが、近松吾郎は約束を果たさぬまま、言葉や記憶や知性を失った。

篤志の養母はどうしていいか分からず、梨佳を直接訪ねて、心臓を返せと訴えた。

梨佳はそんな話を信じたくはなかったが、思い当たることがいくつもあった。

守を健康にした奇跡の手術とはなんだったのか？　それについて、近松が多くを語らなかったのはなぜか？　守には双子の弟がいるという事実——梨佳はもちろん知っていた。その子供がどこにいるのか、近松吾郎は決して教えてくれなかった……。

そして、近松吾郎の病的な天才少年少女に対する偏愛ぶり。

彼なら、やりかねない。知能の遅れた篤志と、ＧＣＳで育った守を、彼は同じ人間とは見なかっただろう。

梨佳は再び訪れた篤志の養母に案内されて、篤志に会いに行く。ベッドに横たわっていた子供は、守と同じ顔をしていた。

「でも守と違って顔色はどす黒くて、瞼が腫れて、焦点の定まらないまなざしでどこかをぼんやりと見つめて……」

梨佳はハンカチを片手に握り締めていた。「篤志もわたしの子供なの」

「ああ」息が苦しかった。「僕の子供でもある」

篤志の養母の話が、冗談やただの言いがかりではないことが分かって、梨佳は混乱した。

「とにかく本当かどうか確かめなくてはならないと思って――」

梨佳が訊ねた相手は、信吾だ。近松吾郎が病床に臥したあと、守の主治医を務めている。守の心臓のことを聞かされているだろうと梨佳は思った。

信吾は梨佳の問いに、狼狽《ろうばい》した。それで答は明らかだった。追及すると信吾は、認めた。実は信吾自身も、篤志の心臓手術をしろと、篤志の養母から迫られていたのだ。

信吾は言った。相手も事が公になれば、親としての責任が問われる。そもそも臓器を売ったのは養父で、養母も事後承諾はしている。金で必ず始末をつける、心配するな、と。

「だけど、そういう問題ではないでしょう。事実だったのよ。守は篤志の心臓で生きていた。本当は守が、いまはベッドで死にかけている運命だったの」

梨佳は、守の教育を巡って、近松吾郎と闘い続けてきたことを話した。

近松は、守に英才教育をするよう要求したが、梨佳は拒み続けた。近松のエリート主義が気に入らなかったせいもあるし、野上の挫折を過去に見ているせいもあった。

しかし近松は執拗《しつよう》で、結局は自分の口から、守に有名私立中学への進学を勧めた。梨佳は反対しようと思っていたが、守があまりにも生き生きとしているのを見て、認めた。けれども、決して近松のエリート主義を受け容れたわけではなかった。頭がいいという理由で、特別な人間として認められていいはずがない。

もしも守が、そんな勘違いをしだしたら、叱ってやるつもりだった。

「同じ人間に優劣なんかない。特別な人間なんて存在しない。みんな同じ、命の価値はすべて同じはずだったのに……。もちろんわたしたちは、身内の命と、他人の命を同じには見てない。だけど、守と篤志は、どちらもわたしの子供よ。それなのにわたしは、二人の命を同じには考えられない。近松吾郎と同じだった。二人の心臓は入れ替わっているのに、元に戻せという主張は、正しいのに、わたしはそれを受け容れられなかった。二人の命を同じには考えられなかった。近松吾郎と同じ――」

「時間の経過という事実を忘れているよ」野上は言った。「君は守と九年、いっしょに暮らして来ているんだ。守に対する愛情が、より深いのは当然じゃないか」

「愛情の深さだけじゃない。わたしは篤志を見ながら考えていた。守から心臓を取り戻しても、篤志は起き上がれない、話すこともろくにできない。心臓が戻ってきても、篤志は同じように、ただ呼吸して、心臓が動いて、それだけじゃない……同じわたしの子供なのに、わたしはそんなふうに思う気持ちを消せなかったの。これがもし、逆だったらどうかって、考えた。篤志の心臓が健康で、守が死にかけていたら……そしてわたしにそれができる力があったら、わたしはきっと、近松吾郎と同じことをしてしまう」

「いや、やらないよ。思いとどまる。誰だって自分に都合のいいことを考える。考えることは止められない。考えるのは罪じゃないんだ。だけど、それを、やってはいけない」

「そうね。近松吾郎はやってはいけないことをした。過ちは、正すべきよね」

梨佳は自嘲気味に笑って、息を吐いた。

野上は拳を膝に押しつけた。近松吾郎、あんたは、なんてことをしてしまったんだ。あんたは神様じゃない。人の運命を弄《もてあそ》ぶ権利なんてないんだ。

「守と篤志の心臓を元に戻すべきなの。それが、神様が決めた運命よ。でも、わたしはその運命には従えない。お金で話し合いがつくことを祈った。——近松吾郎を、わたしは責められない。同じなの。結局は、わたしも人間を差別している。篤志よりも守の方が、生きるにふさわしいと思ってる……」

野上は両手を重ねて、右手の爪を左手の甲に突き立てていた。

「篤志の養母は、お金では納得しなかった。心臓を返せと言い続けた。だけど、それはいくら言われても、できることではなかったから……」

梨佳の囁くような声を、野上は息を殺して聞き続けた。

「ブラックマーケットで早急に心臓を探すということで納得してほしいと頼んだの。信吾先生が、自分がその責任を持つと言ってくださって……」

しかし養母は、納得しなかったのだという。

守と篤志の心臓を元に戻す交換手術をして、そのあとで、守が他人の心臓をもらうべきではないかと主張した。

そんな養母を、信吾がどうにか説得した。

九年前交換された心臓を返せという訴えには正当性がある。どうしてもそれを望むなら、養母には事を公にするという道がある。しかし、そうしたところで、すぐには守から心臓を取り返すことはできない。梨佳にしろ信吾にしろ、事実無根として抵抗する。交換の事実を明らかにするために、養母は訴訟を起こす必要があるだろう。事実が証明されるまでには時間がかかる。しかも、法廷で心臓交換の事実が明らかにされたとしても、それで守から強制的に心臓を取り返すということができるだろうか。判例があるとは思えない。ここでもまた裁判が必要になるはずだ。

心臓を取り返すまでに、何年かかるだろう。それまで篤志が生きていられると思うのか。それよりも、闇市場で脳死者の心臓を探して移植する道を選ぶべきではないか——信吾の説得に、篤志の養母はようやくうなずいた。

梨佳は、むろん本当の意味でのものではないが、安堵感に浸った。

「いま、ブラックマーケットを通じての移植の準備が進められているの。こんな時期に篤志の存在に誰かが関心を持ったら、すべてが終わりになってしまう」

河西と水沼——彼らが死にいたった状況を野上は梨佳に質した。

水沼は、篤志の名前も居場所も知らなかったが、守に一卵性双生児がいることは知っていた。九年前、双子の交換があったと睨む水沼は、梨佳に接近してきた。

梨佳にとっては、最悪の時期だった。もちろん、そうなったのは偶然ではない。

水沼は、近松吾郎の施しを受けて生活していたが、与えられる僅かな施しで納得していたのは、根本に、近松吾郎の力に対する恐れがあったからだ。近松が倒れたとき、水沼は自由になった。自分の手元にある様々なカードをどこにどう配れば金になるか、考え始めたのだ。

「水沼の動きを、どうしても止めたかった。河西と接触されたりしたら、おしまいだもの。――水沼は、わたしに弱みがあるのは、すぐに感じたんでしょう。だからって、わたしにお金を要求しても始まらないと思ったんでしょうね。あのとき、信吾先生に相談しておくべきだったわ。そうしたら、お金で黙らせられたと思う。だけど、わたしの身体で済むのならって、そう思って、それで済んだと思ってたのに」

水沼は、梨佳の身体だけでは満足しなかった。水沼はＧＣＳをゆすった。しかしそこでは、梨佳に対する義理は果たそうとしたのだろう。木俣梓のことだけをゆすりのネタにした。

その時期、子供の入れ替わりがあったのではないかと考えて調べていた河西は、梨佳を尾行していた。そして、梨佳と水沼の関係を知り、水沼が何者かということにも興味を持って調査の手を広げていた。

水沼太吉。産婦人科医師。近松吾郎との関係が深く、しかも彼は工藤とも会っている。

そんな情報を手に入れて、河西は様々に思いを巡らせていたのだろうが、それはもちろん梨佳に分かることではない。

「河西を殺したのは水沼よ」

梨佳の言葉に、野上はほっと息を吐いた。

「でも」と、梨佳は言った。「わたしのせいでもある」

河西は、梨佳を尾行して篤志の存在を知った。篤志の家と、そこに入る梨佳の写真、部屋に忍び込んで篤志を隠し撮りした写真を手にして、彼は梨佳を訪ねてきた。

梨佳は血の気が失せたという。

河西は、これが本物の守だろうと見当外れのことを言ったが、そうではないと納得させるのは難かしかった。心臓の交換という真実を打ち明けることはできないのだ。

河西は、梨佳と水沼の関係を指摘した。水沼は入れ替わりに気づいて、あなたをゆすっているのではないか。それともあなたもぐるで、GCSから金をゆすっているのか。河西はそんなふうに考え、追及してきた。

梨佳は水沼に、河西という男が訪ねて行くと思うから、守に双子の兄弟などいないと否定してくれと頼む。それで河西が納得するとは思わなかったが、ほかにどうすればいいのか、梨佳は恐慌《きょうこう》状態でいい方法は思いつかなかったのだという。

しかし冷静だったとしても、たぶんいい方法などなかっただろうと、梨佳は溜息とともに言った。

「水沼が殺していなければ、わたしが殺したと思う」

梨佳はそう言って、野上を振り向き、眉根を少し寄せた。

水沼から聞いた、河西を殺害した状況というのを、梨佳は口にした。

九年前の事件の子供たちは身代わりと入れ替えられている——河西がそういう推理を立てて調べ回っていることを、水沼は梨佳に聞く前から知っていた。河西は以前にも水沼と接触していたのだ。水沼は、河西がいずれ真相を暴くのではないかと思い、その前に大金を手に入れようとGCSに三千万を要求している。

河西が告発のための具体的な証拠を握ったと知って、水沼は焦った。告発のあとでは、GCSをゆすることはできないし、おそらく梨佳も失うことになるだろう。

水沼は、河西を恐喝の仲間に加えようと口説くが、河西はそんな話にはまったくのってこなかった。頭に血が上った水沼は、河西を殺してしまう。

「自分が切り札を手に入れたことは殺してから気がついたって、水沼はそう言ったわ」

水沼はもともと双子の入れ替わりを疑いつつも、確かな証拠は何も持っていなかった。しかし殺した河西の鞄から、その証拠とおぼしきものを入手する。

水沼は、これでGCSから大金が引き出せると踏んだ。河西を殺してしまったことは、もう取り返しがつかない。老い先も短かいことだし、金を手に入れて、海外に逃げるというのが彼の考えだった。

水沼は梨佳に、河西から奪った篤志の写真を見せた。

「わたしは双子の交換の共犯で、GCSから金をもらっていると、そういうふうに水沼は思ったのね。はした金で満足することはない。俺が一生遊んで暮らせるだけの金を引き出してやるって、そう言って……」

水沼は梨佳に、いっしょに海外に行こうと持ちかけたのだという。

「どうしていいのか、頭がおかしくなりそうだった。河西とは違って、水沼はお金で動く人間よ。だから、彼が手に入れた証拠を買いとることは、信吾先生に頼めばできると思った」

梨佳は眼鏡の位置を中指で直した。「だけど証拠の書類や写真は取り上げても、水沼が警察に逮捕でもされたら、きっと全部喋ってしまうでしょう。そうなったら、篤志の移植手術なんてできる状況じゃなくなるわ。わたしは水沼に誘われるままに、いっしょに逃げることにしたの。逮捕が迫ったら、その前に殺すつもりで」

野上は呻いた。

長い沈黙のあと、梨佳が言った。「わたしね、これから自首するつもり。あなたがここにたどりついたってことは、このままだといずれ警察も真相にたどりついてしまうかもしれないものね。その前に、終わらせる」

事件は三角関係のもつれだったということにすると、梨佳は言った。

「本気でそんなことを言ってるのか」

「だって、ずっと逃げてるわけにはいかないでしょう」

「警察は真相を探り出すよ」

「そうね。だからその前に自首して、決着をつける。うまくいくことを願ってて」

「守のためにやったことだろう。それが分かれば、罪は軽くなる」

「馬鹿なこと言わないで。それじゃあいったいなんのために人まで殺したの。わたしは殺人犯。それに、守のために、篤志の心臓を奪ったことを許してる。人間として許されないことをしているんだもの。死刑になってもしかたないわ」

「だけど……」

「わたしの両親にも、余計なことは言わないように頼んだ。あなたも、お願い。わたしのやったことを、むだにしないで」

梨佳と、守と、篤志を救うために、自分にはいったい何ができるのか。野上は考えた。……何もできない。無力だった。

「守の心臓が本当は篤志のものだって知ったとき、わたしは思ったわ。守には、できるだけ人目を避けて暮らさせるべきなんじゃないかって。誰かが守に興味を持つ限り、秘密が暴かれる可能性は高くなるでしょう。でも、それでも、いつかは事実が明らかになる可能性はある。そのとき、守はどうすればいい？　近松先生は、篤志に心臓移植を約束しながら、結局はそれをやらなかった。篤志は死んだ方がいいと、たぶん近松先生は考えていたと思うの。篤志が死んでいれば、仮に事実が明らかになっても、守に心臓を返せとは、誰も言えない。言っても始まらないから。だけど守は、みんなから言われるでしょう、おまえは人の命を奪って生きているのだと。それは紛れもない事実なのよ。いまの守は、そんな事実を受け入れて生きて行けるとは思えない。自分は特別な選ばれた存在なんだ、そういう自覚でもない限り、耐えられない。近松先生は守に、そんな自覚を植えつけようとしていたのよね。それしか守の生きる道はないの。だからわたしは、守を、GCSの子供、特別な子供として生きる道へと送り出した。守には、強く生きて行ってほしい。心臓を篤志と交換した、その罪も罰も、すべてわたしが引き受けるから、守には、起きてしまったことだと、現実を受け入れてほしい」

野上は悪い予感を覚えた。

篤志との心臓交換、その罪を償う方法が、守にはある。心臓を返すことだ。九年間篤志の心臓を奪っていたことは取り返しがつかないが、せめてもの償いにはなる。しかし梨佳は、守にそうさせる気はない。罪も罰もすべて引き受けると言う。

だとしたら、梨佳は——

「もしかして、君は……」

野上は梨佳の方に顔を向けた。「篤志を……」

篤志が死んだら、守にはもう、どうやっても罪を償う方法がなくなる。

「篤志を殺すと思ってるのね」梨佳が冷静な口調で言った。

野上は口を固く結んだ。

「篤志が死んだら、もう誰も、守に心臓を返せとは言えないでしょう。養母も殺したら、秘密は守れる——そう思ったこと、あるわ」梨佳は息を深く吐いた。「そのとき、覚悟したの。守と別れる日が来るってこと。だからあなたに、守を頼んだ」

「GCSに僕を呼んだのは、君の意志だったんだな」

「ええ。信吾先生に頼んで、近松先生の意志だってことにしてもらって、あなたに伝えた」

野上のGCS入社は、近松吾郎の希望ではなかった。近松吾郎は意識があるとき、野上に金を渡そうとしていた事実がある。しかしそれは、近松の死後、認知騒動などが起こらないように金で決着をつけておこうとしただけなのだ。そこに、愛情はなかった。厄介者と話をつけておこうとしていただけだ。

野上をGCSに招いたのは梨佳の意志だったのだ。

守はGCSの子供としてしか生きられない。そう悟った梨佳は、野上に守を託した。

「篤志の首を——」

梨佳は野上の顔を見た。「首を絞めかけたことも、あるの。でも、できなかった。篤志もわたしの子供なのよ。守を選んだくせにって、篤志はわたしを許してはくれないでしょう。でも、篤志も、大切な、子供よ。篤志を死なせるわけにはいかない」

梨佳は淡々とした口調で言った。けれども野上の胸には一言、一言が、胸に突き刺さった。

「篤志と養母にはね、海外で移植の手術を受けたら、そのまま向こうに住んでもらうように約束してもらっているの。篤志が生きている限りは、秘密は絶対に口外しないように約束してもらってる。だけど、守はいつか知るかもしれない、この秘密を」

野上は基樹のことを考えた。基樹は、この秘密にたどりついているのだ。しかも、この事実を恐ろしいことだとは思っていない。ただ、基樹は近松吾郎が世間から非難されることは望まないだろうから、公表しようとはしないだろう。しかし、守に話す可能性はある。

僕たちは、同じＧＣＳの子供なんだと。守はその運命から、決して逃れられないのだと。

弟の心臓を奪って生きている――守はその事実をどう受け止めるのだろうか。

「守は特別な人間として生きていくしかない、そう思ってからもね、わたしはなかなか守をＧＣＳに渡す決断がつかなかった。怖かった……自分の命が本当は弟の命なのだと知っても、平然と、自分は特別な存在なのだから当然の権利なんだと、守はそんなふうに考える人間になるのよ。――ぞっとする」

梨佳は左手で右肩の辺りをさすっている。「秘密さえ、生涯守り抜けばいいんだ。そう思って、守を手放すまいと、抵抗した。だけど河西に秘密を摑まれて、諦めたの。これが最後じゃないものね、また誰かが秘密の扉に近づいてしまう。いつかは、守が事実を知る日が来る」

野上の目から涙が溢れそうになっている。しかし梨佳の目に涙はなかった。涙はもう、とっくに涸《か》れてしまったのだろう。

「近松吾郎が守に篤志の心臓を与えたのは、守がGCSの子供だったから、特別な子供だったからよ。わたしはそれを認めてしまった。守は、もうわたしの子供じゃない。GCSの子供。それしか、守が生きて行く道はないの。近松吾郎はその日を予感していたんだと思う。守はふつうの人間として生きることができなくなる日が来る。自分を特別な存在だと認めない限り、生きることができない日が来る。そのときにあなたにも、守と同じ世界にいてほしい。同じGCSの子供として、あなたなら、それができるのかもしれない」

「たわ言だよ。GCSで育とうが、育つまいが、天才だろうがそうでなかろうが、それで人が人でなくなるはずがない。同じ人間だよ。近松吾郎は狂ってた。狂気の論理を語っていただけなんだよ」

「じゃあ守は、どうすればいい？　守は何を頼りに、自分の命の正当性を主張したらいい？他人に対してではないわ、自分に対してよ」

その答が、野上にも分からなかった。

長い沈黙のあと、梨佳は背を向けた。

「守のことをお願い」

「待てよ」

「もうどうにもならない。わたしのやったことを、むだにしないで」

「……篤志は、どこにいるんだ」

「知ってどうするの」

「僕の子供なんだよ」

「知らない方がいいわ」

「どうして」

「会ってしまったら、あなたも近松吾郎やわたしと同じになってしまう。神様の意志に反したことが起きているのに、それを黙って見過ごしてることになるのよ」

「同じじゃないか。もう聞いてしまった」

「今日の話は、全部忘れて」

野上は歩き出した梨佳を追いかけた。

「ついてこないで。いっしょに歩いているところを見られたくないから」

梨佳は振り向いた。「守のことだけは、お願い」

立ち去る梨佳を、野上は呆然と見送るしかなかった。

2

学校に迎えに行き、マンションへと送るとき、野上は守にほとんど言葉をかけられなかった。頭が混乱していたからだ。これからどうしたらいいのか、まったく分からない。

ワゴンから降りる守に、野上は言った。「基樹君がいたら、来るように言ってくれないか。打ち合わせがあるんで」

守は、うん、と言ってマンションに入って行った。

三分程して、基樹がマンションから出てきた。

「打ち合わせの予定なんて、あったかな？」

基樹は、そう言いながら、ワゴンの後部座席に乗り込んだ。

野上はルームミラーを使って、基樹と視線を合わせた。

「君と話したいことがあったんだ」

「何？」

「この前、君が話していた妄想のことだ」

「妄想？」基樹は僅かに首を傾けてから、表情を崩した。「心臓を取り替えたって話のことだね。あれは妄想じゃないよ」

「いや、妄想だ」

「そう思うのなら、確かめてみたら？」

「どうやって確かめるんだ」

「まず、双子の弟に会ってみることだよね。居場所、分かってるの？」

「双子の弟なんていない」

「じゃあ双子の兄がいるんだね」

「どちらもいない」

「そんなに言い張るのなら、信吾先生に聞いてみれば分かるよ。守君の身体のこと、主治医なんだもの、きっと知ってるよ。心臓がどんな具合か」

「聞いてきた。前から分かっている通りだ」

「じゃあ、嘘つかれたか……野上さんが僕に嘘をついているのか、どっちかだね」

「君の妄想だ」

基樹はしばらく黙ったあと、言った。「妄想だということにしてほしいと、頼んでるんだね」

「君の言うような事実はないんだ」

「心配しなくていいよ。僕はあの話、野上さん以外にする気はないからさ」

基樹は額に垂れている前髪を掻きあげた。「だってこんな話、世間の人が知ったら、大騒ぎするに決まってるものね。守君を助けるために、弟の命が犠牲にされたんだ。ふつうの人間の感覚では、これは認められないよ」

野上の背中を、冷や汗が伝い落ちた。

「僕たちがこうやって平然と心臓の取り替えを認めているのはさ、守君はGCSの子供、特別な子供なんだって、分かってるからだよね」

「僕たち、って誰のことだ」

「僕と野上さんに決まってるじゃない」

「わたしは、GCSで育った子供が特別だなんて思っていない」

「そうだね。GCSの訓練を受けた子供がみんな天才になるわけじゃないもんね。GCSで育ったエリート、天才たちって言うべきかな」

「世の中には、確かに特別な才能に恵まれた人間がいる。わたし自身、そういう存在に憧れがあることは否定しない。君がそういう一人かもしれないことも認めてもいい。だけど、その才能は特別でも、人間としては何も特別じゃない」

「へえ。じゃあさ、なんでそんな同じ人間同士の心臓の交換が許されると思うの？」

野上は歯ぎしりするように、口を固く閉ざした。喉がカラカラに渇いている。

どんな人間であれ、生きている人間から臓器を勝手に取り出して利用することなど、許されはしない。絶対にそうだと思う。けれども、そう口に出せない自分がいる。

守に、篤志に心臓を返せとは、どうしても言えない。

「心配しなくていいよ。誰にも言わないからさ」

基樹は、くっと喉を鳴らした。「結局野上さんも、なんだかんだ言いながら、ＧＣＳで育った天才は特別だってことを認めているんだ。それが分かって、僕は嬉しいよ」

そんな理屈は、認めてはいないと、叫びたかった。しかし、本当のところはどうなのだろう。野上は自分の気持ちが分からなくなってきた。

「守君は特別な人間なんだよ。だから、当然の権利なんだ」

「そんなたわ言が、認められると思うのか？」

「そりゃ世間は受け容れないでしょう。だからよそでは言わないよ。僕と野上さん、ＧＣＳで育った僕らだけにしか、分からないことだものね」

野上は膝の上で、拳を固く握り締めていた。「君はそういう妄想を、守君に話すつもりか？」

「なんだ、そういうことを心配してたんだ」

基樹は両手を組んで、頭の後ろに回した。「君の心臓は双子の弟から奪ったもので、しかもお母さんはそれを隠すために殺人事件まで起こしてしまった。そんなこと、守君には言えないよ。守君はまだ、自分がどういう存在だか、本当には分かってないからね。ふつうの人間の感覚でこの問題を受け止めてしまったら、ちょっと耐えられないよね」

「簡単には証明ができない」

「え？」

「君の話は妄想に決まってる。しかし、妄想だという証明は簡単じゃない。だから、守君が信じてしまう可能性がある。わたしはそれが心配なんだ」

「話さないよ。だけど、これが僕の妄想なら、それで済むけどさ、これは真実だからね。僕が言わなくても、いつか分かってしまうかもしれないよ」

そんな日が来ないことを祈りたい。しかし、本当にそれでいいのか？　野上は自分に問いかけた。

「守君に、早くＧＣＳの子供だという自覚を持たせないと、そのときのショックに耐えられないと思うよ」

命の危険を篤志に負わせて、守は特別な存在として生きて行く――それで本当にいいのか？

3

電話が鳴っていた。

お母さんからかもしれない、守は一瞬そう感じたが、もうそんな期待を持つのはやめようと思った。お母さんは、僕を捨てたんだ——自分にそう言い聞かせて、守は受話器を取った。

「もしもし」

返事がない。

「もしもし」

「守」

梨佳の声だった。

守はしばし言葉を失った。

「あなたに話しておかなくてはいけないことがあるの」

「お母さん、ねえ、お母さん」

「ええ」

「どこにいるの」

守は泣き声になりながら言った。

「よく聞いてね。お母さんね、これから警察に自首するところなの」

「え」守は絶句した。

「あなたのところにも、警察の人が来たんじゃないかしら。お母さんね、人を殺してしまったのよ」

「……嘘だ」

「嘘じゃないの。だから、逃げてたの」

「嘘だ」

「人を殺してしまって、お母さん、恐かったの。夢中で逃げてしまった。でも、そんなこと許されないわよね。お母さんこれから、自首するわ。もうあなたと会えないかもしれないけど、元気にしていてね」

「なに馬鹿なこと言ってるんだよ。お母さんが人を殺したなんて、僕、絶対信しないよ」

「殺してしまったの」

「嘘だ」

「嘘じゃないの」

「嘘だ」

「お母さんのせいで、辛い思いをするかもしれないけど、これはあなたとは関係ないことだから、あなたにはなんの責任もないことだから、堂々と胸を張って生きて行って」

「どこにいるの、ねえ、お母さん、どこにいるの」

「元気でね」

「お母さん、お母さん」

ツーという信号音を聞きながら、守は何度も何度も母親を呼んだ。いったいどのぐらいの時間、受話器に向かって呼び続けていたのだろう。口を閉ざしたのは、背後に人の気配を感じたからだった。野上と基樹が並んで立っていた。

「お母さん、なんて言ってきたんだ」野上が訊いた。

守はそれには答えずに、部屋を飛び出し、トイレの中に閉じこもった。

嘘だ、何かの間違いだ。お母さんが人を殺したなんて、そんな……絶対に信じない。絶対に。

4

守は答えなかったが、梨佳からの電話は、おそらく自首の意志を伝えて、別れの言葉を告げたのだろうと、野上には想像がついた。

守のショックの大きさがどれほどのものかと考えると、胸が痛んだ。

いったいどんな言葉をかけてやればいいだろう。

お母さんは、殺人なんてするような人間ではない——そういう励ましは、白々しい。梨佳は、やったのだ。守のために。

きっと深い事情があったんだよ——そういう慰めは、すぐに否定される。今夜のニュースで早速報道されるかもしれない。動機は、三角関係のもつれだと。それは偽りだが、真相を守に話すわけにはいかない。

わたしは君の父親なんだ。君にはわたしがついている。一人ぼっちにはさせない——そう言って抱き締めてやることを考えた。

しかし、いまは守に対して父親の名乗りをあげることも、抱き締めてやることもできないと、野上は感じていた。

守に、父親として何かをしてやろうと考えるのならば、篤志に対しても、同じことを考えるべきではないのか。野上は自分にそう問い続けている。二人とも、血の繋がった我が子なのだ。

近松吾郎は、守と篤志を同じには見なかった。守はGCSで育った子供、篤志はGCSと関係ない子供。守のために篤志を犠牲にすることを、近松吾郎は当然のこととして受け止めた。梨佳は、その論理を否定しつつも、感情に負けた。守の方が篤志よりも大切だという思いから逃れられず、近松吾郎の狂った論理を受け入れてしまった。そんな梨佳を、責めることはできない。守に対する愛情は、理屈ではないのだ。

しかし、自分の場合はどうだろう。梨佳と同じ言い訳をしていいのだろうか。守はこうして目の前にいるが、篤志とは会ったことがない。それだけを理由にして、守のことだけを考えていていいのだろうか。

守の心は崩壊しかけている。何をしてでも救ってやりたいと、野上は切実に思う。だが、いままさに死にかけている篤志のことは救わなくていいのか？　近松吾郎によって運命が変えられていなければ、生死の境に本来いるべきは、守の方だったはずだ。

父親として、いや人間としてなすべきことは何か。野上はその答を見つけることができずにいた。

トイレから出てきた守は、泣き腫らした顔をしていた。それを見られたくないのか、洗面所に行くと、執拗に顔を洗い続ける。ようやく水を止めたと思ったら、タオルを頭から被り、目のところだけ隙間を作って居間に入って行った。

中二階の床下に当たる部分のスペースにある本棚から国語の参考書を取り出すと、デスクトップのコンピュータの載った台の横にある机の前に座った。参考書を広げると、背中を丸めて目を近づける。

「守君」野上は後ろから声をかけた。「お母さん、なんて言ってきたんだ」

「勉強の邪魔しないで。ずっと休んでたから、遅れてるんだ」

その言葉が、本心だとは思えなかった。しかし、強引に振り向かせて、電話の内容を話させて、そして、いったい何と言ってやればいいのだ。

野上は居間の椅子に腰掛けると、腕組みし、考えを整理しようとした。しかしまとまらない。守にどう言葉をかけてやればいいのか——考えているうちに数時間が過ぎた。と、机から離れた守がテレビのニュースにチャンネルを合わせる。数分後、梨佳の顔写真が画面に現れた。

守には、動揺した様子は見えなかった。報道にじっと見入り、終わると、テレビの前を離れて机に戻った。後ろ姿を見る限りでは、平静を保っている。内から湧き上がる感情に耐えている、というふうでもなかった。既に電話で、梨佳から自首の意志を知らされていた、ということだろう。しかし、だからといってショックを受けていないはずがない。

野上は励ましや慰めの言葉に思いを巡らせたが、自身の混乱した気持ちを整理しきれず、結局、何も言えなかった。ただ、今日だけはそばにいてやらなければという思いがある。

部屋を出て、携帯電話で自宅に電話をかけた。

守のマンションに泊まることを告げる。なぜ、と問う里美に、野上は守の母親が殺人犯として自首したのだと話した。テレビのニュースを見ていなかったらしい里美は、ひどく驚いた様子で、それならそばにいてあげなくてはね、と言った。

もしも里美が、守との親子関係を知っていたら、どんな反応を返しただろうか。守のことを、早く里美に話さなくてはいけないな。野上はつかのまそう考えたが、電話を切ると同時に、その思案は断ち切った。

里美には悪いが、いまはもっと重要なことがある。

守と篤志の心臓が入れ替わっている。この事実に対して、自分はどう対処すればいいのだろうか。父親として、いや、一人の人間として。

5

梨佳の両親が上京してきたのは、火曜日の夕方だった。二人は、GCSに工藤を訪ねてきた。工藤が二人を基樹のマンションへと案内してきたのは、六時を少し回った時間だった。野上と対面して、梨佳の両親は深く頭を下げた。野上も下げ返し、顔を上げたところで、梨佳の母親と目が合った。視線をそらしたのは、梨佳の母親の方だった。

梨佳は両親にどこまでの事実を打ち明けているのだろうか。守と篤志の心臓の交換についても話したのだろうか？　野上は訊いてみたかったが、工藤や、それに守もすぐ近くにいる。訊ける状況ではなかった。

工藤が二人を居間に連れて行き、守に紹介した。

窓際に座って、ぼうっと外を眺めていた守は、一度振り向いたが、何も喋らずに再び窓に向かった。

「守君、大事な話があるんだ」

工藤がそう言って、守に歩み寄ろうとしたが、梨佳の父親が制した。

梨佳の両親と工藤、それに野上で、ダイニングルームのテーブルを囲んだ。

「娘は、孫はこちらに預けたままでいいからと、電話で言ってきたんですが、そういうわけにも参りませんし……」

梨佳の父親は、そう言うと、額の皺を深くしてうつむいた。

「うちの方は、全然構わないんですよ。近松先生の方からも、守君のことは頼まれているわけですし。少し予定が早まりましたが、なんの問題もありません」

工藤は昼間床屋に行ったらしく、髪が少しの乱れもなく整えられ、もみ上げがきちんとそろい、ひげも丁寧に剃ってある。

昨夜、テレビのニュースが出た段階では、工藤は不安そうな声で野上に電話をかけてきて、いったいどういうことなんだろうと、繰り返していた。それが、朝かけてきた電話では、陽気とすら言えるような喋り方に変わっていた。朝のテレビニュースで、梨佳の供述内容が明らかになったからだろう。

動機は三角関係のもつれだったんだな。GCSとは何の関係もなかった——工藤は野上の同意を求めるように、そう何度も言っていた。

「守君にとっては、こちらの方が居心地が良いのではないですか」工藤はくつろいだ様子で椅子の背凭れに身体を預けている。「そちらだと、どうしてもお母さんのことが近所の話題になってしまうと思いますしね」

梨佳の両親だけでなく、親戚がおおぜい住んでいる町では、梨佳のことが話題になるのは間違いない。しかも、守にとっては彼ら肉親も、必ずしも味方ではないだろう。おまえの母親のせいで、こっちまで肩身が狭いと、責められる立場になるかもしれない。

「こちらには、野上君もいるわけですし」と、工藤は意味ありげな笑みを浮かべ、言葉を続けた。

「まあ守君の希望次第ですがね、ともかく、こちらは全然迷惑だなんてことはありませんよ」

工藤のその言葉は、本心だろう。GCSで育った子供の母親が殺人犯であっても、それはGCSには関係ないことなのだ。むしろ、守がそういう母親の子供であるにもかかわらず、知能、人格ともに優れた存在であるならば、GCSにとっては宣伝になる。

「いままでの学校には行きづらいでしょうから、転校の手続きをとって、この近くの学校に通わせましょう」

工藤が晴れやかな顔で言った。

「お言葉に甘えさせてもらいます」

梨佳の父親が、沈鬱な表情で頭を下げた。

6

野上は信吾に電話をかけて、どこか二人きりになれる場所で話をしたいと告げた。信吾は、都内のホテルの一室を指定してきた。

水曜日の夜、八時過ぎに、野上は信吾が泊まっている部屋を訪れた。寝室とは別になった応接間で、白いクロスのかかったテーブルを挟んで、二人、向き合った。ルームサービスのワインと、チーズとハムのつまみが並んでいたが、野上はそれに手をつける気分ではなかった。窓際の机に、ポットと急須とカップ、それにティーバッグが並んでいるのを見つけて、勝手に緑茶を作った。

喉の渇きを癒《いや》すために、野上は熱い緑茶を口に含んだ。

信吾はワイングラスに手を伸ばしながら、言った。「守は、どうしてる」

野上は緑茶を喉に落としてから、口を開いた。「ずっと、黙ったままだ……」

「まだ、GCSが預かっているのか」

「ああ」

「漆山梨佳の両親は、何か言ってきていないのか」

「引き取りたいと言ってきた」

「それで」

「こちらで預かると、納得してもらった」

信吾はうなずきながら、ワインを口にした。

「この先も、祖父母に渡すべきじゃない」信吾は言った。「主治医を替えられたくないからな」

梨佳の両親と話し合っているときには、そこまで気が回らなかったが、言われてみるとその通りだった。守には篤志の心臓が移植されている。その事実は、絶対誰にも知られてはならない。

「守の心臓は、この先も俺が診る」信吾が言った。

　野上はうなずいた。

「で、今日は何の用なんだ」

　信吾はグラスをテーブルに置いて、ソファの背凭れに身体を預けた。

「あなたは、どうするつもりでいるんだ？」野上は訊いた。「篤志はあなたにとっては他人だし、あなたは過去の出来事と直接関わっているわけでもない。これは、近松吾郎の問題であって、あなたの問題ではない」

「もちろんそうさ、俺の問題じゃない」信吾は苦そうにワインをなめた。「しかし、親父の名声を汚すようなスキャンダルは困る。それは、近松家の問題だ」

「篤志の心臓移植に手を貸してくれるのか」

「そのつもりでいる。もともと、親父がやりかけていたことだからな。ただし、スキャンダルとして誰かが暴いたら、その時点でおしまいだ」

　信吾のその意志は、梨佳にも伝わっていたのだろう。

　守と篤志の心臓の交換手術――その事実が暴かれたら、近松吾郎の名声は汚れる。信吾はそれを免れたいと思い、闇ルートでの篤志の心臓移植手術に手を貸すと約束した。

　それで梨佳は、スキャンダルの発覚を未然に防ぐために、水沼を殺した。梨佳はそこまでしても篤志の手術を望んでいた。篤志を救うため――それは守を救うことでもある。

「移植の準備は……」

「もうできてる」

「いつ、どこの国でやるんだ？」

「君が知る必要はない」

「僕は父親なんだ」

「会ったこともない子供だろう。生まれたことすら知らずにいた子供だ。もう放っておけよ」

「そんなことはできない」

「君に、何ができる」

野上は視線を膝に落とした。何もできない。

「どういう予定になっているのかだけでも、教えてもらえないか」

野上は思わず固めていた拳を膝の上で開きながら、そう言った。

「知ってどうする」

「知っておきたいんだ」

「それで君の気分は楽になるんだろうがな、俺はどうなる。そうやって君に弱みを握らせなきゃいけないのか。具体的なことを知っていれば、それだけ追及はしやすくなるからな。いずれは恐喝のネタにでもしようと思っているんだろう」

「そんなはずないだろう」

「君が恐喝者に変わらないという保証はない」

信吾は吐き捨てるように言うと、ワインを呷《あお》った。

野上は、しばらく左手で顔を覆っていた。その手を離して、訊いた。「篤志は、どこにいるんだ？」

「だからそういうことを知ってどうなる。君には、何もできないだろうが」

「会いたいんだ」

「会ってどうなる」

「会わせてくれ」

「君は、何も知らなくていいんだ。うろちょろして、警察に目を付けられたらどうするんだ。すべてがおしまいになる」

「篤志と、どうしても会わなくてはならないんだ」

「なんのために」

「近松吾郎がやったことを、この目で確かめたい」

「確かめてどうする」

「僕はまだ信じられないんだ。梨佳の話を、本当だとは思えない。篤志という人間は、本当にこの世にいるのか、心臓の交換なんてことが本当に行われたのか……」

　信吾は呆れたようなまなざしを野上に向けていた。

7

　翌朝、野上は守が通っていた小学校を訪れた。守の転校について、担任の教師と話し合うためだった。事情が事情だけに、教師の方も転校はしかたないと思っていたようだ。三十分程、手続きの問題をあれこれ聞いて、それから四、五分、守はどうしているか、という教師の質問に野上が答えた。そこで一時間目の授業開始を知らせるチャイムが鳴り始めて、野上は担任教師といっしょに職員室を出た。階段のところで別れると、足早に校舎を出て駐車場に向かい、ワゴンに乗り込んだ。気が急いていた。

信吾の病院に向かってワゴンを走らせる。

病院に到着したとき、信吾は診察中だった。待ち合い室で、煙草を吸いながら小一時間、時間を潰した。白衣のまま姿を現した信吾は、目配せだけして野上の前を通りすぎ、エレベーターに向かった。野上は煙草を灰皿に押し付けると、信吾のあとを追いかけ、エレベーターに乗り込む。

最上階の会議室に連れて行かれた。

丸い大きなテーブルを、十脚の椅子が囲んでいる。部屋の隅にスクリーンがあり、それはいまは天井付近に巻き取られている。机の上には、ＯＨＰの機械がカバーを掛けた状態で置かれている。窓にはブラインドがおりていた。

信吾は椅子に腰をおろすと、白衣の内側に手を入れた。

「見たら、処分しろよ」

野上は信吾が差し出したものを受け取った。八ミリのテープだ。

「すぐに見たければ、そこの棚にビデオもテレビもそろってる」

野上は、八ミリテープを再生できる機械を個人では持っていない。ＧＣＳにはあるが、それを使わせてもらうよりは、ここで見た方がいいだろう。

「すぐに見たい」

信吾は面倒くさそうに腰を上げ、機械をセットした。

野上は椅子に腰をおろし、画面に顔を近づけた。

カメラを構えている人間――おそらく信吾、の左手が画面の中を動き、白いシーツを引っ張った。ベッドに寝ている人間の上半身があらわになる。白地に青い模様の入った寝間着姿の少年。両腕が、かすかに上下した。神経系の異常のせいなのだろうか、指先が突っ張り、手首の辺りに妙に力がこもっているのが分かる。

カメラが、少年の顔を間近に映す。

眉の上でまっすぐに切り揃え、横は耳のところで、これもまっすぐに鋏《はさみ》が入れてある髪。どこを見ているのか分からない虚ろなまなざし。どす黒く、腫れぼったい顔。鼻には管が通っていて、頬に管を止めるための絆創膏《ばんそうこう》が貼ってある。口は半開きになって、泡状の涎が出ていた。ちょっと見ただけでは、守の顔とはまるで違うように思える。しかし、しばらく見ているうちに、目鼻や唇の形、それに顔全体の骨格が、守とそっくりなことに野上は気がついた。

篤志――野上は声には出さず、唇だけ動かした。

「心臓移植の手術をしなければ、あと二、三ヶ月だろう」信吾が言った。「それまでにピッタリ合う心臓が見つかればいいがな」

「見つかったんじゃないのか。準備はできてると……」

「心臓が見つかってるなら、手術はすぐやるさ。準備ができてるというのは、そういうことじゃない。闇のルートで移植手術を行う手筈が整ったというだけだ。心臓が見つかるかどうかはこれからだ。もっとも、こっちは相当の金を払うことになっている。闇の世界のコーディネーターは、どこからか素敵な心臓を探して来てくれることだろうな」

信吾は、吐き捨てるように言った。

誘拐や子供の売買——もしかしたらそんなやり方で刈り取られた心臓が篤志に移植されるのかもしれない。野上は寒気を感じて、肩をすぼめた。

信吾がビデオのスイッチを切った。「ご感想は？」

野上は言葉を失っていた。

「守のために、篤志はこうなった」信吾は言った。「その秘密を守るために、漆山梨佳は人殺しになったんだよ。信じたくないという気持ちも分かるが、事実だ」

8

レースのカーテンが風に揺れている。窓の外の常緑樹の木立ちが、カサカサと音をたてていた。

近松吾郎は車椅子に座って、窓の方に身体を向けていた。ソファに腰をおろしていた野上は、付き添いの女性が部屋を出ると、立ち上がって、近松の前に立ちはだかった。

近松は、膝掛けの上で右手を微かに震わせながら、ぼんやりとした視線を虚空に漂わせている。顔面神経の麻痺で歪んだ顔は、ときおり痙攣を起こし、笑いに似た表情を作り出す。

人の運命をおもちゃにしやがって、何がそんなに楽しい。神様にでもなるつもりだったのか？

野上は近松のパジャマの襟を左手で摑んで締め上げた。近松が苦しそうな顔をしたら、両手で首を絞めてやろうと思った。しかし近松は笑ったような表情で、なんの抵抗も見せずに座っている。

野上は近松から離れ、窓に凭れると、天井のパネルの模様を眺めながら、これからのことに思いを巡らせた。

闇市場での臓器売買が、すべて誘拐殺人のような犯罪絡みで行われているとは思えない。事故や病気で脳死した人の家族から臓器を買う、というのがふつうだろう。それなら、フェアではないが、家族の心情としては、ぎりぎり許されることだと思う。

その行為が人としてどうかと問われれば後ろめたいが、父親としては、人に後ろ指を差されても、買えるものなら買いたい。

そう思いを巡らせて、野上は首を左右に振った。心臓を買うとか買わないとか考える前に、もっと大きな問題があるのだった。

篤志と守の心臓が、入れ替えられたという現実。それをどうするのか、野上は問われている。篤志は、知的な障害を抱えている。けれども決して脳死状態ではなく、臓器提供の問題で議論がなされる無脳症のような状態でもないのだ。言葉も感情も身体の動きもほとんどない篤志だが、その命と守の命の重さには、寸分の差もない。あってはいけないのだ。

野上は近松吾郎の顔に視線を戻した。

あの子たちは、どちらも同じ人間なんだ――野上は近松の心に向けて、そう言った。守は、篤志に心臓を返すべきなのだ。そして、篤志ではなく守が、脳死した人の心臓が回って来るまで順番を待たねばならない。それが、もともとの運命だったのだから。

二人の心臓を元に戻すことを前提にすれば、梨佳の犯罪については、情状が酌量《しやくりよう》されて、刑がずいぶん軽くなるだろうし、守は守で、自分の命の正当性について思い悩む必要はなくなる。心臓移植についても、守は篤志よりもいまの時点では丈夫な肉体を持っているのだから、移植までの時間を長らえるチャンスは増える。

移植のための費用は、どうにかして工面しよう。一生かかっても払いきれない借金を抱えることになるかもしれないが、それも運命だ。

運命——

あんたは狂ってた。あんたは神様じゃないんだ。あんたの犯した間違いは、僕が元に戻す。それが、運命というものではないか——野上は一度はそう決心した。

しかし、ベッドに横たわる守の姿を脳裡に思い浮かべたとき、とてもできることではないと思い直した。守は突然、間近に迫った死という現実に向き合わされるのだ。そして仮に心臓移植の手術ができたとしても、今度は赤の他人の心臓——守の肉体はその心臓を拒絶する。苦しい拒絶反応との闘い。いまと同じ健康は決して取り戻せない。……残酷すぎる。

野上は両手で頭を抱えた。

その残酷な行為を、篤志にはしていいという理由はなんだ、と野上は自分を責めた。守が心臓病に苦しむのは残酷で、篤志ならばいいのか？　しかも、守の場合はそれが運命だが、篤志は違う。それなのに——。

自分もまた梨佳と同じで守を選んでしまっている。短かい時間とはいえ守とはいっしょに過ごした。そのために愛情が生まれてしまったのだと、そう言いきってしまえば簡単だが、果たして本当にそうなのだろうか。

もしも篤志が、守以上に、賢く、感性豊かで、愛らしかったらどうなのだ。それでも、守の代わりに苦しんでいる篤志を、放っておけるだろうか。

野上は窓を背にしたまま、床に膝をついた。近松吾郎の顔と正面から向き合い、曲がった鼻と唇を眺めた。

どうやら僕はもう、守を選んでしまってるんだ。なんてことだよ。あんたと同じだ。結局僕は、あんたの価値観を植え付けられてしまってるんだ。

頭のよしあしで、人間に優劣をつけた。

天才と凡人は違う。そう言うあんたを責められない。

僕も、知的に劣る者を一段低く見ている。考えてみると、ずっとそうだったんだ。自分を落伍者だと感じていたのも、結局のところ、知能の限界に突き当たったからなんだ。天才と呼ばれていたあの頃の自分と、いまの自分に同じ人間としての価値を認めることはできなかった。

知的に優れた者こそが、優秀で特別な人間なんだって、僕は心の底ではずっとそう思って生きてきたんだ。守にもそう言ってやるよ。君は特別なんだって。ふつうの人間とは違うんだって。だから、許されるんだって。弟の命を奪って生きることが許されるんだって、僕があんたの代わりに言ってやる。

9

守は居間のソファに身体を丸めて寝転がっていた。何もする気力が起きない。何かを考えることも、できなくなっている。ぼんやりと壁を眺めていた。

玄関で物音がして、まもなく基樹が居間に入ってきた。

「手紙が来てるけど」

基樹はテーブルに封筒を投げ出すと、ブレザーをハンガーに掛けて、ウォークインクローゼットにしまった。

守は封筒にちらと視線を投げかけた。誰からの手紙なのか？　先日やってきた祖父母とか、あるいは担任の先生とか、そんなところだろうか。誰からにしろ、大した興味はない。そう思っていたのだが、テーブルの上に裏返しになっている封筒には差出人の名前が書いてなかった。

もしかしたら、これはお母さんからでは？　最後の電話では話しきれなかったことを、手紙に書いてきたのでは？　守は身体を起こし、封筒を拾い上げると、トイレに入った。便座に腰をおろし、鼓動が速くなるのを感じながら、封を破った。

〈漆山守様

あなたにお話ししたいことがあります。漆山梨佳さんの事件に関することです。彼女は、殺人犯ではありません。わたしは本当の犯人のことを知っています。その件について、もっと詳しい話が聞きたければ、日曜日の朝八時ちょうどに、小田島歯科医院横の空き地で待っていてください。必ず一人で。もしも誰かにこの手紙のことを話したら、詳しい話をすることはできなくなります〉

守は文面を三度読んだ。

真犯人がほかにいる――守は信じた。手紙の主に会わなければならない。

守は手紙を細かく千切って便器の中に落とすと、水を流した。

トイレから出て居間に戻ると、ソファに座ってコーラを飲んでいた基樹が訊いた。「手紙、誰からだったの。差出人の名前もなかったし、切手も貼ってなかったみたいだけど。変な手紙じゃなかった？」

「変な手紙って？」

「うん、世の中いろいろいるからさ、君のお母さんのことを知って、嫌がらせの手紙とか出してくるやつがいるんじゃないかと思って」

「うん。実はそうなんだ」

「何、ちょっと見せて」

「頭にきたから、破いて便所に流した」

「そんなひどい手紙だったんだ」

「うん」

「気にするなよ」

守はうなずいた。日曜日の朝、八時、小田島歯科医院横の空き地——守は頭の中でその言葉を繰り返した。

10

あまり早い時間から待っていたのでは、近所の人が変に思うかもしれない。眠れない夜を過ごしたあとのことで、出かける準備はとっくにできていたが、守は七時五十分までは部屋にいることにした。

新聞を眺めながら、ときおり時間を確かめる。腕につけたアナログ時計の秒針の進みがいつもより遅く感じる。時計が狂っていないか心配になって、一度、117に電話をかけた。本当はもう一度かけたい衝動に駆られたが、やめた。そわそわしているのがばれたら困る。守は基樹の視線を気にしていた。

日曜だから、基樹が八時過ぎまで寝ていてくれれば、その目を気にしなくていいと、早朝、守はベッドからこっそりと抜け出し、ダイニングルームでパンと牛乳の朝食を済ませるときも、できる限り音をたてないようにした。トイレで大きい方を用足ししたときも、レバーを小便用の側に捻って、水を少しずつ流した。しかし、そういう努力は報われず、基樹は七時半に目を覚まして、いまはパジャマ姿で、ソファに座り、ぼさぼさの頭を掻きながら紅茶を飲んでいる。

基樹の様子を横目でこっそり窺っていたら、目が合った。守は肩でも凝ったように首を動かしながら、視線をそらした。窓の外に、小雨がぱらついている。

時計の針が、七時五十分ちょうどになったとき、守は立ち上がって、スエットのズボンをコーデュロイのパンツに穿き替えて、トレーナーの上にソファから拾い上げた光沢のあるジャンパーを羽織った。

「僕、ちょっと出かけてくる」

「え？　どこに？」

「友達が来ることになってるんだ。僕のこと心配してくれてるみたいで……」

「あ、そうなんだ」基樹は欠伸をしながら言った。「ここに連れてくるの？」

「分からない。でもたぶん、来ないと思う」

守はジャンパーのファスナーを引き上げながら、居間を出た。一つ深呼吸をしてから、沓脱ぎのところにある傘立てから、紺色の傘を一本引き抜いて玄関を出た。

小田島歯科医院までは、二、三分で行ける。まだ、慌てることはなかったが、自然と急ぎ足になっていた。

雨の粒は細かかったが、空はねずみ色で、通りは薄暗い。これから、雨脚が強まるかもしれない。後ろからクラクションを鳴らされて、守は心臓が跳びはねたような感覚を胸に覚えた。はっと振り返るが、クラクションに特別な意味はなかった。守が開いた傘が、通りに深くはみ出ていたので邪魔だったのだ。慌てて傘を引き寄せた。車が脇を通りすぎる。

守はさっきまでよりは少し歩みを遅くした。急いでどうなるというものでもない。約束は八時。相手がそれより前に来ていることはありうるが、会う時間が何分か違ったところで、話の内容が変わるわけではないだろう。ただ、遅刻はできないと思っている。約束の時間にいなかったという理由で、相手が帰ってしまうかもしれないからだ。

歯科医院横の空き地に、八時五分前に到着した。

有刺鉄線で囲まれた台形の土地は、地面が掘り返され、でこぼこになっている。人の姿は、とりあえず見えない。膝の高さまでの鉄線を跨いで、泥の上を二、三歩進んだのは、奥にある草叢《くさむら》がざわついたからだが、人が隠れられるような場所でないことは分かっていた。念のために見てみただけだ。白と茶の斑猫《ぶちねこ》が、威嚇《いかく》するような姿勢で守を見上げている。

守は猫から視線を外し、腕時計を覗いた。秒針をじっと凝視する。八時二分前、歯科医院の方から一人の女が歩いてきた。茶色のダウンジャケットに、黒のパンツ。髪を後ろでまとめていて、度の強い眼鏡をかけている中年女性。守はその顔に見覚えがあった。前に、家に来たことがある。学校から帰ってきたとき、梨佳と彼女が居間で何事か話していたのを守は見ている。守の帰宅と入れ替わるように彼女は帰って行ったので、こんにちは、とお互い挨拶を交わし合っただけで、実は顔もまともには見ていないのだが、眼鏡の印象が強いせいだろう。記憶に残っていた。それに、彼女が来たあの日からしばらく梨佳の様子が変だった、という記憶も、脳裡に浮かんだ。

「おばさんのこと憶えてるかしら」

守はうなずいた。

「手紙くれたの、おばさんなんですか？」

「ええ」

眼鏡の女の細い目が少しだけ大きくなっている。

「犯人が別にいるって、あれ、本当なんですか」

「こんなところでは話せないわね。向こうに車を止めてあるの、いっしょに来てくれる？」

誘拐でもされるんじゃないかという不安が、ふとよぎったけれども、守は彼女について行った。

歯科医院の前を通りすぎ、広い道路に出る。バスの停留所近くの横断歩道を渡った先に、レンタルビデオの店がある。眼鏡の女は、その駐車場に止めてあった白いピックアップトラックの運転席に乗り込んで、助手席のドアを中から開けた。

「乗って」

守は一瞬躊躇したが、乗った。

車が走り出す。

「どこに行くんですか」

「会ってもらいたい人がいるの」

「誰なんですか」

「恐い？」

「何がですか」

「誘拐されるとでも思ってる？」

守は固まった状態で眼鏡の女の横顔を見つめていた。中年の小柄な女性だ。大して腕力があるようには見えないから、もしものときは逃げられると、守は思っていた。

「真犯人のこと、教えてください」

「先に、わたしの話を聞いてもらってからよ。そして、篤志に会って」

「篤志？」

「あなたの、双子の弟、篤志」

守は首を傾げた。この人は、何を言ってるんだろう。双子の弟？

「あなたのお母さんはね、殺人犯じゃないの。本当の犯人が誰か、お母さんは知ってるのよ。ただ、それをどうしても言うことができないの。言ったら、あなたが苦しむことになるから」

「どういうことなんですか」

守は身体を捻って、女に詰め寄る。

「そんなに慌てないで。これからたっぷりドライブすることになるから」

女は守を一瞥した。眼鏡の奥の眼光が鋭くなっている気がした。

「いまなら、まだ引き返せるわよ」女は言った。「帰りたければそう言って。だけど、もうそれっきりね。お母さんは刑務所に行くことになるでしょう」

守は唇をぎゅっと引き結んだ。

「あなたは、お母さんを助けてあげられるのよ」

11

ゴーッというこもったような音がしていた。守は暗闇の中で耳を澄ました。ゴーッという音は唐突にやんで、車のエンジンの音がうるさくなった。車の振動も少し強まる。

「目隠し、外してもいいわよ」

守は顔の上半分を覆っていた帽子を取って、倒していたシートを起こした。

行き先を知られたくないということで、守は黒い布切れで目隠しをされている。それが対向車などから不自然に見えないように、シートに横たわり、顔に帽子を載せていたのだ。さっきまでは、ヘッドホンステレオから流れる音楽を無理矢理聞かされて、周囲の音からも遮断されていた。

守は黒い布切れの結び目をほどく。しばらくは目が霞んでいた。右曲がりのアスファルト道を上っている。目を何度か擦ってから、景色に目を向ける。左はガードレールで、その向こうはなだらかな傾斜に樹々が密生している。右側はコンクリートとネットで保護された切り立った崖だった。

辺りは暗いが、アナログの腕時計を見ると、十時五十三分。午後のわけはないから、暗いのは雨雲のせいだ。雨は小降りだが、当分やみそうにない。ワイパーが高速で動いている。

守はこめかみを掌で押さえて、二回、引っ張り上げた。頭蓋の内側にこびりついている鈍い痛みを取り除けるのではと、そうやってみたのだが、痛みは少し和らいだものの、こめかみに集中していた痛みが、拡散して、後頭部の辺りまでがジンと痺れた。

守は両手で首の後ろを撫でながら、眼鏡の女の横顔を覗く。その視線に気づいたのか、女は一度守の顔を見たが、表情に変化は見られなかった。

二時間と少し前、守は目隠しされるとき、少し抵抗した。それに対して、お母さんを助けたくないの、と言ったときは、女の眼鏡の奥の双眸に苛立ちの色が濃く滲んでいた。目隠しされている間、守が思い浮かべていた女は、そのときの険のある目付きをしていた。が、いまは女のまなざしは穏やかだ。

守は、目隠しされるときには、不安な気持ちでいっぱいになり、怯えたまなざしで女を見ていた。いまは、疑いの目で女の顔色を窺っている。

二時間以上、守は様々に思いを巡らせた。女の話は衝撃的なものだったから、守はいっとき、完全に思考回路を遮断してしまった。その状態から回復したあとで、守の思考も感情も、あちこちとさまよい、とどまる場所がなかなか見つからないまま、いまに至っている。

話は全部嘘じゃないのか？　僕を騙そうとしているんじゃないか？　守はそう考えているが、この思いは、数秒しかもたない。でも、騙してなんになるの？　新たな思いが脳裡に滑り込み、元の考えを押し流す。この人は嘘をついてない。それですべて説明がつくじゃないか。お母さんは殺人犯なんかじゃなかった。秘密を守ろうとしているんだ。篤志という名前の双子の弟から、僕が心臓を奪い取ったという秘密を守ろうとしている。だけど、双子の弟なんて、本当にいるの？　それに、いくらなんでもそんな心臓の交換なんて、そんなことできるはずないよ。守の思考はぐるぐると回り続ける。

アスファルトが途切れ、砂利道になる。いつのまにか竹藪《たけやぶ》の間を走っていた。

「もうすぐ、到着よ」

女が守に会わせたがっているのは、篤志という人間だ。

守もいまは、篤志にどうしても会いたいと思っている。双子の弟——その顔を見たときに、何が真実か分かるという気がする。

竹藪をあとにして、林の間の小道を左に上った。山の斜面を切り開いた土地に、三角屋根の白い木造の家がある。ピックアップはその家のバルコニーの近くで停まった。丸太を二つに割って切り口を上にして支えたテーブルと、パイプ椅子が、バルコニーに並んでいる。椅子のパイプに褐色の鳥が止まっていて、車の方を見ている。

「さあ、降りて」

守はピックアップから出て、傘を開く。頭上で、バラバラという音が弾けた。眼鏡の女は帽子を頭に載せてピックアップから降り、守の腰を押して、家のドアのある方に行く。ほんの数秒で庇《ひさし》の下にたどりつき、ドアを開けた。

女が土間に靴を脱いで、一段高くなった場所に上がる。玄関ホールが居間になっている。床には綾織のカーペットが敷かれていて、ロッキングチェアと青いカバーのかかったソファやオーディオ、テレビなどがあった。

「どうぞ」

守は女に従って、居間の奥にあるドアの方に行った。

女がドアを押し開けた。明かりが点いている。生暖かい風が押し寄せた。何か消毒剤のような臭いがする。守は、鼻を鳴らしてから、女に押し出される形で中に入った。

レースのカーテンが閉じている大きな窓、ペットボトルとガラスの小瓶が並んだ棚、点滴の吊るされた台、白い壁にくっつけて置いてあるベッド。

ベッド上の毛布の膨らみが、僅かに上下している。

守は視線を一センチずつ右に動かした。奇妙な形に強張った手が見えた。それから、水色のパジャマの襟。その先に、顔がある。

女に促されて、ベッドに近づく。守は視線の焦点をパジャマの襟に固定したまま動かさなかった。視界の片隅にぼやけて映る輪郭に、守は少しずつ意識を凝らして行く。

「篤志は、あなたの代わりに死にかけているのよ」

女が篤志の身体を抱き起こし、腕で支える。守は篤志の顔を正面から見た。おかっぱの髪、こけた頬、腫れぼったい瞼、虚ろな視線、鼻に通ったチューブ、引きつったように捩じれた口許——自分とは全然似ていないと思った。

やっぱり嘘だった、と思ったけれど、鼻の膨らみ、眉毛の角度、耳の形……それだけじゃない、もっと全体の印象……これは、自分の顔だ。

身体中の血が滾《たぎ》った。

僕の身代わりになって、弟はずっとこうして苦しんでいたのだ。僕は、なんてひどいやつなんだ——守は自分の罪深さを思い、熱い涙を迸《ほとばし》らせた。

12

守が入ってきたとき、野上も驚いたが、信吾はそれ以上に驚いた様子だった。椅子から跳ねるように立ち上がり、口をぽかんと開けて立ち尽くした。

守はベッドの方に気を取られていて、手前にいる二人は視界に入らなかったのだろう。ベッドに向かうと、立ったまま、声を上げて泣き出した。

心臓の交換のことを、守は聞いてしまったのだと、野上は直感した。慄然《りつぜん》とした思いで、守の背中を眺めた。

木曜日、野上は近松吾郎の病室で、一瞬、守を選びかけた。篤志の存在を忘れてしまおうと思った。しかし、それはできないことだと考え直した。自分と近松吾郎は違う。人間の知能の発達に差があるのは認める。しかし、だからといって、命の重さにまで差をつけてしまうことは、やってはならないことだ。

篤志に直接会わせてくれなければ、自分の知っていることをすべて警察に話すと、野上は信吾を脅した。

信吾はずいぶん抵抗したが、野上が引き下がらないと知って、承知した。木曜の夜のことだった。

そして今朝、野上は信吾と横浜で待ち合わせて、三十分程前にこの家に到着した。ノックの音に応えるものがなく、信吾が怪訝そうに首を捻りながら合鍵でドアを開け、中に入った。

ベッドに横たわった篤志を見て、野上はしばらく固まっていた。

ビデオでは見ているが、現実に会うと、胸を充たす思いは、なお強烈だった。

篤志は僅かな身じろぎしかできない様子だった。まなざしは焦点が合わない。しかし、篤志は紛れもなく生きていた。体温があり、呼吸をしていた。

篤志の命は守の命と変わらない。そう実感した。にもかかわらず、やはりまだ本当の意味の決心はできていなかったのだろうか。

守が真相を知ってしまったことに強い衝撃を受けている。

知らせずに済ませたい、このままの方がいいと、心のどこかで、まだ考えていたのだろう。

野上は困惑した思いで、守と篤志を交互に眺めた。

近松信吾は、硬直した様子でしばらくじっと立ち尽くしていたが、不意に手を動かして、額を押さえた。「なんでこんな馬鹿なことをした。せっかく、移植のための手配をしてやったというのに、どういうつもりなんだ」

「守君に心臓を返してもらうんです」

篤志の養母の言葉を聞いて、近松信吾は額を押さえたまま守に顔を向ける。

「返します。僕、返します」

守の両目から涙が溢れている。

野上は椅子に腰掛け、自分の膝を強く握りながら、唇を嚙み締めていた。奪ったものは、返さなければいけない。そうだ。その通りだ。しかし……。

「できるはずないだろう、そんなこと」

信吾は額から手を離し、首を左右に振った。

「どうせ闇で行う手術でしょう。できるはずですよ」

篤志の養母は、ベッドの傍らの椅子に座って、信吾を見上げる。

「お願いします、先生」守は言った。「僕が篤志君に心臓を返したら、お母さんは助かるんです」

信吾が眉間に皺を寄せた。

「お母さんは人殺しじゃないんです。ほかに犯人がいるんです」

野上は目を剝いた。いったいどういうことなのか。

「なんでそんないいかげんなことを言うんだ」

そう言う信吾の方を、篤志の養母は笑って見上げていた。「いいかげんなことじゃありませんよ。漆山さんは、真犯人をかばっているんです。真犯人は、心臓交換の秘密を知っている。だから告発できない」

「何か、証拠でもあるのか」信吾が言った。

「いいえ。でも分かります」

信吾は両手で髪を掻きあげた。「馬鹿なことをしたな。何もかもおしまいじゃないか。もう手術はできない」

「どうしてですか。守君も承知してくれているんですよ」

「この子をどうやって黙らせるんだ」

「黙らせることはないでしょう。わたしたちは貸してあった心臓を返してもらうだけです。疾しいことはありません」

「手術に協力した俺の立場はどうなる。この子は警察にすべて話すぞ。そうすれば、母親が助かると思ってるんだからな」

「実際、助かりますよ。守君と篤志の心臓が交換されたら、梨佳さんはもう、隠し事をする必要はありませんからね」

「どういうことですか」野上は言った。

篤志の養母は、眼鏡を指で押し上げながら言った。「言葉通りですよ」

「でたらめを言ってるだけだ。守を納得させるための作り話だよ」

信吾が苛立った口調で言った。

篤志の養母は守の方に顔を向けた。

「真犯人はいるの。手術が終わったら、お母さんに話しなさい。もう何も隠さなくていいよって。そしたら、お母さんが警察に話すでしょう。犯人のことを」

苦悶の表情を浮かべている信吾を見上げて、野上はようやく事の真相に思い当たった。

野上は信吾の目の前に立ちはだかる。「水沼を殺したのは、梨佳じゃなかったんだな」

「彼女だよ。おまえは直接聞いているはずだ」

「かばったんだ。かばうしかなかったんだ」

水沼を消し去りたかったのは、信吾も同じだったのだ。信吾は水沼を殺して、その罪を梨佳になすりつけようと工作した。梨佳は信吾の罠と知っていて、しかし告発はできなかったのだ。守と篤志のために。

「真犯人は、あなただったんだな」野上は信吾にそう言ってから、篤志の養母の方を振り向いた。「そうなんですね」

篤志の養母はうなずいた。

「でたらめだ」信吾は声を荒らげた。

「もう諦めてください」篤志の養母は、語気を強めた。「先生のことも、ちゃんと考えてありますから」

信吾の喉から唸り声が洩れた。

篤志の養母は、信吾から目をそらし、守の双眸を見据えた。「篤志にはね、どうしてもいますぐ心臓移植が必要なの。近松先生――近松吾郎先生ね、あの先生は、篤志にひどいことをしたという気持ちは持ってらしたのね、守君の心臓を取るわけにはいかないけど、ほかの心臓を見つけてやるって、約束してくださってたの。ところが病気になられて、信吾先生にあとをまかされたのね。だけど、信吾先生は、篤志のことなんてどうでもよかった。別にそれは責められないわ。だけど、このままじゃ篤志は死んでしまうの。いますぐ移植手術が必要なの」

「だからそのための手配をしてやってるじゃないか」信吾が言った。

「本当にそうなのか、信じられなかったんです」篤志の養母は信吾に向かってそう言って、守を振り向いた。「味方が必要だったの。だから、あなたのお母さんに話したのよ。心臓を返してくださいって。そのときはね、守君の心臓じゃなくてもしかたないと思ってた。とにかく近松先生が亡くなったあと、信吾先生がちゃんとあとを引き継いでくれるか、見張ってほしかったの。漆山さんは、そうしてくれたわ。守君の心臓を渡すわけにはいかない、でも、別の心臓をきっと探すと約束してくれた。篤志にも、少しは愛情を感じてくれたのよ。それは本心でしょう。もしもそうでなかったら、漆山さん、わたしと篤志を殺したと思うの。守君のためには、そうするのが一番だものね。だけど彼女はそうしなかった。あの人は、殺人のできる人じゃないわ」

「切羽《せっぱ》詰まったんだよ。水沼は、河西を殺して、篤志の居場所を知った。写真も手に入れた。水沼が警察に捕まったら、すべてが台無しになるところだったんだ」

信吾は眉間に皺を寄せてそう言った。

「もしも漆山さんが水沼を殺したんだとしたら、そのあとでわたしたちも殺したでしょう」

「そんな思い込みでものを言うな」

「彼女、河西が殺された事件のあと、ここには一度も来ませんでした。なぜでしょう」

「逃げてたからだ」

「誰から？」

「警察からだ」

「それなら、ここは格好の隠れ家ですよ。漆山さんとわたしたちの繋がりは誰も知らない。知ってるのは、先生だけですね。彼女は、先生から逃げていたんです」

信吾の表情が凍りついている。

「どんな状況だったか言ってみましょうか」

篤志の養母は得意げに語った。

水沼の恐喝内容は、まったくの見当外れだったのだが、篤志の存在と居場所は、絶対に誰にも知られてはいけないことだ。その点では、信吾も、篤志の養母も、梨佳も、同じ気持ちだった。

水沼が河西から手に入れた証拠品は、買い取る必要があった。幸い、水沼は梨佳に、いっしょに海外に行こうと誘ってきた。梨佳は水沼を誘導して、信吾に金を要求させる。それで証拠品は取り戻せる。しかし、問題はそのあとで、もしも水沼が河西殺害容疑で逮捕されたら、守の双子の弟、篤志の存在が、公になってしまうということだった。その前に水沼の口を塞ぐ必要がある。

「彼女は、水沼の言う通り海外にでも逃げようと本気で思っていたはずです。ぎりぎりまでは、人を殺さずに済む方法を探る、そういう人ですから」

「そんなことが分かるほどの付き合いはないだろう」

「分かります」篤志の養母は言った。「殺したのは先生です。この機会に邪魔な人間を消してしまおうと思ったんでしょう。漆山さん自らが駆け落ちっていう状況を作ってるから、水沼を殺して、彼女を殺して死体を隠せば、警察が探すのは、漆山さんですものね。間違っても先生に容疑はかかりそうにない。そして彼女がいなければ、わたしたちを殺すのも簡単になる。先生は金の受け渡しだと言って水沼を呼び出して殺して、次は彼女。ところがあの人は、先生の意図を見抜いた。自分も殺されるし、それに自分が殺されたら、篤志の身も危ない。それが分かって、逃げたんです」

「ただの想像じゃないか」

「この話が間違っているのなら、わたしの負けです」

篤志の養母は顎を少し突き出した。「先生に協力してもらうことは、もうできませんね」

野上は信吾の横顔を睨んでいた。

信吾は悔しげな声を喉から洩らした。

「殺人犯として逮捕されるのがいやなら、手術の手配をしてください。やっと、篤志の本当の心臓が移植できるんです」

篤志の養母の言葉に、守が肩をすぼめた。

野上は守を哀れに思いつつ、しかし篤志もまた自分の子供なのだと自分自身に言い聞かせていた。辛い目に遭っているのは、篤志の方なのだ。

「野上さん」

篤志の養母が、視線を野上に向けた。「あなたが警察に駆け込んだら、信吾先生は身柄を拘束されて、海外での移植手術は行えなくなります。信吾先生のコネクションがないとできない手術なんです。守君は篤志に心臓を返して、脳死した人の心臓を守君に移植します。近松先生の過ちを正すんです。わたしたちに時間をください。海外で心臓の交換手術が終わるまで、あなたが信吾先生を監視してください。そして終わったら、信吾先生を逃がしてあげてください。信吾先生が海外で新しい生活を見つけるのは許してください。先生なりに苦しい事情があったんですから。悪いのは信吾先生ではないですよね」

「その通りにしてよ。ねえお願い」守が言った。

と、信吾が近くに立っていた野上を突き飛ばして、守の腕を摑んだ。

野上はよろけて、椅子に座っていた篤志の養母の膝に倒れ込む格好になった。篤志の養母が悲鳴を上げた。野上は、彼女の身体を押しやる形で反動をつけて立ち上がり、信吾の手から守を奪い返そうとする。が、野上の手が守の腕を摑んだとき、身を屈めていた信吾は、壁際の台にあった、リンゴの載った皿から、果物ナイフを摑み上げていた。

信吾はナイフを、野上の腕に向かって切りつけるように動かした。野上は反射的に腕を引いていた。信吾は守を左手で引き寄せ、背後から襟を摑んで自分の身体に密着させ、右手のナイフを守の首筋に当てた。

守はくぐもった声を一つ洩らした。

野上は、はっと息を呑んで立ち尽くした。

「動いたら、守が死ぬぞ」

信吾の言葉に、野上は硬直しながら、守の顔を覗く。

守は呆然とした様子ではあったが、怯えているという感じではなかった。

ショックが重なって、放心状態なのだろうか。まなざしは、どこを見ているのかよく分からない。

「いったいなんのつもりだ」

野上は信吾の方に少しだけ足を踏み出した。

「本気だぞ」

信吾はナイフの刃を守の首に押しつけながら言った。「椅子に座れ」

野上は動かなかった。

「座れって言ってるんだ」

信吾は顎をしゃくって、先刻野上が座っていた、背凭れのある木の椅子を示している。

野上は、守の首に触れている果物ナイフを見つめながら、ゆっくりと椅子に腰をおろした。

「どうするつもりなんですか」と、篤志の養母が声を震わせながら言った。

「ロープか何かあるだろう。こいつを縛るんだ」

篤志の養母は、窓際に、戸惑った様子で立っている。

「早くしろ。手術はしてやる。おまえらの望み通りにしてやる。だから言う通りにしろ」

篤志の養母は、篤志の方に視線を向けた。

野上は信吾の手元を凝視する。なんとか飛びかかれないかと隙を窺うが、ナイフの刃は、守の喉元に少し食い込んでいる。

篤志の養母が居間から、ロープを持って戻ってきた。信吾に言われるまま、野上の身体を椅子に縛り始める。野上は一度抵抗しかけたが、信吾がナイフを少し上に引く動作を見せたことで、諦めた。守は顎を突き出す形で、喉に刃を当てられている。

「この人をどうするんですか？」

野上を縛り終えた篤志の養母が、か細い声で訊く。

「死んでもらうしかないだろうな」

篤志の養母は怯えた様子で肩をすぼめた。「まさかわたしたちまで……」

養母は、篤志の顔に一度目をやってから、首を何度か横に振った。「それはできませんよね。あなたは守君やわたしたちを殺せない。漆山さんが、許しませんからね。真相を全部話してしまいますからね」

「そうだな」信吾は顔を歪めている。「しかし、このままおまえたちを放ってはおけないだろう」

「諦めてください。手術をやればいいんです。そして海外に逃げましょう」

「手術するよ。僕、心臓を返す」守は言った。「僕は死んでもいい。だってそれが運命なんだから。だからみんなを殺さないで。信吾先生も、やったことを認めて」

「うるさい」

信吾の目が守に向いたとき、篤志の養母がドアに向かって走った。信吾は、焦った様子で守を突き飛ばす。守の身体が野上にぶつかった。椅子に縛りつけられたまま、野上は横倒しになった。

信吾は養母の腕を掴んで引き戻す。養母はもがき、信吾は二、三歩後退してナイフを構え直し、彼女の胸に刃先を向ける。そのとき、野上は前後に僅かに開いた信吾の脚の隙間に、自分の頭をこじ入れた。信吾は足元のバランスを崩してよろけ、ナイフの狙いは外れて、養母の上着だけを切り裂いた。しかし彼女は悲鳴を上げながら、腰を抜かしたように崩れ落ちた。

「みんな逃げろ」

野上はそう言うと、頭を動かして、信吾のズボンの裾に嚙み付いた。

信吾は体勢を立て直すと、血走った双眸を篤志の養母から野上へと向け、ナイフを両手で握って振り上げた。

野上はズボンに嚙み付いたまま、信吾の双眸を睨んでいた。

信吾のまなざしに狂暴な笑みが浮かんだ。野上はズボンの裾から口を離した。

「逃げろ、逃げるんだ」

野上自身は、縛られていて身動きができない。

が、自分に信吾の目が向いているうちに、みんな早く——

「逃げろ」

信吾がナイフを野上の脇腹に向かって振りおろした。次の瞬間、信吾の身体が凄い勢いで横に飛んだ。

誰かの足が、信吾の脇の辺りを強烈に蹴飛ばしたのだった。信吾は床に倒れ、啞然《あぜん》とした表情で上を見ている。信吾を蹴飛ばした誰かは、野上の背中側にいる。起き上がった信吾は、一度ナイフを構え直したが、一瞬あとには、諦めきった様子で床に手をつき、唇を嚙み締め、肩を震わせていた。

誰かが野上の身体を跨いで、信吾の肩を摑んで立ち上がらせる。

振り向いて野上の方を見おろした顔には、見覚えがあった。童顔に薄い頭髪。有藤刑事だった。

横倒しになっている野上の頭の方を回り込んで、信吾が床に落としたナイフをハンカチで拾い上げたのは、永末だった。

有藤が信吾に手錠をかけ、永末から受け取ったナイフを持って外に連れ出すまで、野上は横たわったまま、ただ呆然と刑事たちの動きを眺めていた。永末が野上の椅子を起こして、ロープをほどき始める。

そこでやっと、野上は口を開いた。

「どうして、ここに……」

「守君を尾行したんだよ」

基樹が、部屋の入り口のところに立っていた。

「ごめんね守君」基樹は部屋の中に入ると、放心状態で床に座っている守のそばに近づいた。

「手紙、君に渡す前に読んじゃったんだ。あれ読んで、なんか全部分かっちゃった」

基樹は守の着ているジャンパーのポケットの底を叩いた。「ここ、盗聴器入ってるの、気がつかなかった？」

守は僅かに首を振った。

「まさかこんなことになるとは思わなかったけどね、守君を尾行すれば、事件の真犯人に会えるからって、刑事さんたちを説得したんだ」

基樹は永末を振り向いた。「殺人犯が誰かってことを教えてあげたときにはさ、子供が何を言うって感じだったけど、守君のお母さんが犯人をかばってる動機を言ったら、納得してもらえた」

野上は椅子から離れて立ち上がり、永末の顔を見た。

永末は、野上から視線をそらし、守に目を向けた。

守がその視線に気づくと、永末は目をそらした。

「刑事さん」守が言った。

永末は守の顔に視線を戻す。

「僕、泥棒だったんです。篤志君の心臓を盗んでたんです」

守は立ち上がった。「僕、返しますから。ちゃんと返しますから、許してください」

永末は助けでも求めるような視線を野上に向けた。

野上は守の方に歩み寄ると、守の身体を抱き締めた。もうそうしていいのだと思った。

心臓を篤志に返すと、守が決めた。守のことを抱き締めても、篤志をないがしろにすることにはならない。近松吾郎と同じにはならなくて済む。

二人の子供を、同じように愛することができる。

もう疾しいことはない。梨佳も帰ってくる。篤志と守の心臓を再び交換して元に戻し、守が心臓提供者が現れるのを待つ。もちろん、正規のルートで。移植できるのがいつになるのか、費用が工面できるのか、不安は大きい。けれどもきっと、きっと守は助かる。そう信じよう。

わたしたちは、近松吾郎と同じではなかった。彼の狂った論理を受け入れはしなかった——基樹に、まなざしでそう語りかけながら、野上は守をいっそう強く抱いた。

13

冷めたまなざしで野上と視線を交錯させていた基樹が、不意に身体を捻り、篤志の方を向いた。

「で、野上さんは、どっちを選ぶの」

基樹はそう言うと、ベッドに近づき、篤志の足元に座った。

野上は守を抱いた腕に力を込めて、言った。「両方だ」

「一人は、脳死した人の心臓で我慢するしかない。どっちか選ばなくちゃいけないんだ」

基樹の言葉に、野上は唇を嚙み締めた。

「選ぶのは神様だ」

守が野上の腕の中でそう言って、身体を動かした。野上が腕の力を緩めると、守は基樹の方を向いた。

「健康な心臓は篤志君のものなんだ。病気の心臓が僕のだ」守は言った。

野上は守の肩をぎゅっと握った。

基樹が鼻を鳴らした。口許が笑っている。

野上は基樹の顔を睨んだ。

守が篤志の顔を覗き込み、洟を啜り上げてから言った。「すぐに取り替えてもらうからね。元に戻してもらうからね。今日までごめん」

基樹が視線を篤志の顔の方に動かしてから、言った。「困るよね、そんなこと言われてもさ」

基樹は篤志の顔を見ている。「信吾先生が捕まっちゃったから、もう交換手術はできないもんね。残念」

「信吾先生じゃなくても、手術はできるよ。ちゃんと返す。僕は篤志君に心臓を返すんだ。それが正しいことなんだ」

守は基樹に向かって、激しい口調でそう言った。

基樹は篤志の方を向いたままだ。

「無理だよね。闇でしかできない手術だもんね。警察に知られちゃったら、もうおしまいだよね」

そう言うと、基樹はようやく守の方に顔を向けた。「心臓を交換する手術を引き受けてくれる病院なんて、表の世界には存在しないよ」

「どうして？」

「倫理的に許されない手術だからだよ」

「元に戻すだけなんだよ。悪いことじゃないでしょう」

「元に戻す手術なら、可能かもしれないけどね」

基樹が微笑を浮かべて守を見て、それから野上に視線を移した。

「守君の心臓と篤志君の心臓」基樹は顔から笑みを消した。「取り替えられてなんかいないよ」

「え」と、守が言った。

「そうでしょう？」

基樹の視線の先には、放心した様子で床に座っている篤志の養母の姿がある。

養母は、一度はっと顔を上げ、基樹と視線が合うと、うつむいた。

野上は唾を呑み込んだ。

心臓は取り替えられていない——基樹のその言葉を頭の中で反芻する。本気で言っていることなのか？

野上は篤志の養母を凝視した。床についた彼女の腕が震えている。

「嘘だったんですか。心臓交換の話は、嘘だったんですか」野上は言った。

養母の腕の震えが、背中まで広がる。それが質問に対する答だと思った。

心臓は取り替えられていなかったのだ。

しかすると、いままで理解していた状況はなんだったのか——

「守君が篤志君の心臓を奪ったんじゃない。守君の健康な心臓を奪おうとする計画が進行していたんだよ。たったいままでね」

基樹のその言葉を受けて、篤志の養母の肩が激しく上下し始めるのを、野上は呆然と眺めていた。

意外な真相に混乱を覚えながら、野上は状況を理解しようと考えを巡らせる。

篤志にはどうしても心臓移植が必要だった。しかし、養母にそんな経済力はない。寄付を募るといっても、篤志は心臓以外にも脳や神経系に重篤な障害を持っている身だから、金を集めるのは難かしいだろう。そこで一つの計画を思いつく。守と篤志の心臓を近松吾郎が交換した、という事件をでっちあげ、信吾と梨佳を脅して篤志の心臓移植手術を手配させようとしていた――それが真相……。

驚くべき計画だと、野上は感じた。もう少しで、守の健康な心臓が篤志に移植されるところだったのだ。

篤志の養母が洟を何度か啜り上げた。うつむいているので分からないが、その目にはおそらく涙がある。

ひどい計画だと思う。しかし、彼女は篤志のために必死だったのだ。梨佳が守のために必死だったように。野上は、篤志の養母を責める気持ちにはなれなかった。

野上は顔を上げて、溜息を吐く。天井を眺めながら、計画の全容にざっと思いを巡らせる。そこで、一つの大きな疑問を抱いた。

視線を下げると、基樹と目が合った。野上は思わずその疑問を口にしていた。「信吾は、なんでそんな嘘にひっかかったんだ」

行われていない心臓交換手術を、あったと偽る――梨佳はともかく、信吾まで騙すのは容易なことではないはずだった。

「信吾先生は、心臓の交換手術が行われていないことは、よく知ってたはずだよ」

「それはおかしい」野上は言った。「知っていたのなら、なんで篤志君のために闇ルートの手術を手配するんだ。それに、なんで人を殺すことになるまで追い詰められた？　動機がないじゃないか」

双子の心臓交換手術が行われていないとしたら、近松吾郎のスキャンダルがそもそも存在しないことになる。信吾には篤志の養母を恐れる理由はない。

「近松先生はさ、腫瘍は完全には除去できなかったんでしょう」

唐突な基樹の問いかけに、野上はしばし躊躇《ためら》ってからうなずいた。

「近松先生はもうすぐ亡くなるわけだよね」

「ああ」

「亡くなったらさ、誰が遺産を相続するの」

「……家族だろう」

「遺言書があったとしたら？」

「それはその内容に従うんだろうが――いったい何が言いたいんだ」

「近松先生の財産のほとんどが篤志君に行くような、そんな内容の遺言書があったんだと思うよ。あの先生ならやりかねないでしょう。生涯愛し続けた天才少年、垣内斉一の生まれ変わりとも言うべき存在になら、自分の全財産を残したいと思うんじゃないかな」

野上は篤志の顔を一瞥した。病気のせいでやつれてはいるが、篤志と守の顔は似ている。つまりは篤志と垣内も似ているということだ。しかし、近松が愛したのは垣内の容姿ではなく、その頭脳なのだ。篤志は垣内の頭脳は受け継がなかった。

自分がそうだったように、篤志も、近松吾郎にとっては壊れたおもちゃ、ガフクタだ。

野上がそんな思いを巡らすうちに、基樹は話を先に進めていた。

「信吾先生の立場なら、篤志君を殺して、遺言書を探して処分する――それぐらいのこと考えてもおかしくないよね」

基樹は、篤志にほとんどの財産を譲るという近松吾郎の遺言書があったという前提で話を進めているようだが、その前提は成り立つはずがない。野上はそう反論したかったのだが、口を挟むタイミングを失った。

「だけどそこまで追い詰められる前に、信吾先生は思わぬ取り引きを持ちかけられたんだ。たぶん、こんな感じのね」

基樹は語った。

篤志には緊急の心臓移植が必要だ。順番待ちしている時間はないので、闇ルートでの手術を行うしかない。事態は緊急だ。しかしその手術を受けるためのコネクションがないし、何より金がない。

それは本来は近松吾郎が準備してくれるはずだったし、彼に万一のことがあった場合、遺言書に従って篤志が巨額の資産を相続することになるから、それで手術の手配ができるはずだった。だが、近松吾郎の状態は篤志の立場を中途半端なものにした。

篤志が近松吾郎より先に死んだ場合、遺言書の内容は無効になる。篤志の代わりに養母に相続の権利が生ずるなどということは、もちろんない。手術が成功すれば、近い将来巨額の資産を相続する篤志だが、いまの時点では近松より長生きできる保証がない。そんな篤志に大金を貸してくれる人間を見つけるのは難かしい。

しかし、もしも近松吾郎よりも一秒でも長く生きられれば、篤志には遺産が入るし、その後篤志が死んでも、今度は篤志の遺産として、その遺族が相続することになる。

つまり、現状では信吾にとって、近松吾郎と篤志のどちらが先に死ぬかという賭けになる。そこで、もしも信吾が闇ルートでの心臓移植手術を手配してくれるならば、遺言書を破棄する、という提案がなされた。

「それで篤志君は手術が受けられる。信吾先生は財産を失わずに済むってわけだね」基樹は話を続けた。「信吾先生には三つの選択肢があった。篤志君を殺すというのが一つ。何もしないでいるのが一つ。取り引きに応じるのが一つ。殺人は、リスクが大きいよね。篤志君を殺して——当然篤志君のお母さんも殺さなくちゃいけないね。それから、遺言書やその写しを見つけて処分してと、そこまでうまくいけばいいけどさ、写しの一枚でも見逃せば、信吾先生には動機があったことが分かってしまうからね。だけど何もしないでいて、篤志君が近松先生より長生きしたら、遺産は篤志君に行く。これだけは避けたい。となると、取り引きに応じるのが一番でしょう」

闇ルートでの心臓移植手術に関わることは、信吾にとってリスクがある。世間に知れたら、社会的な信用をなくすかもしれない。しかしほかの選択肢に比べれば、最悪の場合でも大したダメージにはならない。

「信吾先生は、取り引きに応じた。ここで守君のお母さんの登場だよね」基樹は言った。

信吾は闇ルートでの心臓移植手術を約束したものの、本当にその約束を果たすつもりだろうか。信吾にとって篤志たちを殺すということも選択肢の一つとして残っている。手術の失敗に見せかけて殺すこともできるはずだし、海外で闇の医療を受けに行った親子をそのまま失踪させてしまうことは簡単なことかもしれない。

信吾にそういう行動を取らせないために、見張り役として梨佳が必要だった。

基樹はそういう意味のことを言って、野上の双眸を見上げた。

「ざっとこんな感じだと思うけど、野上さんの考えは？」

野上は息の小さな塊を一つ吐き出してから、言った。「君の言うような遺言書があったとすれば、そういう考えも成り立つかもしれないけどね」

「あるんだよ、きっと。近松先生ならそういうことしそうでしょう。血の繋がった子供よりも、天才という存在を愛していた」

「それはその通りだと思う。しかしだからこそ、篤志君のことは眼中になかったはずだ。天才の血を引いているというだけでは、だめなんだ。それだけじゃ愛せない」

「え？」基樹は目を丸くした。「野上さん――ひょっとして、まだ分かってないの？」

基樹が何を言っているのか分からず、今度は野上が「え？」と言った。

「野上さんさあ」と、基樹が呆れたような口調で言う。「まさか、守君の心臓を奪う計画の首謀者をそこのおばさんだと思ってるわけじゃないよね」

基樹の顎の先で、篤志の養母は、いまはじっと、床に視線を落として固まっている。

「この人はただの操り人形だよ」

野上はポカンと口を開けた。

「ほんとに分かってなかったの？」

基樹は天井に顔を向けて息を吐いてから、守に視線を向けた。

「守君さ、心臓の手術、受けたんだよね」

守はうなずいた。

「野上さん、その手術のこと、いまはどう考えてるの？」

篤志との心臓交換手術——先刻まではそう思っていたが、違っていた。とすると、心臓移植が必要な程悪くなっていた心臓が急速に蘇った奇跡の手術とはなんだったのか……。

「守君の心臓は手術なんかしていないんだよ」基樹が言った。「守君の心臓は健康なんだ。生まれてからずっとね」

野上が首を捻ると、基樹は溜息をつき、首を二度横に振ってから言った。「九年前のことから話すよ」

野上はうなずいた。

「近松先生は九年前、双子の心臓の交換をやろうと計画した」

「交換の話は嘘だったんじゃないのか」

野上の問いに、基樹は顔をしかめた。「計画はあったんだよ。行われはしなかったけどね。ちょうどその時期、ＧＣＳで騒動が起こって、近松先生や守君に注目が集まってしまったでしょう。ほとぼりが冷めるのを待つことにしたんだね。マスコミの目が離れるのを待って、それから改めて守君を海外に連れ出して手術するつもりだったんだね」

「ちょっと待ってくれ」

「何？」

「守君の心臓はずっと健康だったと、言わなかったか？」

「言ったよ」

「じゃあ、なんのための手術なんだ」

「決まってるでしょう。篤志君の命を救うための手術だよ。心臓が悪いのは篤志君なんだからね」

基樹は篤志の顔を一瞥して、言葉を続けた。「守君の心臓が悪いように見せかけること、近松先生ならできたよね」

近松吾郎は守の心臓を篤志に移植して、守には、篤志の心臓か脳死した人の心臓を移植することを考えた。そのためにはまず、守を当時の養父母、島岡夫婦の手から奪い取る必要があった。島岡夫婦は、もともと金目当てで守をもらっている。金を掴ませて、守を引き取ることは可能だろう。しかし、欲しいのが守の心臓だということは知られてはならない。そんな秘密を握られたら、島岡夫婦に一生金をせびられるに違いない。

近松は、守の心臓がひどく悪い状態だと島岡夫婦に信じさせ、子供を引き取りたいと、生みの母である梨佳に言わせた。近松の申し出ではなく生みの母の申し出となれば、引き取りたい理由は、純粋に愛情からと思うだろう。

その後守は心臓移植手術を受けることになるのだが、仮に島岡夫婦がそれを知っても、心臓病の子供が心臓移植を受けたと思うだけで、まさか健康な心臓が刈り取られたのだとは考えもしないはずだ。

基樹はそんな内容のことを話した。

断定的な物言いに、野上はついつい圧倒されて黙っていたが、まだ、肝腎な部分が説明されていない。

そもそもの前提の部分がおかしいのだ。

近松吾郎は、なぜそうまでして篤志を救おうとしたというのか。

野上がその疑問を口にしようとしたとき、基樹がまた話し始めた。

「だけど計画は延期を余儀なくされた」

GCSの訓練で子供たちが狂った――噂の真相を探ろうと、マスコミが動いていた。

「近松先生はしかたなく、守君の胸にカモフラージュの傷だけつけて漆山梨佳さんに渡したんだ。――どうしてそんな傷をつけたかは、分かる？」

分からない。いや、そもそも問題はそんなことではないだろう、と野上は言いかけたのだが、基樹は野上の答を待たずに言葉を続けていた。

「近松先生は、いずれは守君の心臓を奪うつもりでいたんだからね。そのときが来たら、先生は、たぶん薬を使って、守君とお母さんに心臓の具合が悪くなったと信じさせて、こう囁くんだ。いますぐ移植が必要だ。表のルートで心臓を探していては間に合わない。闇ルートで探そう。わたしにはそれができる、ってね。その計画のためには、守君をずっと病院に通わせる必要があるよね。手術の痕跡もなんにもなくて、どんどん健康になってたら、ある日急に心臓が悪くなって、さあ移植だって言われても、戸惑うでしょう。だけど、前にも何か特別な手術で助かったっていう経験があれば、決断しやすいよね。それがカモフラージュ手術の理由だよ」

　基樹は胸の前で組んでいた腕をほどいた。

「もちろんいま話したことは、僕の想像だけどね。でも、ほとんど当たってると思うよ」

　野上は首を横に振った。

「どこかおかしい？」

「君の話を聞いていると、近松吾郎は自分の地位や名誉を抛《なげう》つ覚悟で、篤志君の命を救うために必死になっていたように聞こえる。それにさっきは、近松吾郎が篤志君に遺産を残そうとしていたとも言ったね」

　基樹はうなずいた。「それは話の大前提だよね」

「とても信じられる話ではない」

「なぜ。篤志君は、垣内斉一の生まれ変わりなんだよ」

「それは――守君も同じだよな。二人は、一卵性双生児なんだ」

「遺伝子は同じでも、脳の構造は同じにならないよ」

「それは分かってる。だからこそ――」

　野上は口を噤んだ。

　だからこそ――近松が篤志を選ぶはずがない。選ぶならば守のはずだ。

基樹の視線が守の方を向いた。「GCSにね、守君が二歳の頃に映したビデオが残ってるんだ。身体が震えたり、手足が突っ張ったり——ちょうどこの篤志君みたいな症状が出てる。記録によると、原因は先天的な脳障害」

基樹は篤志の方に顎をしゃくってから、野上の方に顔を戻した。

「それが本当だとすると、一卵性双生児の篤志君にも同じ障害があるって考えられるよね」基樹は篤志の顔を一瞥した。「守君はGCSの訓練で障害を克服したのに、篤志君は、訓練を受けられなかったから、いまだに障害に苦しんでる。守君のお母さんは、そう信じたんだよね」基樹は野上の双眸を覗くと、不意に口許を緩めた。

「野上さんもかな」

基樹は唇の端を、少し引き締めた。「正直言うと、僕も一度はそう思った。でも、事実は逆だったんだね。九年前、守君はやっと知能が人並みに追いついたような状態だったんだ。いくら垣内斉一の血を引いているといっても、そんな守君を見て垣内の再来を予感するのは気が早すぎるよね。近松先生は、もっと直接的に、垣内の再来を実感していたんだよ」

基樹は篤志の顔の方に視線を投げた。

「GC装置が守君の神経系の異常を消失させた」基樹は言った。「GCSの記録ではそうなっているけれど、真実はその逆。GC装置のせいで、守君にはいっとき、まるで脳障害でもあるかのような神経系の異常が生じてしまっていたんだよ。だけど近松先生は、それを認めるわけにはいかないからね、守君には先天的な脳障害があったってことにした」

野上は基樹の横顔を見据えていたまなざしを篤志の方に移動させた。篤志の口から溢れた泡状の涎が、頬を伝ってシーツを汚している。

「二人には先天的な脳障害なんてなかったんだ」基樹は言った。「それどころか、垣内譲りの天性の素質を持って生まれてきた。二人の脳は、放っておいても天才脳に育つ。二歳のとき、天才的な能力を発揮していたのは、金のゆりかごで育った守君じゃなくて、篤志君の方だったんだ。それにね」

基樹は野上の方を向き直って付け加えた。

近松吾郎にとってGCSは、垣内斉一のような天才を作るための手段にしかすぎなかったのだ、と。近松にとっては、金のゆりかごで育ったかどうかが問題ではなく、垣内のような能力を持っているかどうかが問題だった。

「近松先生は、金のゆりかごのせいで能力の芽を摘んでしまったらしい守君を見限って、天性の才能を開花させつつある篤志君を選んだ」

「からかってるのか？」

野上は眉間に皺を寄せて、基樹と向き合う。基樹は首を横に振った。

「この篤志君が、実は天才的な知能の持ち主だって言うのか」

「少なくとも、守君から心臓を奪うための計画を立てる程度には知能が発達してるってことだよね」

「彼が」と、野上は篤志の方を顎で示した。「この彼が、今回のことの首謀者だって言うのか」

「ほかに誰がいるの」

「馬鹿な」

　野上は鼻で笑ったつもりだが、頬が引きつった。

　篤志が、実は天才少年だとすれば、近松吾郎が篤志のために自分の地位や名誉を危険にさらしてでも篤志の命を救おうとし、自分の財産を彼に残そうとしたとしても不思議ではない。基樹が語った推理の前提は、それで成り立つ。しかし、まさかそんな――

「篤志君は守君のお母さんを自分の思い通りに動かすために、自分の健康な心臓が守君に移植されたって話を信じさせた」基樹は言った。「守君のお母さん――漆山梨佳さんは、篤志君の母親でもあるんだから、本当の事情を打ち明けて心臓移植のために力を貸してくれって頼めば、きっと最善を尽くしてくれたよね。でも、篤志君の望む最善と漆山梨佳さんの最善は違う。守君が篤志君の心臓を奪って生きている――彼女はそう信じたことで、彼女自身のそれまでの倫理観を捨てたんだよね。もしも、なんの疚しいこともなかったとしたら、自分本来の倫理観に従って行動をすると思うんだ。闇ルートで、犯罪絡みかもしれない心臓を買うことよりも、正規のルートで篤志君の心臓移植を実現しようって、ひょっとして募金活動でも始めるかもしれない。それは、篤志君が望んだ状況じゃなかった。篤志君は闇ルートの手術を望んだ。残された時間がなかったし、それにあわよくば守君の心臓を手に入れようと狙ってね。――篤志君の作り話を、漆山梨佳さんはすっかり信じ込んだ。それは無理もないよね。信吾先生が話を裏付けるんだから」

　篤志が表の世界に引っ張り出されたら、信吾も困るのだ。闇ルートの手術ということで、信吾の力が必要とされ、その報酬として遺言書を破棄する、という取り引きが成立している。

「それに知的障害があるように装ったことも、作り話を信じさせる役に立ってるよね」

篤志が守以上に利発に見えたら、梨佳は心臓の交換手術の話を疑っただろう。GCSで育ったからという理由だけで、近松吾郎が守を選び、篤志の健康な心臓を奪って守に与えた──もしもそんな話だったら、梨佳は簡単には信じなかったはずだ。いくら近松吾郎でも、そこまでするだろうかと、まずは考える。しかし、寝たきりで、言葉もろくに話せない篤志を見たことで、梨佳の気持ちは話を信じる方向に大きく傾いた。

篤志の人生よりも守の人生の方に価値があると、梨佳ですら、一目見て感じた。もしも自分に選択権があったら、きっと守を選んでしまう──そう思った梨佳は、近松ならば、迷いもなくそうしただろうと考えた。

「篤志君と信吾先生の取り引きに、偽りの状況を信じ込んで見張り役として加わった守君のお母さん。三人はそれぞれに思惑があって、違うゴールがある。三人はボールを押し合って自分の目指すゴールに向かい始めた」基樹は唇をなめた。「何事もなければ、どこかで妥協しあって、均衡点に達したんだろうけどね。河西や水沼なんていう邪魔が入ったことで、ボールが変な方向に転がり出した。篤志君の存在が表立ってしまったら、闇ルートでの移植手術はできなくなる。誰かが彼らを排除する必要があった。信吾先生はさ、その役を守君のお母さんに期待していたと思うよ。守君が篤志君の心臓を奪ったって信じてるお母さんは、その秘密をどんなことをしてでも守ろうとしていたんだものね。信吾先生は、本当はさ、篤志君たちのことも守君のお母さんが殺してくれることを期待していたんだろうけどね。彼女はなかなかそうしなかった。だからしかたなく、信吾先生がやったんだね。もちろん、自分がらできたんだね。それに、こうすることで守君のお母さんはもう、平穏な暮らしに戻ることは絶対できない状況に追い込まれたわけだよね。それも、信吾先生の狙いだったと思うよ。もう守君の元には戻れないんだ。そう思ったお母さんは、篤志君を殺す決心をするんじゃないか。信吾先生はボールを自分の目指すゴールに向けて思い切り蹴飛ばしたんだね。だけど結果は、大失敗だった。ボールは思いもよらぬ方向に転がって、篤志君に決定的なチャンスが回ってきたんだ。ゴールは目の前――」

「冗談やめてよ」

一瞬守の声かと野上は思ったが、違う。篤志だった。

篤志の手の強張りがほどけ、腕の捩じれがなくなった。そして、いままで宙を漂っていたまなざしが、基樹をとらえている。「思いもよらぬなんて、そういう偶然みたいな言い方はやめてよ。最初から全部計算通りに決まってるじゃないか。あわよくばじゃなくて、最初から守の心臓をもらうつもりだった。赤の他人の心臓なんていらないよ。完璧な心臓があるのに、なんでそんなので我慢するのさ。守の心臓以外はいらない。すべては守の心臓をもらうために計画したことだよ。河西や水沼の動きだって、僕が餌を撒いて誘導したんだよ。僕にはさ、人の心理だって分かる。刺激の列が与えられたとき、犬が連続的にどう行動するかぐらい、予測は簡単だろう。人間の心の動きだって、しょせんは動物行動の一種だよ。僕には誰がどう動くか全部分かってた」

基樹は永末の方を見た。「守君を尾行したら真犯人に会えるって言ったでしょう。それはさ、信吾先生のことじゃなくて、彼のことだよ」

永末は唖然とした表情で、野上の方を振り向いた。

「僕が間違ったのはたった一つだけだ」篤志は基樹を睨み付けている。「君が、守なんていう愚かな人間の味方をするとは思わなかった」

篤志は顔を動かして、守を見据えた。「本当なら九年前、君と僕の心臓は取り替えられていたはずなんだ。それをいままで待ってやったんだ。もう君は十分生きただろう。この先の人生、僕たちには一つしか道がないんだ。どっちがその道を歩くべきか、分かるだろう。この世界に必要なのは、君じゃなくて、僕なんだ」

14

篤志は身体の硬直を解き、ぐったりと横たわっている。口許の涎は消えて、グルグルという喉の音も消えた。日は、さっきからずっと閉じている。篤志の養母がベッドの傍らの床に膝をついて座り、篤志の髪の毛を撫でている。

守は天井を見上げて、ぼんやりとしていた。

永末刑事は、居間に行って電話をかけていた。永末は先刻、基樹に様々な質問を浴びせて、事件の全貌を確認していた。その内容を上司にでも報告しているようだ。

天井からの物音に気がついて、野上は二階に上がる階段を探した。玄関ホールを抜けて、廊下を台所の方に歩く。天井の板が外れていて、梯子が延びていた。それを上った先は、二階というよりは屋根裏部屋だった。頭上には梁《はり》が渡っていて、腰を屈めないと歩けない。小窓があるが、いまは外が曇っているので光は射していない。部屋の明かりは、ライトスタンドが一つだけだった。専門書や学術雑誌などが積み上げてある中に、基樹があぐらをかいて座り、ノートを開いて読んでいた。

「基樹君」

基樹が顔を上げて、野上を見た。

「今日は、ありがとう。君がいなかったら、どうなっていたか分からない」

基樹がノートを野上に差し出した。

「篤志君が書いた研究論文だよ」

ノートを手書きの文字がびっしり埋めていた。数学か物理の論文と思えるが、野上には理解できない数式、見たこともないような記号が並んでいる。

「篤志君は必死だったんだ。近松先生に天才だって認めてもらうために、頑張ったんだね」

守の心臓をもらうために、篤志は、特別な人間になろうと努力した。守から心臓を奪うことの正当性を、篤志なりの論理で納得しようとしていたのだろう。

野上は篤志の考えや行為を責められないと思った。篤志は、近松吾郎によって精神を歪められた犠牲者なのだ。

「君は、どうして守の味方をしてくれたんだ?」

野上にはそれが不思議だった。守と篤志——基樹の同類は、篤志の方だったのに、基樹は守の味方をしてくれた。

「近松先生はさ、いっときGC理論に自信をなくしていたと思うんだよね」

「ん？」

「近松先生は天才、垣内斉一の頭脳を愛した。GC理論は、彼の頭脳にまた出会うための手段だったわけだよね。篤志君と守君は垣内の血を引いている。大才脳デザインプログラムを受けていなくても、遺伝子の力で垣内の頭脳を引き継ぐ可能性はあったわけだよね。で、実際そうだったんでしょう。篤志君は天才になって、GCSで育った守君の知能はいっとき人並み以下だった。その後も、まあふつうでしょう。近松先生は篤志君に夢中で、守君を臓器移植用のクローンぐらいに思っていた時期があるんだ。だけど、結局近松先生は心臓の交換手術に踏み切らなかったよね。それはさ、守君の知能が人並み以上に伸び始めたことが一つあるよね。GCSのせいで頭がおかしくなったと思ってた守君だけど、そうじゃなかった。三歳になる頃までの一人は、天才と知的障害者だったけど、その後は天才と秀才。それでも、近松先生にとっては、同じじゃない。先生にとっては、天才と秀才は違うんだよね。ただ、一つ考えなくてはいけないのはさ、九年前の状況なんだ。その時点では、先生は梓と秀人、それに僕も、GCSの訓練で頭がおかしくなったと思っていた。守君にも、神経に異常が出ていたわけだよね。GCSは大失敗だったかもしれない。そう思っていたはずなんだ。だけどその後、状況は変わってくるよね。梓はともかく、秀人と僕は実はなんともなかった。守君の神経の異常も治ってしまった。GCSの効果は、結論が出ていない。守君にだって潜在的な才能が開花する可能性はある。逆にさ、少年期を過ぎて天才がふつうの人になってしまった例を先生は見てきているでしょう。篤志君は本物の天才なのか——そうであってほしいと思いつつも、先生は迷っていた。篤志君が待ち焦がれた心臓の交換手術はお預けになって、最後は、中止。近松先生は結論を出したんだよ。篤志君ではなく、ＧＣＳの子供を選んだ」

基樹が野上の手にあるノートを指差した。「篤志君はさ、現代のアインシュタインだと自分を位置づけてる。この世界の真理ともいうべき新しい法則を発見したと、そこに新理論を展開してるんだよ。でもね、残念だけど、篤志君は量子論もろくに理解できてない。錯覚の上に成り立ってる理論なんだ。はっきり言ってしまえばさ、狂ってる」

「天才ではないと？」

「独創的ではあるけどね。最終的には、現実の世界とのつながりを失った空論を捏《こ》ね回してる。近松先生はそれに気づいたんだよ」

「いや、でもそれなら、近松吾郎は彼に遺産を残すはずがない」

篤志に遺産を、という遺言書を野上は見たわけではないが、さっきの基樹の推理は、それを前提としていたはずだ。

「遺言書ってさ、簡単に作れるって知ってる？」

基樹はボールペンを左手に持った。「自筆の遺言書の場合はね、署名と日付があれば、それでもう有効なんだよ」

『竹村基樹に全財産を譲る。近松吾郎』と、基樹はノートの端に書いた。

「こんな感じでさ、日付入れて、印鑑押せば、それで正式な遺言書になるんだよ」

顔を上げた基樹の口許に笑みが浮かんでいる。

「近松先生って、感動をその場で大袈裟に表現する人だったでしょう。いや、君は素晴らしい、なんて言ってさ。凄いご褒美をあげたりとかも、好きだったよね。だからさ、こう、書いたんじゃないのかな。わたしの財産は全部君のものだよ。君は世界を変える人間だ、そう言ってさ、半分冗談で、でもこれでちゃんと有効なんだよ、とか言って」

野上は唾を呑んだ。「冗談でも——それが有効なら、そのままにしておくとは思えないな」

「遺言書はさ、作るのも簡単だけど、破棄するのも簡単。日付がそれよりあとの別の遺言書があったら、もうそれは無効なんだ。だから、一番最近のやつにしか、意味がないんだね」

「じゃあ、別の遺言書があるというのか」

「篤志君、遺言書のコピーか何かを信吾先生に見せたと思うんだけど、そのときにね、日付に細工したんじゃないかな。ずっと昔に書かれた遺言書を、最近のものに見せかけた。ふつうなら、なかなかそんな遺言書、信用しないよね。でも、信吾先生は、篤志君を天才少年だと思ったし、近松吾郎なら、やりかねないことだと思ったんじゃない。手術の前、脳腫瘍のせいもあると思うけど、近松先生は、偏執狂的なところが一段と激しくなってた。信吾先生は、自分の父親には血の繋がった我が子以上に大切なものがあることを知っていたし、それに——たぶん近松先生、実際にそういう遺言書を書いているんだよ。わたしの財産を、わたしが愛した天才、誰それにあげる、ってね。近松先生は手術の前にそのことをほのめかしたんじゃないかな。信吾先生は、それが篤志君だと思ってしまったんだね」

野上は基樹の双眸を凝視した。「……君なのか」

「え？」

「遺産をもらうのは」口の中が渇いていた。「君なのか？」

「個人じゃなく、ＧＣＳの子供たち——たぶんね。近松先生が死んだら、はっきりすると思うけど」

基樹は薄笑いを浮かべた。「先生はＧＣ理論の作った天才と篤志君の間で最近まで揺れ動いていたんだね。僕と篤志君、どっちが本物か、先生は分かった。そしてＧＣＳの子供である守君の方が、篤志君よりも将来性があるって考えた。ＧＣＳは、確かに潜在能力を開発していた。僕を見て分かったんだね。近松先生はもう一度ＧＣＳに賭けようと思った。僕はその意志を継いで守君を選んだんだ。守君の能力に期待してね。もし結論が逆で、先生が篤志君を選んでいたとしたら、僕は迷わず篤志君を応援したよ」

エピローグ

これで本当におしまいなんだろうか？　チャンスはもう、ないのだろうか。

篤志はベッドに横たわって目を閉じて、様々に思いを巡らせていた。養母が、汗で少し湿った篤志の髪を撫でている。

あと少しでうまくいったのに。計算に狂いはなかったはずなのに。竹村基樹のせいだ。あいつのせいで……。

篤志は、近松吾郎がまだ元気だった頃、去年の秋のことを思い返していた。

その頃、篤志の心臓の調子が一段と悪くなり始めていた。呼吸をするのも苦しい。寝ていても、胸が重くてすぐに目が覚める。一刻も早く心臓移植をしないと死んでしまうと、篤志は予感していた。

禿げ頭に毛糸の帽子をかぶって、茶を基調にした派手な模様のセーターを着た近松吾郎は、ベッドの横に座り、コーヒーを飲みながら篤志を見ていた。

「この前君が書いた論文をね」と、近松吾郎が言った。「専門家に読んでもらっている」

篤志はぎょっとした。それは困ると思った。十一歳の少年が、物理学について、世界を揺るがすような論文を発表したら、マスコミは放っておかない。名前も年齢も隠したとしても、きっと探し当てられてしまう。

有名人になってしまったら、守の心臓との交換手術を行うことが難かしくなる。心臓病が治ったとき、どこで、どんな手術を受けてきたのかと訊かれて、どう答えるのか。個人的な質問なら、対処のしようがあるが、マスコミ相手ではごまかしが通じなくなるし、近松吾郎との繋がりが明らかになれば、一方で急に心臓が悪くなった守との関係も、誰かの関心を呼びかねない。

身体の調子が悪いにもかかわらず、篤志が必死になって考え、一つの理論を組み上げたのは、近松吾郎に分かってもらうためであって、それを世間の人に知ってもらう必要はないのだ。

僕は天才。守なんて問題にならない。ほかの誰とも比べものにならない。そのことを近松吾郎に分かってほしかった。

守の命と僕の命を取り替えること、それはもともと近松先生が考えたことのはずだ――天才という存在の生は、ふつうの人間の生に優先する。それは、近松吾郎が教えてくれたことだった。

篤志は、守との心臓交換手術の日をなかなか決めようとしない近松吾郎に、苛立っていた。いったいあと何年待ったらいいんだ。

「あの論文読んだら、僕がどれぐらい凄いか、分かったでしょう?」

「ああ。そうだね。ただ、わたしは物理のことは素人なのでね、正直理解できない部分がある」

「それで専門家に見せたの？」

「うん、しかし、外には内容を洩らさないように言ってある。信頼できる友人だ。彼が、太鼓判を押してくれれば、そのときは――と思ってね」

「守君の心臓、いよいよもらえるんだね」

近松吾郎はうなずかずに、言った。「ずいぶん難かしい論文を書いたみたいだね。友人は、まるで暗号だと言っていた」

「そういう言い方もできるかもしれないね。世界を揺るがす論文だもの」

「なかなか読み進められないらしい」

「困るな。早く読んでもらわないと。僕にはもう時間が――」

篤志は近松吾郎の双眸を見上げた。近松がふっと醒めたような表情を見せたのは気のせいだろうか。

近松はコーヒーを苦そうに飲んでから、急に表情を緩めた。

「基樹のこと、話したことあったかな？」

「え？」

「うん、いやこれが、素晴らしい能力の持ち主でね」

近松吾郎は大袈裟な身振り手振りを交えて、竹村基樹について楽しそうに語り続けた。

思えばあれが、近松吾郎と顔を合わせた最後だった。

この作品はフィクションであり、登場する人物、団体等は架空のもので、特定のモデルは存在しません。特に、早期幼児教育についての理論や方法論については、作者が、脳科学の研究に関する文献を出発点に、拡大解釈や歪曲も加えて創作したものであり、特定の団体に取材したものではありません。

以下、主要参考文献を掲げますが、前述の通り、著作の内容について、作品中では作者が意図的に誤った解釈をしている場合がありますし、作者の理解不足や誤解もありえます。当然のことながら、作品中の記述については、作者一人の責任です。

夢（イマーゴ臨時増刊） 河合隼雄・責任監修 青土社 一九九一年所収

「睡眠行動と夢」 鳥居鎮夫

まなざしの誕生――赤ちゃん学革命 下條信輔 新曜社 一九八八年

金の卵の作り方（特集アスペクト5） アスペクト 一九九七年

「脳力アップ」の最新科学（Quark スペシャル） 講談社 一九九三年

〇歳からの教育（ニューズウィーク日本版別冊） ＴＢＳブリタニカ 一九九七年

視覚の心理学（イマーゴ一九九四年二月号）　青土社　一九九四年所収
「形を見ると味がする？」　サイトウィック　久保儀明・訳
「眼は何を見るのか」　鳥居修晃、苧阪直行

脳科学探検　ロナルド・コチュラック　住友進・訳　日本能率協会マネジメントセンター　一九九七年

新・脳力トレーニングの技術（別冊宝島296）　宝島社　一九九七年

才能を開花させる子供たち　エレン・ウィナー　片山陽子・訳　日本放送出版協会　一九九八年

五感の科学　Jillyn Smith　中村真次・訳　オーム社　一九九一年

赤ちゃんには世界がどう見えるか　ダフニ・マウラ、チャールズ・マウラ　吉田利子・訳　草思社　一九九二年

この作品は一九九八年七月、集英社より刊行されました。

解説

大森　望

北川歩実は肉体改造作家である。

……って、それじゃまるでどこかの野球選手みたいなので、ブルース・スターリング流に言い換えれば、北川歩実はミステリ界の生体工作者《シェイパー》である。北川ミステリの世界では、記憶も人格も性別も顔も体重も知性も固定的なものではない。人工的な操作によって、人間のアイデンティティは自由自在に改変することができる。

ただし、そうした改変を可能にするのはあくまでも現代の科学技術。いまどき美容整形で顔や胸をいじるのは（少なくとも特定の業種の人間には）あたりまえのことだし、角膜にレーザーメスを入れて近視を矯正する手術も珍しくない。ぼくの知り合いでは、（どこまで手術したのか詳しくは知らないが）外見上は完全に、男から女になってしまった人間が二人いる。記憶が簡単に捏造されることは、（現実には存在しなかった）幼児虐待の過去を思い出して自分の親を訴えるアメリカのＦＭＳ（虚偽記憶症候群《フォールス・メモリ・シンドローム》）事例が証明している。

つまり、今の現実社会にあって、〝わたし〟が〝わたし〟であることは、それほどあたりまえの事実ではない。北川歩実は、アイデンティティを改変するテクノロジーをモチーフに、わたしがわたしでなくなる不安感を鮮やかに描き出す。

この種の恐怖を（メタファーとしてではなく）実体として描くのは、かつてはＳＦの専売特許だった。たとえば、つい最近映画化されたＰ・Ｋ・ディックの初期短編「にせもの」（映画版の邦題は「クローン」）が典型的な例。主人公は、異星人が地球に送り込んだ人間そっくりの破壊工作用アンドロイドだと疑われ、当局から追われる身になる。自分が自分であることは自分がいちばんよく知っているのに、それを証明できない苛立ちと怯え。

昔はＳＦの設定でしか描けなかったこうした不安も、今は現代ミステリとして描くことができる。それを証明したのが北川歩実のデビュー作、『僕を殺した女』だった。

ある朝、見知らぬ男の部屋で目を覚ました主人公は、自分の体が若い女性のそれに変わっていることを知る。自分には篠井有一としての完全な記憶があるのに、顔も体も篠井有一ではあり得ない。調べてみると、現実に篠井有一として生活している男がいることが判明する。では、自分はいったいだれなのか……。

作中でも議論される通り、ＳＦの世界ならとくに珍しくもない設定だが、北川歩実はそれを伝統科学の枠組みの中で解決する。いまの世の中に存在しない大きな技術的ブレークスルーを仮定したり、ニューエイジ的なトンデモ仮説で決着をつけたりすることはない。

「それぞれの作品に導入される最新科学なるものは、アカデミックな厳密性を迂回して少々ご都合主義的にファンタスティックな味付けがされている」（田中博）とか、「論理的解明の中心部に、架空の未来的なテクノロジーが導入されている」（笠井潔）とかの見解もあるけれど、私見では、そうした非現実性（ＳＦっぽさ）を最後の着地点でことごとく回避するのが北川ミステリの特徴だと思う。たしかに途中経過では、ファンタスティックな仮説やＳＦ的な議論が頻出するけれど、むしろそれらは読者の目を欺くレッドヘリングとして機能する。原理的には可能だが技術的に実現しそうにない仮説は、いくらそれが魅力的でも、最終的に採用されない。

　たとえば、「骨髄性白血病の子供を救うため（臍帯血《さいたいけつ》移植を前提に）体細胞クローンをつくることの是非」が作中で議論される『影の肖像』でも、今の技術で現実にどこまでが可能なのかが明確に意識されている。クローンネタのミステリでは、「じつは数十年前どこかの研究室で極秘裏にヒトの体細胞クローンが完成していました」式の、なんとも大胆な仮定を平然と導入するものが多くてうんざりするのだが、『影の肖像』は数少ない例外だ。

　実際、サイエンス・ミステリとか呼ばれているものには、登場人物の口を借り、話としては面白いけど異論の多い学説とか、高名な科学者が一時の気の迷いで吐いた妄言とかをさも定説のように語る小説が少なくなくて、そういうのはニセ科学ミステリもしくはヴードゥー・サイエンス・ミステリと呼ぶべきじゃないかと個人的には思ってるんだけど、北川作品に限ってはその種の詐術とは縁がない。言葉の正しい意味でのサイエンス・ミステリとして、心安らかに読むことができる。

　しかも、北川作品では、情報小説的な意味あいで科学知識が投入されるのではなく、それが本格ミステリの構造を支える重要な素材となっている。「充分に発達した科学は魔法と区別がつかない」とはアーサー・C・クラークの言葉だが、北川ミステリは、「魔法のような現象（不可解な謎）が、さまざまな仮説と検証を経て、現代科学の論理で明晰に説明される」という構造を持つ。したがって、北川歩実こそ、島田荘司が提唱する〝本格ミステリー〟（冒頭で提出される幻想的な謎が結末にいたって論理的に解決される）の正統な後継者だという見方もできるだろう。

もっとも、現代のリアルな日常を前提に書く以上、読者が要求するリアリティのレベルはぐんと高くなる。（宇宙ＳＦや異世界ファンタジーはもちろん、名探偵が登場する本格ミステリと比べても）科学的・技術的に可能だからといって、読者がそこにリアリティを感じてくれるとは限らない。ありえなくはないかもしれないけど、ありそうにないことだよなあと思われてしまう危険性がつきまとう。

冒頭の謎が魅力的であればあるほど、〝ありそうな〟解決に着地させるのはむずかしい。たとえば『僕を殺した女』では、そのためにきわめて複雑な手続きを踏むことになり、ようやくたどりついた結末の印象が薄くなるうらみがある（オレの記憶力に問題があるだけかもしれないが、真相がなんだったのかすぐ忘れちゃうのである）。

結局これはパズル性と現実性のバランスの問題だろう。不可解な謎を重視すれば、どうしても現実性より（寄木細工のような）人工性が高くなる。しかし、突拍子もない謎を持ってこなくても、本格ミステリ的なロジックの醍醐味を備えた魅力的なミステリを書くことはできる。

——と、すっかり前置きが長くなってしまったが、北川歩実の第五長編にあたる本書『金のゆりかご』は、まさにその実例。物語の中盤まで事件らしい事件は起きないし、あっと驚く謎もない。しかし物語が進むにつれて、日常的なリアリティからシームレスにめくるめく論理の迷宮へと投げ込まれ、だまされる快感をたっぷり味わうことができる。

今回の題材は幼児早期教育。知能がテーマという意味では、前作『猿の証言』の姉妹編とも言える。抽象概念を理解し、言語を自在に操るサルがいたとしたら、どこでヒトと区別するのか。人間並みの知能を持つチンパンジーを人工的につくりだすことは可能なのか……。『猿の証言』で描かれるこうしたヒト／サルの関係を、天才／凡人の関係に置き換えたのが『金のゆりかご』。天才は凡人よりも人間としての価値が上なのか。人為的に天才をつくりだすことは可能なのか……。〝天才〟にとり憑かれた近松博士のマッドサイエンティストぶりは、『猿の証言』の井手元博士の異常性と二重写しになる。

ただし、『猿の証言』が研究者の特殊なコミュニティを主な舞台にしていたのに対して、本書では一般読者の日常生活にぐっと近づき、物語の半ば過ぎまでは、リアルな社会派サスペンスのように展開する。

主人公の野上雄貴は、かつて近松式幼児英才塾に通い、近松吾郎が考案したGC理論に基づく近松式天才脳デザインプログラムを受けて、マスコミに〝天才少年〟ともてはやされた過去を持つ。だが、成長するにつれて〝ただの人〟となり、今はタクシー運転手として生計をたてている。

そんなとき、野上は、近松式幼児英才塾の後身であるGCS幼児教育センターに、年収一千万保証の幹部候補生として入社してほしいという誘いを受ける。

野上は、GCSの創始者・近松吾郎が愛人に産ませた子供で、幼少時には近松の期待を一身に担っていた。だが、天才少年から凡人へ転落したとたん、近松からは見放されてしまう。いまの野上は、近松に対してもGCSに対してもいい感情を持っていない。

近松は現在、脳腫瘍で病床にあり、意志の疎通もままならない状態だという。絶縁同然だった自分を、なぜ今さらGCSに呼び戻すのか。不審に思った野上が背後の事情を調べてゆくうち、九年前の事件が浮かび上がってくる。センターが開発した早期教育装置「金のゆりかご」にかかっていた四人の子供があいついで異常なふるまいを見せ、社会問題になりかけたのだ。GCS側の説明では、この異常行動と金のゆりかごのあいだに因果関係はなく、子供たちはりっぱに成長しているというが……。

ミステリで科学的なトピックを扱う場合、読者の日常生活との接点をどこに見出すかが問題になるが、『金のゆりかご』では、GCS幼児教育センターの存在が、脳科学の世界と読者の日常を橋渡しする絶妙のクッションになっている。

GCSは、有名小学校・有名幼稚園受験用の予備校的な塾ではなく、就学前に知識を詰め込むことを目的とする場所でもない。発達途上にある幼児の脳に特殊な刺激を与え、ハードウェアの質を向上させるというのがウリ。パソコンで言えば、大量のソフトをインストールするのではなく、CPUのクロックそのものを上げてしまおう（ついでにHDやメモリの量も増やせるだけ増やしてしまおう）という考えかただ。いまどきの日本で、「とにかく勉強して、いい学校に入りなさい」的な価値観をふりかざす親は少数派だとしても、「頭のいい子に育つ」ことを望まない人はいないだろうから、とりあえず話としてはアピールする。

こうした〇歳児からの早期幼児教育施設を全国展開する企業は現実に存在するから、それと似すぎないように十二分に配慮しつつ、いかにもありそうなシステムにつくりこんでいる。

もちろん、スティーヴン・J・グールドの『人間の測りまちがい』を引き合いに出すまでもなく、「頭のよさ」を客観的に測る基準は存在しない。早期幼児教育に限らず、この種の「頭をよくするなんとか」では、「××大学教授も認めた効果」「科学的に実証された事実」みたいなセールストークが定番で、個人的にはその手のお題目が出てくるとまず疑ってかかるんだけど、本書の場合、冒頭のGCS見学会場面から、懐疑派の代表格みたいな男をいきなり登場させるのがうまい。ヴードゥー・サイエンス的なシステムの表も裏も見せたうえで、おもむろに物語を語りはじめるわけだ。

登場人物が信じることをあっさり信じてはいけないというのが北川ミステリを読む鉄則なのだが、今回の主人公はそもそも一度信じて裏切られた男だから、GCSのお題目を鵜呑みにすることはない。野上の視点によりそって読み進むうち、北川ミステリの真骨頂とも言うべきどんでん返しの連続に巻き込まれていくことになる。

例によって途中経過は複雑怪奇だが、本書の場合、結末にはそれを上回るストレートな衝撃が用意されている。異形の論理がもたらす戦慄と驚愕、そして悲しみ。この結末のビジョンも、あるタイプのＳＦを想起させるけれど、ここではそれが、本格ミステリの〝意外な結末〟（意外な名探偵と意外な犯人の対決）と見事に重なり合い、強烈な印象を残す。北川ミステリ群の中でも、『猿の証言』と並んで、とりわけ冷たいエレガンスに満ちた傑作だと思う。

集英社文庫　目録（日本文学）

北方謙三　第二誕生日
北方謙三　眠りなき夜
北方謙三　逢うには、遠すぎる
北方謙三　檻《おり》
北方謙三　あれは幻の旗だったのか
北方謙三　渇きの街
北方謙三　牙
北方謙三　危険な夏―挑戦Ⅰ
北方謙三　冬の狼―挑戦Ⅱ
北方謙三　風の聖衣―挑戦Ⅲ
北方謙三　風群の荒野―挑戦Ⅳ
北方謙三　いつか友よ―挑戦Ⅴ
北方謙三　愛《いと》しき女たちへ
北方謙三　傷痕 老犬シリーズⅠ
北方謙三　風葬 老犬シリーズⅡ
北方謙三　望郷 老犬シリーズⅢ

北方謙三　破軍の星
北方謙三　群青 神尾シリーズⅠ
北方謙三　灼光 神尾シリーズⅡ
北方謙三　炎天 神尾シリーズⅢ
北方謙三　流塵 神尾シリーズⅣ
北方謙三　林蔵の貌《かお》(上)(下)
北方謙三　そして彼が死んだ
北方謙三　波《は》王《おう》の秋《とき》
北方謙三　明るい街へ
北方謙三　彼が狼だった日
北方謙三　罅《ひび》・街の詩《うた》
北方謙三　皸《ひび》・別れの稼業
北方謙三　草《そう》莽《もう》枯れ行く
北方謙三　風裂 神尾シリーズⅤ
北方謙三　風待ちの港で
北方謙三　海嶺 神尾シリーズⅥ

北方謙三　雨は心だけ濡らす
北方謙三　風の中の女
北方謙三　コースアゲイン
北方謙三　水滸伝一～十九
北方謙三・編著　替天行道―北方水滸伝読本
北方謙三　魂の岸辺
北川歩実　金のゆりかご
北川歩実　もう一人の私
北村薫　ミステリは万華鏡
北森鴻　メイン・ディッシュ
北森鴻　孔雀狂想曲
木村元彦　誇り ドラガン・ストイコビッチの軌跡
木村元彦　悪者見参
木村元彦　オシムの言葉
京極夏彦　どすこい。
桐野夏生　リアルワールド

集英社文庫　目録（日本文学）

集英社文庫　目録（日本文学）

集英社文庫　目録（日本文学）

早乙女貢　会津士魂一　会津藩 京へ
早乙女貢　会津士魂二　京都騒乱
早乙女貢　会津士魂三　鳥羽伏見の戦い
早乙女貢　会津士魂四　慶喜脱出
早乙女貢　会津士魂五　江戸開城
早乙女貢　会津士魂六　炎の彰義隊
早乙女貢　会津士魂七　会津を救え
早乙女貢　会津士魂八　風雲北へ
早乙女貢　会津士魂九　二本松少年隊
早乙女貢　会津士魂十　越後の戦火
早乙女貢　会津士魂十一　北越戦争
早乙女貢　会津士魂十二　白虎隊の悲歌
早乙女貢　会津士魂十三　鶴ヶ城落つ
早乙女貢　続会津士魂一　艦隊蝦夷へ
早乙女貢　続会津士魂二　幻の共和国
早乙女貢　続会津士魂三　斗南への道
早乙女貢　続会津士魂四　不毛の大地
早乙女貢　続会津士魂五　開牧に賭ける
早乙女貢　続会津士魂六　反逆への序曲
早乙女貢　続会津士魂七　会津抜刀隊
早乙女貢　続会津士魂八　甦る山河
酒井順子　トイレは小説より奇なり
酒井順子　モノ欲しい女
酒井順子　世渡り作法術
酒井順子　自意識過剰！
坂口安吾　堕落論
坂村健　痛快！コンピュータ学
さくらももこ　ももこのいきもの図鑑
さくらももこ　もものかんづめ
さくらももこ　さるのこしかけ
さくらももこ　たいのおかしら
さくらももこ　まるむし帳
さくらももこ　あのころ
さくらももこ　のほほん絵日記
さくらももこ　まる子だった
さくらももこ・土屋賢二　ツチケンモモコラーゲン
さくらももこ　ももこの話
さくらももこ　ももこの宝石物語
さくらももこ　さくら日和
櫻井よしこ　世の中意外に科学的
佐々木譲　冒険者カストロ
佐々木譲　帰らざる荒野
佐々木良江　ユーラシアの秋
定金伸治　ジハード1　猛き十字のアッカ
定金伸治　ジハード2　こぼれゆく者のヤーファ
定金伸治　ジハード3　氷雪燃え立つアスカロン
定金伸治　ジハード4　神なき瞳に宿る焔
定金伸治　ジハード5　集結の聖都

集英社文庫　目録（日本文学）

集英社文庫

金《きん》のゆりかご

2001年11月25日　第1刷
2009年7月7日　第5刷

定価はカバーに表示してあります。

著　者　北川歩実《きたがわあゆみ》
発行者　加藤　潤
発行所　株式会社 集英社
東京都千代田区一ツ橋2-5-10　〒101-8050
電話　03-3230-6095（編集）
03-3230-6393（販売）
03-3230-6080（読者係）
印　刷　大日本印刷株式会社
製　本　大日本印刷株式会社

フォーマットデザイン　アリヤマデザインストア　　マークデザイン　居山浩二

ISBN978-4-08-747381-0 C0193